CELESTE

Virginia Andrews®

CELESTE

DE KERN

Sinds de dood van Virginia Andrews werkt haar familie met een zorgvuldig uit-
gekozen auteur aan de voltooiing van haar nagelaten verhalen en ideeën en aan
het schrijven van nieuwe romans, waartoe ook deze behoort, die zijn geïnspi-
reerd op haar vertelkunst.

Alle namen, personen, plaatsen en gebeurtenissen in dit boek zijn bedacht door
de auteur. Elke gelijkenis met feitelijke gebeurtenissen of bestaande personen,
nog in leven of overleden, berust op puur toeval.

Oorspronkelijke titel: *Celeste*
Original English language edition © 2004 by The Vanda General Partnership
All rights reserved including the right of reproduction in whole or in part in any
form
This edition published by arrangement with the original publisher, Pocket Books,
a Division of Simon & Schuster, Inc., New York
V.C. ANDREWS and VIRGINIA ANDREWS are registered trademarks of The Vanda
General Partnership
Copyright © 2005 voor deze uitgave:
Uitgeverij De Kern, De Fontein bv, Postbus 1, 3740 AA Baarn
Vertaling: Parma van Loon
Omslagontwerp- en illustratie: Mesika Design, Hilversum
Zetwerk: Scriptura, Westbroek
ISBN 90 325 1038 X
NUR 335

www.virginia-andrews.nl

Proloog
De stemmen die mama hoorde

Ik kan me niet precies herinneren wanneer we voor het eerst zagen dat mama stopte met iets waarmee ze bezig was, naar buiten in de duisternis tuurde, glimlachte, knikte en zachtjes iets zei als: 'Ik begrijp het. Ja. Dank je,' tegen iemand die onzichtbaar voor ons was. Ik voelde een vreemde opwinding, een aangename kilte, net als de huivering als ik op mijn slee van een heuvel gleed of van het rotsblok sprong en spetterend in onze vijver terechtkwam. Toen ik nog heel klein was, vond ik het op een beetje griezelige manier grappig als ik mama tegen haar geesten hoorde spreken, en wát ik op dat moment ook deed, ik bleef staan om naar haar te luisteren en te kijken, en dan hield Noble op met spelen en kwam ook luisteren. Soms hoorden we papa voor zich uit tegen zichzelf en gelijk tegen mama praten, maar dat was iets anders. Dit deed alleen mama.

Ik keek dan naar Noble om te zien of hij er iets van snapte, en hij keek met een verwarde uitdrukking op zijn gezicht terug; het kuiltje dat we allebei in onze linkerwang hadden, trilde opvallend, zijn wenkbrauwen, dezelfde als ik, werden opgetrokken en kromden zich. Geen van beiden begrepen we het, maar geen van beiden vroegen we haar iets.

In mijn hart wist ik dat ze het ons mettertijd wel zou vertellen.

En ja, op een dag nam ze ons terzijde en sloeg haar armen om ons heen, gaf ons allebei een zoen op ons voorhoofd en onze wangen. Misschien zoende ze Noble iets nadrukkelijker, omdat ze altijd scheen te denken dat hij meer zoenen van haar nodig had dan ik, en toen vertelde ze ons alles met grote opwinding in haar stem, net zoveel opwinding als iemand die hoort wat ze met Kerstmis zal krijgen.

'Ik zal jullie allebei een groot geheim vertellen,' zei ze. 'Het wordt tijd dat jullie het weten. Weet je wat een geheim is, Noble?' Mij vroeg ze het niet, want ze wist dat ik het wist. Ik kon veel beter lezen en luisteren dan Noble, en mijn woordenschat was twee keer groter. Hij knikte, maar zonder veel overtuiging, dus legde ze het hem uit.

'Het is iets wat je niemand anders mag vertellen, iets wat je hier en hier goed moet bewaren,' wijzend op haar hoofd en haar hart. 'Het is heel verkeerd om een geheim te vertellen als je beloofd hebt dat niet te doen. Begrijp je?'

Noble knikte enthousiast en mama ontspande zich, haalde diep adem en ging verder.

Ze vertelde ons dat ze stemmen hoorde die niemand anders kon horen, zelfs papa niet, en ze kon mensen zien – geesten, noemde zij ze – die hij niet kon zien.

'Wie zijn dat?' vroeg ik.

Ze zei dat het de geesten en de stemmen waren van al haar dode voorouders, en toen schilderde ze een spookachtige melange van mannen en vrouwen met verschillende en interessante persoonlijkheden, meisjes die nog steeds jammerden over hun verloren verloofden, mannen die streng maar wijs waren, vrouwen die mooi waren en vrouwen die lelijk waren, zelfs invalide, zoals tante Helen Roe, die als kind polio had gekregen en tot aan haar dood in een rolstoel had gezeten. Ze vertelde ons dat ze haar rolstoel samen met haar begraven hadden en dat ze er nog steeds in zat, zelfs in de wereld van de geesten. Ze droeg het voor alsof ze zich daadwerkelijk bij ons in de kamer bevonden, daar glimlachend naar haar zaten te kijken terwijl ze alles over hen vertelde. Ik bleef om me heen kijken, in de verwachting iemand te zien.

Of het allemaal echte voorouders waren of slechts ontsproten waren aan mama's verbeelding deed op dat moment niet terzake. Ik wilde dat ze even reëel waren als de enkele bezoekers die ons ouderlijk huis betraden, een groot Queen-Anne-huis van drie verdiepingen, gebouwd door de overgrootvader van mijn moeder, William De Forest Jordan, die kilometers en kilometers land had geclaimd van de vruchtbare rivierbedding van een vallei in het noorden van de staat New York, bijna onder toeziend oog van Moeder Natuur.

Zijn portret hing in de zitkamer boven de open haard. Hij was gedrongen, met een dikke nek en brede schouders, die tegen de naden van zijn jasje spanden. Toen het portret geschilderd werd, had hij een keurig geknipt puntbaardje en een flinke bos spierwit haar dat naar achteren geborsteld was en in het midden gescheiden. Zijn huid was donker en verweerd omdat hij het grootste deel van zijn tijd buiten in de zon had doorgebracht.

Ik keek niet vaak omhoog naar zijn portret, want zijn donkerbruine ogen leken me de hele kamer door te volgen, en hij glimlachte niet. Integendeel, hij keek kwaad, vond ik. Toen ik mama vroeg of hij kwaad of geërgerd was omdat hij moest poseren voor een portret, vertelde ze me dat in die tijd de mensen hun geschilderde portretten heel serieus namen en geloofden dat het een lichtzinnige indruk zou maken als ze glimlachten. Maar ik vond dat hij er altijd uitzag als iemand die niet kón glimlachen, zelfs al had hij dat gewild. Hij was een geest die ik maar liever niet wilde ontmoeten.

Volgens de overlevering in de familie maakte hij in zijn eentje een wandeltocht door de beroemde Rip Van Winkle Catskills en draaide hij zich om naar dit stuk land dat tussen twee hellingen genesteld lag. Vroeger liep hier de Sandburgrivier, toen die nog vrij kon doorstromen, ongehinderd door de dammen stroomopwaarts. Nu leek hij meer een beek, al was het water vaak woest na een zware regenval in het voorjaar of na een winter met uitzonderlijk veel sneeuw.

'Het hart van jullie betovergrootvader Jordan bonsde als het hart van een man die een mooie vrouw ziet,' vertelde mama. 'Hij werd verliefd op elke boom, elk grassprietje, elke steen die hij zag, en hij wíst gewoon dat hij hier moest komen wonen en het land bewerken en zijn huis bouwen, en ja, kinderen, mijn lieve, dierbare tweeling, hier sterven.'

Aan de noordkant van het huis werd hij samen begraven met jullie betovergrootmoeder Elsie en een kind van hen dat bij de geboorte stierf, een naamloos, onfortuinlijk kind, voor wie de deur van het leven werd dichtgesmeten voordat ze een kreet kon slaken, of zelfs maar een keer kon ademhalen, voor ze een kleur kon zien of het gezicht van haar moeder. De drie granieten grafstenen staan in een klein vierkant van veldsteen, ongeveer een meter hoog, met een ingang. Op de grafsteen van hun doodgeboren kind staat BABY JORDAN en haar sterfdatum. Natuurlijk geen geboortedatum. Haar steen is kleiner, met twee gevouwen babyhandjes in reliëf boven de inscriptie. Mama zegt dat soms, als ze die handjes aanraakt en haar ogen dichtdoet, zij ze kan voelen bewegen, voelen hoe zacht ze zijn.

Door de levendige manier waarop ze het beschreef dacht ik dat de doden omhoogreikten door hun grafstenen heen om de mensen die hun graf komen bezoeken te zien en te horen en zelfs aan te raken. Mama's overgrootmoeder Elsie stierf vóór haar overgrootvader. Mama zegt dat haar moeder haar verteld had dat ze hem vaak de steen zag omarmen alsof hij zijn overleden vrouw omarmde, en hij kuste die steen ook!

Al onze andere familieleden rustten in begraafplaatsen bij een kerk, behalve dat ze volgens mama niet bleven rusten. Ze stonden vrijwel onmiddellijk op uit hun koude, donkere graven en begonnen rond te zwerven over de aarde, verlangend om met onze grootmoeder, onze moeder te spreken, en nu vol verlangen wachtend om met ons te kunnen spreken. Dat was de voorspelling die mama ons deed.

'Binnenkort, kinderen, binnenkort zullen ook jullie ze zien en horen. Ik beloof het je. Ze hebben het beloofd. Als ze voelen dat jullie er klaar voor zijn, hebben ze beloofd dat het zal gebeuren,' vertelde ze ons die dag. Ze keek uit het raam met die mooie, engelachtige glimlach om haar volle, perfecte lippen, en knikte als iemand zou doen die de stemmen had gehoord.

Hoe konden we anders dan geloven dat het allemaal werkelijkheid zou worden?

1. Onze familiegeschiedenis

We zaten op de met chintz beklede bank die oorspronkelijk gekocht was door grootmoeder Jordan. Elk meubelstuk in ons huis was authentiek en met liefde en toewijding verzorgd, want elk stuk leek zijn eigen geschiedenis te hebben, of het nu betovergrootvader Jordans hickoryhouten schommelstoel was of overgrootvader Jordans eigengemaakte trapleer. Niets mocht worden afgedankt of verkeerd gebruikt.

'Persoonlijke bezittingen die gekoesterd worden behouden de geest van de eigenaar. Soms, als ik in de schommelstoel van mijn overgrootvader zit, kan ik hem in me voelen,' vertelde mama ons, en ik raakte gefascineerd door de uitdrukking op haar gezicht als ze zat te schommelen. Haar ogen leken te versomberen en haar lippen verstrakten. Rimpels vormden zich in haar voorhoofd en suggereerden dat er zwaarmoedige gedachten bij haar opkwamen, en een tijdlang hoorde of zag ze ons niet. Dan knipperde ze met haar ogen en glimlachte. 'Mijn grootvader sprak tegen me,' zei ze.

Het was een idee dat zich in mijn hoofd vastzette. Alles wat ik in ons huis aanraakte had macht, dacht ik. Misschien zou ik op een dag in de oude spiegel in het toilet beneden kijken en het gezicht zien van mijn grootmoeder of zelfs mijn betovergrootmoeder Elsie. Misschien, als ik op een keukenstoel zat, zou ik een van mijn nichtjes of neefjes tegenover me zien zitten. Mama overtuigde me ervan dat het op die manier zou kunnen gebeuren. Verrassingen lagen in ons huis te wachten om te worden uitgepakt en geopend.

Op de bank sloeg mama haar arm om Noble heen en liet mij dicht bij haar zitten. Door het open raam van de zitkamer zagen we hoe het begon te schemeren en de nacht binnendrong door de esdoornen, eiken-, hickory- en dennenbomen en over het lange, brede gazon en weiland rond ons huis en de schuur. We zaten hier nu vaak na het eten, vooral als papa nog laat aan het werk was met een groot karwei. Mama dacht dat onze tijd om 'de oversteek te maken', zoals zij het uitdrukte, naderde, en ik was erg opgewonden. Zelfs toen we nog heel klein waren en met ons speelgoed aan haar voeten zaten, kon mama heel stil blijven zitten en urenlang uit het raam staren. Soms zat ik haar te observeren, vooral als ik haar erop betrapte dat ze haar ogen opensperde en dan weer half dichtkneep, als de ogen van iemand die naar een ander luisterde. Soms glimlachte ze alsof ze een grappig verhaal had gehoord; soms keek ze bedroefd. Noble scheen daar nooit belangstelling voor te hebben. Hij ging altijd te veel op in zijn spel.

Nu en dan betrapte zij me erop dat ik naar haar zat te kijken en zei dat ik niet zo mocht staren. 'Een dame mag niet staren. Dat is onbeleefd,' zei zij. 'Staren erin, beleefdheid eruit.'

We begonnen met haar in de schemering op de bank te zitten, toen we zes jaar waren en het al laat in het voorjaar was. De geur van pas gemaaid gras omhulde ons. Noble was rusteloos en zat heel wat meer te draaien dan ik, maar mama hield hem dicht tegen haar borst gedrukt, en hij haalde diep adem en wachtte, nu en dan naar mij kijkend om te zien of ik me keurig gedroeg of dat ik me net zo verveelde als hij.

Ik keek hem nauwelijks aan, durfde mijn ogen niet af te wenden van de naderbij komende schaduwen, uit angst dat een van mama's geesten me zou ontgaan. Ik wilde zo graag een van onze voorouders zien, en ik was absoluut niet bang voor geesten. Mama had zo lang over ze verteld, dat ze ons altijd zouden beschermen en over ons waken. Waarom zou ik dan bang zijn?

'Je moet trouwens nooit aan ze denken als spoken,' zei ze een keer tegen me. 'Spoken zijn fantasieën, verzinsels uit sprookjes die alleen maar geschapen zijn om angst aan te jagen. Ze zijn dwaas en onnozel. Als de dag komt waarop je een van onze familiegeesten ziet, zul je begrijpen hoe dwaas die spookverhalen zijn.'

Noble was altijd ongeduldig als we op de bank zaten. Vanavond, voordat het te donker werd om nog iets te kunnen zien, wilde hij naar buiten om de mierenhoop te verkennen die hij had ontdekt. Mama wist dat. Ze wist dat hij veel minder geduld had dan ik, en niet zo nieuwsgierig was naar een mogelijke ontmoeting met een van haar geesten. Maar mama was lerares op een school geweest voor ze met papa trouwde en wist dus hoe ze Nobles aandacht vast moest houden.

'Maak je niet ongerust, Noble. We zullen je zaklantaarn meenemen als het moet, en ik ga met je mee om je mierenhoop te bekijken,' beloofde ze hem. 'Maar alleen,' ging ze verder, 'als je samen met mij naar de schemering kijkt en misschien gelijk met mij de schaduwen ziet komen. Ze rijden op de schaduwen zoals surfers op de golven rijden. Je moet ze zien. Je moet begrijpen en voelen wat ik voel,' vertelde ze hem, en mij natuurlijk, maar ze scheen altijd te willen dat Noble het intenser voelde en ze eerder zag dan ik. Eigenlijk leek het soms of ze meer tegen hem over de geesten praatte of tegen mij via hem.

Maar ze sprak er nooit over als mijn vader erbij was. Niet alleen geloofde hij niet in haar geesten, het maakte hem van streek dat ze erover sprak met ons of in ons bijzijn. Eerst vertelde hij haar dat ze ons angst aanjoeg en toen hij zag dat we niet bepaald bang waren en zelden of nooit nachtmerries hadden omdat zij over geesten had verteld, klaagde hij dat ze onze kijk op de werkelijkheid vervormde en het ons onmogelijk maakte sociale mensen te worden.

'Hoe kunnen ze op school omgaan met andere kinderen van hun leeftijd als ze zulke vreemde ideeën hebben, Sarah? Het is best dat jij in die dingen gelooft, maar wacht tot ze ouder zijn voor je hun die verhalen vertelt. Ze zijn gewoon nog te jong,' pleitte hij.

Mama reageerde niet. Dat gebeurde vaak als ze het niet eens was met iets wat hij zei. Dan werd hij nog kwader of hij liep mompelend en hoofdschuddend weg.

'Je vader bedoelt het goed,' zei ze later zacht fluisterend tegen ons, 'maar hij begrijpt het niet. Nog niet. Op een dag zal hij dat doen en dan zal hij zich niet zo ongelukkig voelen door mijn toedoen. Laat het je niet storen, kinderen. En het mag je niet verblinden voor de wonderbaarlijke visioenen die je wachten.'

Noble begreep trouwens toch niets van die onenigheden, en nogmaals, al dat gepraat over onzichtbare mensen en stemmen die alleen mama kon horen verveelde hem. Hij was veel meer geïnteresseerd in zijn insecten. Ik wilde noch mama, noch papa bedroefd maken door de een voor te trekken boven de ander, maar ik wist niet wat ik moest doen.

'Luister naar me, Celeste,' zei papa als hij me terzijde nam of als ik toevallig alleen met hem was. 'Jij en Noble zijn op dezelfde dag geboren, praktisch in dezelfde minuut, maar jij bent slimmer dan hij. Je zult altijd intelligenter en verstandiger zijn dan je broer. Zorg voor hem en laat mama hem niet gek maken met haar vreemde ideeën.

'Ze kan er niets aan doen,' legde hij uit; hij sprak over haar als over iemand met een ongeneeslijke ziekte. 'Ze is zo opgevoed. Haar grootmoeder was altijd ergens daarbuiten, neuriënd, magische kruiden zoekend, en haar moeder was niet veel beter, erger nog in feite.

'Begrijp me niet verkeerd,' zei hij haastig toen hij zag dat mijn wenkbrauwen zich naar elkaar toe bewogen. 'Je moeder is een fantastische, heel intelligente en liefhebbende vrouw, en ik ben heel gelukkig dat ik haar man ben, maar als ze het heeft over het zien van en praten met haar voorouders en geesten, dan moet je met slechts een half oor naar haar luisteren.'

Hij hield van die uitdrukking: een half oor. Ik wist dat hij bedoelde dat je net moest doen of je goed oplette, misschien in je opnam wat er gezegd werd, maar dat je het snel weer moest vergeten.

'Soms,' zei hij, 'huren woorden slechts een ruimte in je hoofd. Ze blijven er niet voorgoed, en vaak zijn er woorden die je zelfs geen minuut wilt laten blijven. En dan,' zei hij met een zucht, 'zijn er de woorden waarvan je wilt dat ze permanente bewoners worden, vooral woorden van liefde.'

Als mama en papa geen ruzie hadden over haar obsessie met geesten en de magische krachten van de andere wereld, waren ze een koppel dat oprecht van elkaar hield en de knapste en aantrekkelijkste papa en mama die je je maar voor kon stellen. Ik wist zeker dat ze zo uit een sprookjesboek gestapt waren om onze ouders te worden.

Mama was de mooiste vrouw die ik kende of ooit had gezien, zelfs in de tijdschriften en kranten die papa mee naar huis nam. Haar zachte, glanzende kastanjebruine haar hing op haar schouders en ze was urenlang bezig het te borstelen. Papa zei dat ze een figuur en een gezicht had dat thuishoorde op de cover van tijdschriften en soms zweeg hij plotseling, keek naar haar en zei: 'Je moeder beweegt zich zo sierlijk als een engel. Ze schudt de jaren

van zich af als een slang zijn huid. Ze zal er nooit oud uitzien.'
Dat vond ik ook.
En papa zag er altijd jonger uit dan zijn leeftijd. Natuurlijk klonk tweeëndertig toen heel oud in mijn oren, maar hij was atletisch en sterk, met gitzwart achterover geborsteld haar en ogen met de kleur van vruchtbare vochtige grond. Hij was altijd gebruind, een lichte amandelkleurige teint, zelfs in de winter, omdat hij buiten werkte als aannemer. Hij was niet erg lang, misschien maar een centimeter of vijf langer dan mama, maar hij had brede schouders en liep altijd kaarsrecht. Hij vertelde ons dat zijn moeder hem had geleerd dat houding belangrijk was.

'Toen ik zo oud was als jullie,' zei hij, 'liet mijn moeder me in huis rondlopen met een boek op mijn hoofd. Als het eraf viel moest ik twintig minuten in de hoek staan met dat boek op mijn hoofd. Dat vond ik vreselijk, dus viel het er nooit af, en je ziet dat het heeft geholpen.'

'Moeten wij ook rondlopen met een boek op ons hoofd, papa?' vroeg ik.

Hij lachte en zei nee, want onze houding was uitstekend. We hebben onze grootmoeder, zijn moeder, nooit gekend. Ze stierf een jaar voor onze geboorte. Hij deed zijn moeder soms overkomen als een generaal in het leger, beschreef hoe ze bevelen riep en hem door het huis leidde om allerlei klusjes te doen, maar mama vertelde ons dat hij graag overdreef.

'De waarheid is dat jullie vader een verwend mormel was,' zei ze, en dat zei ze waar hij bij was. Hij deed net of hij kwaad op haar was, maar ze moesten er altijd om lachen.

In die tijd werden zoveel dingen in ons huis slechts met een half oor gehoord.

Maar niet mama's geesten. Althans niet door haar.

En straks niet door mij!

Ik had ze nog steeds niet gehoord, maar ik wist dat mama gelijk had als ze zei dat het zou gebeuren. Ik kon hun aanwezigheid voelen. Hun stemmen drongen bijna tot me door. Er klonk een vaag gefluister hier, een vaag gefluister daar, misschien wachtten ze in een kast, een zijkamertje of achter een gesloten deur. Ik bleef staan en luisterde gespannen, maar ik hoorde niet echt iets, althans niets zinnigs. Ik was er nog niet klaar voor, dacht ik.

Geen van de geesten kwam uit papa's familie, alleen uit die van mama. Mama zei dat het kwam omdat haar familie heel bijzonder was. Het waren mensen die geboren waren met mystieke talenten en spirituele gaven. Sommigen konden de toekomst voorspellen, zagen die in natuurverschijnselen. Sommigen hadden helende vermogens en konden een ziekte genezen met niets meer dan een aanraking van hun handen, en van een van hen werd gezegd dat hij was opgestaan uit de dood en teruggekeerd naar zijn familie. Papa zei dat dat inderdaad iets bijzonders moest zijn om te zien en te ruiken.

Mama werd niet kwaad op hem als hij de draak stak met haar verhalen. Ze kneep alleen haar lichtbruine ogen samen en spande haar lippen terwijl ze hem strak aankeek. Dan legde ze haar handen op onze schouders en leunde tussen ons in naar voren.

'Op een dag zal hij het zien,' fluisterde ze in ons beider oren, maar gaf een zoen op het oor van Noble. 'Op een dag zal hij het weten.'

Evenmin als mama had papa broers of zusters. Hij had natuurlijk neven en nichten en ooms, en een vader die nog leefde maar nu in een verpleeghuis was. Het enige wat we van zijn vader wisten was dat hij zich niets of niemand kon herinneren, zelfs papa niet, dus had het geen zin hem te bezoeken. Papa zocht hem wél op, wanneer hij maar kon, maar mama zei dat onze grootvader al vertrokken was. Hij had alleen voor een tijdje zijn lichaam achtergelaten als een soort beeldhouwwerk, 'een levende grafsteen' noemde ze hem.

· 'Het zou vriendelijk van hem zijn als hij zijn lichaam meenam,' mompelde ze.

Haar eigen moeder was gestorven toen Noble en ik twee waren. Ik had geen echte herinneringen aan haar of aan mijn grootvader van moeders kant, die tien jaar vóór onze geboorte verongelukt was. Hij was van de ladder gevallen toen hij bezig was een lek in het dak van dit huis te repareren; hij stierf vrijwel onmiddellijk toen hij bij de val zijn nek brak.

Papa vertelde me dat hij zich mama's grootmoeder nog herinnerde. Als hij over haar sprak, was dat gewoonlijk met een licht vertrokken mond; we wisten dat hij haar en mama's moeder de schuld gaf van mama's belangstelling voor spirituele zaken. Papa zei dat haar grootmoeder uit Hongarije was gekomen om met haar grootvader te trouwen, en behalve haar twee koffers had ze een tas vol bijgeloof bij zich, en mama geloofde daar nog steeds in. Tot op de dag van vandaag wilde ze niet dat papa zijn hoed op een tafel legde omdat dat dood of tragedie tot gevolg zou hebben. Hij mocht niet fluiten in huis omdat hij daarmee de duivel opriep. Als er een mes viel, voorspelde ze dat we bezoek zouden krijgen.

Soms plaagde papa mama door haar zijn zigeunerliefje te noemen, vanwege al dat bijgeloof en de verhalen die hij zei dat mama's moeder hem had verteld over de zigeuners, die volgens haar kinderen stalen en door het Hongaarse land zwierven, kermissen oprichtten en goochelvoorstellingen gaven en de toekomst voorspelden. Papa noemde mama's moeder nog net geen heks. Hij vertelde ons dat ze kruiden en natuurlijke geneeswijzen toepaste die, dat moest hij toegeven, een magische kracht leken te hebben. Mama wist ook veel over die dingen en vertrouwde daar meer op dan op de moderne geneeskunde. Zij en papa hadden zelfs serieuze onenigheid over onze inentingen. Hij wist haar eindelijk te overtuigen door haar te verzekeren dat hij, als ze niet meewerkte, ons heimelijk mee zou nemen om het te laten doen. Ze gaf toe, maar ze was er niet blij mee.

Papa was een gezonde man die praktisch nooit ziek was. Noble en ik dachten beiden dat hij onkwetsbaar was, een verlengstuk van het hout en metaal, het staal en beton, dat hij gebruikte om huizen te bouwen. Hij kon werken als het ijskoud was en als het heet en vochtig was, zonder ooit de moed te laten zakken. Als hij thuiskwam was hij altijd even vrolijk en energiek. Hij viel niet in slaap op de bank of sjokte rond in huis. Hij praatte graag, vertelde ons over zijn dag, vertelde over mensen en plaatsen alsof we er samen met hem geweest waren. We wilden allebei dat het waar was, maar mama stond nooit toe dat we naar een bouwplaats gingen, ook al wilde papa ons meenemen.

'Jij zal worden afgeleid,' zei ze tegen hem, 'en de kinderen zullen zich bezeren. En vertel me niet dat je je niet laat afleiden, Arthur Madison Atwell. Jij en je politieke redevoeringen. Als je die houdt, merk je niets van wat er om je heen gebeurt en dringt het zelfs niet tot je door dat je in de ijskoude regen staat.'

Mama had natuurlijk gelijk. Altijd als papa iemand tegenover zich had die hij als een waardig tegenstander beschouwde, begon hij over politieke kwesties, maar thuis gebeurde dat niet vaak, want we kregen niet veel bezoek en mama had weinig belangstelling voor politiek. Papa bekritiseerde haar op dat punt en zei dat ze zich meer bekommerde om de politiek van het leven na de dood dan van dit leven.

Meestal zaten Noble en ik aan zijn voeten en giechelden en lachten om de manier waarop hij terugschreeuwde naar de televisie als hij naar het nieuws keek. Hij deed het met zoveel overgave en zo fel, dat de aderen in zijn slapen opzwollen, zodat we echt geloofden dat hij gehoord zou worden en de spreker op het scherm zijn mond zou houden, naar hem kijken en hem dan rechtstreeks van repliek dienen. Mama mopperde daar altijd over, maar haar woorden zweefden om hem heen als angstige vlinders die niet durfden te landen, bang dat ze in vlammen op zouden gaan als ze het waagden zijn vuurrode kwade oorlelletjes aan te raken.

Hoe hard ze ook tegen hem schreeuwde, of hoe scherp een van hen ook tegen de ander sprak, we konden zien hoeveel ze van elkaar hielden. Soms pakte papa onverwacht mama's hand en hield die vast als ze tegen elkaar zaten te praten of rond ons huis en over ons land wandelden. Noble en ik volgden hen vaak, Noble meer geïnteresseerd in een dode worm, maar mijn ogen altijd op onze ouders gericht.

En dan waren er de keren dat mama plotseling koude rillingen kreeg, zelfs op hete zomerse dagen, en papa zijn armen om haar heen sloeg en haar vasthield. Ze legde haar hoofd tegen zijn schouder en hij kuste haar slapen, haar voorhoofd en haar wangen, liet zijn zoenen op haar neerdalen als evenzoveel warme, sussende regendruppels. Ze klampte zich aan hem vast en voelde zich dan beter en liep door of ging verder met hetgeen waarmee ze bezig was voordat de kwade geest, die zich in een ademtocht verscholen hield, haar voorhoofd of haar hart had beroerd.

Noble zag daar zelden iets van. Hij was altijd verstrooider dan ik. Alles streed om zijn aandacht, en mama klaagde altijd dat hij niet goed luisterde of ernstig genoeg nadacht over wat ze zojuist had gezegd.

'Je gedachten zijn als nerveuze vogels, Noble, fladderend van de ene tak naar de andere. Ga rustig zitten, luister naar me,' smeekte ze dan. 'Als je niet leert om naar mij te luisteren, zul je nooit naar hen leren luisteren,' zei ze, starend uit het raam of in de duisternis.

Noble trok zijn wenkbrauwen op en keek naar haar en vervolgens even naar mij. Mama wist het niet, maar ik wist dat hij niet naar ze wílde luisteren; hij wilde geen stemmen horen. De laatste tijd joeg zelfs die gedachte alleen al hem schrik aan. Ik kon zien dat hij de dag vreesde dat hij iemand zou horen spreken zonder iemand te zien, terwijl ik er juist naar verlangde. Ik wilde zo graag net zo zijn als mama.

'Je hoort blij te zijn dat ze tegen je willen spreken, Noble. Je zult dingen te weten komen die anderen niet weten,' zei ik tegen hem.

'Wat voor dingen?'

'Dingen,' zei ik, en kneep mijn ogen samen zoals mama zo vaak deed. 'Geheime dingen,' fluisterde ik. 'Dingen die alleen wij kunnen weten omdat we zijn wie we zijn,' verklaarde ik. Ik had het mama zo vaak horen zeggen.

Hij keek sceptisch en met een volkomen gebrek aan belangstelling, en ik kon hem er niet toe krijgen te luisteren zoals mama dat kon.

Ik leek niet zoveel op mama als ik graag zou willen. Noble en ik leken allebei meer op papa. We hadden zijn neus en zijn krachtige mond. Hoewel mama en papa beiden bruine ogen hadden, waren die van Noble en mij blauwgroen. Mama zei dat het iets te maken had met onze spirituele krachten omdat onze ogen soms blauwer en soms groener waren. Mama beweerde dat het te maken had met kosmische energie. Papa schudde zijn hoofd, keek naar mij en wees naar zijn oor.

Een half oor, dacht ik, en moest inwendig lachen, maar nooit hardop in bijzijn van mama. Ik dacht altijd aan glimlachjes als gefluisterd of gesproken of zelfs geschreeuwd, omdat mama in staat leek onze gevoelens te horen en ze te zien als ze naar ons keek.

Toen ik ouder was, vroeg ik me vaak af hoe het mogelijk was dat twee mensen met zulke verschillende opvattingen over de wereld en wat zich daarin bevond, zo intens veel van elkaar hielden. Mama zou zeggen dat liefde iets was dat geen logica kende, geen formule en volgens haar het moeilijkst te voorspellen was, moeilijker nog dan aardbevingen.

'Soms denk ik dat de liefde gewoon in de lucht zweeft, net als pollen, en zich aan je vasthecht, zodat degene die op dat moment bij je is of die je toevallig ziet, je grote liefde wordt. Soms denk ik dat,' fluisterde ze, alsof het zondig was dat te denken, te geloven dat zoiets machtigs en belangrijks als liefde zo zorgeloos en toevallig kon zijn.

Dat fluisterde ze tegen ons na een van die mooie momenten als ze Noble en mij het verhaal vertelde over haar en papa. Ze had het al vaker verteld, maar we vonden het heerlijk het steeds opnieuw te horen, ík tenminste. Ze vertelde het alsof ze een sprookje vertelde, terwijl wij aan haar voeten zaten en luisterden, ik natuurlijk aandachtiger.

'Op een dag, iets meer dan vijf jaar nadat mijn vader was gestorven, was er weer een flink lek in het dak,' begon ze. 'Omdat mijn vader was verongelukt tijdens het repareren van een lek, vond mijn grootmoeder het een slecht voorteken, en was ze onvermurwbaar in haar wens het onmiddellijk te laten maken.'

'Wat is onvermurwbaar?' vroeg Noble.

We waren net zes geworden toen ze ons die keer haar verhaal vertelde. We kregen aardrijkskundeles toen iets haar eraan deed denken, en ze klapte haar boek dicht en leunde glimlachend achterover. Het jaar daarvoor had mama besloten ons thuis les te geven, althans de eerste paar jaar. Papa was er niet blij mee, maar mama vertelde hem dat haar ervaring als lerares haar ruimschoots kwalificeerde om ons de best mogelijke eerste scholing te geven, en de eerste jaren waren de belangrijkste, beweerde ze.

'Bovendien,' zei ze, 'kan het uitstellen van alle irrelevante en onbelangrijke dingen rond het huidige openbare onderwijs alleen maar goed zijn, Arthur. Ouders, schoolbesturen en opvoeders doen niet anders dan met elkaar kibbelen, en de kinderen raken daarbij verloren en vergeten.'

Ten slotte gaf papa met tegenzin toe. 'Maar, Sarah, alleen het eerste jaar of zo,' voegde hij eraan toe. Mama zei niets en papa keek met een bezorgd gezicht naar mij. Nu was zij degene die maar met een half oor luisterde, dacht ik.

'Onvermurwbaar,' zei mama tegen Noble, 'betekent vastbesloten. Niets kan je van gedachten doen veranderen. Koppig, zoals jij maar al te vaak bent.' Ze glimlachte en zoende hem. Mama had nooit kritiek op Noble zonder hem meteen daarna een zoen te ge-

18

ven. Het leek of ze zeker wilde weten dat wat ze zei niet bleef hangen, er niet toe deed, of misschien ook niet gehoord werd door eventuele kwade geesten in huis, die van een zwakte gebruik konden maken om tot zijn ziel door te dringen.

Toch deed ze dat nooit bij mij, besefte ik. Waarom maakte ze zich niet ongerust dat ik door een kwade geest zou worden aangeraakt?

'In ieder geval,' ging ze verder, 'zette ze me de eerste mooie dag na de regen bij de telefoon neer om een aannemer te zoeken die ons dak zou kunnen repareren. Het was niet gemakkelijk om snel iemand te vinden, feitelijk was het niet gemakkelijk om überhaupt iemand te vinden.'

'Waarom niet?' vroeg ik.

Noble keek verbaasd op bij mijn vraag. Hij had heel zelden iets te vragen, en de vorige keren dat ze ons haar verhaal vertelde had ik deze vraag niet gesteld.

'Het was geen grote klus. Het was meer iets voor een klusjesman dan voor een gediplomeerde aannemer, maar je overgrootmoeder Jordan wilde wat zij noemde "een echte timmerman", dus moest ik bellen en mensen smeken om te komen,' zei mama. 'Bijna allemaal zeiden ze dat ze er geen tijd voor hadden of misschien pas over weken en weken.

'Eindelijk belde ik het nummer van je vader, en het toeval, of misschien iets meer, wilde dat hij zelf de telefoon aannam. Hij hoorde me pleiten, en hij lachte en zei: "Goed, miss Jordan, ik kom vanmiddag."

'De manier waarop hij zei "miss Jordan" maakte me duidelijk dat hij over me gehoord had, wist dat ik was wat de mensen een ouwe vrijster noemden, alleen omdat ik achter in de twintig was en nog niet getrouwd.'

Ze zweeg en keek even peinzend voor zich uit.

'Om je de waarheid te zeggen,' ging ze verder alsof iets waar ze niet eerder aan gedacht had net bij haar was opgekomen, 'maakte het me een beetje zenuwachtig hem zo nonchalant tegen me te horen praten.'

'Waarom?' vroeg ik. Mama was nooit zenuwachtig als ze nu met papa sprak, dacht ik.

'Waarom? Tja,' zei ze, naar Noble kijkend alsof hij degene was die het gevraagd had. 'Ik had nooit een vriendje gehad, niet echt. Wel eens een afspraakje, maar nooit een vaste beau.'

'Beau?' vroeg Noble, snel opkijkend. 'Bedoel je een boog met een pijl en zo?'

'Nee, malle. Beau–b...e...a...u. Dat betekent minnaar,' zei ze lachend. 'Als je later een tiener bent, zul je me ervan beschuldigen dat ik ouderwets ben, zelfs in mijn manier van spreken.'

Noble grinnikte teleurgesteld. Het was duidelijk dat het hem allemaal weinig interesseerde. Hij keek naar zijn hand en bewoog zijn vingers alsof hij iets heel verbazingwekkends over zichzelf had ontdekt.

'Je vader kwam voorrijden in zijn truck, en grootmoeder Jordan ging naar buiten om hem te inspecteren,' ging mama verder. Er klonk enige teleurstelling in haar stem over Nobles geringe aandacht. 'Zo was je grootmoeder met mensen. Ze ontmoette ze niet. Ze inspecteerde ze. Ze zocht naar gebreken, naar iets duisters. Ik dacht bij mezelf – O nee!' riep ze plotseling luid, Nobles aandacht weer opeisend. 'Ze zal een slecht gevoel over hem krijgen, net als toen we die loodgieter lieten komen, en dan raken we hem kwijt.

'Maar ze deed me verbaasd staan.' Ze streek met haar hand over Nobles haar. 'Ze glimlachte en knikte goedkeurend. Ik nam papa mee naar binnen en hij keek naar de vochtplek in het plafond die door het lekkende dak was ontstaan. Telkens als hij iets tegen me zei lag er een flirtend glimlachje om zijn lippen. Ik weet zeker dat ik bloosde. Ik bloos nu zelfs al, als ik er alleen maar aan denk,' zei ze, en ik zag dat het waar was. 'Het was of ik een veertje in mijn maag voelde dat kriebelend rechtstreeks naar mijn hart vloog.'

Ze zuchtte voor ze verderging.

Noble begon zijn belangstelling weer te verliezen. Hij had een dode rups in zijn zak en hij haalde die eruit om hem op het tapijt recht te trekken.

'Waar heb je die vandaan?' snauwde mama. Ik schrok op, want ze praatte niet vaak op zo'n scherpe toon tegen Noble. Meestal deed ze dat tegen mij.

'Ik heb hem op de trap van de veranda gevonden,' antwoordde hij.

'Je hebt hem toch niet doodgemaakt, hè?' vroeg ze met iets van angst in haar stem. Hij schudde zijn hoofd.

20

'Je mag nooit iets doodmaken dat zo mooi is, Noble. Alle slechte dingen die je doet worden genoteerd op een bankrekening van het kwaad, en als je genoeg bij elkaar hebt, zal de natuur je streng straffen,' waarschuwde ze. Haar ogen stonden nu heel kwaad en tegelijk vol oprechte bezorgdheid.

Hij sperde zijn ogen open, maar keek niet angstig. Om de een of andere reden leek niets wat mama zei of deed Noble ooit bang te maken. Het was alsof hij ingeënt was tegen bedreigingen, vooral die uit de mysterieuze wereld kwamen. Als hij het niet zelf kon zien of horen, geloofde hij er niet in. De natuur was een te abstract begrip.

Ik was zo heel anders. Ik zocht mama's geesten in elke schaduw en elk hoekje. Ik luisterde naar elk briesje dat door de bomen of door onze open ramen naar binnen woei. Ik snoof zelfs geuren op die anders of vreemd waren. Diep in mijn hart voelde ik dat alles nu sneller en sterker op me afkwam. Heel binnenkort zou ik net zo zijn als mama, en misschien zou ze me dan een zoen geven als ze in mijn oor fluisterde of bezorgder zijn dat een kwade geest me zou aanraken. Misschien dan wél.

Had ze me per slot niet vaak verteld dat de reden waarom ze erop stond dat ik Celeste werd genoemd, was dat er iets goddelijks aan me zou worden doorgegeven?

'Maar goed,' ging mama verder, die weigerde zich te laten afleiden van haar mooie, romantische verhaal, 'je vader ging naar buiten en zette zijn ladder klaar. Alleen al het zien van die ladder tegen het huis joeg mijn moeder en mijn grootmoeder weer naar binnen. De herinnering aan de val van mijn vader was te levendig voor mijn moeder. Ze vond hem bewusteloos op de grond liggen toen ik op school was, zie je. Ik zal nooit dat telefoontje vergeten toen ze me in het kantoor ontboden, en zij gilde en huilde. Hij bewoog zich niet. Hij ademde niet.'

Ze veegde een verdwaalde traan weg en hield scherp haar adem in.

Noble was weer een en al aandacht. Elke zinspeling op de dood fascineerde hem, maar, dat voelde ik, joeg hem ook een beetje angst aan. Hij kwam dichter bij me zitten zodat we elkaar konden aanraken.

'"Wees voorzichtig",' zei ik tegen je vader toen hij die ladder opklom. Hij keek op me neer, lachte naar me op die manier van hem die je zo op je gemak kan stellen en toen sprong hij zo sierlijk en zelfverzekerd het dak op, dat ik geen enkele angst had.

'"Wat een mooi uitzicht heb je hier",' riep hij tegen me. "Je huis ligt op een perfecte plaats in het dal. Ik kan heel duidelijk het meer zien dat water voert naar de beek en een mooie vijver. Ga je daar wel eens zwemmen? Dat zou ík doen," zei hij, zittend op de rand van het dak alsof hij in een schommelstoel zat op iemands veranda en alle tijd had.

'"Schiet een beetje op alsjeblieft," schreeuwde ik naar hem omhoog,' zei mama en vertelde ons waarom. 'Er zweefden kwade geesten rond het huis, en ik deed mijn uiterste best om ze te beletten tegen de muren op te klimmen en hem te pakken te nemen.'

'Wat deed je, mama?' Dat had ik al eerder gevraagd, maar het was alsof het mijn rol was in een toneelstuk. Ze keek naar me tot ik die vraag stelde, verwachtte die.

'Ik neuriede naar ze, en reciteerde het onzevader. Eindelijk was papa klaar en begon de ladder af te dalen. Ik hield mijn adem in en keek zenuwachtig toe. De laatste vijf sporten sloeg hij over, sprong omlaag en lachte naar me.

'"Klaar," zei hij.

'"Dank je," zei ik.

'Toen informeerde hij naar mijn baan als lerares en naar het huis zelf. Hij was duidelijk benieuwd naar de constructie. We gingen niet onmiddellijk weer naar binnen, en grootmoeder Jordan kwam niet naar buiten om ons te onderbreken. Mijn moeder wilde niets liever dan dat ik een man zou leren kennen en zou trouwen, zie je. In ieder geval leidde ik hem rond het huis en we praatten.

'Er vielen weinig lange stiltes tussen ons. Ik wilde zijn stem horen en hij wilde die van mij horen. Ten slotte,' zei ze, met die zachte glimlach die haar nog mooier maakte, 'vroeg hij of ik met hem uit wilde. Ik was zo verbaasd dat ik geen ja en geen nee zei. Ik staarde hem alleen maar stom aan tot hij zei: "Ik moet het weten voor ik wegga of voor ik met pensioen ga."

'Jullie weten natuurlijk dat ik ja zei, en de rest is historie,' eindigde ze. Ze sloeg haar handen ineen alsof ze het omslag van een boek dichtsloeg.

'Wat is historie?' vroeg Noble. Zijn belangstelling voor het woord deed ons allebei verbaasd staan.

'Alle gebeurtenissen, de tijd die is verstreken, ons huwelijk, jullie geboorte, tot aan de dag van vandaag,' legde ze geduldig uit.

Noble dacht even na.

'Is morgen ook historie?' vroeg hij.

'Dat wordt het,' zei ze, en dat scheen hem te verheugen. Waarom vond hij dat zo belangrijk? Waarom vond hij van alle onderdelen van het verhaal juist dat zo interessant? Noble was me altijd een raadsel, ook al waren we als identieke tweeling nog zo hecht met elkaar verbonden. Papa zei dat we in uiterlijk en gedrag zoveel op elkaar leken dat we een Siamese tweeling hadden kunnen zijn. Het was waar dat we zo op elkaar leken, maar er lag iets anders in zijn ogen dan in die van mij. Ik dacht dat het te maken had met het feit dat hij een jongen was en ik een meisje. Het was iets wat ik gauw genoeg zou ontdekken, maar nooit helemaal begrijpen.

Hoewel Noble niet zocht naar de geesten of naar hun stemmen luisterde zoals ik, speelde hij veel meer komedie dan ik. Mama maakte hem vaak een complimentje over zijn verbeeldingskracht. Oorspronkelijk dacht ik dat zijn verzinsels, zijn ruimtewezens en dergelijke, hem meer in staat zouden stellen de geesten uiteindelijk te horen, maar dat bleek niet zo te zijn.

Trouwens, het enige wat we hadden waren onze boeken en onze fantasieën. We mochten niet veel televisiekijken van mama, en we waren nog nooit naar een film geweest. Ze geloofde dat televisie en films onze hersens in de war zouden brengen en het ons moeilijker zouden maken goede leerlingen te zijn. Papa kon niet tegen haar op als het om onze opleiding ging. Hij zei: 'Jij bent de expert op dat gebied, Sarah, maar het heeft mij nooit veel kwaad gedaan.'

'Hoe weet je dat? Hoe weet je of je anders niet méér had kunnen bereiken?' kaatste ze terug.

'Waarschijnlijk weet ik dat niet. Ik wil alleen niet dat ze buitenbeentjes worden, Sarah. Het zal nu al moeilijk genoeg voor ze zijn op school als je ze daar eindelijk naartoe laat gaan.'

'Ze zullen de anderen zo ver vooruit zijn, dat het gemakkelijker voor ze zal zijn,' verzekerde ze hem.

Hij liet het erbij, maar wanneer hij maar de kans kreeg, wanneer mama niet thuis was, liet hij ons kinderprogramma's op de tv zien.

Alleen moesten we beloven dat we het nooit aan mama zouden vertellen.

We beloofden het, maar ze komt het te weten, dacht ik.

De geesten zullen het haar vertellen.

Zo was het altijd geweest bij ons thuis. We konden geen geheimen bewaren voor mama. Er waren te veel oren en ogen om ons heen, oren en ogen die alleen háár vriendelijk gezind waren. Ik geloof dat er een tijd kwam dat zelfs papa het begon te geloven.

'Ik heb weer niks gezien,' zei Noble tegen mama toen de duisternis de laatste roze gloed van de schemering had verdreven en ons hele huis nu omringde. Een nieuw samenzijn op de bank was op niets uitgedraaid. 'Ik wil met mijn zaklantaarn naar buiten en naar de mieren kijken,' zeurde hij, kronkelend in haar armen.

Mama keek naar mij en ik schudde mijn hoofd. Ik had zo graag gewild dat ik wat anders had kunnen zeggen, haar had kunnen vertellen dat ik iets gezien of gehoord had, maar dat had ik niet. Ze deed haar ogen open en dicht met dat geduldige vertrouwen waarmee ze me zei dat het echt zou gebeuren. Maak je niet ongerust.

'Mag ik, mama? Mag ik?' riep Noble. 'Je hebt het beloofd als ik stil zou zitten. Je hebt het beloofd.'

'Goed dan. We gaan allemaal naar buiten en kijken tot je vader thuiskomt,' liet ze zich vermurwen, en Noble sprong van de bank af, rende de zitkamer uit en de gang door om zijn zaklantaarn te halen, een cadeau dat papa hem op zijn laatste verjaardag had gegeven. Het was een lange, zwarte lantaarn, bijna net zo lang als zijn kleine arm, met een krachtige lichtstraal die tot de toppen van de bomen rond het gazon en de weide reikte. Hij vond het leuk om uilen te verrassen.

Mama en ik volgden hem naar buiten, liepen langzaam achter hem aan. Het was een warme, betrekkelijk wolkeloze vroege voorjaarsavond. De sterren fonkelden zo helder dat het leek of ze dansten. Noble holde naar de oostkant van ons huis. De halve maan was al heel laag gezakt, zodat het maanlicht de schaduw van ons huis rekte tot aan de duisternis.

Mama's overgrootvader Jordan had een huis gebouwd dat de aandacht trok van voorbijgangers. We hadden een lange oprijlaan naast een van de snelwegen.

Soms, als ik alleen was of Noble bezig was met iets wat hem volledig in beslag nam, keek ik naar de snelweg en naar de auto's. De weg was net ver genoeg om de mensen niet goed te kunnen onderscheiden, het waren niet meer dan vage gedaantes van wie ik me voorstelde dat het gezinnen waren, man, vrouw en kinderen, die zich waarschijnlijk afvroegen wie er zover van de weg af in dat prachtige oude huis woonde. Het waren mensen die ik graag zou willen kennen, kinderen die ik wilde dat mijn vrienden zouden zijn, maar die ik nooit zou kennen. Zelfs toen wist ik dat al. Nu en dan zag ik iemand foto's maken van het huis.

Het had een steil schilddak met twee lagere dwarsfrontons, maar de toren in de westelijke hoek van de voorgevel trok de meeste aandacht, vermoedde ik. De ronde zolderkamer werd alleen als opslagruimte gebruikt, maar vooral voor Noble maakte het een kasteel van ons huis en een kader voor zijn fantasieën.

'Kijk!' schreeuwde hij, en scheen met zijn lantaarn op de mierenhoop. Rijen mieren marcheerden op en neer, in en uit, druk en vastberaden, sleepten dode insecten en blaadjes mee.

'Bah,' zei ik, me voorstellend hoe ze het huis binnen zouden komen, zoals ze van tijd tot tijd deden. Papa moest spuiten en mierenvallen neerzetten.

'Je mag de natuur niet afwijzen,' berispte mama me. 'Nobles nieuwsgierigheid is gezond en leidt tot kennis, Celeste.'

Het leek me dat ze heel trots, wanneer ze maar kon, Nobles beste eigenschappen naar voren bracht, maar die van mij slechts erkende of inhaakte op mijn tekortkomingen.

Ze ging over op haar schooljuffentoon zoals ik het graag noemde.

'Wat jullie hier zien, kinderen, is het toppunt van samenwerking. Elke mier draagt bij tot het succes van het nest. Ze beschouwen zichzelf niet als een zelfstandige eenheid. Ze zijn als cellen in ons lichaam, op elkaar inwerkend, bouwend, bestaand voor het succes van het geheel en niet dat van henzelf. Als wij dat doen, produceren we ons beste werk. Een gezin is ook een team.

'In feite,' ging ze verder, 'moet je de mieren niet als mieren zien. Beschouw die hele mierenhoop als één levend ding, dan zul je ze beter begrijpen. Kun je dat, Noble?'

Hij knikte, al kon ik in zijn ogen zien dat hij eigenlijk geen idee had wat ze precies gezegd had. Niettemin streek mama met haar hand door zijn haar en drukte hem tegen zich aan. Altijd als ze hem omhelsde zonder ook mij te omhelzen, voelde ik me of ik verloren in de ruimte zweefde.

We stonden naar de druk werkende mieren te kijken, mama met Nobles hand in de hare en ik naast hen, met tranen die in mijn ogen prikten, al begreep ik niet goed waarom. Ik slikte een brok in mijn keel weg en haalde diep adem.

Mama draaide zich om en keek naar me. Een grote, donkere wolk begon de maan te verduisteren, en het licht op haar gezicht ging uit alsof iemand een knop in de lucht had omgedraaid.

Ze keerde zich met een ruk om en keek naar de nu dichter wordende duisternis, haar armen strak langs haar zij, haar lichaam doodstil. Mijn hart begon te bonzen. Ze hoort iets, ziet iets, dacht ik. De donkere wolk was nu volledig voor de maan geschoven.

'Mama?' zei ik.

Ze gebaarde dat ik stil moest zijn.

Noble knielde neer om zijn mieren beter te kunnen observeren, zich van niets anders bewust.

'We moeten weer naar binnen,' zei mama plotseling en pakte Nobles arm beet, dwong hem op te staan.

'Waarom?' jammerde hij.

'Er is iets slechts daarbuiten, iets duisters en kwaadaardigs cirkelt om ons heen. Gauw,' zei ze.

Ze ging op weg naar huis. Ik volgde, bang om achterom te kijken. Noble was aan de rand van tranen, hij draaide zijn lichaam om zodat hij nog een keer naar zijn mieren kon kijken.

'Maar je zei dat we naar de mieren konden kijken!' kermde hij.

'Loop nu maar door,' beval mama en sleurde hem bijna mee.

Zodra we binnen waren, smeet ze de deur dicht en nam ons haastig mee naar de zitkamer, waar ze de gordijnen dichttrok. Toen stak ze een van haar kaarsen aan.

Noble bleef vol afkeer en woede staan.

'Ik ga stiekem naar buiten, terug naar mijn mieren,' zei hij.

'Dat doe je niet!' zei ik, bang voor hem. 'Je hebt mama gehoord.'

'Ik heb niks slechts gezien,' zei hij bits en holde het huis door naar zijn kamer.

Mama kwam terug met een kaars en zette die bij het raam aan de voorkant, dat ze snel dichtdeed.

Ze keek naar mij en toen op haar horloge. Waar maakte ze zich zo bezorgd om? vroeg ik me af.

En toen dacht ik... papa.

Hoorde hij nu niet al thuis te zijn?

2. Papa's amulet

Papa was in een bespreking met iemand die een huis wilde bouwen. Toen hij en mama trouwden, had hij zijn eigen aannemersbedrijf, maar dat was erg klein en papa werkte in feite alleen samen met grotere bedrijven. Hij beschikte niet over de financiën om vee¹ meer te kunnen doen. Mama bleef lesgeven tot wij werden geboren. Ze kreeg langdurig zwangerschapsverlof en besloot toen niet meer terug te keren naar het onderwijs, maar haar tijd te besteden aan onze opvoeding. Ze geloofde dat de eerste jaren het belangrijkst waren voor de opvoeding van kinderen.

Een tijdlang kampten ze met financiële problemen, maar iets langer dan een jaar nadat wij waren geboren stierf oma Gussie en erfden mama en papa het huis en het land, en een rentedragende bankrekening die van grootvader Richard Jordans levensverzekering afkomstig was. Er was niet veel van opgenomen nadat hij van de ladder was gevallen en gestorven. Met dat geld richtten papa en zijn partner een groter aannemersbedrijf op en begonnen huizen in opdracht te bouwen. Hoewel hij niet voor architect gestudeerd had, trokken zijn fantasievolle ideeën de aandacht van de meer kieskeurige huizenkopers, en het duurde niet lang of hij had drie schitterende voorbeelden om aan andere toekomstige kopers te laten zien.

Een van zijn huizen werd beschreven in een landelijk tijdschrift en vestigde nog meer de aandacht op hem. Algauw had hij vijf mensen in dienst die fulltime op zijn kantoor werkten, en toen kreeg hij de kans een huizenproject te bouwen in samenwerking met een heel groot bedrijf in New York City.

Mama was erg trots op zijn prestaties. Ik beschouwde ons nooit als rijke mensen, maar blijkbaar ging het ons zo goed dat we ons dure dingen konden veroorloven als een luxe auto, een jeep van de zaak, een truck van de zaak, een betere motormaaier voor het gazon en beter gereedschap, en mooie kleren voor Noble en mij, hoewel papa vaak klaagde dat niemand ons zo netjes uitgedost zag, omdat mama ons veel te vaak thuishield.

'Ik verdien al dat geld,' brulde hij bijna tegen haar, 'maar jij wilt geen dure vakantie. Je denkt er niet over de kinderen naar een particuliere school te sturen. Je geeft nauwelijks iets uit aan je eigen garderobe. Je wilt bijna nooit naar een goed restaurant.'

'We moeten ons niet laten veranderen door geld, Arthur,' waarschuwde ze. 'Dat zou kunnen gebeuren.'

'O,' zei hij, knikkend en rondlopend in de kamer, zoals zijn gewoonte was als hij met haar redetwistte. 'En waar haal je die wijsheid vandaan? Van een van je dode familieleden?'

'Als je het graag wilt weten, ja,' zei ze zonder aarzelen. 'Ik had een oudoom, Samuel, die een hoop geld verdiende op de effectenbeurs. Hij dwong zijn vrouw om dure dingen te doen, zich chique te kleden en naar bals en liefdadigheidsdiners te gaan, haar foto te laten afdrukken op de societypagina van de kranten, vriendschap te sluiten met andere rijke vrouwen.'

'Nou, en?'

'Ze leerde iemand kennen die haar verleidde en ze werd weer zwanger.'

Papa keek naar Noble en mij. We zaten aan onze bureautjes en maakten onze taaloefeningen. In werkelijkheid zat Noble insecten te tekenen in de marge. Hij was er erg goed in. Ik luisterde naar papa en mama, maar deed net alsof ik niets hoorde.

'En?' vroeg papa.

'En mijn oom gooide haar de deur uit. Ook haar minnaar wilde niets meer met haar te maken hebben, en ze stierf toen ze naar een walgelijk huis ging voor een abortus.'

'Waarom heb ik dat verhaal nooit eerder gehoord?' vroeg hij wantrouwend.

'Ik heb het zelf pas gehoord,' antwoordde ze.

Hij keek haar aan en schudde zijn hoofd.

'Oké, Sarah,' zei hij met een diepe, vermoeide zucht. 'We zullen net doen of ik geen succes heb.'

'Ik zeg niet dat we dat moeten doen, maar we moeten verstandig omgaan met ons geld en met onszelf.'

Hij lachte.

'Sorry,' zei hij, zocht in zijn zak en haalde er een klein doosje uit. 'Ik kon er niets aan doen dat ik deze ene keer niet verstandig was.' Hij overhandigde haar het doosje en ik keek nieuwsgierig toe. Noble bleef tekenen.

'Wat is het?' vroeg ze, zonder het open te maken. Ze hield het vast of het elk moment in iets kon veranderen waaraan ze zich zou branden.

'Dat zei ik je. Ik kon er niets aan doen. Ik zag het en kreeg toen een visioen van jou als je het droeg. Beklaag je maar bij je geesten over mij.'

Ze schudde haar hoofd naar hem alsof hij een ondeugend kind was, maakte het doosje open en keek toen naar hem op zonder de inhoud eruit te halen.

'Is hij echt?'

'Natuurlijk is hij echt,' zei hij.

Voorzichtig, beschroomd, haalde ze de ketting tevoorschijn. In het midden was een peervormige diamant, bijna zo groot als mijn duim. Hij schitterde zo helder, dat ik dacht dat er zich een klein gloeilampje in bevond.

Papa liep haastig naar voren en nam hem van haar over.

'Laat me je hem omdoen,' zei hij, maakte de sluiting los en ging achter haar staan.

Ze liet hem zijn gang gaan en legde haar hand op de diamant toen hij weer voor haar ging staan.

'Je moet hem niet bedekken,' zei hij.

'Ik wilde hem voelen, de energie ervan voelen,' zei ze.

Papa sloeg zijn ogen op naar het plafond, keek toen even naar mij en trok aan zijn oor. Ik beet op mijn lip. Mama liep naar de wandspiegel en staarde zwijgend en lang naar zichzelf. Papa en ik hielden, geloof ik, beiden onze adem in.

'Hij is mooi,' zei ze ten slotte. 'Te mooi.'

'Niets is te mooi voor een mooie vrouw, Sarah,' zei hij.

Ze ontspande zich, draaide zich om en lachte naar hem.

'Je bent onverbeterlijk, Arthur Madison Atwell.'

'Ik hoop het,' zei hij met een glinstering in zijn ogen. 'Misschien kun je het me later allemaal nader uitleggen als we alleen zijn,' voegde hij eraan toe. Mama bloosde, keek naar mij en schudde haar hoofd, en wendde het toen snel af om haar glimlach te verbergen. De ketting was het eerste kostbare geschenk dat papa ooit aan mama had gegeven. Geld uitgeven, genieten van hun nieuwe rijkdom, leek haar werkelijk angst aan te jagen. Ze praatte veel over het boze oog en zei dat het iets was dat haar grootmoeder had beschreven en haar voor gewaarschuwd had toen mama nog klein was. Het maakte papa altijd kwaad als hij dat hoorde, dus praatte ze er zelden over als hij erbij was.

'Jaloerse geesten,' zei ze tegen ons, 'zien je geluk, vooral als je ermee te koop loopt en dan doen ze iets, spreken een vloek over je uit, lokken je in een val en maken je ongelukkig. Wees nooit te trots, te praalziek, pronk niet met de mooie dingen die je hebt en de fantastische dingen die je overkomen of die je zelf hebt bereikt. Blijf altijd bescheiden, kinderen,' waarschuwde ze ons.

Noble zoog zijn wangen in en staarde haar wezenloos aan, omdat er zoveel woorden waren die hij niet begreep, maar ik wist genoeg om mijn hart sneller te doen kloppen. Hoe weet je wanneer je boze geesten tart? vroeg ik me af. Ik wilde het haar vragen, maar ik praatte er zelf ook niet graag over.

In ieder geval bracht papa's cadeau mama op een idee. Het was een idee dat moest rijpen tussen haar en haar goede geesten. Avond aan avond ging ze in haar eentje naar buiten en luisterde naar advies, en toen vertelde ze papa op een dag dat ze met hem wilde gaan winkelen. Ze wist precies waar ze naartoe wilde en zei dat ze ook met ons wilde lunchen, wat hem verbaasde, maar hij was zo blij ons die dag mee uit te kunnen nemen, dat hij geen vragen stelde. Hij had ook geen idee wat ze wilde kopen.

Ze nam ons mee naar een juwelier die ze, zoals we ontdekten, al heel lang kende. Hij had zijn zaak verhuisd naar de hoofdstraat van een dorp dat bijna vijftig kilometer bij ons vandaan lag, een plaats waar mama trouwens de meeste van haar boodschappen in de supermarkt deed. Papa klaagde daarover en liet haar wanneer hij ook maar enigszins kon haar boodschappen in de buurt halen. Het leek of ze niet wilde dat de plaatselijke inwoners ons zouden zien en haar vragen zouden stellen over ons of over haar. Zodra we in het dorp waren, begon papa te mopperen.

'Ik snap niet wat zo belangrijk is dat we dit hele eind moeten rijden. Er is hier niets voor de kinderen,' zei hij.

'O, jawel,' beweerde ze. 'Hier is juist iets voor de kinderen.'
Nog steeds verbaasd reed hij door de hoofdstraat tot ze hem zei dat hij moest stoppen. Ze stapte uit, gaf ons allebei een hand en nam ons mee naar de juwelierszaak die Bogart's Estate Jewelry heette. Papa volgde, en krabde geamuseerd, maar ook een beetje gegeneerd, op zijn hoofd. Wat wilde ze hier? vroeg hij zich af. Ik kon het aan zijn gezicht zien, want ik keek al net zo. Noble was teleurgesteld; het was geen speelgoedwinkel.

Toen de eigenaar liet merken dat hij mama goed kende, was niemand verbaasder dan papa, want mama kocht nooit sieraden voor zichzelf, tenminste niet voorzover hij wist.

'Hallo, Sarah,' zei hij. 'Dat is lang geleden.'

'Meneer Bogart, hoe gaat het ermee?' vroeg mama.

Hij haalde zijn schouders op.

'Ik vraag het mezelf niet af, dus ik hoef me geen zorgen te maken over het antwoord,' zei hij glimlachend.

Meneer Bogart, die ongeveer even lang was als mama, had een grotendeels kaal hoofd maar krullend grijs haar bij de slapen. Zijn ogen leken op die van Noble en mij, blauw en dan weer groen als hij van het gedempte licht in de felle zon kwam, die door het kleine voorraam naar binnen scheen. Hij had zachte, heel lichtrode lippen en een kuiltje in zijn ronde kin. Hij droeg een zwartleren vest op een wit hemd en een zwarte broek, en zwartleren slippers zonder sokken. Het viel me op hoe rood zijn enkels waren, zo rood als uitslag.

Zijn winkel was niet erg groot; smal met vitrines van donker hout en glas aan weerszijden. De vitrines lagen vol met allerlei soorten sieraden, en ook horloges. Op een van de toonbanken stond iets te branden. Ik herkende het als iets wat op de wierook leek die mama nu en dan brandde.

'Dit zijn mijn kinderen,' zei mama, pakte ons elk bij een schouder en duwde ons naar voren.

Meneer Bogart bekeek ons aandachtig en knikte langzaam.

'Gussies ogen,' zei hij.

'Ja,' antwoordde mama met een glimlach. Het was de eerste keer dat ik hoorde dat Noble en ik de ogen hadden van onze grootmoeder van moeders kant. Waarom had mama dat nooit eerder gezegd? Het was alsof ze eerst meneer Bogarts bevestiging nodig had en ons daarom hierheen had gebracht.

Papa schraapte zijn keel.

'O, dit is mijn man, Arthur Atwell, meneer Bogart.'

'Hoe maakt u het,' zei meneer Bogart, en stak zijn kleine gezwollen hand uit.

Papa schudde die haastig, knikte en keek toen naar mama met een gezicht van: 'Wat doen we hier?'

Ze wendde zich snel van hem af.

'Ik ben gekomen omdat het tijd wordt dat de kinderen hun amulet krijgen, meneer Bogart.'

'Natuurlijk,' zei hij. 'Ik verwachtte jullie al.'

'Hè?' vroeg papa onwillekeurig. 'Amulet?'

Waarom verwachtte meneer Bogart ons? vroeg ik me ook af. Een tijdje geleden scheen hij niet te hebben geweten wie we waren of dat mama een zoon en een dochter had.

'Ik weet wat ik nodig heb,' zei mama.

'Daar ben ik van overtuigd,' antwoordde meneer Bogart met een glinstering in zijn ogen en liep om de toonbank heen naar de vitrine aan de linkerkant, het dichtst bij de voorkant van de winkel.

Mama liep er ook heen. Papa keek nu verontrust, deed een stap achteruit en sloeg zijn armen over elkaar, iets wat hij altijd deed als hij kwaad begon te worden.

'Sarah,' zei hij met opeengeklemde tanden, 'wat ben je aan het doen?'

'Arthur, alsjeblieft, dit is belangrijk,' mompelde ze en draaide zich weer om naar de vitrine. Ze bekeek alles aandachtig en wees naar een hanger aan een gouden ketting.

'Die is voor Noble,' zei mama tegen Bogart.

'O, ja, de Krena,' zei hij, maakte de achterkant van de vitrine open en stak zijn hand uit naar een ronde gouden hanger met een afbeelding die leek op een hardlopende worm met armen en benen. Dat was precies wat Noble ook dacht.

'Een worm?' vroeg hij.

'Nee, nee,' zei meneer Bogart glimlachend. 'Dat is geen worm, jongeman. Dat is een krachtige talisman.' Hij keek naar papa, die kwaad naar de amulet staarde. 'De Krena activeert paranormale gaven,' zei hij.

'Wat betekent dat?' vroeg ik zachtjes, en hij keek me met een warme glimlach aan.

'Het helpt je je te concentreren op je wensen, laat je dromen uit-komen. Iedereen heeft paranormale gaven, maar de meeste men-sen gebruiken ze nooit,' zei hij, terwijl hij even naar papa keek, die zijn armen nog steviger om zich heen klemde. De aderen in zijn nek zwollen op. 'De Krena absorbeert de energie binnen je aura en concentreert die op de door jou gekozen wens.'

'Wát?' vroeg papa met een grimas. 'Nog meer magisch abraca-dabra?'

Meneer Bogart keek naar ons en toen naar mama.

'Heb je het hun niet verteld, Sarah?'

'Ik wilde dat ze het zouden zien en van u zouden horen, meneer Bogart,' zei ze, en hij glimlachte weer.

Hij overhandigde de hanger en ketting aan mama, en ze draaide zich om naar Noble, terwijl ze haar ogen afgewend hield van papa en tussen hem en Noble in ging staan.

'Je hebt dit nodig, Noble. Ik wil dat je dit altijd draagt. Doe het nooit af, begrepen?'

Hij sloeg zijn ogen op naar meneer Bogart.

'Het is een worm,' zei hij vastberaden.

'Nee, dat is het niet, maar later zul je begrijpen wat het wél is. Dat weet ik zeker,' zei mama. Ze deed de ketting om zijn hals en maakte de sluiting vast.

Hij keek ernaar en richtte zijn blik toen op mij.

'En Celeste?' vroeg hij, nieuwsgierig naar wat ik zou krijgen. Ik ook. Even dacht ik dat mama besloten had alleen voor Noble iets te kopen. Ik was al bijna in tranen.

Mama draaide zich om naar meneer Bogart en wees toen naar een andere ketting.

'Ja, ja,' zei hij, en reikte weer met zijn hand in de vitrine.

Hij pakte een zevenpuntige ster met een kleine diamant in het midden.

Meneer Bogart liet me hem op de palm van zijn hand zien. De diamant glansde in het licht, en dat maakte dat ik me blij voelde.

'Dit is de Mystieke Ster,' zei hij. 'De zeven punten stralen een mysterieuze en intense energie uit en schenken de zeven schatten van de koningen – rijkdom, geluk, liefde, fortuin, wijsheid, respect en glorie.' Hij wees naar elke punt terwijl hij de schatten opsom-de.

Mama nam de hanger van hem aan en maakte hem vast om mijn hals.

'Men zegt dat je vaak de energie voelt zodra je hem draagt,' vertelde meneer Bogart.

Ik voelde inderdaad iets, een warmte, en ik keek even naar mama, die glimlachte.

'Hocus-pocus,' mompelde papa. 'Ik kan gewoon niet geloven dat je dit doet, Sarah.'

Hij wendde zich af.

'Nog één,' zei mama tegen meneer Bogart. Ze keek weer in de vitrine en wees naar een ketting met een ongewoon uitziende steen.

'Wat is dat, mama?' vroeg ik haar.

'Een amethist,' zei ze. 'Een halfedelsteen.'

Meneer Bogart haalde hem tevoorschijn. De steen was gevat in goud en hing aan een gouden ketting.

'Ik wil dat jij deze draagt, Arthur,' zei ze tegen papa.

'Wát?'

'Het is iets bijzonders. Een amethist kan je beschermen. Hij kan je waarschuwen voor naderend gevaar, ongelukken. Hij verandert van kleur en op die manier waarschuwt hij je.'

'O, alsjeblieft, Sarah. Nu ga je te ver. Werkelijk. Verandert van kleur?'

'Het werkt,' zei meneer Bogart.

'Hmm. Voor u ongetwijfeld, ja. Hoeveel kost hij?'

'Hou daarmee op, Arthur.'

'Ik zal u wat zeggen, meneer Atwell,' zei meneer Bogart. 'U krijgt hem voor niets.'

Papa trok zijn wenkbrauwen op en bekeek de steen.

'Om mij gelukkig te maken, Arthur,' zei mama. 'Alsjeblieft, neem hem.'

Hij schudde zijn hoofd, pakte hem aan en stopte hem toen gauw in zijn zak.

'Daar doet hij geen goed,' zei meneer Bogart.

Papa zuchtte diep en haalde hem toen weer uit zijn zak en hing hem om zijn hals.

'Kunnen we nu gaan, Sarah?'

Ze knikte.

'Neem de kinderen mee naar de auto, Arthur. Ik wil meneer

Bogart nog even spreken. Ik kom zo,' beloofde ze.

Papa greep haastig onze handen vast en trok ons mee de deur uit, in zichzelf mompelend terwijl hij met ons terugliep naar de auto. 'Waarom krijg ik een worm en zij een ster?' klaagde Noble. 'Jij bent beter af, Noble. In ieder geval ziet dat ding van jou er als iets grappigs uit. Je kunt hem op een dag aan je vriendjes laten zien, als je tenminste ooit de kans krijgt om vriendjes te maken.'

Noble leunde nadenkend achterover.

'Wormen hebben geen armen en benen,' zei hij. Toen klaarde zijn gezicht op en hij dacht hardop: 'Maar misschien heb ik die nog niet gezien. Hebben ze die, papa?'

'Ik heb er nog nooit een gezien,' zei papa. 'Maar je moeder verkeert in andere kringen.'

'Wat betekent dat, papa?'

'Hou op. Laten we nu gewoon eens aan de lunch denken. Wat zou je zeggen van een megaburger?'

Dat maakte Noble enthousiast genoeg om zijn hanger te vergeten. Ik betastte die van mij.

Zeven punten, de schatten van de koningen! Mama hield toch wel erg veel van me, dacht ik, misschien net zoveel als van Noble.

Na de lunch hadden mama en papa hun eerste echt hevige ruzie in ons bijzijn. Ze reden zwijgend naar huis, maar toen ze daar waren begon papa zich te beklagen over meneer Bogart en de amuletten, en mama negeerde hem niet zoals ze gewoonlijk deed. Ze schreeuwde naar hem terug, haar ogen rood van woede, wat we nog nooit van haar hadden meegemaakt. Noble en ik krompen ineen. We zaten dicht bij elkaar in de zitkamer. Ze stonden in de hal te ruziën.

'Je had het recht niet zo onhebbelijk te zijn tegen meneer Bogart, Arthur.'

'Onhebbelijk? Ik vond dat ik volkomen beheerst optrad. Het loopt veel te veel uit de hand, Sarah,' riep papa uit. 'Ze spelen niet met andere kinderen van hun leeftijd. Je houdt ze hier praktisch opgesloten, en als we ergens met ze naartoe gaan, waar gaan we dan naartoe? Naar een enge juwelierszaak van een of andere maffe kerel. Wie was die vent, een vriend van je grootmoeder?'

'Ja, dat was hij, en een goede vriend ook.'

'Natuurlijk. Besef je wel dat jij ook geen normale vrienden hebt?

En langzamerhand ik ook niet meer. Ik durf niemand hier uit te no-digen, uit angst dat jij duistere, boze geesten om ze heen ziet zwe-ven, hun aura ziet, en doet wat je hebt gedaan toen ik Dick Calhoun en zijn vrouw meebracht. Weet je wel hoe pijnlijk dat voor mij was? Dat jij je opsloot in de keuken en me bijna twee uur met hen alleen liet? Ik heb met hem samengewerkt aan een aantal grote projecten, en nu is hij gedeeltelijk eigenaar van mijn zaak.'

'Ik heb je verteld waarom ik me niet met hen op mijn gemak voelde, Arthur.'

'Je hebt het mij verteld? Je had een verkeerd gevoel over Betty Calhoun. Iets duisters dat om haar heen kolkte? Het idee! En nu dit... dit voodoo-gedoe met de kinderen. Je vergiftigt hun geest, Sarah. Ze zullen niet in het voordeel zijn als ze naar school gaan. Ze zullen raar gevonden worden, net als wij. Weet je wat Ben Simon me laatst vertelde, het verhaal dat hij had gehoord van de postbode?'

'Ik wil het niet horen,' zei ze.

'Nou, je krijgt het te horen,' hield papa vol. 'Simon zei dat de postbode beweert dat hij Noble en Celeste met elkaar hoorde pra-ten in iets wat op Arabisch leek, of een of andere heel vreemde taal. Toen zwoer hij dat hij had gezien hoe Noble in een vogel veran-derde en in een boom vloog. Iedereen vindt onze kinderen raar. Ze verzinnen de idiootste verhalen over ze.'

'Zeg dat niet! Hou op met te zeggen dat ze raar zijn!' schreeuw-de ze tegen hem.

'Hou jij dan op met wat je ze aandoet. En stuur ze in godsnaam naar school,' antwoordde hij en liep het huis uit. Hij smeet de deur zo hard achter zich dicht dat het huis trilde op zijn grondvesten.

Mama zei niets tegen ons, maar ik kon zien dat ze erg in de war was. Ze ging een van haar lange, stille wandelingen maken door de weide en het bos.

Toen ze terugkwam, zag ze eruit of ze dagenlang gehuild had.

Papa droeg zijn hanger niet vaak, en mama verzekerde me, toen we die avond op hem zaten te wachten, dat hij hem die dag niet om had.

'Hij gaat ermee naar buiten maar doet hem af zodra hij wegrijdt.'

'Hoe weet je dat?' vroeg ik.

'Ik weet het,' zei ze. Ze knikte en staarde naar de duisternis buiten door een kier van de gesloten gordijnen. De kaars flakkerde alsof er daadwerkelijk een geest rond het vlammetje zweefde.

Ik twijfelde er niet aan of mama wist dat papa zijn amulet had afgedaan. De manier waarop ze het zei deed de koude rillingen over mijn rug lopen.

Noble, die weer gekalmeerd was na zijn driftbui, kwam binnen, klagend dat ik niet met hem wilde spelen, maar ik kon er niets aan doen. Ik was te zenuwachtig om net te doen alsof. Ik wilde dat papa thuiskwam. Ik wilde dat we ons allemaal weer veilig zouden voelen.

'Het heeft geen zin dat je hier bij mij blijft zitten, Celeste,' zei mama. 'Ga je broer bezighouden.' Ze gebaarde dat ik weg moest gaan.

'Maar –'

Ze draaide zich met een ruk om.

'Jullie horen allebei dezelfde dingen te voelen,' zei ze, alsof ze zich zojuist een groter probleem had gerealiseerd. Haar ogen werden smal terwijl ze nadacht. 'Als de een zich bedroefd voelt, hoort de ander zich ook bedroefd te voelen.'

Ik begreep niet waarom. Noble voelde nooit wat ik voelde, en zelden of nooit voelde ik wat hij voelde. We waren een tweeling, ja, maar we waren ook individuen, en per slot was hij een jongen en ik een meisje.

'Waarom, mama?'

Mijn onbegrip scheen haar te ergeren. Ze vertrok haar lippen en sloot haar ogen.

'Ga nou maar,' zei ze, haar ogen nog steeds gesloten. 'Ga spelen! Hou je met iets bezig!'

Ik stond snel op, maar voor ik bij de deur was, gaf mama een gil. Ze legde haar handen op haar hoofd, boven op elkaar, en bleef zo staan terwijl ze omhoogkeek met een gezicht vol angst, opengesperde ogen en vertrokken mond.

Noble pakte mijn hand en ik sloeg mijn arm om hem heen. Ze begon heen en weer te zwaaien, alsof de vloer onder haar voeten bewoog.

'Mama?' riep ik.

Ze draaide haar hoofd in onze richting, en toen... viel ze flauw.

Dat ze op de grond ineenzakte was het meest angstaanjagende dat Noble en ik ooit hadden gezien. Ik kreeg geen adem meer.

'Mama!' gilde ik.

Haar gezicht was van ons afgewend en haar arm lag zo raar gebogen dat ik dacht dat hij gebroken was.

'Wat is er met mama?' schreeuwde Noble door zijn snikken heen. Hij bedekte zijn gezicht met zijn handen zodat hij haar niet kon zien.

Ik liet hem los en liep dichter naar haar toe. Mijn hart bonsde zo hevig, dat ik het in mijn keel en zelfs in mijn tanden kon voelen.

Langzaam knielde ik naast haar neer en raakte haar schouder aan. Toen gaf ik er een por tegen.

'Mama?'

Ze bewoog zich niet en ik porde nog harder. Noble zat gehurkt in de hoek hysterisch te huilen, zijn gezicht nog steeds met zijn handen bedekt. Ik schudde haar zo hard ik kon heen en weer, en ten slotte zag ik haar hand trillen en toen haar arm bewegen terwijl ze zich langzaam en kreunend naar me toedraaide.

Ze keek me aan, deed haar ogen dicht en toen weer open.

'Mama, wat is er met je?'

'Help me overeind,' zei ze. Ik ging achter haar staan en begon tegen haar schouder te duwen.

'Noble, help,' riep ik.

Hij keek op, maar draaide zich snel om, te bang om zich te verroeren.

Mama slaagde erin te gaan zitten en op adem te komen.

'Het gaat goed met me, Noble. Het gaat goed. Wees maar niet bang,' zei ze. 'Ga naar de badkamer, Celeste, en houd een washandje onder de kraan. Alleen koud water. Wring het uit, zodat niet de hele vloer nat wordt en breng het dan hier. Toe dan,' beval ze, en ik gehoorzaamde snel.

Toen ik terugkwam, zat ze op de bank, haar hoofd achterover. Noble was nu gaan zitten, en staarde haar aan. Ik gaf haar het washandje en ze legde het op haar voorhoofd.

'Het gaat goed met me,' zei ze weer, toen ze zag hoe bang ik nog was. 'Het gaat heus goed.'

'Wat is er gebeurd, mama?'

Ze schudde slechts haar hoofd. Haar lippen trilden. Ze wilde niets zeggen. Ik ging naast haar zitten en pakte haar hand. Noble stond eindelijk op en kwam naar ons toe. Hij verborg zijn hoofd in mama's schoot en ze streek met haar hand over zijn haar en zijn hals.

Zo bleven we lange tijd zitten. Noble viel zelfs in slaap. Mama tilde hem op en droeg hem de trap op naar de kamer die we samen deelden. Hij was zo moe, dat hij nauwelijks zijn ogen opende terwijl ze hem uitkleedde en zijn pyjama aantrok. Toen gaf ze hem een zoen en neuriede een van de liedjes die haar moeder en haar grootmoeder hadden gezongen om haar in slaap te sussen. Ik stond erbij; ik voelde me vergeten. Ten slotte drong het tot haar door.

'Jij moet ook naar bed, Celeste. Ga je gezicht wassen en je tanden poetsen,' zei ze en liep naar beneden alsof ze zweefde.

Ik ging naar de badkamer om te doen wat ze zei, maar ik trok niet meteen daarna mijn pyjama aan. Ik ging bij het raam staan en staarde naar de weg die naar ons huis leidde. In de verte kon ik de koplampen van een auto zien. Papa, dacht ik. Hij komt eindelijk thuis. Het is papa in zijn truck.

Wat het ook was dat mijn hart gevangen had houden, ontspande zich en liet het vrij, terwijl ik de koplampen helderder en groter zag worden toen het voertuig dichterbij kwam. Ik voelde me weer helemaal blij. Ik dacht dat ik zou kunnen dansen zoals de sterren eerder op de avond leken te dansen, maar toen ik omhoogkeek zag ik dat zelfs de sterren nu verdwenen waren. De wolken die voor de maan waren geschoven hadden zich verdicht tot een donker wolkendek.

Het zou vanavond gaan regenen, dacht ik. Meestal hield ik van het geluid van de regen in de avond. Het getik en gespetter van de regen tegen de ramen wiegde me in slaap, maar nu wilde ik geen regen. Ik wilde de heldere, vrolijke lucht weer zien, vooral als papa thuiskwam.

Maar toen het voertuig over onze oprijlaan reed, zag ik dat het geen truck was, maar een auto van een veel lichtere kleur dan die van papa. Wie was het? vroeg ik me af. Ik zag iemand uitstappen en naar het huis toelopen.

Nieuwsgierigheid dreef me naar de deur van onze slaapkamer en naar de bovenste tree van de trap toen ik de deurbel hoorde. Mama leek er een eeuwigheid over te doen om naar de deur te gaan.

Er werd voor de tweede keer gebeld. Ik wilde bijna zelf de trap aflopen om te zien wie het was, maar eindelijk zag ik haar met gebogen hoofd naar de deur sloffen. Ze deed langzaam open en ging achteruit, knikkend alsof ze precies wist wie het was en waarom hij kwam.

Toen de man binnenkwam, herkende ik meneer Calhoun. Hij bleef met zijn hoed in de hand staan.

'Sarah,' begon hij.

'Waar is hij?' vroeg mama snel.

'In het ziekenhuis,' zei hij, zonder zich af te vragen hoe mama wist dat er iets gebeurd was.

'Het ziekenhuis,' herhaalde ze.

'Het ging allemaal zo snel in zijn werk.'

'Wanneer is hij gestorven?' vroeg ze.

Meneer Calhoun boog zijn hoofd.

'Wanneer is hij gestorven!' gilde ze.

'Ongeveer een uur geleden,' antwoordde hij. 'Ze wilden je bellen, maar ik zei dat je iemand zoiets niet aan de telefoon kunt vertellen, dus bood ik aan hiernaartoe te gaan. Heeft iemand je eigenlijk gebeld?'

Ze schudde haar hoofd.

'Nee,' zei ze.

'Nee? Maar –' Hij sloeg zijn ogen neer en keek haar toen weer aan. 'Het is verschrikkelijk. Niemand begrijpt het. De dokter keek of hij zijn handen kwijt was of zoiets toen hij het ons kwam vertellen.'

'Wat is er met Arthur gebeurd? Wat zei de dokter?' vroeg ze. Ze had nog steeds geen traan gelaten.

'Een zware bloeding... een hersenaneurisma noemden ze het. Hoe zo'n gezonde man plotseling... ze zeiden het alsof het over een lekke band ging... een slagader die opzwelt en barst. Het is onbegrijpelijk. Het ene moment praatte hij geanimeerd met de hoofdaannemer over het project, en het volgende... zakte hij ineen. We hebben natuurlijk onmiddellijk gereanimeerd en een ambulance laten komen. Ze hebben gedaan wat ze konden in het ziekenhuis. We hadden hem meteen naar de spoedeisende hulp gebracht en...'

Hij keek naar de grond en schudde toen zijn hoofd en haalde diep adem.

Mama stond erbij als een standbeeld, ze huilde niet en zei nu ook niets meer.

Het scheen meneer Calhoun angst aan te jagen. Hij keek op, wendde zijn ogen af en deinsde iets achteruit.

'Kan ik iets voor je doen? Ik bedoel... je zult contact op moeten nemen met het ziekenhuis... er moet van alles geregeld worden. Als er iets is...'

'Nee,' zei ze.

'Ik vind het vreselijk, ik ben diep geschokt. Iedereen op kantoor.'

Ze knikte, maar huilde nog steeds niet.

Later zouden we horen dat mama's reactie interessanter was voor de mensen en een belangwekkender onderwerp van gesprek dan papa's verrassende plotselinge overlijden.

'Wist je of hij ziek was of zo?' vroeg meneer Calhoun ten slotte om de geladen stilte te verbreken. 'Ik bedoel, had je enig idee? Of hijzelf?'

'Ik wist dat hij moeilijkheden had,' zei ze.

'Waarom is hij dan niet naar een dokter gegaan. Voor een onderzoek of zo?'

'Hij wist niet dat hij in moeilijkheden verkeerde,' legde ze uit. 'Misschien, als hij de amulet had gedragen –'

'Amulet?'

Meneer Calhoun schudde zijn hoofd.

'Hij wist niet dat hij in moeilijkheden verkeerde? Ik geloof niet dat ik het goed begrijp, Sarah. Hoe kan het dat hij niet wist dat hem zoiets kon overkomen, maar jij wél?'

'Ik besefte het pas een uur geleden of zo,' zei ze. 'Het was te laat.'

'Ik begrijp het niet, Sarah. Hoe is het mogelijk dat jij het wist en hij niet?' vroeg hij dringender.

'Ik kreeg een boodschap, een gevoel,' vertelde ze.

Hij staarde haar even aan en knikte toen. Hij begon zich alles over mama weer te herinneren.

'O. Natuurlijk. Ik heb over dergelijke dingen gehoord,' zei hij. 'Als mensen zo aan elkaar gehecht zijn als jij en Arthur... ja, natuurlijk.' Hij ging verder achteruit. Hij was praktisch al de deur uit.

Mama pakte de deur vast en keek hem aan.

'Bedankt dat je gekomen bent,' zei ze, en deed de deur dicht voordat hij zich kon omdraaien en weggaan.

Ze bleef naar de gesloten deur staren. Ik voelde me alsof een deel van me omhoogsteeg en over de trap naar haar toe zweefde. Ik was ervan overtuigd dat ze voelde dat ik daar stond. Ze draaide zich om en keek naar me op. En toen strekte ze haar armen naar me uit en ik holde de trap af en ze drukte me tegen zich aan. Ze hield me heel stevig vast, steviger dan ze ooit gedaan had, en ik klampte me aan haar vast, met het gevoel dat ik, als ik haar losliet, in een diep zwart gat zou vallen.

Eindelijk liet ze me los en hield me op armlengte afstand. 'We moeten Noble niet wakker maken om het hem nu al te vertellen,' zei ze. 'Laat hem maar slapen.'

'Mama, waar is papa?' vroeg ik. Ik weigerde de woorden te begrijpen die ik had gehoord.

'Hij is overgegaan, Celeste,' zei ze. 'We kunnen er niets aan doen. Ze hebben hem meegenomen.'

'Wie?'

'Zijn spirituele familie,' zei ze. 'Hij is weg. Hij is gestorven,' mompelde ze.

'Hoe kon papa nou sterven?' kermde ik met dichtgeknepen keel. 'Hij was nooit ziek!'

'Hij was opgebrand, denk ik. We krijgen bij onze geboorte allemaal een bepaald aantal hartslagen, Celeste, en als we ons te vaak opwinden of te energiek zijn, wat dan ook, dan kunnen we ons leven daardoor bekorten.'

'Nee, papa niet,' zei ik. Ik schudde mijn hoofd en ging iets achteruit, bij haar vandaan. Waarom huilde ze niet als papa werkelijk dood was? Dit alles was maar een droom.

'Probeer wat te slapen, Celeste,' zei ze met een uiterst vermoeide stem. 'We hebben onze slaap en onze kracht nu meer dan ooit nodig.'

Ze praatte alsof ze gebiologeerd was, gehypnotiseerd. Haar stem leek niet op haar eigen stem, en haar ogen waren kil en grijs. Ik bleef mijn hoofd schudden, mijn tranen rolden over mijn wangen.

'Ik moet weg,' zei ze plotseling.

'Waar ga je naartoe?' riep ik uit.

'Ik moet daarheen. Ik heb dingen te doen, dingen te zeggen tegen mensen,' zei ze.

Ze draaide zich om naar de deur.

'Ik wil met je mee, mama,' zei ik. 'Alsjeblieft. Ik ben bang. Ik wil naar papa.'

Ze deed de deur open en schudde haar hoofd.

'Je kunt niet met me mee,' zei ze. 'Je bent nog niet opgewassen tegen zulke dingen. Je moet niet bang meer zijn,' beval ze. 'Ga weer naar bed. En wat je ook doet, maak Noble niet wakker. Laat hem niets weten, nog niet. Hoor je me, Celeste?'

Ik knikte.

'Maar ik wil bij jou blijven, mama,' kermde ik.

Ze deed de deur dicht en ik gilde haar achterna. Toen opende ik de deur en zag haar snel de duisternis inlopen alsof ze precies wist waar ze naartoe moest. Ik begon haar te volgen tot ze uit het gezicht verdween, tot ze door de nacht werd opgeslokt. De lucht was nu volledig bewolkt. Geen enkel licht van de maan of de sterren. Hoe kon ze in die zee van duisternis weten waar ze naartoe moest?

Ik riep haar weer, maar hoorde niets. Mijn stem stierf weg in het donker.

Een tijdje bleef ik staan luisteren, zocht in de schaduwen, vroeg me af wie ze ging opzoeken. Zou het papa zijn? Ik zag niets. Voelde alleen een ijzige kou. Toen ging ik weer naar binnen, maar in plaats van naar boven te gaan, dook ik onder aan de trap ineen en wachtte tot ze terugkwam. Ik hoorde de telefoon gaan, maar nam niet op. Ik kon niet voorkomen dat mijn ogen dichtvielen. Mijn hele lichaam leek zich te willen afsluiten, en ik vond het best. Even later sliep ik, en toen ik wakker werd met het zonlicht op mijn gezicht, lag ik in bed.

Mijn eerste gedachte was dat het allemaal een afschuwelijke nachtmerrie was geweest. Snel ging ik rechtop zitten. Noble werd ook net wakker. Hij wreef in zijn ogen en geeuwde en rekte zich uit.

'Ik heb honger,' zei hij. Toen ik geen antwoord gaf, trok hij een lelijk gezicht. 'Waarom kijk je me zo aan, Celeste?'

Zonder te antwoorden sprong ik uit bed en liep naar het raam om naar papa's truck te kijken. Die stond niet op de plaats waar hij hem altijd parkeerde.

'Wat zoek je?' vroeg Noble, die zich van zijn bed liet glijden en zijn slippers aantrok.

'Papa,' zei ik.

'Zoek beneden maar. Hij zal wel koffie drinken,' zei hij en rekte zich weer uit.

Ik begon te knikken. Waarom niet? Waarom zou het niet gewoon een nachtmerrie zijn? Ja, dacht ik. Papa is beneden en drinkt zijn koffie. Alles was niet meer dan een boze droom.

Ik liep naar de deur toen die openging en mama op de drempel naar ons stond te kijken.

Ze was in het zwart gekleed, haar ogen waren bloeddoorlopen, haar lippen trilden.

'Mama?' zei ik. Mijn eigen lippen trilden even hard.

'Heb je het hem verteld?'

'Nee,' zei ik.

'Me wat verteld?' vroeg Noble.

'Papa is weg,' zei mama.

'Weg? Waar is hij naartoe?'

'Teruggekeerd in de boezem van zijn familie,' antwoordde mama.

De nachtmerrie waarvan ik gehoopt had dat hij de werkelijkheid zou vervangen, begon pas.

3. De oversteek

Duisternis viel over ons huis en zou maandenlang niet meer optrekken. Zelfs in de ochtend, als de zon opging, bleef de duisternis hangen. Ik had het gevoel of die aan alles om me heen vastplakte. Hij was in elke hoek, voor elk raam, als een dunne donkere, grauwe sluier. Voornamelijk was hij in onze ogen, vooral in die van mama en mij.

Er waren veel mensen naar de kerk gekomen voor papa's rouwdienst en zelfs naar het kerkhof. Mama kende de meesten van hen niet of nauwelijks. Het waren mensen met wie papa zaken had gedaan: bankiers, advocaten, onroerendgoedmakelaars. Meneer Calhoun was heel attent, maar zijn vrouw leek bang voor mama, en hield hem tegen. Ze gingen niet met ons mee naar het kerkhof, maar een van papa's beste vrienden, Taylor Kotes, een man van ongeveer papa's leeftijd, bleef voortdurend bij ons. Van de vorige keren dat ik hem gezien had met papa of mama en papa over hem had horen praten, wist ik dat hij nu eigenaar was van de grootste houthandel in de gemeenschap. Hij had zijn vrouw verloren; ze had een kwaadaardige vorm van spierdystrofie en was twee jaar geleden gestorven. Op deze donkere, grauwe dag leken hij en mama hetzelfde masker van verdriet te dragen, nu de herinneringen aan zijn vrouw weer bij hem bovenkwamen.

Mama had besloten dat ze na de begrafenis geen bezoek thuis wilde hebben. Ik hoorde haar mompelen dat veel van die rouwenden uit nieuwsgierigheid waren gekomen. Ze wilden haar, en vooral ons, de mysterieuze tweeling, zien. Ik kon tientallen ogen op me gericht voelen in de kerk en vooral op het kerkhof. Noble werd zoals gewoonlijk door alles afgeleid en had een tijdje meer belangstelling voor een kraai in een naburige boom dan voor de woorden van de dominee en de aanblik van de doodkist die op palen boven het lege graf stond. Omdat mama niet huilde, huilde ik ook niet. Noble had nog steeds moeite papa's dood te begrijpen en te accepteren. Nog lange tijd daarna bleef hij naar de lange oprijlaan en naar de weg staren, in de verwachting papa's truck te zien aankomen. Zelfs na de begrafenis wachtte hij vol spanning, schopte bijna een uur lang een steentje over de oprijlaan, ging nu en dan aan de kant zitten en kraste tekeningen in de aarde. Ik keek naar hem door een raam. Ik hoefde hem niet te vragen wat hij deed. Mama stond ons niet toe papa in zijn doodkist te zien, dus zagen we hem niet toen hij dood was. Ze geloofde dat het lichaam niets meer met papa te maken had. Zijn geest had het verlaten. Daarom was er geen reden om naar hem te kijken alleen om te bevestigen dat hij dood was.

Om haar geloof aanschouwelijk te maken, vulde ze een papieren beker met water en vertelde ons dat het water de geest was. 'Als je sterft, verlaat je geest je lichaam,' zei ze en goot het water eruit. 'Deze lege beker is je lege lichaam. Jij bent het niet meer. Het is waardeloos,' zei ze verbitterd en verfrommelde de beker in haar hand. 'Ik zou hem kunnen verbranden; ik zou hem kunnen begraven; ik zou hem kunnen verzegelen in een graftombe. Het doet er niet toe. Niemand zal er ooit meer naar kijken.'

Nobles ogen werden klein en kwaad. Ik kon zien dat hij vond dat mama het volkomen verkeerd had. Ze kon onmogelijk gelijk hebben. Onmogelijk dat papa niet thuis zou komen, niet onze papa. Hij schudde zijn hoofd naar haar en stampte met zijn voet. 'Nee! Papa is geen kartonnen beker! Papa is geen beker!' gilde hij en rende weg om zich mokkend schuil te houden in zijn kamer. Zijn voetstappen bonkten op de grond en weergalmden in mijn hart.

Toen mama Noble koppig had genoemd, had ze geen idee hoe diep die koppigheid zat. Ze keek naar mij en schudde haar hoofd. 'We moeten het tot hem door laten dringen, Celeste. Dat is belangrijk,' zei ze.

Waarom vroeg ze zich geen moment af of het wel goed tot míj was doorgedrongen? Was dat alleen omdat ik niet schreeuwde en huilde als Noble? Ik wilde papa's dood evenmin als hij begrijpen en accepteren. Waarom sloeg ze haar armen niet om mij heen en suste ze ook mij? Waarom stuurde ze mij naar hem toe?

Uiteindelijk hield ik Nobles koppigheid ten onrechte voor een vermogen tot contact met papa's geest, en werd ik vreselijk jaloers. Hij hield zich zo lang vast aan zijn eigenzinnigheid, dacht ik, wat kon het anders zijn? De tijd werkte op hem niet magisch zoals op mama en mij. Hij deed geen enkele concessie, was niet bereid verder te gaan met zijn leven zonder papa, zelfs niet als we thuis de kleinste en onbelangrijkste karweitjes deden.

'Papa wil niet dat we dit doen,' zei hij dan. Of: 'Papa wil dat ik hem vanavond help.' Zelfs zei hij: 'Papa is hier geweest en hij zei dat we goed naar mama moeten luisteren en nooit ondeugend mogen zijn en haar hoofdpijn bezorgen.'

'Wanneer?' vroeg ik. 'Wanneer heb je hem gezien? Wanneer heb je hem gehoord? Hoe zag hij eruit? Wat had hij aan? Heeft hij naar mij gevraagd?'

Vragen over details brachten hem in de war en dan liep hij weg. Verborg hij iets voor me? Ik vroeg het me af. Zeiden de geesten dat hij niets mocht onthullen? Ten slotte vroeg ik het aan mama.

Ze keek me droevig aan en zei: 'Ik wou dat het waar was, Celeste, maar ik weet zeker dat alles wat Noble je vertelt voortkomt uit zijn fantasie.'

'Maar hoe weet je dat, mama? Misschien praat hij echt wel met papa's geest.'

'Ik zou het weten,' zei ze, met zoveel zelfvertrouwen dat ik er niet aan twijfelde. 'Daar is het nu de tijd nog niet voor. Je broer wil gewoon ons verlies niet onder ogen zien. Hij is een heel gevoelig kind. Hij bezit mijn hart,' zei ze, en ik had het gevoel dat ik door een bij was gestoken.

Hij bezat haar hart?

Wat bezat ik dan van haar hart?

'Ga hem zoeken. Het bevalt me niet dat hij voortdurend zo bedroefd is, Celeste. Houd hem bezig. Je moet beter over hem waken,' zei ze tegen me. Maar ze zei het niet op een manier die maakte dat ik me trots en volwassen voelde. Ze zei het kwaad. Het was kritiek omdat ik mijn werk niet naar behoren deed. Ze gaf me het gevoel dat ik alleen geboren was om over hem te waken, hem te beschermen tegen letsel en droefheid, een meeloopster zonder eigen leven.

'Jij kwam als eerste naar buiten,' had papa me glimlachend verteld. 'Dus jij bent ouder, Celeste. Jij bent zijn oudere zus.'

Toen ik dat zei waar mama en Noble bij waren, begon Noble te huilen.

'Ik was de eerste, niet jij!' kermde hij.

'Niet waar,' hield ik vol. Ik schudde mijn hoofd, en hij begon nog harder te jammeren, en mama sprong op, pakte me bij mijn schouders en schudde me heen en weer.

'Hou op! Zie je dan niet dat je hem ongelukkig maakt? Als straf krijg je vanavond geen dessert. Valsheid erin, lekkers eruit.'

'Ik zei het niet om vals te zijn, mama,' riep ik.

'Nou, dat was het wél, en je hebt het gedaan,' hield ze vol.

Ze trok Noble naar zich toe en vertelde hem dat papa me gewoon voor de gek hield. Papa meende het niet. Hij was nummer één. Wie kon dat beter weten dan zij? Zijn gesnik bedaarde en mama zoende de tranen van zijn wangen. Ik staarde naar haar en ze keek terug met die ogen die me angst inboezemden, en ik wendde snel mijn blik af.

Het doet er niet toe wat ze hem vertelt, dacht ik. Ik wist dat ik de eerste was. Papa zou daar nooit over liegen.

En, kijk, nu veranderde mama haar verhaal. Ik was volwassener. Ik was echt de eerstgeborene, geboren om sneller en wijzer op te groeien, maar het deed me geen plezier haar dat nu te horen zeggen, want ze bracht het als een extra last. Een verplichting die ik nooit van me af zou kunnen schudden was geassocieerd met het feit dat ik als eerste geboren was. Het was zelfs zo erg, dat ik wenste dat Noble werkelijk eerder was geboren dan ik.

Maar ik ging naar Noble om hem te troosten, zoals ze wilde dat ik deed. Uiteindelijk deed ik altijd wat mama wilde. Ik speelde een van zijn spelletjes met hem en leidde zijn gedachten af, maar ik kon er niet tegen dat hij steeds weer vertelde dat hij papa had gehoord of gezien.

'Je moet eens ophouden met te zeggen dat je met papa praat en dat je hem ziet, Noble. Het maakt mama erg van streek en het is niet eerlijk om over zoiets te liegen,' zei ik op een dag tegen hem.

'Maar ik heb hem echt gezien,' hield hij vol.

'Dan moet je me vertellen waar en wanneer,' eiste ik en sloeg mijn armen over elkaar zoals papa altijd deed als hij kwaad was. 'Nou?'

Hij verborg zijn gezicht achter zijn handen en ik knielde naast hem en trok zijn handen weg. Hij was in die tijd sterker dan ik, maar nu huilde hij en voelde hij zich te ongelukkig om de sterkste te zijn.

'Ik wil niet dat papa dood is,' kermde hij.

'Ik ook niet, maar hij is het nu eenmaal,' zei ik vastberaden. 'Zijn lichaam tenminste.'

'Zijn beker,' fluisterde Noble kwaad.

'Zijn geest is ergens daarbuiten, Noble. Echt daarbuiten, en je weet wat mama ons beloofd heeft. Op een dag zullen alle geesten tegen ons spreken en dan zien we ze en zullen we ook papa echt weer spreken en zien. Wil je dat niet?'

Noble had eigenlijk nooit in dat alles willen geloven, maar nu, met de mogelijkheid dat papa erbij zou zijn, had hij geen keus. Hij knikte.

'Wanneer?' vroeg hij.

'Gauw,' zei ik. 'Mama zegt heel binnenkort.'

Niet lang na ons gesprek begon Noble de waarheid over papa's dood te accepteren. Gek genoeg speet me dat eigenlijk. Soms, als hij naar de oprijlaan of naar de weg had staan staren, of zich snel had omgedraaid bij het horen van een auto of een truck in de verte, begon mijn hart sneller te kloppen en keek ik ook. Het was niet Nobles scepticisme, het was hoop, een droom, een gebed, maar het geluid van de motor vervaagde en stierf weg en de weg bleef leeg en eenzaam. Ik betrapte me erop en schudde mijn hoofd omdat ik zo dwaas, zo kinderachtig was.

Zelfs op die jeugdige leeftijd weigerde ik hooghartig eruit te zien of me te gedragen als een kind. Mama's voortdurende aandringen dat ik me verantwoordelijker moest voelen, me ouder en volwassener moest gedragen, had zijn sporen in me achtergelaten. Vaak ving ik nu mijn beeld op in de gangspiegel en zag ik mijn militair stijve houding, mijn opeengeklemde lippen, mijn gezicht vol jonge wijsheid. Het kleine meisje in me was bezig te verdwijnen, te verschrompelen. Ze zou er binnen niet al te lange tijd niet meer zijn na een veel te korte jeugd. De poppen op de planken in onze kamer staarden me hopeloos, met weinig verwachting aan. Ze schenen te weten dat ik ze niet meer zou oppakken, om verschillende redenen. Ik had geen idee dat een daarvan in het bijzonder als een geduldige demon op me wachtte.

In plaats van met mijn poppen te spelen, hielp ik mama met het eten of het schoonmaken van de kamers, liep achter een stofzuiger die groter was dan ikzelf. In plaats van mijn poppen aan te kleden en thee voor ze in te schenken, hielp ik Noble met ons huiswerk, draafde achter hem aan omdat hij nooit opruimde. Ik had langzamerhand een stem gekregen die als twee druppels water op die van mama leek als ik dat wilde, en ik kon eenzelfde houding aannemen en net zo kwaad kijken als zij. Noble zei zelfs tegen me dat ik mijn mama's ogen van hem af moest wenden omdat ze als een flitslicht in zijn hoofd brandden.

Maar ik kon er niets aan doen. Zelfs als ze niet naar me keek, kon ik haar achter me voelen, controleren of ik me als een grote meid gedroeg.

Aan de andere kant leek Noble terug te gaan in de tijd. Hij wilde niet opgroeien, verantwoordelijk zijn, karweitjes opknappen, en hij was altijd kwaad op me omdat ik hem daaraan herinnerde. Mama maakte me in dat opzicht in de war. Meestal wilde ze dat ik de grote zus was, maar altijd als Noble jammerde of zich over me beklaagde, wilde mama dat ik meer een kameraadje was, een speelmakkertje.

'Hij heeft nog niemand anders, Celeste. Jullie moeten het met elkaar kunnen vinden.'

Ik had geen geduld voor Nobles kinderachtige spelletjes, maar ik moest mijn weerzin inslikken en meedoen met zijn verzinsels. Ons huis was weer een kasteel. Hij liet me een slotgracht eromheen tekenen met een scherpe stok. Hij tekende een lijn en ik tekende er een op 1,80 meter afstand van die van hem. Dat deden we rondom het hele huis, en vernielden de grasmat. Het duurde uren en uren, en als ik klaagde dat mijn handen pijn begonnen te doen en ik wilde ophouden, kreeg hij een woedeaanval. Ik kreeg zelfs wonden op mijn handpalmen. Ik liet het hem zien, maar het kon hem niet schelen.

'We moeten weten waar de alligators en de slangen zullen zwemmen, Celeste,' hield hij vol, met wijdopen ogen, vol van zijn fantasie.

Ik zag dat mama achter een raam in het huis naar ons keek. Haar gezicht leek vreemd, een mengeling van droefheid en angst. Het was zo lang geleden dat ik haar had zien lachen, ze glimlachte nooit meer, zelfs al zei Noble iets mals. Ik vroeg me af of ze ooit nog zou lachen of dat haar lach gelijk met papa was gestorven. Had ze zijn kist opengemaakt en al haar geluk en vreugde erin gegooid en samen met hem laten begraven?

Het was echt niet zo dat het ons niet mogelijk was om weer gelukkig te kunnen worden. We hadden geen financiële problemen, daarover hoefde ze zich geen zorgen te maken. Papa had een hoge levensverzekering. Ik hoorde mama erover praten met haar advocaat, mr. Lyman, een kleine, gezette man met wangen die op een patchwork van kersenschilletjes leken. Ik stond in de deuropening van de studeerkamer. Ik wilde nooit te dicht bij hem komen. Hij rook altijd naar zure appels en hij had kleine handen met dikke vingers als komkommers, die geen knokkels leken te hebben. Ik vond het vreselijk als hij met een van die handen over mijn haar streek, en Noble wipte zelfs heen en weer om elk contact te vermijden.

Mama zei dat de dood een feest was voor advocaten, notarissen en accountants. Ze kwamen als vliegen ons huis binnen en zoemden rond mama's oren. Gelukkig was het resultaat dat we welgesteld achterbleven. Papa's partner kocht papa's aandeel in de zaak, en de truck en de jeep, en dat geld kreeg mama ook. Er was een trust voor Noble en mij. Er rustte geen hypotheek op het huis, en alles wat op krediet was gekocht, was afbetaald dankzij allerlei uitkeringen bij overlijden, waarvan mama het bestaan zelfs niet wist.

'Je bent goed af, Sarah,' verzekerde mr. Lyman mama. Ik haatte hem als hij dat zei.

Hoe konden we goed af zijn als papa dood was? Mama zag dat ik in de deuropening stond te luisteren en met een kwaad gezicht naar mr. Lyman keek. Ze zei dat ik moest gaan kijken wat Noble uitspookte en wuifde me weg.

Wat hij uitspookte? Hetzelfde als altijd. Hij was bezig een imaginaire strijd te leveren met imaginaire demonen. Kleine boompjes waren vijandelijke soldaten, of hoog opgeschoten onkruid monsters. Hij maakte een zwaard van een lat van een houten kist in de garage en trok ten strijde tegen de vegetatie, kapte alles wat hij tegenkwam onder het slaken van zijn strijdkreten. Als ik niet naar hem toekwam en met hem meedeed, begon hij te huilen en zich bij mama te beklagen.

Er was één ding waar ze op stond en dat was dat we binnen de grenzen van het gazon en de weide bleven. We waren nog niet oud genoeg om het bos in te gaan, zei ze, maar Noble begon zich te verzetten tegen dat verbod. Ik moest hem voortdurend waarschuwen dat hij te ver ging, zoals iemand die in zee zwemt en zich buiten het bereik van de strandwacht waagt.

'Papa ging altijd met ons naar de beek en de vijver om te zwemmen,' klaagde hij.

Mama beloofde het te zullen doen en deed het op een middag ook, maar het was voornamelijk een plantkundeles. Dat verveelde Noble. Hij sloeg naar boomtakken of schoot denkbeeldige pijlen af op draken die achter de dikke eiken tevoorschijn kwamen.

'Blijf in de buurt,' beval ze, toen hij te ver afdwaalde. Haar berispingen wikkelden zich om hem heen als een halsband aan een riem en trokken hem terug. Hij haatte het.

'We hebben mama niet elke keer nodig om het bos in te gaan,' zei hij. 'Het is niet gevaarlijk.'

Hij jammerde en kermde zo hard dat mama zich liet vermurwen en ons toestond een klein eindje het bos in te gaan zonder haar, maar Noble mocht het nooit zonder mij, en als hij dat wél deed, kreeg ik de schuld. Mijn verantwoordelijkheid werd met de dag zwaarder, leek het me.

Ik herinner me dat ik me ook steeds eenzamer begon te voelen. Ik vond Nobles spelletjes niet langer een uitdaging of leuk; ze leken steeds geforceerder en fantasielozer. Hij nam het me kwalijk dat ik niet opging in zijn fantasiewereld, en elke keer dat ik in onze denkbeeldige slotgracht stapte, sprong hij op en neer en schreeuwde dat ik bijna verslonden was door een alligator. Natuurlijk gedroeg ik me niet of ik bang was. Het maakte hem zo kwaad en van streek, dat hij bij mama ging uithuilen.

'Ze luistert niet! Ze houdt zich niet aan de regels!'

'Malligheid,' zei ik. 'Het zijn idiote regels.'

'O, loop toch gewoon over de brug als je naar binnen gaat, Celeste,' zei ze tegen me. 'Ik vind het niet prettig als hij zo van streek is. Niet nu,' voegde ze eraan toe.

'Welke brug? Er is geen echte brug,' zei ik hoofdschuddend.

'Doe net of er een brug is, zoals je altijd hebt gedaan,' zei ze. Ze sprak elk woord heel duidelijk uit. 'Toen kon je het gemakkelijk, dat kun je nu ook. Doe het nou maar!'

Ik voelde de tranen achter mijn oogleden branden en wendde mijn gezicht af, zodat ze het niet zou zien. Als ik huilde, zou ze alleen maar kwader worden en me het gevoel geven dat ik haar of – belangrijker nog – papa teleurstelde, want papa sloeg ons gade. Papa zag ons. Ze wist het.

Ja, mama sprak vaak tegen papa na de eerste maand van zijn overlijden. Ik zal nooit die eerste keer vergeten dat ze het ons vertelde.

Gedurende die hele eerste maand na papa's dood kregen we bezoekers uit het dorp en omgeving, mensen die we nog nooit gezien hadden of die mama zo zelden ontmoet had dat ze hen was vergeten. Meneer Kotes was de meest frequente bezoeker. Ze vertelde ons dat de reden was dat papa zich een goede vriend voor hem had getoond toen zijn vrouw was overleden. Hij had geen kinderen. Zijn ouders waren allang dood. Hij had slechts een ongetrouwde zuster die zijn partner was in de familiezaak. Papa zei vaak dat hij een man was wiens hart in slaap was gevallen. Zijn gezicht scheen vergeten te zijn hoe het moest lachen. Altijd als mama en meneer Kotes bij elkaar waren, leek het me dat zij hem meer hielp papa's dood te verwerken dan hij haar. Het was iets wat zij graag deed en iets wat hij wilde dat ze deed.

Net als enkele andere bezoekers bracht hij altijd iets mee als hij kwam. De meeste bezoekers namen koekjes en taarten mee, bloemen, en zelfs speelgoed voor Noble en mij. Ik kreeg poppen, maar mama wilde ons niets ervan laten houden. Alles werd op een speciale plaats opgeborgen omdat ze bedoeld waren om ons 'ons verdriet te doen vergeten en dat mochten we niet laten gebeuren. Je droefheid over de dood van iemand van wie je hield,' beweerde mama, 'zal de weg zijn die je zult bewandelen om je voorouderlijke geesten te zien en te horen. Het is een te bijzondere en kostbare emotie om ermee om te gaan alsof je mazelen hebt of een andere kinderziekte.'

Noble was heel ongelukkig als hij trucks en treinen, speelgoedsoldaatjes en kinderpistooltjes moest afstaan, maar als mama haar kwade gezicht trok, draaide hij zich slechts pruilend om. Ze legde er extra de nadruk op door hem te vertellen dat het pijnlijk zou zijn voor papa als hij hoorde dat we hem zo gauw vergaten, en waarvoor? Een stukje speelgoed? Was dat alles wat papa voor hem betekende?

Hij bedwong zijn tranen en slikte ze in. Om het goed te maken keerde hij terug naar zijn fantasiewereld buiten en stelde zich tevreden met stokken en stenen, struiken en bomen. Niemand had ons die gegeven om ons te helpen vergeten; bovendien had mama ons niet één keer, maar wel honderd keer verteld dat papa's geest hier was. Papa was in de bomen en struiken. Papa was in het huis. We waren bij papa zolang we hier bleven. Als we dat deden, zouden we altijd een deel van hem zijn.

Natuurlijk wachtte ik nu wanhopig tot ik hem zou zien en horen, dus toen mama ons in de zitkamer ontbood en met ons op de bank ging zitten om te vertellen wat er zojuist was gebeurd, was ik een en al blijde verwachting.

Ze trok de gordijnen open en opende het raam op een kier, alsof ze papa's geest binnenliet.

'Kinderen,' zei ze, terwijl ze zich omdraaide en haar handen op haar borst ineenklemde. 'Ik was vandaag bij je vader.'

'Waar?' riep Noble, bijna overeind springend. 'Waar is hij al die tijd geweest? Was hij een huis aan het bouwen? Waar is zijn truck?'

Lange tijd staarde mama Noble slechts aan. Ze kon zien dat ik precies wist wat ze bedoelde, en het stoorde haar enorm dat Noble het niet wist, nog steeds niets begreep van wat ze ons had verteld en bleef vertellen over de wereld van de geesten.

Langzaam, net zoals ze hem soms leerde rekenen, met een zorgvuldige, perfecte uitspraak van elke klinker en medeklinker, zei ze: 'Wat heb ik je verteld over de geest en het lichaam, Noble? Toe dan, vertel mij eens wat ik jou heb verteld.'

Hij keek haar kwaad aan en keek toen even naar mij. Ik weigerde hem te helpen. Laat haar maar eens zien hoeveel hij zelf wist, dacht ik. Misschien zou ze dan niet meer zeggen dat hij haar hart bezat.

'Ik herinner het me niet meer,' zei hij kribbig. 'Waarom kwam papa niet binnen?'

'Ik wil dat je het je herinnert, Noble,' hield mama vol. 'Wat heb ik je verteld?'

Hij sloeg zijn ogen neer, hief toen langzaam zijn hoofd op en zei: 'Papa's lichaam is een beker en zijn geest is overal in huis.'

'Ja,' zei ze knikkend. 'Alleen is zijn lichaam niet precies een beker. Het is net áls een beker. Ik gebruikte de beker alleen als een manier om het uit te leggen. Begrijp je?'

Hij weigerde koppig te antwoorden.

'Als je niet zegt dat je het begrijpt, vertel ik het niet over papa,' dreigde ze.

Hij liet zijn schouders zakken en keek haar weer aan.

'Ik weet het,' zei hij. 'Papa is gestorven en zijn lichaam is niet hier.'

'Oké, Noble. Binnenkort zul je alles begrijpen, dat weet ik zeker.'

Ze keek naar mij en knikte. Ik wist dat ze bedoelde 'en jij zult hem daarbij helpen, Celeste'.

'Kortgeleden kwam papa naar me toe. Het is niet gemakkelijk voor een geest om terug te keren en te praten met de mensen van wie hij of zij houdt. Als je overgaat, zijn er zoveel veranderingen, zoveel verschillende dingen die je moet leren begrijpen over jezelf en over wat je geweest bent,' zei ze.

Zelfs Noble lette nu op. Ik durfde nauwelijks adem te halen. Ik wilde geen woord missen.

'Een tijdlang kun je niet anders denken dan als een levend mens. Je kunt er niet aan wennen dat je niet de grond hoeft aan te raken, dat je alles tegelijk ziet, alsof je omlaag kijkt vanaf een wolk, dat je de gedachten hoort van mensen,' ging ze met opgetrokken wenkbrauwen verder. 'Ja, de doden kunnen je gedachten horen, kinderen, dus wees voorzichtig, pas op dat je niet iets verschrikkelijks of iets slechts denkt en dan je vader of je voorouders onder ogen komt, want ze zullen het weten en zich van streek maken.'

Noble begon op de binnenkant van zijn wang te kauwen, en mama zei dat hij daarmee moest ophouden.

'In ieder geval duurt het een tijdje voordat iemand het begrijpt en gewend raakt aan het feit dat hij is overgegaan. Hij of zij houdt nog net zoveel van degenen die zijn achtergebleven, maar het is frustrerend.'

'Wat is frustrerend?' vroeg Noble onmiddellijk. Hij wilde het allemaal goed begrijpen omdat papa ermee gemoeid was.

'Ergerlijk,' zei ze snel en maakte even een beweging met haar linkerhand alsof ze een vlieg wegjoeg.

'De geest kan geen rechtstreekse actie ondernemen. Als je op het punt staat je te snijden of in een gat te vallen of door een auto te worden aangereden, kan hij of zij niets doen om het te voorko-

men. Wat ze wél kunnen is je waarschuwen als je wilt luisteren.'
'Ik wil luisteren,' zei Noble, die zijn ogen opensperde.
'Heus? Ik hoop het, Noble,' zei mama met een zucht. Ze keek naar mij. Ik staarde haar ongeduldig aan en zag dat het haar irriteerde. Maar ik had al die inleidende informatie niet nodig over wat geesten wel en niet konden doen. Ik wilde over papa horen. Ze deed het alleen voor Noble, en zij en ik wisten het.

'Om te luisteren en echt te horen,' ging ze verder, alleen hem aankijkend, 'moet je geloven en je concentreren. Je kunt je niet door alles en nog wat laten afleiden als ik je dingen vertel.'

'Oké,' zei hij met een benepen stemmetje, 'ik zal het niet doen.'

'Nou, ik hoop dat je je zult herinneren wat je net beloofd hebt,' zei ze. 'Goed dan, ik wandelde in de weide –'

'Welke weide? Waar?' vroeg Noble snel.

Mama sloeg haar ogen op naar het plafond en keek toen na een ogenblik naar hem.

'Laat me vertellen zonder me in de rede te vallen, Noble,' zei ze streng.

Hij klemde zijn lippen op elkaar.

'Ik wandelde in de weide vlak bij de oude waterput. Ik liep met gebogen hoofd en dacht heel intens aan papa, vormde me in gedachten een beeld van hem. Zo maak je contact,' legde ze uit. 'Ik liet geen enkele andere gedachte in mijn hoofd toe. Hij had nooit afscheid van me genomen, zie je. Hij ging naar zijn werk en kwam niet meer thuis.'

'Van mij ook niet,' zei Noble. 'Hij heeft me nooit gedag gezegd.'

Ik dacht dat mama heel kwaad op hem zou zijn, omdat hij haar weer in de rede viel, maar ze deed alleen even haar ogen dicht en weer open.

'Als ik praat en naar mezelf verwijs, heb ik het over ons allemaal. Begrijp je?'

Hij knikte, ook al begreep hij het niet. Mama keek weer naar mij en zag dat ik dat wél deed.

'In ieder geval zat hij plotseling op de rand van de waterput zoals hij altijd deed als hij me wilde plagen dat hij elk moment erin kon vallen. Hij lachte, dus ik wist dat hij niet leed.'

'Vroeg hij naar mij?' informeerde Noble.

'Natuurlijk niet. Ik heb je verteld dat hij je elk ogenblik van de dag ziet, Noble. Hij weet alles over je. Dit is heel belangrijk, dus hou je mond,' beval ze en boog zich naar ons toe. 'Hij vertelde me dat jullie er heel dichtbij waren om de geesten te zien en te horen.'

'Maar papa dreef altijd de spot met geesten. Hij heeft nooit in ze geloofd,' zei ik.

Misschien had ik dat niet moeten doen. Mama boog zich met een ruk achterover, alsof haar rug van elastiek gemaakt was, en een paar seconden keek ze me kwaad aan, veel kwader dan ze naar Noble had gekeken. Toen glimlachte ze plotseling, maar het was geen luide glimlach. Het was een gefluisterde glimlach, alsof je een achteloze opmerking maakt in iemands oor.

'Ik weet dat hij tegenover jou soms de spot dreef met mij,' zei ze.

Ik begon mijn hoofd te schudden.

'En jij luisterde naar hem. Jullie hadden toch dat geheimpje over een half oor?'

Mijn mond viel open. Ik had nooit geweten dat ze dat wist. Ze behield haar glimlach. 'Ik veronderstel dat hij dacht dat hij je naar zijn kant had overgehaald. Jullie lachten me achter mijn rug uit.'

'Nee, mama,' zei ik. 'Ik heb je nooit uitgelachen. Nooit.'

'Doet er niet toe,' snauwde ze en glimlachte toen weer. 'Hij is nu beslist van gedachten veranderd ten opzichte van dit alles,' zei ze. 'Een van de eerste dingen die hij me vertelde was dat hij wil dat hij dit gedragen had,' ging ze verder. Ze hield de amethist omhoog en liet hem voor onze neus bungelen. We staarden ernaar als twee kandidaten voor een hypnose, terwijl de amulet heen en weer zwaaide.

'Dus,' zei ze nadrukkelijk, 'vergeet nooit te dragen wat ik voor jullie in de winkel van meneer Bogart gekocht heb.'

Noble keek naar zijn amulet, waarvan hij nog steeds hardnekkig beweerde dat het een worm was met armen en benen, en sloeg toen snel zijn blik naar haar op.

'We hebben heel lang met elkaar gepraat. Hij bleef zich verontschuldigen voor het feit dat hij dood was gegaan, niet naar de waarschuwingen had geluisterd, had gedacht dat hij onoverwinnelijk was.'

'Wat is –'

'Dat hij niet verslagen, door niets overwonnen kon worden,' zei

58

mama snel. Ik kon zien dat ze geen geduld meer had met onderbrekingen, zelfs niet om iets uit te leggen.

'Hij besefte dat hij ons meer gekwetst had dan hemzelf, ondanks het feit dat hij degene was die was gestorven. Wij bleven zonder hem achter, en jullie zonder vader. Hij wilde een manier zoeken om zichzelf te straffen, maar ik vertelde hem dat we hem nu meer dan ooit nodig hadden en hij alles moest doen wat nodig was om bij ons te blijven en ons te beschermen, vooral jullie beiden.

'Maar,' vervolgde ze, 'ik moet er de nadruk op leggen dat hij dat niet zal kunnen tot jullie de spirituele wereld zullen kunnen zien en horen.

'En je kunt niet doen alsof, Noble,' merkte ze streng op. 'Je mag hierover nooit liegen, begrepen? Liegen, oneerlijk zijn, maakt de geesten kwaad. Kom me niet vertellen dat je iets hebt gezien of gehoord als het niet waar is. Dat geldt ook voor jou, Celeste,' zei ze met een knikje naar mij.

'Dat zou ik nooit doen, mama.'

'Ik ook niet,' beloofde Noble.

'Mooi. Maar áls het gebeurt, wil ik het meteen horen. Oké?'

'Hoe gaat het gebeuren?' vroeg ik. 'Met jou als we op de bank zitten?'

'Misschien. Misschien als je alleen bent of speelt of uit je slaap gewekt wordt. Dat is onmogelijk te zeggen. Wees waakzaam, wees er klaar voor. Maar ik wil vooral dat jullie je allebei elke dag minstens een uur concentreren.'

'Wat is concen–' wilde Noble vragen.

'Ik zal jullie nu leren hoe je moet mediteren, je aandacht richten op één ding en die daarop gericht houden, zodat je niets anders om je heen zult horen of zien. Dat moet je leren, Noble. Het zal je helpen het allemaal wat sneller te laten gebeuren,' zei ze, met een kort knikje. 'Het zal je helpen aansluiting te krijgen met je psychische energie, samen met de Krena.'

'Is papa nu hier?' vroeg Noble.

'Ja,' zei ze, en zij keek de kamer rond. 'Hij luistert naar alles wat we zeggen,' zei ze. 'Luistert naar wat we zeggen en hoort al je beloftes.'

Nobles mond viel open. Langzaam draaide hij zich om en keek toen naar mij om te weten of ik soms iets zag. Hij kon zien dat ik dat niet deed, maar ik zei niets. Hij keek weer rond.

'Je kunt hem nu nog niet zien of horen, Noble. Dat heb ik je gezegd.'

'Ik wil het!' jammerde Noble.

'Dan moet je doen wat ik zeg,' hield mama vol. 'Het is tijd om naar bed te gaan. Sta op en maak je gereed,' eindigde ze en stond op.

Noble, teleurgesteld, stond ook op. Ik pakte zijn hand en liep met hem naar de trap.

'Heb jij hem gezien?' vroeg hij fluisterend.

'Nee,' antwoordde ik. 'Maar dat komt wel.'

In de deuropening keek hij achterom. We konden mama zien glimlachen naar iets wat er voor ons niet was. En ze knikte. Ik benijdde haar.

Toen ze die avond naar onze kamer kwam om ons welterusten te wensen, zei ze dat papa naast haar stond. Ik sloot mijn ogen nadat ze Noble en toen mij een zoen had gegeven, en wachtte of ik papa's lippen kon voelen. Zijn kus was altijd anders dan die van haar. Hij hield zijn lippen langer op mijn wang en kietelde dan het puntje van mijn neus met het puntje van zijn neus. Ik voelde zijn lippen niet, maar wist zeker dat ik vaag het puntje van zijn neus had gevoeld. Ik deed snel mijn ogen open. Mama ging de kamer uit en deed de deur zachtjes achter zich dicht. In het naar binnen schijnende licht van de gang meende ik papa's schimmige gestalte op te vangen. Ik wilde hem roepen, maar deed het niet. Mijn hart bonsde. De deur viel dicht.

'Hij zou tenminste het wiel van mijn kruiwagen kunnen maken,' mompelde Noble. 'Ik hoef hem niet te zien terwijl hij dat doet.'

Ik schudde mijn hoofd en draaide me om.

Hij zal het nooit begrijpen, dacht ik, en vroeg me af hoe mama daarmee zou kunnen leven.

Mama's besluit om te beginnen met onze meditatie was feitelijk haar manier om te proberen Noble zover te krijgen dat hij zich concentreerde en contact zocht met de spirituele wereld. Ik vond het niet erg toen we begonnen, maar Noble haatte het meer dan iets anders wat mama hem liet doen.

Ze verraste ons de volgende ochtend met drie kussens die ze op de grond van de zitkamer had klaargelegd, een voor Noble, een voor mij en een voor haarzelf tegenover ons. Ze zei dat we geen ontbijt kregen voor we onze meditatie geoefend hadden. Noble kermde dat hij honger had en dat hij een moesei wilde: een zachtgekookt ei dat mama fijnmaakte met een vork tot het als een geel-met-witte pannenkoek op zijn bord lag.

'Dit moet op een lege maag worden gedaan,' beweerde ze en demonstreerde toen hoe ze wilde dat we op het kussen gingen zitten. Haar aanwijzingen waren heel specifiek, en ze deed het voor.

'Kruis je benen en ontspan je schouders,' zei ze en stond op om Noble te helpen de juiste houding aan te nemen. 'Leg je armen ontspannen op je dijen. Zo, ja. Niet zo vooroverbuigen, Noble. Je moet je rug recht houden maar niet stijf. Doe het,' beval ze, en hij kermde en volgde haar instructies op.

Ze keek even naar mij en zag dat ik het goed deed.

'Oké,' zei ze en ging weer tegenover ons zitten.

'Wat doen we?' vroeg Noble klaaglijk. 'Ik heb honger.'

'We leren hoe je je moet concentreren, zodat je kunt doen wat je doen moet om papa weer te kunnen zien en spreken. Wil je dat?'

'Ja.'

'Luister dan en doe wat ik zeg,' zei ze. 'Het is belangrijk dat je ontspannen bent. Open je mond een klein beetje, kinderen, en let op je ademhaling. Wees je er alleen maar van bewust. Ga niet harder of sneller ademen. Let erop hoe je adem naar buiten gaat. Telkens als er iets anders bij je opkomt, zet je dat van je af en keer je terug naar de bewustwording van je ademhaling.'

Ze sloot haar ogen en leek dat precies voor te doen.

'Ik kan er niks aan doen, ik moet steeds maar aan mijn ei denken,' klaagde Noble.

Mama sloeg haar ogen op naar het plafond, haalde diep adem en zei: 'Oké, er is nog iets wat jullie moeten doen. Als je in- en uitademt, wil ik dat je *hamsa* zegt.'

'Wát?' vroeg Noble.

'Ik wil dat je *h-ah-m* zegt als je inademt en *s-ah* als je uitademt. Toe dan. Laat eens horen.'

Ik deed het en mama knikte.

'Goed zo, Celeste.'

Noble deed het klinken als *hamster*. Mama corrigeerde hem, stond toen op en knielde naast hem neer. Ze hield haar hand op zijn schouder en liet het hem steeds weer herhalen tot ze zei dat het goed was en dat hij zo door moest gaan.

Na een tijdje deden we het in koor. Noble probeerde het luider te doen dan ik, en mama liet ons ophouden.

'Het is geen wedstrijd, Noble. Je maakt het geluid om je te helpen aan niets anders te denken. Begin opnieuw.'

Noble kreunde, maar we gehoorzaamden. We bleven bijna een kwartier zo zitten en *hamsa*'den op het ritme van onze ademhaling tot mama besloot dat onze eerste les voorbij was. Noble sprong overeind en riep om zijn ei.

'Voortaan gaan we dat iedere dag oefenen,' zei mama. 'Eén keer 's ochtends en één keer voor het avondeten tot jullie het allebei zonder mij kunnen.'

Noble vatte het nooit serieus op. Hij deed wat hij moest doen om het maar achter de rug te hebben, zodat hij kon gaan eten, maar soms als hij buiten een fort aan het bouwen was of tegen draken vocht, riep hij me en neuriede *hamsa* en begon dan te lachen. Mama wist het niet, maar ik oefende in mijn eentje. Ik wilde alles doen wat ik kon om me dichter bij de geesten te brengen, en vooral bij papa.

Een paar keer viel Noble in slaap tijdens onze meditatie, vooral voor het avondeten omdat hij dan moe was van een dag hollen en springen en klimmen over rotsen en in bomen. Omdat ik hem moest volgen en over hem waken, moest ik ook hollen en klimmen. De laatste tijd scheen het hem meer moeite te kosten dan mij. We groeiden in bijna hetzelfde tempo op. Misschien was hij iets langer toen we zeven waren, maar mijn armen en benen zagen er net zo gespierd uit, en hij kon me minder gemakkelijk op de grond dwingen als vroeger als we met elkaar worstelden. Eigenlijk stopte hij zijn pogingen me te intimideren.

Er waren maanden voorbijgegaan sinds mama ons verteld had dat papa hier bij ons was. Al moest ik papa's stem nog horen, toch meende ik 's nachts stemmen te horen. Vaak werd ik wakker en dacht dat ik kon horen mompelen of fluisteren, soms vlak voor mijn raam. Het joeg me nooit angst aan. Integendeel, ik was opgewonden en verwachtingsvol. Nu en dan, als ik buiten was met Noble of in onze tuin werkte met mama, draaide ik me om en zag iets van een schaduw rond het huis of naar het bos bewegen. Het was een heldere, zonnige dag, dus ik wist dat het niet alleen maar wolken waren die het licht van de zon verduisterden.

Eén keer keek ik even naar mama vlak nadat ik een van die visioenen had gehad. Ze keek me veelbetekenend aan, maar zei niets. Toch was ze er blij om, dacht ik. Noble zag of hoorde nooit iets en als ik stopte met onze bezigheden en hem vroeg of hij iets gezien had, trok hij een raar gezicht, schudde zijn hoofd en zei dat ik een leugenaarster was. Ten slotte vroeg ik hem niets meer en vertelde het hem ook niet als ik dacht dat ik iets gezien had.

Ik genoot van onze meditatie. Het gaf me een vredig gevoel. Noble kreeg er een steeds grotere hekel aan en maakte er voortdurend gebruik van om een hazenslaapje te doen. Het frustreerde mama enorm en ze besloot iets anders te proberen. De meditatietijd was geëindigd. Natuurlijk deed ik het op eigen houtje, tot ergernis van Noble, die alles in het werk stelde om mijn concentratie te verbreken. Als hem dat niet lukte door tegen me te praten of zelfs te schreeuwen, begon hij me met een stok te porren of modder naar me te gooien.

Ik klaagde erover bij mama.

'Doe het niet als hij erbij is,' adviseerde ze me in plaats van hem een standje te geven.

'Maar als ik aan het mediteren ben, weet ik niet dat hij in de buurt is. Dan hoor ik hem niet.'

'Probeer hem te vermijden, Celeste,' zei ze vastberaden en liet me snel alleen.

Altijd als ik iets deed wat hem ergerde of stoorde, gaf ze mij een standje. Waarom hem niet? Als ik het vroeg zei ze slechts: 'We moeten doen wat we kunnen om Noble te beschermen. Denk daaraan, Celeste. Jij moet op hem passen. Ik kan niet overal tegelijk zijn.'

Ik huilde er niet om in haar of Nobles bijzijn, maar als ik alleen was en niet mediteerde of aan de spirituele wereld dacht, voelde ik de tranen in mijn ogen prikken. Het was niet eerlijk. Waarom trok ze Noble voor? Waarom kreeg ík alle verantwoordelijkheid? Het was allemaal erg oneerlijk, vond ik.

En toen op een avond, uren en uren nadat we in slaap waren gevallen, als de sterren zo helder zijn dat ze je verblinden en zelfs de bomen lijken te slapen, werd ik met een schok wakker. Iemand hield mijn hand vast. Ik keek er eerst naar en sloeg toen langzaam mijn ogen op, en daar stond hij. Ik wist het zeker, al zou een ander misschien zeggen dat ik droomde.

Papa was er.

Lachte naar me.

Hij was niet langer een schaduw.

Ik had de oversteek gemaakt.

4. Een ritje naar school

'Ze liegt!' schreeuwde Noble.

Ik had niets tegen hem gezegd toen we allebei opstonden, ons wasten en aankleedden en toen naar beneden gingen om te ontbijten, maar zodra we in de keuken waren om mama te helpen met tafeldekken, vertelde ik haar wat ik had gevoeld en gezien.

Ze liet bijna een kom met havervlokken uit haar hand vallen.

'Stil, Noble,' snauwde ze.

Toen ging ze zitten en strekte haar handen naar me uit. Ik legde mijn handen in de hare en ze hield ze stevig vast, kneep zo hard dat het zelfs pijn deed. Maar ik klaagde niet. Noble stond ernaast en keek met een kwaad gezicht naar ons.

'Als je liegt, Celeste, zal ik het weten,' waarschuwde ze.

'Ik lieg niet, mama,' zei ik vol overtuiging. Ik voelde dat ze haar blik over mijn gezicht liet glijden, tot in mijn hersens doordringend. Toen knikte ze en liet mijn handen los. Rode plekjes waren verschenen op de plaatsen waar haar vingers ze omklemd hadden.

'Vertel,' zei ze fluisterend.

Ik beschreef het gevoel in mijn vingers terwijl ik sliep en hoe ik mijn ogen had geopend en papa had zien staan terwijl hij mijn hand vasthield.

'Heeft hij tegen je gesproken?'

'Nee, hij bleef alleen maar glimlachend naar me staan kijken.'

'Ja,' zei ze. 'Dat is inderdaad de manier waarop het begint. Daarom weet ik dat ze niet liegt, Noble,' zei mama tegen hem, en zijn boosheid verschrompelde tot teleurstelling. 'Het is of je je heel voorzichtig in een warm bad laat glijden. Je gaat niet snel over naar de andere zijde. Eerst zie je ze, en dan, als ze weten dat je er klaar voor bent, spreken ze met je en hoor je ze.'

'Ik heb hem niet gezien,' jammerde Noble. 'Waarom niet?'

'Dat komt wel. Nu Celeste hem heeft gezien, is het voor jou slechts een kwestie van tijd.'

'Waarom heeft zij hem het eerst gezien?'

'Omdat ze meer aandacht besteedde aan de meditatie en beter haar best heeft gedaan,' schreeuwde mama bijna tegen hem.

Ik hield mijn adem in. Zo vaak gebeurde het niet dat ze het voor mij opnam tegen hem of haar woede op hem zo duidelijk en vastberaden liet blijken. Ik wist zeker dat het alleen maar kwam omdat ik papa's geest had gezien. Zonder dat zou er niets veranderen. Ondanks het feit dat hij het niet allemaal begreep, trok Noble een gezicht of hij dit wél begreep. Hij sloeg zijn ogen neer.

'Het is niet eerlijk,' mompelde hij.

'Ga naar de zitkamer en blijf daar stil zitten,' zei ze. 'Vooruit!'

'Maar ik wil mijn ontbijt.'

'Nog niet. Ik wil dat je gaat zitten en nadenkt over wat er gebeurd is en wat je kunt doen om het ook voor jou te laten gebeuren. En ik waarschuw je nog eens, Noble, als je net doet alsof, als je iets zou verzinnen en niet eerlijk bent, zul je de geest van je vader verjagen. Hij zal zich misschien nooit aan je laten zien of tegen je spreken als je niet eerlijk bent. Begrijp je? Nou?'

'Ja,' zei hij.

'Ga in je eentje zitten en denk na,' beval ze, naar de deur wijzend.

Hij keek met een kwade en begerige blik naar me en liep met gebogen hoofd de deur uit.

'Vertel me eens wat meer,' vroeg mama. 'Hoe vond je hem eruitzien?'

'Hij zag er jonger uit dan ik me hem herinnerde, mama.'

'Ja,' zei ze, 'precies.'

'En hij zag er niet ongelukkig uit. Hij leek heel gelukkig.'

'Dat klopt,' zei ze. Ze was zo blij, dat ik door moest gaan, me meer moest herinneren.

'En mijn hele lichaam voelde warm.'

'Beschermd,' zei ze knikkend. 'Precies. Het is je gelukt, Celeste,' riep ze uit terwijl de tranen in haar ogen sprongen. 'Het is je gelukt.'

Ze strekte haar armen uit en drukte me tegen zich aan in de warmste, krachtigste omhelzing die ik me van haar kon herinneren, voor ze een zoen gaf op mijn voorhoofd en mijn gesloten ogen. Mijn hart was zo vol blijdschap, dat ik het gevoel had dat het op springen stond.

'Ga ontbijten,' zei ze. 'Je hebt geen idee hoeveel er voor je open is gegaan. Elke dag van je leven zal een nieuwe verrassing brengen. Je zult je nu al beter voelen ten aanzien van jezelf, ten aanzien van alles.'

Ze had gelijk. Nu ze me overlaadde met liefde en genegenheid, geloofde ik niet ooit gelukkiger te zijn geweest. Niets van wat ik had gedaan had haar zoveel plezier gedaan. Het was werkelijk of papa's dood niet echt belangrijk was, omdat hij altijd bij me zou zijn en mama meer dan ooit van me zou houden.

'Nu moeten we onze aandacht concentreren op Noble,' zei ze. 'We moeten hem helpen te zien, en dan zullen we allemaal een hechtere familie zijn. We zullen papa allemaal weer terug hebben.'

Een paar minuten later riep ze hem weer in de keuken en vertelde hem dat hij meer zijn best moest doen, hetzelfde moest doen wat ik had gedaan.

'Je weet dat je het niet genoeg geprobeerd hebt, Noble,' zei ze. 'Dat weet je toch?'

Hij gaf geen antwoord en ze bleef bij hem wachten met wanhoop en woede in haar ogen. Hij keek even naar haar op, sloeg toen haastig zijn ogen weer neer. Ik had medelijden met hem.

'Je zult beter je best doen,' zei ze, en hij knikte weer.

Dagen daarna was Noble zo berouwvol en bereidwillig als hij maar kon. Hij bekeek mij ook met andere ogen. Ik kon het zien aan de manier waarop zijn ogen kleiner werden, zijn blik intenser. Hij observeerde me aandachtig, onderbrak zijn eigen activiteiten om bij mij rond te hangen als ik plantte of wiedde in onze tuin, iets waarvoor hij weinig interesse had, of als ik mama hielp met schoonmaken. Als we met of zonder mama gingen wandelen, lette hij scherp op alles wat mijn aandacht trok, en hij vroeg me altijd of ik papa zag en vooral of papa iets tegen me gezegd had.

Dat had hij nog niet, dus kon ik niet zeggen dat hij dat gedaan had en er verder ook niets aan toevoegen, want ik had papa niet meer gezien sinds die nacht, en ik zou nooit kunnen beweren dat ik dat wél had gedaan. Ik nam mama's waarschuwingen heel serieus; ik loog nooit over de geesten.

Maar sinds ik papa had gezien, begon ik ook andere geesten te zien. Soms liepen ze gewoon over ons land en praatten met elkaar, al kon ik ze niet horen. Ik zag hun mond bewegen, hun handen gebaren. Nu en dan bleven ze staan en keken mijn richting uit, altijd naar me glimlachend en knikkend.

Ik vertelde mama dat ik ze had gezien en vroeg wat ik moest doen, en ze zei: 'Niets. Glimlach en knik terug. Er is tijd voor nodig. Ze moeten aan je wennen, in je geloven.'

Ze nam me aandachtig op. Ik fronste mijn wenkbrauwen. Waarom moesten ze aan me wennen? Ík was niet dood. Dat waren zij.

'Ik zie dat je dat vreemd vindt, maar ja, Celeste, het is moeilijker voor de geesten om te geloven dat een levende in staat is hen te zien en te horen dan het voor een levende is om te geloven dat wij hen kunnen zien en horen. De tijd heeft het hen moeilijker gemaakt te begrijpen wat we zijn en wat we waren. Ze kunnen niet begrijpen dat we zoveel waarde hechten aan vergankelijke dingen of waarom we ons druk maken over onbelangrijke kwesties. Het is bijna of een van Nobles mieren probeert Noble te begrijpen,' voegde ze eraan toe, en ik knikte. Als ze het op die manier uitlegde, begreep ik alles wat ze zei. Mama moet een heel goede lerares zijn geweest, dacht ik. We boffen dat we haar helemaal voor ons alleen hebben.

'Je bent heel intelligent,' zei ze, maar ze leek er minder gelukkig mee dan ik gedacht had. 'Eerlijk gezegd, Celeste, had ik niet verwacht dat het op deze manier zou gebeuren. Ik had verwacht dat Noble het als eerste zou overkomen.'

'Waarom?' vroeg ik snel, misschien te snel. Ze draaide zich niet naar me om, maar staarde uit het raam.

'Ik weet het niet,' antwoordde ze ten slotte. 'Zo was de verwachting. Dat is alles wat ik weet.'

Haar stem stierf weg. Ik vond het vreselijk als ze me geen reden kon geven voor iets.

Allebei zagen we Noble rondhollen. Hij zwaaide met zijn zwaard boven zijn hoofd en slaakte een of andere oorlogskreet. Ik vond dat hij verder van de spirituele wereld verwijderd was dan ooit. Ik vermoedde dat mama dat ook vond. Ze draaide zich weer naar me om en haar gezicht verhardde.

'We moeten hem helpen,' zei ze wanhopig. 'Ik maak me ongerust over hem.'

'Ongerust? Waarom, mama?'

'Het ís gewoon zo,' zei ze. 'En jij hoort ook ongerust te zijn. Vergeet niet dat je een speciale verantwoordelijkheid hebt; je moet over hem waken, Celeste. Denk daaraan,' waarschuwde ze.

Waarom? Wat heb ik gedaan dat ik die speciale verantwoordelijkheid heb gekregen? wilde ik vragen, maar ik dacht dat het te egoïstisch en onaangenaam zou overkomen. Per slot rustte er zoveel op háár schouders, zoveel verantwoordelijkheid. Ze moest vader en moeder tegelijk zijn.

Er was bijna een jaar verstreken sinds papa's dood. Ons leven was in een rustig vaarwater gekomen. Voor het merendeel was mama in staat alles wat nodig was zelf te doen. Ze had zelfs verstand gekregen van onze oliestookketel, onze stroomonderbrekers, en wist de oorzaak op te sporen van kleine gebreken en die te repareren, alles bijna net zo snel en efficiënt als papa vroeger. Alleen als ze ervan overtuigd was dat ze een probleem niet kon oplossen, vroeg ze om hulp. Meestal belde ze meneer Kotes, die zo haastig kwam, dat het leek of hij al onderweg was voor ze belde.

Als ze hem bedankte, zei hij dat ze dat niet moest doen en smeekte haar praktisch hem zo gauw mogelijk weer te hulp te roepen.

'Al is het maar een kleinigheid,' zei hij.

'Dat is heel aardig van je, Taylor,' zei mama.

Ik vond hem aardig. Hij keek altijd met een warme, vriendelijke glimlach naar me, maar ik kon zien dat Noble hem niet mocht. Hij had een hekel aan hem.

'Hij gebruikt papa's gereedschap,' mompelde hij als meneer Kotes iets kwam repareren.

'Hij heeft het nodig om de klus te klaren,' zei ik, maar Noble bleef verontrust.

'Hij hoort ze niet te gebruiken. Hij kan er niet mee omgaan zoals papa; hij is lang zo slim en sterk niet.'

Meneer Kotes was smaller gebouwd en zeker zes centimeter langer dan papa, maar woog waarschijnlijk negen of tien kilo minder. Hij had ook niet zo'n stevig en recht postuur als papa. Hij had lichtbruin haar, bijna blond, dat kort geknipt was, en een lichte teint met rode adertjes in zijn wangen en slapen.

Hij deed zijn best Noble over te halen zijn vriendschap te accepteren, gaf hem soms gereedschap uit zijn houthandel, of probeerde dat, want Noble reageerde met: 'Mama zegt dat we geen cadeaus mogen aannemen die maken dat we papa vergeten.'

'O, ik wil niet dat je je vader vergeet, Noble,' zei meneer Kotes. 'Ik weet zeker dat hij zou willen dat je dat aanneemt,' ging hij verder. 'Neem het en bewaar het voor het moment dat je denkt dat het oké is om het te gebruiken,' drong hij aan.

Worstelend met zijn eigen geweten accepteerde Noble het en borg het in ons gereedschapsschuurtje. Soms zag ik hem gebruikmaken van de kleine hamer of het setje schroevendraaiers, maar altijd haastig en schuldbewust. Hij probeerde het niet aan mama te laten zien.

Behalve meneer Kotes en een paar andere reparateurs en de postbode, haar advocaat en haar accountant, kwamen er zelden of nooit mensen naar ons huis.

Zelfs met Halloween kwam niemand met kinderen voor *trick-or-treat* naar onze deur, en dat was niet pas na papa's dood. Jarenlang had mama het snoep klaargelegd, en was er niemand gekomen. Mama zei dat ons huis waarschijnlijk te ver was of de oprijlaan te lang. Noble, en zelfs ik nu, verlangden naar het gezelschap van andere kinderen van onze leeftijd. Ik vroeg vaak aan mama wanneer ze ons naar de openbare school zou sturen.

'We zullen zien,' was het enige wat ze wilde zeggen. Eén keer voegde ze eraan toe: 'Als ze het me zeggen.'

Ik hoefde niet te vragen wie 'ze' waren.

Ik begon te geloven dat we niet naar school konden voordat Noble de oversteek had gemaakt. Ik hielp hem mediteren, zich te concentreren, maar hij had gewoon het geduld er niet voor, wat ik ook voor hem deed of hem beloofde. Eindelijk besloot mama op een avond om iets anders te proberen. Het was al bijna twee maanden sinds ik de oversteek naar de spirituele wereld had gemaakt, en Noble moest nog steeds een schimmige figuur zien die hij niet zelf had verzonnen.

Ze riep ons aan de keukentafel nadat we het huiswerk hadden gemaakt dat ze ons had opgegeven. In het midden brandde een enkele kaars, een zwarte kaars. Ze liet ons elk aan een kant van haar zitten en zei toen dat ze iets nieuws ging proberen, een andere manier om Noble te helpen contact te leggen.

We moesten haar onze handen geven en dan onze ogen dichtdoen en ons hoofd buigen. Een tijdlang was dat alles wat we deden. Noble schoof heen en weer op zijn stoel, en mama snauwde dat hij stil moest zitten.

'Wat doen we nu?' vroeg hij ten slotte.

'Ik probeer de spirituele krachten door me heen te laten stromen en bij jou naar binnen te laten gaan. Omdat ze al begonnen zijn zich in Celeste te bewegen, hebben we een gecombineerde kracht die misschien succes kan hebben,' legde ze uit.

Noble vond het allemaal onzinnig. Als er één ding was dat hij niet kon, dan was het langere tijd stilzitten, en dat was precies wat mama van hem verlangde.

'Ik moet plassen,' verklaarde hij na weer vijf minuten.

Mama kreunde zacht en sloeg op onze handen.

'Au,' kermde Noble. 'dat doet pijn, mama.'

'Ga maar naar de wc,' zei ze ongeduldig.

Hij stond op, gluurde even met gebogen hoofd naar mij en beende weg. Toen draaide mama zich naar mij om met de meest beangstigende uitdrukking die ik ooit van haar had gezien. Het was echt alsof ze iets verschrikkelijks had waargenomen.

'Er hangt iets om ons heen, iets heel, heel kwaadaardigs, iets wat Noble belet de oversteek te maken, Celeste. Ik wil dat je waakzaam bent, dat je heel goed oplet. Als je het voelt, als je het ziet, kom je onmiddellijk bij mij. Begrepen? Er zijn dingen die ik alleen kan doen als ik weet wat het is.'

Ik knikte, hield mijn adem in. 'Het kan een ijzige adem achter in je hals zijn of een duistere schaduw voor je ogen in de heldere zon, of een rilling die over je rug loopt. Iets, wat dan ook, en als het gebeurt, moet je heel snel naar me toekomen en het me vertellen. Beloof het, zweer me dat je dat zult doen,' zei ze dringend.

'Ik beloof het, ik zweer het, mama,' zei ik zo vastberaden mogelijk.

Maar ze keek nog niet opgelucht.

Noble kwam met een schaapachtig gezicht terug. Hij ging zitten en mama hield onze handen weer vast, maar na ruim tien minuten schudde ze haar hoofd en liet onze vingers los.

'Het lukt niet. Tenminste, niet vanavond. Binnenkort proberen we het nog eens,' beloofde ze, en we konden gaan.

Een paar avonden later had mama een ander idee. Ze had gewacht tot het volle maan was. Het was herfst, dus de avonden werden killer en killer, tot ze echt koud waren. We konden na het eten niet naar buiten zonder warme kleren aan te trekken. Het had al een paar nachten gevroren.

Alle mooie goudgele, bruine en rode bladeren waren van de boomtakken gewaaid. Het bos zag er grauwer en donkerder uit. Noble noemde de jonge boompjes botten en de grotere bomen skeletten, en zo vond ik ze er ook uitzien, vooral als het maanlicht er doorheen scheen.

Mama had ons nog steeds niet meegenomen naar het kerkhof, naar papa's graf. Omdat ze niet geloofde dat zijn geest daar huisde, zag ze geen reden om bloemen neer te zetten bij zijn grafsteen of zijn graf te bezoeken, alleen omdat de mensen verwachtten dat ze dat zou doen. Maar mama stond soms wél stil bij de graven van haar overgrootvader Jordan en haar overgrootmoeder Elsie met de kleine grafsteen van baby Jordan tussen hen in. Ik wilde haar vragen waarom zijn en haar geest en de geest van de baby zich wél bij hun graf bevonden en die van papa niet bij het zijne, maar ik durfde het niet omdat het misschien zou lijken dat ik niet geloofde in wat ze kon zien en doen.

Meestal bezocht ze die graven alleen, maar deze avond besloot ze ons mee te nemen.

'Noble,' zei ze, 'ik wil dat je beide handen op de grafsteen legt van je betovergrootvader Jordan en zo blijft staan.'

'Waarom hoeft Celeste dat niet te doen?' vroeg hij onmiddellijk.

Het gebeurde maar heel zelden dat hem gevraagd werd iets te doen en mij niet. We deelden alle karweitjes in huis. We deelden ons huiswerk. We deelden onze kamer. We aten hetzelfde voedsel. Zolang we ons allebei konden herinneren was het in zevenenhalf jaar zo gegaan, misschien omdat we een tweeling waren.

'Zij heeft het niet nodig,' antwoordde mama. 'Zij zal iets anders doen dat zal helpen. Doe nu wat ik zeg,' beval ze, en hij liep naar voren, legde aarzelend zijn handen op de grafsteen. Hij keek even achterom naar mij. Ik zag dat hij rilde.

'Geef me je hand, Celeste,' zei ze, en ik gehoorzaamde. Toen deed ze ons allebei verbaasd staan door zich op haar knieën te laten vallen en haar hoofd te buigen. We hoorden haar niet, maar ze zei fluisterend een gebed.

Ik draaide me om en keek naar links. Ik voelde met grote zekerheid dat papa daar naar ons stond te kijken. Ik was opgewonden, want ik had hem sinds die eerste avond niet meer gezien, maar deze keer keek hij niet blij. Ik wilde het mama vertellen, maar durfde niets te zeggen, haar niet te storen. Toen ze klaar was met haar gebed, was papa verdwenen.

Ze keek vol verwachting op, haar ogen op Noble gericht. Hij stond met gebogen hoofd en rilde zichtbaar.

'Het is koud,' hoorde ik hem zeggen.

Ze keek naar mij en schudde haar hoofd. Toen stond ze langzaam op, pakte Nobles hand en trok hem weg van de grafsteen. We liepen terug naar huis. Mama's gezicht stond even somber en triest als toen we uit het kerkhof kwamen na papa's begrafenis.

Die avond, toen Noble en ik naar bed waren gegaan en Noble in slaap was gevallen, kwam mama naar mijn bed. Ze knielde neer en staarde door het donker naar mij. Ik hield mijn adem in en wachtte tot ze iets zou zeggen, want het duurde zo lang voor ze sprak.

'Ik heb je al eerder gezegd,' begon ze eindelijk, 'dat de geesten, om redenen die ik nog niet begrijp, weigeren zich aan Noble te tonen, hem te beschermen, zoals ze jou en mij beschermen. Zelfs papa niet,' zei ze met een stem die droop van teleurstelling, zelfs van kwaadheid. 'Het is jouw verantwoordelijkheid hem te beschermen en over hem te waken, Celeste, want jij bent gezegend en hij zal niet de gevaren zien zoals jij. Ik vertrouw op je. Laat me niet in de steek.'

Ik kon geen antwoord geven. Haar heftige aansporing maakte me zenuwachtig. Het was een te grote verantwoordelijkheid voor me. Hoe kon ik dag en nacht over hem waken? Was dat niet haar taak, uitsluitend haar taak?

Ik denk dat ze de vragen in mijn ogen zag. Ze stak haar hand uit, streek over mijn haar en glimlachte.

'We vormen nu echt een team,' zei ze, en ik voelde me weer wat beter.

Toen gaf ze me een zoen op mijn voorhoofd en liep de kamer uit. Ik keek haar na tot ze de deur achter zich dichtdeed.

Al was het bijna pikdonker, toch meende ik papa daar te zien staan.

Hij keek net zo bezorgd als buiten bij de graven.

'Papa,' fluisterde ik, 'wat is er?'

Het leek of hij iets wilde zeggen, maar toen zweeg hij, alsof hij luisterde naar een andere stem, en draaide zich toen om en verdween door een schaduw in de hoek.

Ik staarde hoopvol in de duisternis, maar het duurde niet lang of mijn ogen vielen dicht als de deuren van twee kluizen en sloten mijn visioenen weg voor de nacht. De volgende ochtend wist ik niet zeker of ik papa werkelijk weer had gezien of dat het een droom was geweest. Mijn hoofd was zo wazig. Ik dacht erover het aan mama te vertellen, haar te vragen wat ik moest doen, maar ze was erg verstrooid en schonk nauwelijks enige aandacht aan Noble en mij.

'We gaan een eindje rijden,' zei ze. Ze had een envelop geopend en de brief voor zich neergelegd op tafel. Aan de manier waarop ze ernaar keek zag ik dat ze erg kwaad was.

'Waarheen?' vroeg Noble opgewonden.

Waar we ook naartoe gingen, al was het naar de supermarkt, het was voor ons als een uitstapje naar Disneyland.

Ze keek ons aan; de woede in haar gezicht was zo groot dat haar lippen versmalden en er kleine witte plekjes in haar mondhoeken verschenen.

'Ik moet jullie naar school brengen,' zei ze, 'voor een gesprek met de directeur. En jullie moeten een test afleggen. Ook al ben ik een gediplomeerd docent in de staat New York, toch staat de directeur erop dat een lid van zijn staf de test afneemt. Ik veronderstel dat ik niet objectief of eerlijk genoeg ben,' voegde ze er met vertrokken mond aan toe.

'Gaan we voortaan naar school?' vroeg Noble nog opgewondener.

'Nee,' zei ze vastberaden, 'maar we moeten ons houden aan de voorschriften van de regeringscommissaris voor het onderwijs in de staat New York,' zei ze, op een toon of het voorschriften waren die door de duivel zelf waren uitgevaardigd. Ze pakte de brief op en las: '"teneinde te voldoen aan artikel 100.10". Schitterend, zoals ze iedereen in een hokje van hun eigen maaksel proberen te stoppen.'

Ze stond op en hield de brief bijna op armlengte afstand, alsof hij besmettelijk was.

'"Geachte mevrouw Atwell,"' las ze voor. '"Misschien is het u ontgaan, maar namens de inspecteur voor het onderwijs moet ik u erop attent maken dat u verplicht bent de inspecteur op de eerste juli van elk schooljaar schriftelijk in kennis te stellen van uw voornemen om uw kinderen thuis op te leiden. Wij hebben tot dusver nog geen bericht van u ontvangen, evenmin als het vereiste IHIP, het Individuele Huis Instructie Plan voor uw twee kinderen."

'Mooi hoor, die manier van ze om er dingen in op te nemen die bedoeld zijn als dreigementen, om mensen te intimideren.' Ze las verder, en schudde na elke zin haar hoofd. '"U dient zich goed ervan bewust te zijn dat leerlingen die thuis worden opgeleid geen recht hebben op een high-schooldiploma. Een high-schooldiploma kan alleen worden toegekend aan een leerling die ingeschreven staat op een officiële middelbare school en alle vakken heeft gevolgd die door de minister van onderwijs, de school of het district worden voorgeschreven."

'Hokjesgeest,' sputterde ze.

Ze bleef hardop lezen terwijl ik de kommen voor het ontbijt klaarzette en Noble de ontbijtgranen uit de bijkeuken haalde. Ze was zo kwaad, dat we allebei muisstil waren.

'"Thuis opgeleide kinderen komen niet in aanmerking voor deelname aan interscholaire sporten. Districten zijn niet verplicht studieboeken uit te lenen aan thuis opgeleide leerlingen.

'"Primaire verantwoordelijkheid voor het vaststellen van de naleving van artikel 100.10 rust bij de inspecteur voor het onderwijs in het scholendistrict." Alsof hij werkelijk met jullie beiden begaan zou zijn,' voegde ze eraan toe en verfrommelde de brief in haar handen.

Nobles gezicht drukte verwarring uit. Ik kon zien dat hij ook teleurgesteld was.

'Ik wil naar school,' waagde hij op te merken. 'Ik wil honkballen.'

'Je bent er nog niet klaar voor,' zei mama. 'En je kunt hier honkballen met Celeste.'

'Ze kan niet honkballen en er zijn meer mensen voor nodig,' hield hij vol.

'Noble!'

Mama boog zich naar voren en sloeg met haar platte hand op de tafel, en er ging een schok door ons heen.

'Ik heb al genoeg aan mijn hoofd zonder dat gezeur van jullie. Ik waarschuw jullie. Eet nu gauw je ontbijt en ga dan naar boven om je zondagse kleren aan te trekken.'

Zo noemde ze onze nette kleren, ook al gingen we nooit naar de kerk. Zo hadden haar moeder en haar moeder vóór haar hun nette kleren genoemd.

'Ik kom boven om je haar te borstelen, Noble,' ging ze verder.

Noble haatte zijn zondagse kleren omdat hij ze niet vuil kon maken, en hij klaagde altijd dat de kragen van zijn zondagse hemden tegen zijn nek schuurden.

'Eet, kleed je aan, en dan gaan we,' eindigde ze. 'Ik moet snel een paar formulieren invullen,' voegde ze eraan toe voor ze ons alleen liet.

'Ik wil naar school,' sputterde Noble toen hij ging ontbijten.

'We gaan naar school als mama het zegt,' merkte ik op.

Hij keek me kwaad aan.

'Jij wil niet naar school, dus kan het je niet schelen, Celeste.'

'Dat is niet waar. Ik wil wél.'

'O, nee, dat doe je niet.' Hij kneep zijn ogen beschuldigend samen. 'Jij bent gelukkig met je geesten. Ik wil vrienden.'

Ik schudde mijn hoofd.

'Nee, Noble, je vergist je.'

Hij trok een lelijk gezicht en at door, nog steeds mopperend dat hij zijn zondagse kleren moest aantrekken. Maar hij was tenminste blij met de rit. Mama liet hem voorin zitten, en met zijn gezicht tegen het raam gedrukt bekeek hij alles.

'Zit niet zo naar de mensen te staren,' beval mama. 'Dat is niet beleefd, en je ziet eruit als een refugé.'

'Wat is een re–'

'Doet er niet toe. Hou op met dat gestaar!' gilde ze, en hij leunde triest achterover. We konden ons geen van beiden herinneren haar ooit zo ontdaan te hebben gezien als ze ergens met ons naartoe ging.

Ik zat stil achterin. Het lag er niet aan dat ik geen belangstelling had. Ik was inwendig waarschijnlijk net zo opgewonden als Noble dat we een ritje maakten en andere huizen, winkels, verkeer en mensen zagen, maar ik wist hoe graag mama wilde dat we van ons huis en onze wereld hielden.

Maar wat me echt verbaasde dat was meneer Kotes op ons stond te wachten op het parkeerterrein van de school toen we stopten. We zagen hem pas toen we geparkeerd hadden. Noble en ik waren gefascineerd toen we tientallen kinderen van onze leeftijd of iets ouder op de speelplaats zagen. Hun gejuich en gelach klonk als muziek die we nog nooit gehoord hadden. Zelfs ik drukte nu mijn gezicht tegen het raam.

Mama stopte en zette de motor af. Meneer Kotes kwam snel naar ons toe.

'Ik heb al voor je getelefoneerd, Sarah. Ik verwacht niet dat je veel moeilijkheden zult hebben, maar ik dacht dat ik maar moest komen voor het geval je iets nodig mocht hebben.'

'Dank je, Taylor,' zei ze en stapte uit. Ze deed het achterportier voor me open. Noble was al naar buiten gesprongen en keek naar de kinderen. Hij leek in de startblokken te staan om naar de speelplaats te hollen zodra iemand hem zou wenken. 'Noble,' snauwde mama. 'Kom mee.'

Hij keek verlangend achterom naar de kinderen en kwam toen naar ons toe. Meneer Kotes liep met ons mee naar binnen.

Ik keek naar hem en hij glimlachte, maar ik begreep niet waarom hij erbij was.

De secretaresse van de inspecteur legde de telefoon neer toen we het kantoor binnenkwamen en draaide zich naar ons om.

'Mevrouw Atwell?' zei ze glimlachend.

'Ja,' zei mama, met een blik op Taylor.

'Hallo, meneer Kotes.'

Hij knikte slechts en keek streng.

'Ik zal dr. Camfield laten weten dat u er bent,' zei de secretaresse en drukte op een zoemer om de inspecteur te waarschuwen.

Nobles ogen gingen alle kanten op. Hij kon de apparaten, wandplaten en hulpmiddelen niet snel genoeg in zich opnemen.

'Sta niet alles zo aan te gapen,' mompelde mama, en gaf een harde ruk aan zijn hand. Snel sloeg hij zijn ogen neer.

'U kunt naar binnen gaan, mevrouw Atwell,' zei de secretaresse. Ze lachte naar me, maar ik lachte niet terug. Ik voelde dat dit voor mama geen bevriend terrein was, en daarom was ik op mijn hoede voor alles en iedereen.

Meneer Kotes volgde ons niet naar binnen. Mama keek even

achterom naar hem, en hij fluisterde dat hij er zou zijn als ze hem nodig had. We betraden het kantoor, een vertrek met donkere panelen en een heel groot bureau van donker hout. Meneer Camfield stond op en liep om zijn bureau heen om mama een hand te geven en haar te begroeten.

Hij was een lange, knappe man, net zo lang als meneer Kotes, met haar dat net zo gitzwart was als dat van papa. Hij droeg een lichtbruin pak en had een krachtige, vastberaden mond, een ferme kaak en twee heel donkerbruine ogen. Hij glimlachte naar Noble en mij, en ging wat achteruit alsof hij ons van een afstand wilde bewonderen.

'Knappe kinderen,' zei hij.

'Ik heb uw brief ontvangen, dr. Camfield. Misschien hadden ze u kunnen vertellen dat ik nog geen jaar geleden mijn man heb verloren en dat ik –'

'Ja, ja, gaat u zitten alstublieft,' zei hij, wijzend op de bank opzij. Er stond een stoel tegenover met armleuningen van hetzelfde hout als het bureau.

Mama trok ons mee naar de bank en ging zitten.

'Ik moet bekennen dat ik niet op de hoogte was van uw persoonlijke problemen, mevrouw Atwell. Het is al moeilijk genoeg om op de hoogte te blijven van de familieomstandigheden van de leerlingen die daadwerkelijk naar school gaan,' begon hij.

Het leek mama niet te kunnen schelen. Ze zocht in haar aktetas en haalde er een map uit.

'Dit zijn de IHIPs die u verlangt.'

'Niet ík verlang ze, mevrouw Atwell. De staat verlangt ze,' zei hij zacht, terwijl hij bleef glimlachen.

'Ja, goed, hier zijn ze,' zei ze en legde ze neer op de koffietafel. Hij keek ernaar en knikte.

'Mooi. Ik zal ze doornemen en dan kom ik bij u terug.'

'En hier is mijn aanvraag. Zoals ik al zei, had ik dit jaar veel andere dingen aan mijn hoofd, waardoor het aan mijn aandacht is ontsnapt.'

'Ik begrijp het volkomen, mevrouw Atwell. Ik betuig u mijn verlate condoleances,' voegde hij er aan toe.

'Ik wil ze de test graag zo gauw mogelijk laten afleggen,' antwoordde mama zonder een bedankje.

'Ik heb alles laten klaarleggen voor de kinderen. Meneer Katzman wacht op u in lokaal 32. Mijn secretaresse, mevrouw Donald, zal u en de kinderen erheen brengen.'

'Ik had ze die tests net zo goed thuis kunnen laten maken,' mompelde mama.

'O, dat weet ik, maar op deze manier vermijden we zoveel mogelijk eventuele tegenstrijdige belangen en onaangenaamheden,' zei hij.

Hij was zo aardig dat ik me onwillekeurig afvroeg waarom mama met zo'n kwaad gezicht hierheen was gekomen. Ondanks zijn glimlach en zijn zachte, begrijpende stem, ontspande ze zich nog steeds niet en er verscheen geen glimlachje om haar mond.

'Als dat alles is, dan gaan we nu meteen naar lokaal 32,' zei mama.

'Eh, ik wil niet overkomen als een verkoper of zo,' zei dr. Camfield, die geen poging deed om op te staan, 'maar terwijl de kinderen getest worden zou ik het voor u kunnen regelen dat u een paar van onze docenten ontmoet zodat u zelf kunt beoordelen wat voor soort onderwijs ze hier zouden krijgen. Misschien zou u zelfs in overweging willen nemen zelf te solliciteren. We zijn altijd op zoek naar uitmuntende docenten, en –'

'Alle informatie die u nodig hebt, kunt u in die map vinden,' snauwde mama. 'Ik voel niets voor rondleidingen in welke school dan ook, en ik heb geen enkele interesse in een terugkeer naar het openbaar onderwijs,' voegde ze eraan toe. Ze gaf het woord 'openbaar' een minachtende klank.

Zijn glimlach verhardde, maar hij deed zijn best die te behouden, al leek hij zich ervan bewust te zijn dat zijn glimlach snel bezig was te verdwijnen. Hij stond op en mama deed hetzelfde en liet ons ook opstaan. 'In ieder geval bedankt dat u bent langsgekomen,' zei dr. Camfield.

Mama liep met ons naar buiten en dr. Camfield volgde ons tot aan de deur.

'Mevrouw Donald, wilt u mevrouw Atwell en de kinderen naar lokaal 32 brengen?'

'Ja, natuurlijk,' zei ze, en stond op. 'Deze kant op, mevrouw Atwell.'

'Veel geluk, kinderen,' riep dr. Camfield ons na.

Mama draaide zich met een ruk naar hem om.

'Geluk? Het is een kwestie van goed onderwijs en streng de hand houden aan prioriteiten, niet van geluk,' zei ze. 'Op de openbare scholen draait het tegenwoordig uitsluitend om geluk hebben.'

Eindelijk verdween zijn glimlach.

Meneer Kotes kwam in de gang snel naar ons toe.

'En?' vroeg hij aan mama.

'Het is oké,' zei ze. 'Bedankt, Taylor.' Ze pakte zijn hand en hij glimlachte.

'Ik wacht buiten op je en ga een kop koffie met je drinken terwijl zij hun test afleggen,' bood hij aan.

'Dank je,' zei ze, en we vervolgden onze weg door de gang achter mevrouw Donald aan.

De gedachten tolden door mijn hoofd.

'Waarom bedankte je meneer Kotes, mama?' vroeg ik.

Ze boog zich onder het lopen naar ons toe.

'Hij is lid van het bestuur van de school. Hij is de baas van dr. Camfield,' zei ze en richtte zich triomfantelijk op.

Mijn hart bonsde.

Het was de eerste keer dat mama zo blij was dat een andere man behalve papa iets voor ons deed.

Belangrijker nog, het was de eerste keer dat ze een andere man nodig had, de eerste keer dat de geesten niet voldoende waren.

Ik kon alleen maar denken dat papa hier niet erg blij mee zou zijn, en zich misschien zelfs niet meer zou laten zien.

5. Een vergrootglas

De tests waren niet moeilijk voor ons. Zelfs Noble, die het vreselijk vond om zo lang te moeten stilzitten, had er geen enkel probleem mee. Hij vond het prachtig om aan een echte lessenaar te zitten, en nu en dan keek hij op en om zich heen en bestudeerde de kaarten en posters en tekeningen op de prikborden. Hij lachte naar me. Zijn gezicht stond opgewonden en verrukt. Ik was net zo opgewonden en verrukt, maar durfde het niet te laten merken.

Terwijl we de test maakten, ging er een bel en kwam er een stroom kinderen de school binnen. De leerlingen liepen haastig door de gang. De deur van ons lokaal was gesloten, maar we konden hun luide, schrille stemmen, hun gelach en voetstappen horen.

Naast de deur was een klein raam, zodat we ze voorbij konden zien komen. Toen ging er weer een bel en werd het weer rustig.

Noble keek me teleurgesteld aan en ging toen verder met zijn test. Ik deed hetzelfde. Een paar minuten nadat we klaar waren verscheen mama in de deuropening van het lokaal.

'Precies op tijd,' zei Katzman en haalde onze tests op. 'Morgen hebben we de resultaten,' voegde hij eraan toe. Mama zei niets. Ze bedankte hem niet eens. Ze nam ons mee het lokaal uit en liep snel met ons de school door. Ze moest Noble praktisch meesleuren, want hij wilde voortdurend blijven staan om alles te bekijken. Pas toen we buiten waren informeerde ze naar het examen. Hoewel ze het ons allebei vroeg, keek ze naar mij voor het antwoord.

'Het was gemakkelijk,' zei ik. 'Ik wist alles.'

'Ik ook,' zei Noble. 'Gaan we dan nu gauw naar deze school?'

'Binnenkort,' zei mama, maar zonder veel overtuiging. Zelfs Noble hoorde de holle klank in haar stem en wendde teleurgesteld zijn hoofd af.

Toen we wegreden, staarde hij naar de omgeving van de school als iemand die het zich tot aan zijn dood wil herinneren. Toen de school uit het gezicht verdwenen was, viel de droefheid als een schaduw over zijn gezicht. Voor het eerst in lange tijd had ik meer medelijden met hem dan met mijzelf. Hij had die school harder nodig dan ik, dacht ik, al wenste ik heimelijk dat mama had toegegeven en ons allebei naar school had laten gaan. Ik wenste zelfs dat ze weer zou terugkeren naar het onderwijs.

'We krijgen vanavond iemand te eten,' zei ze toen we bijna thuis waren.

'Wie?' vroeg Noble snel.

'Meneer Kotes,' antwoordde ze.

'Waarom?'

'Hij heeft me vandaag een gunst bewezen,' zei ze en keek in de achteruitkijkspiegel om mijn gezicht te zien. Ik liet onwillekeurig mijn verbazing blijken. We hadden al langer dan een jaar geen gast meer gehad voor het eten, op een van papa's zakenrelaties na, die Noble en ik saai hadden gevonden. Maar dit zou anders zijn, besefte ik. Dit zou heel anders zijn.

Zoals altijd als meneer Kotes bij ons kwam, bracht hij cadeautjes mee. Mama gaf hij bloemen, een bos vuurrode rozen die een blos op haar wangen brachten zoals ik sinds papa's dood niet meer bij haar had gezien.

'Ik heb begrepen dat jij graag leest, Celeste,' zei hij en overhandigde me een boek. 'Ik dacht dat je dit misschien wel zou willen hebben.'

Ik draaide het om en las de titel, *Alice in Wonderland.* Onmiddellijk keek ik naar mama om te zien of ze het goed- of afkeurde.

'Ik hoop dat je het niet erg vindt dat ik weer wat heb meegebracht voor de kinderen,' ging meneer Kotes verder, en gaf Noble iets wat in bruin papier verpakt was. Hij stak voorzichtig zijn hand ernaar uit, zijn blik meer op mama gericht dan op het pakje. Ze knikte bijna onmerkbaar en toen rukte hij het bijna uit zijn handen, scheurde het papier eraf en onthulde een doos waarin een sterk vergrootglas lag. Nobles ogen begonnen te stralen.

'Ik weet dat je graag naar insecten kijkt,' zei meneer Kotes. 'Dit zal je helpen om ze beter te zien.'

Het was duidelijk dat Noble stond te popelen om naar buiten te gaan en het te proberen.

'We hebben nog even tijd voor we gaan eten,' zei mama. 'Ga maar kijken hoe het werkt. Jij mag ook weg, Celeste.'

'Maar moet ik je niet helpen met het eten, mama?' vroeg ik. Ik voelde me altijd intiemer met haar als we samen in de keuken werkten.

'Nee, het gaat prima. Toe maar.'

We liepen naar de deur.

'Jullie mogen meneer Kotes wel eens bedanken, vind je niet?' riep ze ons achterna.

'Dank u wel, meneer Kotes,' zeiden we eenparig.

Hij lachte.

'Jullie zijn een echte tweeling,' merkte hij op. 'Een perfect stel.'

Mama knikte.

'Ja, dat zijn ze,' zei ze. 'Ga maar. Ik roep jullie wel.' Ik bleef aarzelend op de drempel staan. Hoewel Noble nieuwsgierig was naar zijn cadeau en de mogelijkheden die het bood, vroeg ik me toch af wat deze cadeaus zo anders maakte dan alle andere die we hadden gekregen, zelfs van meneer Kotes. Waarom mochten we ze nu wél aannemen? Omdat er inmiddels tijd verstreken was?

Noble holde naar buiten, naar zijn geliefde mierenhoop. Ik bleef staan bij de ramen aan de voorkant. Was papa ook daarbinnen? Zou mama het meneer Kotes vertellen als hij er was? Hoeveel wist hij over de geesten? Geloofde hij erin? Kon hij ze zien of horen?

'Kom eens hier, Celeste,' riep Noble. 'Kijk eens. Het is geweldig. Je kunt hun ogen beter zien. Kom dan.'

Ik drentelde naar hem toe en keek door zijn vergrootglas.

'Waarschijnlijk zien wij eruit als monsters door dat vergrootglas,' merkte ik op.

'Denk je?' Die gedachte intrigeerde hem. Hij richtte de loep op mij en trok een zogenaamd angstig gezicht. Toen draaide hij zich om en keek door het vergrootglas naar de weide.

'Wat doe je?' vroeg ik hem. 'Op die manier kun je niet beter zien.'

'Ik wilde weten of ik de geesten ermee kan zien.'

'Heb je niet geluisterd naar wat mama en ik je hebben verteld? Je kunt ze niet zien voordat ze wíllen dat je ze ziet of tot je doet wat je moet doen om je op hen te concentreren. Een vergrootglas helpt niet. Doe niet zo stom.'

'Jij bent stom,' antwoordde hij. Toen keek hij door het vergrootglas naar ons huis.

'Hij kan maar beter niet in papa's stoel gaan zitten,' zei hij kwaad.

Ik keek ook naar het huis. Gek dat die mogelijkheid bij Noble opkwam en niet bij mij, dacht ik. We bleven naast elkaar staan, en ik dacht dat mama gelijk had. Ik voel werkelijk wat Noble voelt, als dat gevoel heel sterk is. Dezelfde woede laaide in me op. Ik wist niet zeker waarom, maar het wás zo, althans op dit moment.

Hij gooide het vergrootglas op de grond en holde naar zijn geliefde boom.

'Zorg dat je je niet vuil maakt,' riep ik. 'Mama kan ons elk ogenblik binnenroepen om te komen eten.'

Hij hees zichzelf op een tak en bleef in zijn boom zitten, met woedende blikken op het huis. Ik liep terug naar de veranda en bleef staan bij het raam. Ik kon hun gedempte stemmen horen, en hoorde toen iets wat ik heel lang niet meer gehoord had.

Het was mama's lach. Het klonk me zo vreemd in de oren dat ik dacht dat het misschien iemand anders was. Kotes lachte ook. Mama zette wat muziek op, en ze lachten weer. Toen ik door de kier in de gordijnen naar binnen keek, kon ik zien dat hij zijn arm om haar middel had geslagen en hij haar een danspas voordeed. Mama hief wanhopig haar handen op na een paar vergeefse pogingen, maar hij pakte haar arm en trok haar weer naar zich toe om het nog eens te proberen.

Ik bleef mokkend in een stoel zitten en staarde naar het bos, zocht in de schaduw naar een teken van een geest, maar zag niets anders dan duisternis en bomen.

Ze zijn ontdaan, dacht ik. Ze zijn allemaal ontdaan, en papa misschien wel het meest.

Eindelijk riep mama ons binnen, en ik moest Noble gaan halen. Hij klom naar beneden en we liepen naar huis.

'Waar is je vergrootglas?' vroeg mama onmiddellijk.

'Buiten,' zei hij.

'Je moet geen dingen buiten laten slingeren, Noble. Je moet beter zorgen voor wat je krijgt,' berispte ze hem. 'Ga het halen.'

Hij draaide zich om en holde naar buiten.

'Het spijt me, Taylor,' zei mama.

'Ach, hij is nog maar een jongen,' zei Kotes. 'Ik was waarschijnlijk heel wat erger op zijn leeftijd.'

'Dat geloof ik, ja,' zei mama, en ze lachten.

Hoe kwam het dat ze plotseling zulke goede vrienden waren? vroeg ik me af. Dat hij haar leerde dansen? Bloemen voor haar meebracht?

Mama riep me naar de keuken om haar te helpen brood en boter, een karaf koud water en wat cranberrysaus binnen te brengen. Ze had een kip gebraden met haar beroemde krielaardappeltjes in de kippenjus, waar papa vroeger altijd zo dol op was. Ik zag dat ze ook een appeltaart had gebakken. Ze had er een heel speciaal etentje van gemaakt. Alles zag er even heerlijk uit als vroeger, en rook verrukkelijk. Ik kreeg zo'n trek dat mijn maag begon te rommelen.

We zaten net aan tafel, meneer Kotes inderdaad in papa's stoel, toen Noble terugkwam. Met lege handen.

'Waar is het vergrootglas?' vroeg mama onmiddellijk.

'Het is er niet,' zei Noble.

'Wat zeg je?'

'Het ligt niet meer waar ik het heb laten liggen.'

'Dat is belachelijk, Noble.'

'Iemand heeft het meegenomen,' zei hij en keek even naar mij.

Mama bleef even sprakeloos zitten. Meneer Kotes keek met een domme glimlach op zijn gezicht naar Noble.

'Iemand heeft het meegenomen? Iemand is naar ons huis gekomen en heeft het meegenomen?' vroeg mama ten slotte.

Noble haalde zijn schouders op.

'Het ligt er niet,' verklaarde hij en breidde zijn armen uit. Hij keek naar meneer Kotes om zijn reactie te zien. Meneer Kotes bleef glimlachen, maar zei niets. Ik vermoedde dat Noble hem in de war wilde brengen, vooral nu hij zag dat meneer Kotes in papa's stoel zat.

Mama draaide zich naar mij om; haar mond stond strak, haar ogen glinsterden van woede.

'Celeste, neem je broer bij de hand. Ga met hem naar buiten en zoek onmiddellijk dat vergrootglas! Nu!' beval ze nadrukkelijk, terwijl ze haar wenkbrauwen optrok. Ik stond snel op.

'Ach, laat toch, Sarah,' zei meneer Kotes. 'Ik weet zeker dat hij het later wel zal vinden.'

'Nee, hij moet het nu vinden,' zei mama streng. 'Anders krijgt hij geen eten, en Celeste ook niet,' voegde ze eraan toe met een kwade blik op mij.

Snel pakte ik Nobles hand en trok hem mee naar de deur.

'Sarah, werkelijk–'

'Bemoei je er niet mee,' snauwde mama tegen meneer Kotes. 'Hij heeft wat discipline nodig en hij moet de waarde van dingen leren kennen en wat verantwoordelijkheid betekent. Allebei,' voegde ze eraan toe.

'Waarschijnlijk heb je gelijk,' was meneer Kotes het haastig met haar eens.

'Dat was stom, Noble,' zei ik toen we naar buiten liepen. 'Je hebt mama voor niks kwaad gemaakt.'

Hij zweeg. Ik liep met hem terug naar de mierenhoop, maar het vergrootglas lag er niet.

'Zie je nou wel?' zei hij.

'Waar is het, Noble?'

'Weet ik niet.'

'Doe niet zo stom, Noble. Waar is het?' vroeg ik kwaad, met mijn handen op mijn heupen.

'Weet ik niet.'

'Ik ga weer naar binnen en zeg tegen mama dat je het me niet wil vertellen,' waarschuwde ik.

'Zeg maar dat ze zelf komt kijken,' zei hij uitdagend. Hij deed een stap achteruit en sloeg zijn armen over elkaar. 'Je ziet toch dat het er niet ligt.'

'Nou... waar ligt het dan?' vroeg ik.

Hij keek om zich heen. De duisternis was nog dichter geworden. De bewolkte lucht leek ons in te sluiten. Het was harder gaan waaien. Ik liep om de mierenhoop heen en bleef zoeken, maar ik kon het niet vinden.

'Heb je het weggegooid, Noble?'

'Nee,' zei hij.

'Heb je het ergens verborgen?'

'Nee,' hield hij vol. 'Ik heb helemaal niks gedaan. Toen ik uit de boom kwam, lag het er niet meer.'

'Ik heb honger, Noble,' jammerde ik. 'Ik wil eten. Alles is klaar, en mama heeft je lievelingstaart gebakken.'

Hij haalde zijn schouders op en wendde zijn blik af.

'Mama zal kwader op je zijn dan ik,' waarschuwde ik hem. Hij gaf geen antwoord, dus ging ik naar hem toe en rammelde hem door elkaar. Hij rukte zich los.

'Raak me niet aan, anders geef ik je een schop, Celeste.'

'Waar is het vergrootglas, Noble? Waar is het?' schreeuwde ik.

'Weet ik niet.'

'Als je het niet hebt weggegooid en niet verstopt, waar zou het dan kunnen zijn?' Ik liep dichter naar hem toe. Hij bleef stokstijf staan en keek me aan.

'Waarschijnlijk heeft papa het meegenomen,' opperde hij na een paar ogenblikken, zijn ogen strak op mij gericht.

Ik had het gevoel dat mijn keel werd dichtgeknepen en een warme gloed door mijn rug trok. Toen die bij mijn hals kwam, veranderde hij in een ijzige kou.

'Wát?'

'Hij is heel erg kwaad,' ging Noble verder. 'Meneer Kotes zit in zijn stoel.'

Ik begon iets te zeggen, maar zweeg toen en keek achterom naar het huis. Ik schudde mijn hoofd.

'Vraag het hem maar,' daagde Noble me uit. 'Jij kunt hem zien, vraag het hem. Je zult zien dat ik gelijk heb.'

'Ik zie papa niet,' fluisterde ik en bleef mijn hoofd schudden. Ik wist niet waarom ik fluisterde. Wat hij had gezegd maakte dat ik zachter begon te praten. 'Hij komt niet op bevel. Dat heb ik je al zo vaak gezegd.'

Plotseling ging de voordeur open en mama verscheen op de veranda.

'Celeste, Noble, waar zijn jullie?'

'Toe dan, vertel haar wat ik heb gezegd. Jou zal ze geloven.'

'Nee,' zei ik. 'Daar lieg ik niet over. Je liegt niet over spirituele dingen.' Ik liep bij hem vandaan en toen op een holletje naar huis.

Mama stond met haar handen op haar heupen woedend naar me te kijken.

'Nou?' vroeg ze.

'Het ligt niet waar hij het heeft laten liggen,' zei ik.

'Wát zeg je, Celeste?'

'Hij heeft het naast de mierenhoop op de grond gegooid. Dat heb ik gezien, mama, maar het ligt er niet meer.'

'Waar is het dan?'

'Ik weet het niet, mama,' zei ik en begon te huilen.

'Goed, tot een van jullie het weet, krijgen jullie geen eten,' zei ze. 'Ga naar je kamer en denk erover na,' ging ze verder toen Noble dichterbij kwam. 'Vooruit,' beval ze, naar de trap wijzend.

Noble liep snel naar binnen en holde naar de trap. Ik volgde met gebogen hoofd.

'Je stelt me teleur, Celeste,' zei ze.

Ik draaide me met een ruk om. 'Waarom ík? Híj heeft er iets mee gedaan, niet ik.'

'Je wéét waarom,' zei ze kwaad. 'Ga naar boven,' commandeerde ze en liep toen met grote passen de hal door om met meneer Kotes te gaan eten.

Noble liet zich met zijn gezicht omlaag op bed vallen. Ik ging op mijn bed zitten en staarde hem aan. Door de vloer heen konden we de gedempte conversatie horen van mama en meneer Kotes. Mijn maag knorde van honger en teleurstelling toen ik dacht aan wat ze nu zaten te eten. De heerlijke geuren hingen nog in huis.

'Heb jij geen honger, Noble?' vroeg ik zacht.

Hij huiverde.

'Ik wél. Ik heb zo'n honger dat ik mijn kussen zou kunnen opeten,' zei ik en hij draaide zich om en keek naar me. Ik zag dat hij gehuild had.

'Ik kan het niet vinden, Celeste. Ik heb gekeken en het was weg. Ik lieg niet,' hield hij met uitgestrekte armen vol. Hij zag er echt uit of hij de waarheid vertelde, maar het sloeg nergens op.

'Geesten pakken geen dingen weg,' zei ik.

'Hoe weet je dat? Je weet niet alles over ze. Je had het mama moeten vertellen. Dat had je moeten doen,' zei hij nadrukkelijk. 'Dan had ze ons laten eten. Ze zou jou geloofd hebben.'

'Dat heb ik je gezegd. Ik kan haar niet iets vertellen wat niet waar is, vooral niet daarover. Als ik dat doe, zie ik papa misschien nooit meer.'

'Kan me niet schelen. Ik zie hem niet,' zei hij en draaide zich weer om met zijn gezicht in het kussen.

Het gedempte gesprek beneden klonk nog zachter en toen werd er gelachen. Ze speelden ook weer muziek. Hoe kon mama plezier maken terwijl wij boven honger lagen te lijden?

Ik ging op mijn rug liggen. Misschien, als ik mediteerde, dacht ik, zou ik me minder hongerig gaan voelen. Uiteindelijk viel ik in slaap en Noble ook. Veel later werd ik met een schok wakker en hoorde voetstappen de trap afgaan. Langzaam stond ik op en deed de deur van onze kamer open. Er was niemand te zien, maar ik hoorde mama met meneer Kotes beneden praten. Ik hoorde de voordeur opengaan en haar goedenacht zeggen.

'Dank je,' zei hij. 'Een heerlijk diner, vooral het dessert,' voegde hij eraan toe. 'En ik bedoel niet alleen de appeltaart.'

Ik hoorde mama lachen.

'Ik bel je morgen, Sarah,' zei hij nog en toen viel de deur dicht.

Ik luisterde. Mama liep beneden rond, deed het licht uit en liep toen naar de trap. Ik wachtte in de deuropening en toen ze me zag bleef ze staan.

'Ik heb geprobeerd het hem te laten zeggen, mama. Ik heb het echt geprobeerd, maar hij wilde niet. Hij is in slaap gevallen.'

'Morgen misschien,' zei ze, 'als hij ziet dat jullie geen van beiden een ontbijt krijgen voor dat vergrootglas gevonden is en teruggebracht.'

Ze liep langs me heen naar haar kamer. Ik zag dat het licht al brandde en het bed niet opgemaakt was. Waarom was het bed niet opgemaakt? Mama liet haar kamer nooit onopgeruimd achter. Ze bleef staan, draaide zich om en keek me aan.

'Ik raad je aan om te gaan slapen, Celeste,' zei ze en deed de deur dicht.

Ik draaide me om en liep naar een van onze ramen en staarde naar buiten in het donker.

Papa, dacht ik, als je hier bent, zeg me dan alsjeblieft wat ik moet doen. Alsjeblieft, smeekte ik, en toen draaide ik het licht uit en ging naar bed.

De volgende ochtend was Noble eerder op dan ik. Hij was met zijn kleren aan in slaap gevallen en nam niet de moeite andere aan te trekken. Hij stond gewoon op en liep naar beneden om te gaan ontbijten. Even later hoorde ik hem haastig en stampend weer de trap opkomen.

'Sta op, Celeste!' riep hij en stormde naar binnen. Hij schudde me door elkaar.

'Wat is er?' vroeg ik kreunend.

'Mama wil ons niks te eten geven tot we het vergrootglas hebben gevonden.'

'Dat heb ik je gezegd.'

'We moeten zoeken waar papa het heeft verborgen,' zei hij.

'Noble, je weet waar het is. Ga het alsjeblieft halen,' zei ik en deed mijn ogen weer dicht.

Hij schudde me weer door elkaar.

'Hou op!' gilde ik. 'Met mij door elkaar schudden schiet je niks op. Haal het vergrootglas.'

'Ik weet niet waar het is,' zei hij. 'We moeten overal zoeken. Je moet me helpen. Sta op,' beval hij. 'Mama zegt dat je het moet doen.'

Kermend wreef ik de slaap uit mijn ogen en trok mijn schoenen aan.

'Kom,' riep Noble, aan mijn hand trekkend.

'Ik wil tenminste mijn gezicht met koud water wassen en goed wakker worden, Noble.'

Hij stond ongeduldig te wachten. Ik moest ook plassen. Hij deed de deur van de badkamer open terwijl ik nog op de wc zat.

'Ga weg!' schreeuwde ik.

Ook al deelden we een kamer, ik wilde niet dat hij in de badkamer kwam als ik er was, en ik nam niet langer samen met hem een bad en hij mocht me niet zien als ik in het bad lag.

'Schiet op,' riep hij. 'Ik heb honger.'

Ik ging naar hem toe en hij schoot de gang door, de trap af.

'Dit is echt te stom, Noble,' mopperde ik. Ik kon mama in de keuken horen. Het klonk of ze de afwasmachine leeghaalde, iets wat ze gewoonlijk door mij liet doen. Ze was zo kwaad op me dat ze me zelfs mijn normale karweitjes niet liet doen.

Ik volgde Noble naar buiten en bleef op de veranda staan.

'Oké, wat nu?' vroeg ik.

'We moeten overal zoeken,' verklaarde hij. 'Ik zal mijn toverstok gebruiken.' Hij liep naar een bezemsteel die hij geel en rood geverfd had. Op de een of andere manier was dit, ondanks zijn eigen honger, weer veranderd in een van zijn malle, kinderachtige spelletjes, dacht ik.

Ik slofte achter hem aan van het huis naar de garage naar de schuur. Hij hief zijn bezemsteel in de lucht en brabbelde een paar woorden die hij zelf bedacht had. Waarschijnlijk was dat wat de postbode had gehoord en waarvan hij gedacht had dat het een vreemde taal was. Nobles toverstok boog zogenaamd in de ene of de andere richting, en we volgden de stok als een bloedhond. Hoe lang zal hij dit volhouden? dacht ik.

Hij maakte kasten open in de garage. Hij keek onder en in de voertuigen. Hij zocht de wandplanken na, en toen gingen we naar de oude schuur. Ik was ervan overtuigd dat hij het vergrootglas daar zou vinden. Hij zocht tussen het gereedschap, in een kruiwagen, in karren, en keek zelfs onder de grasmaaier. 'Nee, dat kan niet!' riep hij uit.

'Wat is er, Noble? Ik ben moe en ik heb honger en mama is zo kwaad op ons, dat ze nooit meer aardig tegen ons zal zijn.'

Hij hief zijn arm op en wees naar de bezemsteel.

'Kijk eens waar de toverstok naar wijst,' zei hij.

'Hoe weet je waarnaar hij wijst?'

'De onderste punt, malle. Hij wijst daarheen,' zei hij en wees met zijn rechterwijsvinger naar de oude grafstenen.

'Noble –'

Hij zette het op een lopen en ik volgde hem. Toen we bij de grafzerken waren, bleef hij staan, en toen draaide hij zich lachend naar me om.

'Ik zei je toch dat papa het had gedaan,' zei hij en liep naar de grafsteen van baby Jordan. Bovenop lag het vergrootglas.

Mijn adem stokte in mijn keel.

'Dat heb jij gedaan, Noble,' fluisterde ik hees.

'Dat heb ik niet! Als je dat tegen mama zegt, gooi ik het weer weg,' waarschuwde hij.

'Oké, oké, ik zal het niet zeggen,' zei ik. 'Laten we het nu maar gauw naar huis brengen, dan kijkt ze weer wat vrolijker.'

Ik liep in de richting van huis en bleef even staan om nog één keer om te kijken. Een onderdeel van een seconde meende ik papa te zien, maar toen kwam ik tot de conclusie dat het slechts een schaduw was die werd veroorzaakt door een wolk die door de wind werd voortgedreven. Ik schudde mijn hoofd om mijn sombere gedachten kwijt te raken en liep door. Noble volgde met een vage glimlach op zijn gezicht, de glimlach van iemand die vindt dat er recht is geschied. Misschien gelooft hij zelfs wel wat hij zegt, dacht ik. Zo keek en gedroeg hij zich in ieder geval. Was dat zijn droom of was het de waarheid?

Toen we binnenkwamen, liep mama net de gang op. Ze droogde een schaal af.

'En?'

'Ik heb het gevonden,' zei Noble. 'Mijn toverstok heeft me geholpen.'

'Ik zie het,' zei ze toen hij het vergrootglas omhooghield.

'Weet je waar het was, waar we het hebben gevonden?' vroeg hij.

'Ik heb geen idee,' zei ze.

'Op de grafsteen van baby Jordan.' Hij keek naar mij en naar mama, die stopte met afdrogen.

'Grafsteen? Waarom lag het daar?'

'Papa wilde niet dat ik het zou hebben,' antwoordde hij, 'omdat meneer Kotes in zijn stoel zat.'

Ze deinsde achteruit alsof hij haar een klap had gegeven.

'Leg het weg, ga je wassen en verkleden en ga dan aan tafel om te ontbijten,' beval mama. Ze keek met een felle blik naar mij. 'Nu!'

We liepen allebei haastig de trap op om te doen wat ze zei. Dacht ze soms dat ik hem dat had verteld? Mijn hart bonsde.

'Ik heb je op je hart gedrukt om niet zoiets te zeggen, Noble,' zei ik verwijtend.

'Het is de waarheid,' verzekerde hij me.

Toen we weer beneden kwamen, stond ons eten op tafel. Mama stond ernaast en sloeg ons een tijdje gade. Toen liep ze naar de tafel en keek naar Noble.

'Hoe kom je aan dat idee over je vader?' vroeg ze.

'Dat weet ik niet. Ik dacht alleen omdat meneer Kotes in papa's stoel zat, dat papa kwaad was.'

Ze keek naar mij.

'Ik heb hem niet gezegd dat hij dat moest zeggen, mama. Ik zweer het je.'

Ze draaide zich weer om naar Noble.

'Ik wil je zoiets nooit horen zeggen tegen meneer Kotes of tegen wie dan ook, Noble. Begrepen?'

Hij knikte, maar keek heel zelfvoldaan. Zelfs mama voelde het en draaide zich snel naar mij om. Ik beet op mijn lip en richtte mijn aandacht weer op mijn ontbijt.

'Er is niets ergers dan liegen over de geesten,' zei ze met een hees gefluister. 'Niets.'

Ik kon niet slikken. Het voedsel bleef steken in mijn keel en brandende tranen sprongen in mijn ogen.

Later, toen Noble buiten was, ging ik naar haar toe en vertelde haar weer dat ik niets te maken had met wat Noble had gezegd.

'Hij heeft het allemaal zelf verzonnen, mama. Ik zweer het je.'

Ze schudde haar hoofd.

'Dat zou hij niet kunnen, Celeste.'

'Waarom niet?'

'Dat kan hij gewoon niet,' hield ze vol.

'Ik lieg niet,' kermde ik en begon te huilen.

'Misschien heb je iets heel zacht bij jezelf gezegd en heeft hij het gehoord.'

'Nee, mama.'

'Ik wil er niet meer over praten,' snauwde ze. 'Ga kijken wat hij doet en waak over hem. Vooruit, ga,' beval ze.

Ik kon het niet helpen, ik was kwaad op Noble omdat hij me zoveel moeilijkheden had bezorgd. Het scheen hem allemaal niet te deren. Het was of hij zijn denkbeeldige wereld, zijn fantasieën en zijn spelletjes vermengde met onze spirituele gemeenschap. Hij begreep het niet, maar belangrijker nog, het interesseerde hem niet.

Misschien had mama gelijk. Misschien verkeerde hij in groot gevaar, maar wat kon ik daaraan doen?

Noble en ik praatten er die dag niet meer over, en mama ook niet. Ik denk dat het kwam omdat ze zo blij was met de resultaten van onze test. Meneer Katzman merkte op dat wij het beter hadden gedaan dan de meeste leerlingen die naar school gingen. Mama las ons dat heel nadrukkelijk voor.

Wat het vergrootglas betrof, weigerde Noble het nog eens te gebruiken, omdat hij geloofde dat papa dat niet wilde. Ik wist het, maar mama niet. Ik waarschuwde hem het haar niet te vertellen, en deze keer luisterde hij tenminste naar me. Toen meneer Kotes ernaar vroeg, vertelde hij hem alleen dat we het gevonden hadden, maar hij wilde er niet over praten, praatte überhaupt niet tegen meneer Kotes als het niet noodzakelijk was. Ik kon zien dat het mama ergerde, maar ze leek onwillig erover te klagen of hem een standje te geven voor zijn koppigheid.

Meneer Kotes kwam steeds vaker bij ons thuis, hetzij om te eten of alleen op bezoek. Het was kennelijk belangrijk voor hem om door Noble te worden geaccepteerd. Hij gaf hem meer cadeaus, kocht een windbuks voor hem en bracht toen veel tijd met hem door om hem te leren hoe hij er goed en veilig mee om moest gaan. De afspraak, waar Noble een intense hekel aan had, was dat hij het geweer alleen mocht gebruiken als meneer Kotes erbij was.

Hij kocht ook nieuwe hengels voor Noble en mij, maar ik wist dat het hoofdzakelijk bedoeld was voor Noble. In gezelschap van mama nam hij ons mee naar de beek om te vissen en vertelde hoe zijn grootvader hem mee uit vissen nam toen hij zo oud was als wij. Eigenlijk vond ik meneer Kotes een keurige heer, een aardige man die altijd bezorgd voor ons was. Ik kon mijn hart niet zo gemakkelijk jegens hem verharden als Noble. Mama moest voortdurend 'bedankt' en 'alstublieft' uit zijn mond trekken.

Ik zag voornamelijk hoe tevreden mama was in het gezelschap van meneer Kotes, hoe ze zich op haar gemak voelde bij hem. Er waren heel weinig mensen die ze tolereerde, laat staan aardig vond. Ik zei tegen Noble dat als zij meneer Kotes aardig vond, wij dat ook moesten doen, maar de bron van zijn koppigheid was onuitputtelijk en te diep om enig compromis mogelijk te maken. Het enige wat me verontrustte was het feit dat ik papa's geest niet meer had gezien. Maar ik bedacht dat als meneer Kotes' aanwezigheid in ons huis de reden was voor het wegblijven van papa's geest, mama dat als eerste zou weten.

Ik had niet de moed het precies zo onder woorden te brengen, maar op een avond ging ik naar haar toe en vroeg haar waarom ik papa's geest zo lang niet gezien had. Ze legde het boek neer dat ze aan het lezen was en keek me kalm aan. Haar ogen knipperden nauwelijks. Ik kon de gedachten die bij haar opkwamen bijna horen en voelen.

'Hij wacht op Noble, zei ze. 'Hij wacht tot Noble in staat is contact te leggen.'

'Maar dat is niet eerlijk tegenover mij, mama,' zei ik.

Haar ogen leken dicht te klappen, en ze draaide zich met een ruk naar me om.

'Hoe kun je zoiets zeggen? Hoe kun je alleen maar aan jezelf denken? Ik heb je verteld dat je broer in gevaar verkeert.'

'Wat moet ik dan doen?' jammerde ik.

'Geduld hebben,' antwoordde ze. 'Je moet gewoon geduld hebben.'

Ze richtte haar aandacht weer op haar boek, en ik voelde me verwarder en onrustiger dan ooit.

Altijd als meneer Kotes er was en wij waren erbij, spitste ik mijn oren om te horen of mama hem over de geesten zou vertellen, over onze familie, over onze krachten. Ik luisterde naar één gesprek tussen hen toen ze het hadden over spirituele energie en de krachten van paranormaal begaafden. Het verbaasde me dat er zoveel was waarin meneer Kotes geloofde of zei dat hij erin geloofde. Ik kon merken dat mama daar erg blij om was. Wat ze deed was hem geleidelijk te betrekken in onze wereld, telkens iets meer te onthullen, alsof ze wist wat hij wel en wat hij niet kon accepteren.

Ik wist dat ze lachten om de manier waarop de mensen over mama praatten. Dat gesprek luisterde ik ook een keer af. Het was niet dat ik ze voortdurend bespioneerde. Nou ja, misschien ook wel.

'Ik kan je wel zeggen dat er heel wat mensen verbaasd zijn dat ik je zo vaak zie, Sarah,' zei meneer Kotes.

'Ik weet dat je zuster daar een van is,' zei ze. 'Ik hoor hoe ze zich voelt als ze hierheen belt om jou te spreken.'

'Ach, ze is gewoon overbezorgd voor me dat is alles.'

'Misschien kun je dan beter niet zo vaak hier komen, Taylor,' zei ze scherp.

'De dag waarop ik me door de bemoeials in dit dorp laat voorschrijven wat ik wel en niet moet doen, zal een heel trieste dag voor me zijn,' antwoordde hij. 'En dat geldt ook voor mijn zuster.'

Dat beviel haar.

Ze begon hem steeds aardiger te vinden, en elke dag dat de genegenheid tussen hen groter werd, voelde ik ook de afstand tussen papa en ons groter worden. Soms voelde ik me als een licht dat begon te doven of een schaduw die zich terugtrok in het bos, slinkend tot hij nauwelijks meer zichtbaar was.

Papa sterft een tweede keer, dacht ik. Het was een idee dat plotseling bij me opkwam en me deed rillen. Ik droomde van zijn doodkist, waarvan het deksel definitief dichtsloeg. Zijn stem binnenin klonk gesmoord, zijn kreten verzwakten. Ik zag mezelf wanhopig proberen de kist open te breken tot mijn vingers bloedden.

Ik werd met een schok wakker, had zelfs misschien gegild. Ik wist het niet zeker. Noble kreunde in zijn slaap. Had hij dezelfde nachtmerrie? Had mama gelijk dat we onze gedachten en gevoelens deelden, zelfs als we sliepen?

Ik kwam zwetend overeind en hield mijn adem in. Toen leunde ik met mijn rug tegen het kussen, maar hield mijn ogen heel lang open en viel pas weer in slaap toen ik meende papa's stem zacht te horen zeggen: 'Maak je geen zorgen. Straks komt alles in orde.'

Ik had geen idee wat 'straks' betekende. Meneer Kotes bleef ons vaak bezoeken, en ten slotte vond mama het goed dat hij ons allemaal mee uit eten nam, zolang het maar geen restaurant dicht in de buurt was.

'Ik wil niet dat die bemoeials ons zitten aan te gapen, Taylor,' zei ze, en hij zei dat hij het begreep.

Naar een ander dorp rijden om te gaan eten was tenminste iets wat Noble leuk vond. Hij was niet zo nukkig en had natuurlijk grote belangstelling voor alles wat hij onderweg en bij onze aankomst zag. Hij stelde zelfs vragen en luisterde als meneer Kotes antwoord gaf. Mama scheen daar blij om te zijn.

Omdat ze nooit een oppas voor ons uit het dorp wilde, moest meneer Kotes ons altijd meenemen als hij met mama ergens naartoe wilde. Het alternatief was thuis eten. Er werd tussen hen gesproken over een uitstapje naar New York City voor een bezoek aan de dierentuin in de Bronx, wat Nobles ogen van opwinding deed stralen.

'We kunnen gemakkelijk in één dag op en neer, als je dat wilt, Sarah,' zei hij.

Noble smeekte met zijn ogen, spoorde mama aan om ja te zeggen.

'We zullen zien,' zei ze, met iets van reële belangstelling in haar ogen, wat hem tenminste enige hoop gaf.

Ondanks zijn tegenzin en zijn pogingen om afstandelijk en ongeïnteresseerd te blijven, begon Noble te bezwijken. Ik zag het voor mijn ogen gebeuren. Hij klaagde niet langer erover dat meneer Kotes in papa's stoel zat en hij begon zijn vergrootglas weer te gebruiken. Spoedig daarna gebruikte hij openlijk al het gereedschap dat meneer Kotes hem eerder had gegeven.

Hij begon zich zelfs op zijn bezoek te verheugen, in de verwachting dat hij elke keer iets nieuws zou meebrengen. Het lag op het puntje van mijn tong hem te vragen waarom hij niet zo vaak meer aan papa dacht. Was hij niet bang dat hij papa's geest nooit zou zien, nooit met hem zou spreken? Ik durfde het hem niet te vragen, bang dat hij gauw naar mama zou gaan om het haar te vertellen.

Eigenlijk was ik verbaasder over mama. Was ze niet bang dat Noble, naarmate hij meneer Kotes aardiger ging vinden, minder kans zou krijgen de oversteek te maken en papa's geest te zien? Waarom kwam dat wel bij mij op en niet bij haar?

Ik begon moed te verzamelen om haar dat te vragen.

Het was een vraag die de boventoon voerde in mijn gedachten en dreigde explosief naar buiten te komen als ik die niet gauw zelf onder woorden bracht.

Ik stond op het punt dat eindelijk te doen.

Maar ik kreeg de kans niet en uiteindelijk hoefde ik die vraag niet te stellen.

Het antwoord stond al geschreven in de duisternis, in de wind; het cirkelde om het huis en maakte zich gereed ons hart binnen te dringen.

We hoefden alleen maar te luisteren.

97

6. 'Iemand heeft me geduwd'

Het gebeurde op de avond van onze negende verjaardag, wat het nog betekenisvoller maakte. Mama maakte een speciaal dineetje klaar en een verrukkelijke chocoladetaart met onze namen in vanilleglazuur. Toen papa nog bij ons was, waren onze verjaardagspartijtjes meestal grote feesten. Hij bracht meer cadeaus voor ons mee dan we met Kerstmis kregen. Mama klaagde altijd dat hij ons verwende, maar hij liet zich er niet van afbrengen.

'Verjaardagen zijn dagen die per definitie bedoeld zijn om kinderen te verwennen,' zei hij. 'Dat maakt dat ze zich bijzonder voelen, belangrijk en geliefd.'

'Zo voelen onze kinderen zich elke dag van hun leven,' wierp mama tegen.

'Daar ben ik van overtuigd, maar verjaardagen zijn toch anders, Sarah. Het verbaast me dat je je eigen verjaardagen niet meer herinnert, toen je zo oud was als zij, hoe belangrijk een verjaardag toen voor je was.'

'Ik kan me geen dwaasheden herinneren. Mijn ouders waren geen dwaze mensen,' merkte hij op.

'Dat waren ze wel als ze je verjaardag niet heel feestelijk maakten.'

Zelfs toen ik nog heel klein was, vroeg ik me af wat dat betekende. Had mama geen verjaardagsfeestjes gehad?

Ze kon papa niet dwingen zich wat te matigen als het erom ging Noble en mij met liefde te overladen, ongeacht de waarschuwingen van haar spirituele wereld of haar angst voor het boze oog. Zijn stem klonk het luidst als er 'Happy Birthday' voor ons gezongen werd, en hij was net zo opgewonden en nieuwsgierig als wij bij het uitpakken van onze cadeaus. Of het nu zijn verjaardag was of die van ons, verjaardagen maakten weer een kleine jongen van hem.

Misschien herinnerde mama zich dat weer, of misschien was papa naar haar toegekomen en had hij haar gezegd het te doen, maar deze keer besloot ze een echt feest voor ons te geven, niet alleen een taart. We hadden geen vrienden die we konden uitnodigen, maar mama liet ons de eetkamer versieren met papieren slingers en ballons die meneer Kotes had meegebracht. Een van zijn cadeaus – wat mama tot onze verbazing toestond – was een clown-goochelaar, die kwam toen we net aan tafel gingen. Meneer Kotes had hem gehuurd en betaald.

Noble was gefascineerd door de goocheltrucs, de manier waarop de clown geld vond in zijn oor, koordjes van dunne ballons uit zijn keel trok, kaarten liet verdwijnen, water door zijn mouwen goot zonder nat te worden, en toen een klein konijntje uit een bos kunstbloemen haalde. Meneer Kotes zei dat we het konijntje mochten houden. Een van onze cadeaus was een kooi ervoor, maar op een dag liet Noble het los en zagen we het niet meer terug.

Toen de clown-goochelaar was vertrokken, gingen we eten en toen stak mama de kaarsjes op de taart aan. Sinds we oud genoeg waren om kaarsjes uit te blazen, deden we dat samen, Noble aan de ene kant en ik aan de andere kant. Zodra we dat deden begonnen mama en meneer Kotes 'Happy Birthday to You' te zingen, en ik keek opzij naar de hoek van de kamer en zag papa daar glimlachend staan. Ik wist het heel zeker. Ik draaide me snel om naar mama, die lachte en naar me knikte, en toen keek ik hoopvol naar Noble. Zijn aandacht was op onze cadeaus gericht, en ook al keek hij in papa's richting, hij scheen hem niet te zien. Na het zingen was papa verdwenen. Ik had kunnen huilen ondanks alle blijdschap om me heen. Noble begon het papier van de cadeaus te scheuren, en reikte al naar een volgend zodra hij had gezien wat er in het pak zat, vooral als het kleren waren. Ik kreeg voornamelijk kleren en nog meer boeken om te lezen. Noble was het gelukkigst met een elektrische treinenset van meneer Kotes. Hij was zo enthousiast, dat hij zijn taart naar binnen schrokte en ongeduldig wachtte tot de rest van ons was uitgegeten. Meneer Kotes had aangeboden hem te helpen de rails te installeren in de zitkamer, waar mama had gezegd dat het mocht, op de grond onder grootvaders klok die nooit sloeg of tikte. Zoveel dingen in ons huis waren er alleen omdat ze er altijd waren geweest.

Noble en meneer Kotes liepen de kamer in en begonnen de rails in elkaar te passen. Terwijl ze daarmee bezig waren, ging ik naar de keuken om mama te helpen met afwassen, maar feitelijk om haar te vertellen dat ik papa eindelijk weer had gezien. 'Dat dacht ik al,' zei ze. 'Ik kon het aan je gezicht zien, Celeste.' 'Heb jij hem dan niet gezien?' vroeg ik een beetje verward.

'Een heel enkele keer kunnen de geesten iemand selecteren door wie ze gezien willen worden, en een ander kan ze dan niet zien, ook al heeft hij of zij de gave. Ik denk dat papa je iets heel speciaals wilde geven. Het was zijn cadeau.

'Maar –' Ze zweeg alsof er net iets tot haar doordrong. 'Ik heb helemaal niets gezien in Nobles gezicht, en het is toch ook zijn verjaardag. Waarom kreeg hij geen speciaal cadeau? Waarom niet?' Ze sloeg zo hard met haar hand op het aanrecht dat ze zich beslist pijn moest hebben gedaan. 'Wat doe ik verkeerd?'

'Het is niet jouw schuld, mama. Noble is er gewoon nog niet klaar voor,' zei ik en hield mijn adem in. Altijd als ik over Nobles falen sprak, was het of ik me op dun ijs waagde.

Na een ogenblik draaide ze zich naar me om en zei dat ik naar Noble en meneer Kotes moest gaan. Ik had het gevoel dat ze zelfs niet gehoord had wat ik zei.

'Het is ook jouw verjaardag,' zei ze. 'Je hoeft vanavond niet in de keuken te werken.'

'Ik vind het niet erg om je te helpen, mama.'

'Ga nou maar. Ik moet even alleen zijn,' zei ze.

Ik voelde me of ik een klap in mijn gezicht had gekregen, en beslist niet het jarige feestvarken. Mama wilde me niet om zich heen hebben, en toen ik naar de zitkamer ging, hadden meneer Kotes en Noble weinig aandacht voor me. Plotseling leek meneer Kotes weer een kleine jongen, en Noble scheen zich meer op zijn gemak te voelen en blijer in zijn gezelschap dan ooit tevoren. Toen ze de trein echt aan het rijden kregen, waren ze allebei extatisch.

Terwijl ik ze gadesloeg vroeg ik me af of meneer Kotes onze nieuwe papa zou worden. Was het erg om zoiets zelfs maar te denken? Hij deed alles wat onze papa had gedaan: hielp om onze verjaardag tot een feest te maken, kocht cadeaus voor ons, hielp mama in huis, ging met ons rijden, alles. Wat gebeurt er met mensen die doodgaan en vervangen worden? Worden hun geesten buitengesloten? Verdwijnen ze volledig en voorgoed?

Nobles vrolijke lach verstoorde mijn gedachten. Ik kon de vragen om me heen als leeggelopen ballons omlaag voelen dwarrelen. De kleine locomotief stootte wolkjes rook uit en had lichtjes. Je kon een wissel omzetten en de hele trein in een andere richting sturen.

'Ik zal een machinistenpet voor je moeten kopen,' zei meneer Kotes tegen Noble. 'Je bent er goed in.'

Noble keek met een stralend gezicht naar me op.

'Wil jij een keer?' vroeg hij.

Ik ging naar hem toe en hij begon te commanderen.

'Laat hem sneller rijden. Nu langzamer. Stop hem en zet hem in zijn achteruit. Ik wou dat we hem in een grotere kring konden laten rijden,' voegde hij eraan toe. Hij verlangde nu al meer.

'Je kunt er langzamerhand steeds meer rails aan toevoegen,' legde meneer Kotes uit. Hij stond op en keek naar de trein die voortpufte over de rails. 'Al wed ik dat je moeder niet bereid zal zijn nog meer van haar zitkamer af te staan,' ging hij verder toen hij mama in de deuropening zag staan met een vreemd afstandelijke blik in haar ogen. Plotseling drong het tot haar door dat we allemaal naar haar keken en wachtten tot ze iets zou zeggen.

'Als het moet verplaatsen we hem wel,' zei ze. 'Misschien naar de garage.'

'Gaat het goed met je, Sarah?' vroeg Kotes.

Het was me de laatste tijd opgevallen hoe gevoelig hij was voor mama's stemmingen en hoe belangrijk hij het vond haar gelukkig te maken.

'Ja, natuurlijk,' zei ze. 'Het gaat goed. Beter dan goed.' Ze lachte.

'Daar ben ik blij om,' zei hij met een opgelucht gezicht.

Ze staarden elkaar even aan en toen zette mama de muziek op waar ze allebei van hielden. Zij en meneer Kotes gingen zitten terwijl wij met de trein speelden.

'Ik vind dit de mooiste verjaardag die we ooit hebben gehad,' fluisterde Noble, wat me verbaasde.

Zelfs met een clown, versieringen en alle cadeaus, hoe kon dit ooit de mooiste verjaardag zijn zonder papa?

Ik wist niet zeker of mama hem had gehoord, maar ze keek alsof ze het had opgevangen, en ik dacht dat het haar verdrietig maakte.

Ten slotte begon de trein me te vervelen en ging ik een van mijn nieuwe boeken lezen. Noble ergerde zich dat ik geen aandacht schonk aan zijn trein en toen besloot mama dat het tijd was om naar bed te gaan. Hij jammerde en kermde en smeekte om langer op te mogen blijven, maar ze hield voet bij stuk, dus ruimden we de zitkamer op en gingen naar boven.

'Ik snap niet waarom we zoveel moeten slapen,' klaagde Noble. 'Waarom kunnen we niet gewoon zo nu en dan een dutje doen?'

'Dat is niet voldoende. We zouden de hele tijd veel te moe zijn,' merkte ik op.

Alsof hij meende dat de nacht daardoor sneller in de ochtend zou overgaan, poetste hij haastig zijn tanden en trok in de badkamer zijn pyjama aan. Daarna was ik aan de beurt. Toen ik klaar was, leek Noble te slapen. Ik vermoedde dat hij niet had beseft hoe moe hij was. Ook een prettige tijd kan je moe maken, dacht ik.

Ik stapte in bed en trok de dekens op tot aan mijn kin. Hoe zou het zijn om een verjaardag te hebben die alleen van jou was? vroeg ik me af, en onmiddellijk daarop, of het egoïstisch van me was zoiets te denken. In mijn korte leven had ik niets anders gekend dan dat ik alles deelde met Noble. Ik denk dat ik het niet juist zou vinden als het niet altijd zo zou blijven.

Het was een mooie dag, vond ik. Ik kon mama en meneer Kotes beneden horen. Hun stemmen waren gedempt, maar nu en dan klonk hun gelach erboven uit. Ik deed mijn best om mijn ogen open te houden, want ik hoopte dat papa weer zou verschijnen. Waarom had hij in een hoek gestaan, en waarom was hij zo snel verdwenen? Weer bracht het me aan het twijfelen of ik hem wel echt gezien had. Mama's verklaring dat hij me iets bijzonders wilde geven, klonk logisch, maar toch verbaasde het me dat zij hem niet gezien had. Misschien had ik het zo graag gewild, dat ik het me verbeeld had, dacht ik triest.

Mijn ogen vielen dicht, gingen toen weer open. Open en dicht. Vaag meende ik het geluid van voetstappen te horen op de trap. Ik hoorde fluisteren, en toen hoorde ik de deur van mama's slaapkamer open- en dichtgaan. Ik probeerde wakker te blijven om nog meer te horen, maar de slaap werd als een zware zwarte deken over me heen getrokken. Al wilde ik het nog zo graag, ik kon hem niet wegduwen.

Tenminste niet tot ik mama tegen iemand hoorde schreeuwen. Het kwam van beneden.

'Wat zeg je?' schreeuwde ze. 'Wat zeg je?'

Ik deed met een schok mijn ogen open en keek om me heen, verbaasd dat het nog donker was. De klok wees twee uur vijfendertig aan. Waarom telefoneerde mama zo laat nog met iemand? Ik keek naar Noble, maar hij lag heel stil, met zijn rug naar me toe.

Ik stond op en liep naar de deur. Mama's stem klonk nu schril, en het leek of ze huilde en zei: 'Nee, nee, dat kan niet.'

Langzaam liep ik de kamer uit en de trap af. Ik hoorde dat ze de telefoon neerlegde en naar de zitkamer ging. Ik stond net onder aan de trap toen ze weer begon te schreeuwen, tegen meneer Kotes dacht ik eerst.

'Waarom heb je dat gedaan? Hoe kun je zo wreed zijn? Die kinderen hebben een vader nodig, vooral Noble. Waar jij niet voor kon zorgen, had hij voor kunnen zorgen. Je had me kunnen waarschuwen. Dat had je kunnen doen, Arthur!'

Arthur? Ze praat tegen papa, dacht ik, en holde de gang door.

Ze zat op de bank en tuurde uit het raam. Ze had haar benen onder zich opgetrokken. Ze had alleen haar ochtendjas en pantoffels aan en bette haar ogen met haar zakdoek. Ik keek snel om me heen, maar zag nergens papa's geest. Mama draaide zich langzaam om en keek me aan. Ze ergerde zich niet dat ik uit bed was gekomen. Ze staarde me alleen maar aan, schudde toen haar hoofd en keek weer uit het raam. Het was pikdonker buiten. Waar keek ze naar? vroeg ik me af. Ik ging dichter bij haar staan.

'Waarom schreeuwde je, mama?' vroeg ik.

Ze zuchtte diep en knikte. Toen haalde ze diep adem en draaide zich naar me om.

'Er is een verschrikkelijk ongeluk gebeurd,' zei ze. 'Op weg naar huis is een pick-up die werd bestuurd door dronken tieners frontaal tegen de auto van meneer Kotes gebotst. De tieners zijn er heelhuids afgekomen. Ze waren te dronken om zelfs maar te beseffen wat ze deden.'

'Meneer Kotes?' vroeg ik.

'Ja. Hij is dood. Dat was zijn zuster die belde. Ze was hysterisch. Ze gaf mij de schuld, omdat hij hier was, omdat hij bij mij was. Ze schold me voor de verschrikkelijkste dingen uit.'

'Hij is dood?'

'Hij is dood!' gilde ze. 'Ben je doof? Dood!' Ze zweeg even en haalde toen diep adem. 'Misschien ís het wel mijn schuld. Ik weet het niet...'

'Waarom, mama?'

'Ik had hem niet moeten aanmoedigen,' zei ze zacht. 'Ik had moeten weten dat ze het niet goed zouden vinden. Daarom bleven ze weg.' Ze staarde naar de grond en toen weer naar mij. 'Ga terug naar bed, Celeste.'

'Heb je papa gezien? Schreeuwde je tegen hém?'

'Ga naar bed!' zei ze. 'Ga nou maar naar bed.'

Ze draaide zich van me af en ging ineengedoken op de bank zitten. Ze leek plotseling zo klein of ze zelf een kind was. Ik wilde naar haar toegaan en mijn armen om haar heen slaan, maar ik durfde niet. Het huis was zo donker en stil, maar haar geschreeuw weergalmde nog in mijn oren.

Meneer Kotes was dood?

Maar zojuist was hij nog hier. We zongen en speelden samen!

Langzaam liep ik de trap op. Moe en duizelig ging ik weer naar bed en na even naar Noble te hebben gekeken, die nog in diepe slaap lag, sloot ik mijn ogen. Het laatste waaraan ik dacht was het gezicht van meneer Kotes toen hij 'Happy Birthday' voor ons zong.

De volgende ochtend werd ik gelijk met Noble wakker. Hij bewoog zich haastig en maakte een hoop lawaai omdat hij zich zo gauw mogelijk wilde aankleden, om naar zijn trein te gaan.

'Als meneer Kotes terugkomt, brengt hij misschien nog meer wagons en bruggen en poppetjes en huisjes mee. Hij denkt dat we een hele stad kunnen bouwen,' zei hij opgewonden.

Ik wreef in mijn ogen en ging rechtop zitten. Hij had zijn haar al geborsteld en knoopte onder het lopen zijn hemd dicht.

'Meneer Kotes komt niet terug, Noble,' zei ik. 'Hij komt nooit meer terug.'

Waarom niet?'

'Hij heeft gisteravond een verschrikkelijk ongeluk gehad en hij is dood.' Mama had niet tegen me gezegd dat ik het hem niet mocht vertellen.

'Wát? Je liegt!' gilde hij. 'Je bent een groot, vet liegbeest!'

'Nee, dat ben ik niet, Noble.'

Hij bleef even staan, liep toen de kamer uit en smeet de deur achter zich dicht. Ik hoorde hem de trap afhollen. Mama's stem klonk gedempt, maar de toon waarop ze sprak was gemakkelijk te herkennen. Ik stond op, waste me en kleedde me aan. Toen ik beneden kwam, zag ik Noble met een chagrijnig gezicht aan tafel zitten achter zijn kom müsli. Mama stond voor het raam met haar rug naar ons toe, en staarde naar buiten. Ze droeg dezelfde zwarte jurk als voor papa's begrafenis.

Noble sloeg langzaam zijn ogen op en keek naar mij, maar hij zei niets. Hij keek heel kwaad.

'Ik kan er niks aan doen,' mompelde ik.

Mama draaide zich langzaam om, keek heel even naar mij en toen weer uit het raam. Ik schonk wat sap in, stopte een boterham in de broodrooster en maakte was müsli klaar. Toen ik terugkwam aan tafel, leunde Noble achterover, met zijn armen zo stevig om zich heengeslagen, dat het leek of hij al zijn bloed naar zijn gezicht duwde.

'Ik mag niet met mijn trein spelen van mama,' klaagde hij. 'Ze wil dat ik alles uit elkaar haal en weer in de doos stop.'

'Help jij hem, Celeste,' zei mama, nog steeds uit het raam turend.

Ik zei niets, maar vroeg me ook af waarom we dat moesten doen. Noble keek kwaad voor zich uit.

'Ik doe het niet,' zei hij ten slotte.

Mama draaide zich langzaam om.

'Als je het niet doet, pak ik alles bij elkaar en gooi het in de vuilnisbak,' dreigde ze.

'Waarom moet ik dat doen?' jammerde hij.

'Omdat ik het zeg,' antwoordde ze. 'Dat hoort reden genoeg te zijn. Dit is een huis in rouw. We gaan niet gewoon onze gang en doen of er niets verschrikkelijks gebeurd is.'

'Er gebeurt altíjd iets verschrikkelijks,' mompelde Noble. Hij stond op en holde de kamer uit. We hoorden de voordeur open- en dichtgaan.

'Noble!' gilde mama hem achterna.

Ik verstarde, durfde geen hap meer te nemen.

'Ga hem achterna,' beval ze. 'Zorg ervoor dat hij niets stoms doet. Ik wil niet dat hij vandaag te ver van huis gaat. En wááág het niet om het bos in te gaan, Celeste.'

Ze keek weer uit het raam.

'Ze zwermen daarbuiten als muggen tegen het raam.'

'Wie, mama?'

Ze schudde haar hoofd,.

'De geesten,' fluisterde ze. 'Kwade geesten.'

Toen ik opstond, beefde ik over mijn hele lichaam. Hoe dichtbij waren de geesten? Zou ik ze kunnen zien?

'Ga dan,' zei ze. 'Schiet op.'

Ik liep naar de deur, aarzelde en ging toen naar buiten. Ik zag Noble nergens, en dat joeg me angst aan. Als hij eens het bos was ingegaan? Als de kwade geesten hem al te pakken hadden gekregen?

'Noble,' gilde ik. 'Waar ben je?'

Ik liep om het huis heen, keek omhoog naar de oude graven en liep toen naar de schuur. Al die tijd dat ik hem zocht, zat hij in zijn geliefde boom, de oude esdoorn, en sloeg me gade terwijl ik steeds wanhopiger werd. Toen ik hem eindelijk zag, schreeuwde ik tegen hem.

'Waarom gaf je geen antwoord? Mama wil dat je dicht bij huis blijft. Ze wil niet dat je boven in die boom zit. Kom onmiddellijk naar beneden, Noble!'

'Nee,' zei hij koppig. 'Ik kom niet naar beneden zolang ze me niet met mijn trein laat spelen.'

'Noble, kom beneden!'

Om te tonen dat hij het meende, klom hij nog wat hoger en ging op een dunnere tak zitten. Het enige waaraan ik kon denken was dat een kwade geest omlaag zou duiken en hem eraf duwen. Mijn hart bonsde.

'Kom alsjeblieft beneden,' smeekte ik. De tranen sprongen in mijn ogen. 'Ik zal iets anders met je spelen, alles wat je maar wilt. We zullen tegen de draken vechten. Ik zal rekening houden met de slotgracht.'

'Nee, ik wil met mijn trein spelen,' hield hij vol. 'Eerder kom ik niet beneden.'

'Noble! alsjeblieft.'

Hij draaide zijn hoofd om.

'Ik zeg het tegen mama,' zei ik en holde naar huis.

Mama was in de keuken bezig de ontbijtboel af te wassen en de rest van de müsli weg te gooien. Ik was mijn toastje vergeten. Het was verbrand. Ze keek naar mij en mikte het in de vuilnisbak.

'Waar is je broer? Heb ik je niet gezegd dat je bij hem moet blijven?'

'Hij is in zijn boom geklommen en hij zei dat hij pas beneden komt als je hem met zijn trein laat spelen,' zei ik haastig, struikelend over mijn woorden. 'Hij is hoger dan ooit geklommen.'

Mama sperde haar ogen open. Ze liet vallen wat ze in haar handen had en schoot langs me heen naar de voordeur. Ik volgde haar naar buiten.

'Noble Atwell, kom onmiddellijk hier,' schreeuwde mama tegen hem. 'Nu, meteen!'

'Mag ik met mijn trein spelen?'

'Vandaag speel je niet met die trein. En als je niet onmiddellijk beneden komt, mag je er nooit meer mee spelen.'

Zelfs mij verbaasde het hoe koppig Noble kon zijn. In plaats van te gehoorzamen, draaide hij zich om en reikte naar een hogere tak.

'Noble Atwell!' schreeuwde mama.

Hij pakte de tak en begon zich omhoog te hijsen, maar de tak brak af. Een ogenblik leek het of de hele wereld stilstond. Het besef dat hij geen steun meer had en zijn evenwicht had verloren was als een flits van opperste verbazing op zijn gezicht te zien.

Mama schreeuwde.

Hij zwaaide wild om zich heen alsof hij dacht dat hij zou kunnen wegvliegen om aan het gevaar te ontkomen en viel toen snel en sierlijk omlaag, als iemand die tot de conclusie was gekomen dat er niets anders op zat dan zich te ontspannen en het onder ogen te zien. Hij zat zo hoog in de boom dat zijn linkervoet een scherpe draai maakte toen die tijdens zijn val de boom raakte. Vervolgens kwam hij op zijn billen terecht, rolde over de kop tot hij op zijn buik lag.

Toen hij met een smak op de grond viel, voelde ik die door mijn eigen lichaam gaan. Vrijwel onmiddellijk liet hij een luide gil van pijn horen, die de vogels in de naburige bomen verschrikt omhoog deed fladderen. Mama hield haar adem in en holde naar hem toe. Hij lag hard te huilen. Zijn voorhoofd bloedde op de plek waar het langs de takken geschuurd was toen hij omrolde, en zijn been lag in een vreemde hoek. Mama liet zich snel op haar knieën naast hem vallen en draaide hem voorzichtig op zijn rug.

Ik kon me niet bewegen. Mijn hart leek omlaag gezakt naar mijn maag. Het duurde even voor ik me realiseerde dat ik hardop huilde. Dikke tranen dropen al van mijn kin. Noble gilde van pijn; zijn gezicht zag vuurrood en wat hij schreeuwde klonk zo schril dat het onverstaanbaar was. Ik leek naar alles te kijken als naar een stomme film.

Mama rolde zorgvuldig zijn broekspijpen op, en ik zag hoe het bot van zijn onderbeen tegen zijn huid drukte en die elk moment dreigde open te rijten. Zonder enige aarzeling drukte mama, die opmerkelijk kalm bleef, op het bot en bracht het weer op zijn plaats. De pijn was zo hevig op dat moment, dat Nobles ogen wegdraaiden en hij bewusteloos raakte.

Ik dacht dat hij dood was.

Mijn hart stond stil.

'Is hij dood, mama?' wist ik er op de een of andere manier uit te brengen toen ze opstond.

Ze keek me aan en ik zag dat haar ogen droog waren.

'Nee,' zei ze. 'Dit is op het ogenblik beter voor hem. Zorg dat hij zich niet beweegt voor ik terug ben,' beval ze. 'Kom hier!' gilde ze, toen ik nog geen stap in Nobles richting had gezet. 'Ga naast hem zitten en zorg dat hij zijn been niet beweegt als hij wakker wordt voor ik terugkom, Celeste.'

Haastig liep ik naar hem toe.

'Houd hem rustig,' beval ze. Ik had geen idee hoe, maar ik pakte zijn hand en bleef zitten terwijl zij naar de schuur liep. Noble begon te kreunen en zijn hoofd heen en weer te draaien op het moment dat ze terugkwam met twee houten planken. Ik zag dat ze ook stevig plakband bij zich had.

'Mama,' mompelde Noble.

'Blijf stil liggen, Noble, doodstil. Je hebt je been gebroken,' zei ze.

Hij keek versuft naar haar op.

'Iemand heeft me geduwd,' zei hij, en ze hield abrupt op met spalken. 'Ik kon het voelen,' mompelde hij en sloot zijn ogen. 'Iemand heeft me geduwd.'

Mama keek even naar mij. De uitdrukking op haar gezicht bracht me in de war. Ze keek alsof ze een verklaring van me verwachtte. Ik beet op mijn lip en schudde mijn hoofd. Ik wist niet waarover hij het had. Ik had niets gezien.

'Ga naar binnen en haal het ontsmettingsmiddel dat ik altijd voor jouw verwondingen gebruik, Celeste. En een natte doek en zeep. Toe dan,' drong ze aan, en ik sprong snel op en holde naar binnen. Toen ik terugkwam had ze Nobles been stevig gespalkt. Ze nam de doek en de zeep van me aan, waste de schaafwond op zijn voorhoofd schoon en bracht toen het ontsmettingsmiddel aan. Noble bleef huilen, zijn hele lichaam schokte. Mama schoof haar armen onder hem en tilde hem toen met veel inspanning op, terwijl ze zelf tegelijk overeind kwam. Hij liet zijn hoofd tegen haar borst vallen en sloot zijn ogen terwijl ze hem naar huis droeg.

'Komt het in orde met hem?' vroeg ik terwijl ik haar volgde.

'Doe de deur voor me open,' was haar enige antwoord. Haastig liep ik naar voren en deed wat ze vroeg.

Ik bleef staan kijken terwijl ze hem naar boven droeg naar onze kamer. Ze zei dat ik zijn deken terug moest slaan, waarna ze hem voorzichtig op bed legde. Ze begon hem uit te kleden en stuurde mij weg om een schaar te halen, die ze gebruikte om zijn broekspijpen af te knippen, zodat ze zijn broek uit kon trekken. Daarna legde ze kussens onder zijn gebroken been.

'Ik ga een ijskompres halen en iets om in te nemen, zodat hij een tijdje kan slapen,' zei ze. 'Blijf bij hem en houd hem kalm en stil.'

Noble kreunde. Zijn gezicht was vuil van de houtskoolkleurige strepen die de tranen over zijn wangen en zijn kin hadden getrokken. Ik pakte het washandje en veegde ze zachtjes weg. Hij bleef zijn ogen op mij gericht houden Ik dacht dat hij al half sliep. Voor ik iets zei keek ik naar de deuropening om me ervan te overtuigen dat mama nog niet terug was.

'Je hebt niet echt gevoeld dat iemand je boven in die boom een duw gaf, hè, Noble?'

'Jawel,' zei hij.

Mama kwam terug met het kompres, een glas water en een van haar kruidendrankjes. Ze gaf het hem en dwong hem het door te slikken.

'Ik wil dat je nu een tijdje gaat slapen, Noble.'

'Het doet pijn,' klaagde hij.

'Ik weet dat het pijn doet, en dat zal het nog een hele tijd blijven doen. Celeste blijft bij je en houdt het kompres op je been. Ze zal voor je halen wat je nodig hebt,' voegde ze eraan toe.

Ze stopte het kompres in mijn hand.

'Houd het er zo lang mogelijk op. Als hij klaagt dat het te koud wordt, haal je het er even af en dan leg je het weer terug. Snap je?'

Ik knikte.

'Moet hij niet naar het ziekenhuis, mama?' vroeg ik toen ze opstond en naar de deur liep.

Ze draaide zich langzaam naar me om.

'Nee,' zei ze. 'Daar zouden ze niets meer doen dan ik al heb gedaan en nog zal doen.'

'Komt het goed met hem?'

'Ik weet het niet. Doet het dat?' kaatste ze mijn vraag naar me terug. Ik begreep niet waarom.

Ik trok mijn wenkbrauwen samen. Waarom dacht ze dat ik het antwoord wist?

Ze staarde me even aan en liep toen de kamer uit. Noble kermde.

'Het doet pijn, Celeste. Het doet zo'n pijn,' zei hij. 'Meer dan splinters of snijwonden, meer dan wat ook.'

Ik keek naar de lege deuropening, toen weer naar hem en hield het kompres op zijn been. Ik streelde zachtjes zijn arm.

'Ik weet dat het pijn doet. Ik vind het heel erg voor je dat het pijn doet, Noble.'

'Waarom laat mama de pijn niet ophouden?' vroeg hij.

'Dat heeft ze gedaan. Ze heeft je iets gegeven. Dit kompres helpt ook. Het zal straks allemaal helpen.'

Hij sloot zijn ogen en jammerde zachtjes. Ik keek naar zijn been. Het zag bont en blauw rond de plaats waar het bot naar buiten had gestoken. Ik vond dat het er afschuwelijk uitzag. Hij hoorde in het ziekenhuis te liggen, dacht ik. Misschien zal mama het straks beseffen en hem erheen brengen.

'Ik... wil... met mijn... trein... spelen,' fluisterde Noble en viel toen in slaap.

Het kompres begon te smelten en ik werd stijf van het stilzitten zonder me te bewegen. Ik bleef me maar afvragen waar mama naartoe was. Waarom kwam ze niet gauw terug om te zien hoe het met Noble ging? Plotseling hoorde ik het geluid van een motor en ik stond op om uit het raam te kijken. Ik zag niets, maar het geluid van de motor drong harder tot me door. Ik dacht even na. Een herinne-

110

ring kwam bij me terug aan papa die in het bos brandhout voor ons ging halen.

Nieuwsgierig liep ik de trap af naar de voordeur. Zodra ik buiten kwam bleef ik staan. Wat ik zag schokte me. Mama was met papa's kettingzaag bezig in de boom te zagen waaruit Noble gevallen was. Ik begreep niet waarom ze dat deed, maar nog moeilijker te begrijpen vond ik hoe ze die zaag kon vasthouden en werken als een man.

Ze zag niet dat ik erbij stond en ze kon me niet horen roepen boven het geluid van de zaag uit. Eindelijk kreeg ze me in de gaten en ze stopte even om uit te rusten.

'Wat doe je hier?'

'Ik hoorde het lawaai en wilde weten wat je aan het doen was, mama. Noble slaapt en het kompres is gesmolten.'

'Ik wil niet dat je hem alleen laat, Celeste. Gooi het water uit de zak weg en vul hem weer met ijsblokjes. Houd het kompres op zijn been. Jij en ik zullen voor hem moeten zorgen tot hij beter wordt.'

'Maar... waarom hak je die boom om?'

Ze keek naar de boom en toen weer naar mij.

'Hij is nu besmet door het kwaad,' zei ze. 'We moeten hem kwijt.' Ze zette de zaag weer aan, maar ik hoorde dat ze eraan toevoegde: 'We moeten alles kwijt dat het kwaad verwelkomt. Ga terug naar boven en blijf bij je broer!' schreeuwde ze tegen me.

Ik liep achteruit, keek nog even naar haar en holde toen naar huis. Een tijdlang bleef ik in de hal staan om op adem te komen. Toen ging ik naar boven, pakte de ijszak en deed wat ze had gezegd. Noble werd urenlang niet wakker, en toen hij wakker werd, was hij heel onrustig en ongelukkig.

'Waar is mama?' vroeg hij. 'Ik wil mama.'

'Ze is buiten bezig de boom om te zagen, alleen omdat jij eruit bent gevallen,' zei ik, 'en omdat je zei dat je voelde dat iemand je duwde.'

'De boom omzagen?'

'Luister maar. Je kunt de kettingzaag horen.'

'Ik wil niet dat ze mijn boom omzaagt.'

'Dat heb je aan jezelf te wijten, Noble.'

Eindelijk stopte het geluid van de zaag. Noble begon heen en weer te draaien, maar ik hield hem tegen.

'Mama heeft gezegd dat je je niet mag bewegen, en vooral je gebroken been niet.'

'Maar ik moet plassen,' zei hij.

Pas op dat moment bedacht ik dat naar de wc gaan een groot probleem zou worden. Wat moesten we doen?

'Ik ga het tegen mama zeggen. Beweeg je alsjeblieft niet, anders geeft ze mij de schuld, Noble. Alsjeblieft,' smeekte ik en liep haastig de kamer uit en de trap af.

Mama stond naast de omgevallen boom, de kettingzaag nog in haar hand. Haar haren waren verwaaid en er plakten splinters en zaagsel op haar gezicht.

'Noble moet plassen,' zei ik. 'Wat moeten we doen?'

'Haal een lege fles uit de bijkeuken en laat hem daarin plassen,' zei ze.

'Hè?'

'Doe het nou maar. Het is gemakkelijk voor een jongen. Je zult het zien.' Ze trok aan het touw van de zaag. Ze was vastbesloten. De boom was nu dood, en ze zou hem in stukken zagen en bij ons vandaan halen.

Ik bleef even verbijsterd staan, ging toen weer naar binnen en zocht een fles met een wijde hals. Ik vond een lege fles cranberrysap. Nog geschokt door haar opdracht, ging ik weer naar boven. Noble lag te kreunen.

'Mama wil dat je hierin plast,' zei ik en liet hem de fles zien.

Hij hield op met kermen en keek naar me met samengetrokken wenkbrauwen, net zoals ik vaak deed. Onze gezichten leken werkelijk zoveel op elkaar.

'Dat kan ik niet,' zei hij.

'Ze zegt dat je het kunt. Ze zegt dat het gemakkelijk is voor jongens.'

Hij schudde zijn hoofd.

'Dat is wat ze zegt.' Ik overhandigde hem de fles.

Hij keek ernaar en hield hem toen tussen zijn benen. Ik draaide hem de rug toe, maar kon de plas in de fles horen kletteren.

'Klaar,' zei hij en hield hem omhoog.

Báh! was alles wat ik kon denken. Ik pakte de fles aan en liep haastig naar de badkamer om hem leeg te gooien in de wc.

'Wat gebeurt er als ik een grote boodschap moet doen?' vroeg hij, en ik voelde me rood en misselijk worden bij de gedachte daaraan. Ik schudde slechts mijn hoofd.

'Dat weet ik niet,' zei ik.

Hij sloot zijn ogen en kreunde nu en dan van pijn en klaagde dat hij zich wilde omdraaien of uit bed komen. Er scheen geen eind te komen aan zijn gejammer. Eindelijk kwam mama binnen, en hij vuurde al zijn jammerklachten op haar af.

'Het doet pijn. Ik wil me omdraaien. Ik wil mijn bed uit. Ik vind het niet prettig om in een fles te plassen. Hoe moet ik een grote boodschap doen? Mag ik met mijn trein spelen?'

'Koppigheid erin, geluk eruit,' zei mama. 'Niemand heeft je gevraagd om in die boom te klimmen. Je had naar mij moeten luisteren.'

Ze controleerde zijn gespalkte been en keek naar zijn tenen.

'Ik zal een gipsverband voor je maken' zei ze, 'en dan zul je heel lang zo moeten blijven liggen, Noble. Als je niet luistert en gehoorzaamt, maak je het alleen maar erger en kun je misschien nooit meer lopen of hollen, en zeker nooit meer hardlopen, heb je dat goed begrepen?'

'Het doet pijn,' zei hij.

'Het zal pijn doen, ja, en dat is goed, want het zal je eraan herinneren hoe belangrijk het is te luisteren naar wat ik zeg dat je wel of niet moet doen. Ik ga naar beneden om iets te eten voor je te maken. Celeste zal je voorlezen om je wat af te leiden,' zei ze, met een blik op mij.

'Ik wil niet dat ze me voorleest. Ik wil –'

'Wat jij wilt doet er nu niet toe,' zei mama kalm. 'Doe gewoon wat ik zeg, dan zullen we je beter maken.' Ze gaf hem een zoen op zijn wang. 'Lees hem voor,' beval ze.

In de deuropening bleef ze even staan om haar eigen gedachten te uiten.

'Eerst halen ze Taylor weg,' zei ze, 'en dan proberen ze jou weg te halen.' Ze keek me strak aan. 'Nu zie je waarom je zo waakzaam moet zijn, Celeste. Dit is gedeeltelijk jouw schuld. Jij had beter op hem moeten letten. Je moet me hélpen.'

'Dat heb ik gedaan, mama. Ik heb hem gezegd dat hij uit die boom moest komen en niet hoger te klimmen.'

'Dat bedoel ik niet, Celeste. Ik bedoel de duisternis, de schaduwen, het kwaad. Daarvoor moet je altijd op je hoede zijn. Jij bent gezegend. Jij hebt de gave van het zien gekregen. Gebrúík die!' beval ze en liet ons toen alleen.

Ik bleef een tijdje nadenkend voor me uit staren. Was er iets wat ik had gezien en vergeten was haar te vertellen? Een schaduw, een vorm, zelfs een vreemd geluid?

'Mama zei dat je me moet voorlezen,' zei Noble plotseling, terwijl hij zijn armen over elkaar sloeg.

'Ik dacht dat je het niet prettig vond als ik je voorlas. Ik dacht dat je het vervelend vond.'

'Mama heeft het gezegd,' herhaalde hij. 'Ze zei dat je kon helpen de pijn op te laten houden.'

Kon ik dat? vroeg ik me af.

Misschien kon ik het.

Misschien had ik de gave.

Ik begon met hoofdstuk een van *Alice in Wonderland*, en voor ik vijf pagina's had gelezen, sliep Noble weer.

En hij had geen pijn.

7. Het bos in

Terwijl Noble sliep liet mama ons alleen om te gaan kopen wat ze nodig had voor het gipsverband. Natuurlijk kon ik niet mee. Ze vertelde me dat dit lang zou gaan duren. Als ze boodschappen ging doen, zou ze mij en Noble achter moeten laten, en ik zou voor hem verantwoordelijk zijn, zou nog beter op hem moeten passen. Zo zou het blijven, zei ze, tot hij met een kruk kon lopen en zich gemakkelijk kon bewegen.

Ik was in de keuken aan het opruimen toen ik de voordeur open hoorde gaan en daarna weer zo hard dichtvallen, dat het hele huis trilde. Ik liep de keuken uit en zag haar door de gang lopen met verwilderde haren en een vuurrood gezicht.

'Wat is er, mama?' vroeg ik, bijna ineenkrimpend toen ze me snel voorbijliep.

'Die zuster van Tayor,' tierde ze, 'loopt overal rond te bazuinen dat ik op de een of andere manier verantwoordelijk ben voor wat er met hem gebeurd is. Alsof ik een heks ben of zo. Ik heb hem verblind en verleid tot hij niet meer wist wat hij deed. Vergeet maar dat twee dronken tieners dit hebben gedaan. Dat is niet belangrijk. Alleen wat zij over mij zegt is belangrijk, en de mensen zijn maar al te bereid alle slechte dingen over een ander te horen, weet je, vooral de mensen in dit... dit bekrompen gat. Ik haat die mensen. Ik wil niets meer met deze dorpsgemeenschap te maken hebben,' zwoer ze. 'Ik zal mijn boodschappen altijd heel ver weg doen, en we zullen niemand hier om hulp vragen. We zijn meer dan ooit alleen, maar ik vind dat prima.'

Ik zei niets, maar besefte dat onze kans om naar de openbare school in ons dorp te gaan nu definitief verkeken was.

Ze zag wit van woede en ratelde maar door over de onwetendheid van sommige mensen, terwijl ik toekeek hoe ze het gipsverband maakte. Het leek of ze dat al honderd keer eerder gedaan had, hoewel ik nooit gehoord had dat iemand anders in de familie een been had gebroken. Mama kan zoveel, dacht ik, en ik vroeg me af of ik ooit zo sterk en onafhankelijk zou worden als zij.

Een tijdlang vond Noble het tenminste wel een beetje interessant, dat gipsverband om zijn been. Mama sponste hem af, hielp hem naar de wc, en liet mij hem al zijn maaltijden brengen en alles wat hij verder wilde. Na een tijdje dacht ik dat hij het gewoon leuk vond me te commanderen en me dit of dat te laten halen. Als ik het waagde tegen te sputteren als ik iets voor hem moest doen, beklaagde hij zich bij mama en gaf zij me een standje en vertelde me hoe belangrijk het was hem tevreden te stellen, dat het zijn herstel zou bevorderen en dat ik ervoor verantwoordelijk was – duidelijker gezegd dat het mijn schuld was – dat hij zijn been had gebroken.

Ik sprak niet tegen. Ik deed wat hij wilde en ik las hem voor zoveel ik kon en zoveel hij toestond, maar voordat hij zijn been brak, was hij al niet bepaald een jongen om stil te blijven zitten. En hij hield het nu dan ook niet uit om zo door te gaan. Mama besefte dat eindelijk ook, en samen brachten we hem en al zijn spulletjes naar beneden. Ik was net zo blij als hij omdat het alles voor mij wat gemakkelijker maakte, en ik onze kamer voor mij alleen had.

Mama maakte een plaatsje voor hem vrij in de zitkamer en gaf hem met tegenzin toestemming om met zijn trein te spelen. Om de een of ander reden had ze alles wat ons aan meneer Kotes herinnerde uit ons leven willen bannen, maar Noble bleef om zijn trein zeuren. Ik moest urenlang naast hem zitten en toekijken terwijl hij ermee speelde; ik repareerde wagons en rails, maakte tunnels van bordpapier, en deed alsof het mij net zo interesseerde als hem. Mama sloeg ons gade, maar met een ongelukkig gezicht. Het bezorgde me koude rillingen. Ik had het gevoel dat ik iets aanraakte dat besmet was, maar we moesten Noble bezighouden, opdat hij beter zou worden.

Ze begon hem zelfs toe te staan meer televisie te kijken. Onze studielessen gingen door, maar zijn concentratieperiode was zo gering, dat ze het aantal lesuren verminderde en mij dwong hem te helpen met zijn huiswerk. Hij vond het vreselijk om in een schrift te werken en al kon hij goed tekenen, schrijven deed hij heel slor-

116

dig; hij deed geen enkele moeite om op de lijntjes van de gelinieerde bladzijden te blijven. Mama liet het hem meestal overschrijven als hij dat deed, maar ze was nu een stuk toegeeflijker en hij kon zich veel meer permitteren.

Nu meneer Kotes niet meer kwam en Noble binnen moest blijven en zuur en chagrijnig was, voelde ons huis aan als een grote kooi die ons afsloot van de wereld. Afgezien van de postbode, een paar klussers en de enkele auto die even stilstond op de snelweg om ons huis te bekijken, zagen we niemand. Natuurlijk kwam er geen bezoek. Aan het begin van onze oprijlaan stond een groot bord: VERBODEN TOEGANG. PRIVÉ-BEZIT. OVERTREDING WORDT GESTRAFT. De telefoon ging vrijwel nooit. De enige keer dat ik me herinnerde dat ik de telefoon hoorde was toen het bestuur belde van het tehuis waar papa's vader verbleef, om mama mee te delen dat hij was gestorven. Na papa's dood werd er nooit meer over zijn vader gesproken, en ik was zijn bestaan volkomen vergeten.

'Hij is allang dood,' hoorde ik haar zeggen tegen degene die belde. Ze ging weg om het nodige te regelen, maar we gingen niet naar de begrafenis. Mama zorgde voor de teraardebestelling, en daarmee was de kous af. Ik had mijn grootvader nauwelijks gekend, dus was het moeilijk om me bedroefd te voelen. Ik hield me voor dat hij nu in ieder geval bij papa was.

Om Noble nog meer bezig te kunnen houden, kocht mama een rolstoel. Hij genoot ervan zich door mij in huis te laten rondrijden en dan naar buiten via de achterdeur, waar maar twee treden waren. Eenmaal buiten, wilde hij overal naartoe gereden worden, en dat viel niet mee. Als ik klaagde of protesteerde, zette hij het op een gillen en schreeuwen tot ik een bovenmenselijke poging deed en hem een heuvel op duwde of door het grind reed.

Ik was dankbaarder en blijer dan hij toen mama hem eindelijk met een kruk liet lopen. In het begin vond hij het amusant. Hij maakte van de kruk zelfs een denkbeeldige vriend op wiens schouder hij leunde. Billy Crutch, noemde hij de kruk, en plaagde me dat Billy Crutch het niet prettig vond als ik hem aanraakte of dat Billy Crutch wilde dat ik het een of ander deed. Mama liet hem de kruk in dezelfde kleuren schilderen als de bezemsteel die hij zijn toverstok had genoemd.

Het gevolg was dat hij niet zo vaak meer klaagde over pijn, al kermde en kreunde hij altijd over jeuk. Hij at minder dan gewoonlijk en werd magerder. We waren nog steeds even lang, al maakten mijn extra karweitjes me harder, sterker. Vroeger bijvoorbeeld haalde Noble altijd hout voor de open haard, nu deed ik het.

Ik vroeg me af hoe erg mama meneer Kotes miste. Ze speelde nooit muziek en ze liet haar haar onverzorgd groeien en knipte haar pony niet bij. Ze gebruikte geen lippenstift meer en liep dagenlang rond in dezelfde huisjurk. Ik had medelijden met haar, maar naarmate de tijd verstreek scheen het gebrek aan gezelschap haar steeds minder te deren. Ze hield zich bezig met het huishouden, maakte onze maaltijden klaar, waste onze kleren. Soms wilde ze dat ik haar hielp, en soms ergerde het haar als ik haar werk uit handen nam. Het leek of ze het druk wilde hebben, bezig wilde blijven. Als ik te lang bij haar in de buurt was, verweet ze me dat ik niet genoeg aandacht besteedde aan Noble. Ik wist dat ze geloofde dat hem, zolang ik bij hem was, niets verschrikkelijks zou overkomen.

Ik was zo waakzaam mogelijk, maar meestal verveelde ik me, en Noble voelde zich ongelukkig omdat hij beperkt werd tot het huis en de onmiddellijke omgeving. Als hij het waagde in de richting van het bos te lopen, begon mama te schreeuwen en dan tegen mij tekeer te gaan omdat ik hem toestond daar zelfs maar aan te denken. Wat moest ik doen? Zijn kruk onder hem vandaan trekken, zijn Billy Crutch?

'Ik snap niet waarom ze zich zo druk maakt,' klaagde Noble. 'Ik zal heus niet in bomen klimmen, althans voorlopig niet.'

'Ze vertrouwt de schaduwen niet,' vertelde ik hem. Hij trok een lelijk gezicht en schudde zijn hoofd. Hij snapte daar allemaal niets van. Hij was als een wilde vogel die gekooid wordt en te horen krijgt dat het voor zijn eigen bestwil is.

Maar op een avond kwam mama de trap op gestormd. Noble kon zich inmiddels veel gemakkelijker bewegen en ook de trap op- en aflopen, dus sliep hij weer boven. We maakten ons juist gereed om naar bed te gaan toen ze de deur van onze kamer opengooide en hijgend, met opengesperde ogen en een verhit gezicht op de drempel bleef staan. Haar haar zag eruit of ze er urenlang met haar vingers doorheen had gewoeld. Noble en ik zeiden niets. We verstarden en staarden haar aan. Na een ogenblik kwam ze weer op adem en keek naar mij.

'Heb je iets gezien, iets gehoord?'

'Nee, mama,' zei ik.

Ze keek zo strak naar Noble, dat hij achteruitdeinsde en dichter bij me kwam staan.

'Je vader,' zei ze met een gefluister dat diep uit haar keel scheen te komen, 'vertelde me dat we extra op onze hoede moesten zijn en heel goed moesten oppassen. Vooral jij, Celeste,' ging ze verder met een knikje naar mij.

Ik voelde een ijskoude rilling over mijn rug lopen. Ik kon niet slikken. Ik kon me niet bewegen. Ze keek naar het plafond en liet haar blik door de kamer dwalen terwijl ze haar armen om zich heen sloeg.

'Ik?'

'Jij hebt het zienersoog,' zei ze nadrukkelijk.

Ze keek weer om zich heen in onze kamer en knikte toen.

'Hij heeft gelijk. Er is iets,' mompelde ze. 'Iets wat niet goed is. Wees alert,' waarschuwde ze me en liep weg, de deur achter zich sluitend.

Zelfs toen ze weg was bleven Noble en ik nog een hele tijd staan. Eindelijk draaide hij zich naar me om en beet op de binnenkant van zijn wang, zoals hij vaak deed als hij zich ergerde of in de war was.

'Ik haat dat gips,' zei hij, alsof dat de reden was waarom dit zojuist had plaatsgehad. Waarom was hij niet net zo bang voor ons als ik? Hij liep langs me heen naar de badkamer en deed de deur dicht.

Ten slotte haalde ik diep adem en ging op mijn bed zitten. Het was zo lang geleden dat ik iets van de geestenwereld om me heen had bespeurd, zo lang sinds ik zelfs maar gedacht had dat ik papa of een van onze spirituele familieleden had gezien. Misschien was er gewoon te veel duisternis, waren er te veel grauwe luchten. De winter had dit jaar vroeg zijn intrede gedaan, had de herfst uit ons leven verdrongen. De wind joeg de gele en goudbruine bladeren van de bomen en veranderde ons omringende bos in sombere nachtwakers die wachtten op het heldere licht van de ochtend om de schaduw te verdrijven die elke avond donkerder werd en steeds dichter naar ons huis leek te komen.

In onze kooi hingen we gedrieën rond bij het knetterende haardvuur. Mama breide of borduurde, luisterde als Noble en ik onze lessen opzegden of ik nu en dan hardop las. Van tijd tot tijd draaide ze zich om naar een raam, haar ogen achterdochtig samengeknepen bij het horen van de wind. Dan hiel ik altijd mijn adem in en mijn hart begon wild te bonzen.

Nu meneer Kotes al zo lang uit ons leven was verdwenen en het breken van zijn been zijn leven zo ingrijpend veranderd had, verloor Noble ten slotte zijn belangstelling voor de treinen en stemde erin toe mama en mij te helpen de set in te pakken en in de garage op te bergen. Ze zouden op een later tijdstip weer tot leven worden gewekt en in elkaar gezet. Die datum bleef vaag, net zo vaag als onze toekomst in elk opzicht leek te zijn, of het er nu om ging wanneer we naar de openbare school zouden gaan, wanneer we vrienden zouden hebben, wanneer we naar de film zouden gaan of naar een honkbalwedstrijd of naar een concert – in wezen, wanneer we eindelijk bevrijd zouden worden uit dit dichtgeweven web van protectie dat mama om ons heen had gesponnen.

En daarbij, dacht ik, had ze die beangstigende, algemene waarschuwing als een net van ijspegels over ons heen geworpen. Als ik eerder al het gevoel had gehad dat ik op eieren liep, nu was dat intenser dan ooit. Net als zij schrok ik op bij elk geluid, elk getinkel, draaide me met een ruk om en zocht naar iets. Ik had geen idee waarnaar ik zou moeten zoeken, maar ik deed het. Ik was zelfs bang om te snel in slaap te vallen, en vaak werd ik 's nachts wakker en luisterde scherp of ik een ongewoon geluid hoorde.

Nu en dan hoorde ik mama iets neuriën beneden in de zitkamer of zelfs achter de dichte deur van haar slaapkamer. Ze stak overal in huis kaarsen aan en brandde haar speciale wierook. Elke dag, en vooral elke nacht, betrapte ik haar erop dat ze een snelle blik wierp op een raam of op de deur, haar hoofd iets achterover gebogen terwijl ze ingespannen luisterde.

'Heb jij wat gehoord, Celeste?' vroeg ze dan.

Als ik mijn hoofd schudde, bleef ze zo lang zwijgend stilzitten, dat ik bang was dat ze katatonisch was geworden.

Dat alles maakte me steeds zenuwachtiger. Vaak stond ik op en ging naar Noble, om zeker te weten dat hij sliep. Als hij wel eens zachtjes kreunde, voelde ik mijn lichaam verstijven van angst. Snel deed ik dan de lamp naast mijn bed aan. Een paar keer maakte ik hem wakker, maar dan werd hij kwaad.

'Ik doe het voor jou, Noble,' zei ik tegen hem, maar dan bromde hij iets en draaide zich af.

'Jij bent degene die heeft gezegd dat je uit de boom werd geduwd,' bracht ik hem elke keer weer in herinnering als hij tegen me gilde dat ik hem bespioneerde en dat ik hem met rust moest laten.

Ten slotte vertelde hij me dat hij het gezegd had omdat hij bang was voor mama, bang dat ze nog bozer op hem zou zijn omdat hij in de boom was geklommen. Hij wist dat ze hem zou geloven en iemand of iets anders de schuld zou geven. Het verbaasde me omdat ik me realiseerde dat hij slim genoeg was om te weten dat hij dat excuus niet moest gebruiken voor andere dingen wat hij verkeerd had gedaan.

Maar ik wilde het zeker weten.

'Heb je echt niets gevoeld?'

'Echt niet, dus hou op met me te zeggen wat ik moet doen en me voor alles en nog wat te waarschuwen. Je laat me geen seconde met rust,' jammerde hij.

Een van de redenen waarom hij het zo erg vond in zijn bewegingsvrijheid te worden beperkt, was juist dat ik alles kon zien wat hij deed. Hij kon niet gauw genoeg aan me ontsnappen of omhoogklimmen naar de hooizolder in de schuur. Hij zette zijn frustratie en woede om in haat op zijn gipsverband. Soms, als mama niet keek, stak hij een pen erin en scheurde er een klein stukje af. Hij bleef klagen over jeuk.

Dus verbaasde het me niet dat we op de dag waarop mama besloot dat Nobles gips eraf mocht, een feestje zouden krijgen om het te vieren. Het feestje was iets waar we even halsreikend naar uitkeken als naar Kerstmis of een verjaardag. Er zou natuurlijk een speciaal etentje worden bereid en mama zou Nobles lievelingstaart bakken.

'Laten we een kampvuur maken en mijn gips verbranden,' opperde Noble enthousiast.

Tot mijn verbazing vond mama het een goed idee.

'Vuur zuivert,' zei ze. 'Daarom laaien de vuren in de hel, en daarom vlucht het kwaad ervoor.'

'En we gaan marshmallows roosteren,' ging Noble verder.

Dat idee stond mama niet aan en ze zei tegen hem dat je zoiets als dit niet vertroebelt met iets anders.

'We houden het vuur gewijd of er komt geen vuur,' zei ze.

Hij was teleurgesteld, maar in ieder geval zou hij zijn vuur krijgen en kon hij wraak nemen op het gips en zijn woede erop luchten.

Zijn been zag er erg wit en mager uit toen mama het gips eraf had gehaald. Ze wreef het been in met crèmes en lotions die ze had bereid met haar kruiden, en toen liet ze Noble opstaan en heel langzaam en voorzichtig lopen. Hij was stijf en liep een beetje kreupel. Ik geloof niet dat hij het zelf besefte, maar mama kneep bezorgd haar ogen samen.

'Doe het een paar dagen kalm aan,' zei ze. 'In geen geval springen, Noble.'

Hij beloofde zich goed te gedragen en toen gingen we naar buiten om hout te halen voor ons kampvuur. Noble zei dat het zo'n groot vuur moest worden dat het de sterren zou verschroeien. Mama begon met wat benzine op het hout te gooien. Het vlamde bijna onmiddellijk op en verspreidde zoveel hitte dat we een eindje naar achteren moesten.

'Oké, Noble,' zei mama zonder een spoor van een lachje, 'gooi je gips erin.'

Hij keek naar mij. Nu hij op het punt stond het te doen, voelde hij zich een beetje beschroomd, vooral om te dicht bij het vuur te komen. Hij pakte het gipsverband en gooide het naar het vuur. Het viel erin en ging ogenblikkelijk in vlammen op. Mama ging dichter bij Noble staan en sloeg haar arm om zijn schouders.

'Dat is goed,' zei ze, starend naar de rook die omhoogkringelde en in de nacht verdween. 'We verbranden het kwaad dat ons heeft aangeraakt. Dat is goed.'

We keken naar het vuur tot het Noble begon te vervelen. Mama stuurde ons naar binnen en draaide de tuinslang aan om er zeker van te zijn dat het vuur uit was en geen gevaar vormde.

'We hadden marshmallows moeten hebben,' was Nobles commentaar over het hele gebeuren.

Daarna keerden we terug naar ons oude leven. Nobles been werd sterker, tot zijn kreupelheid nauwelijks meer merkbaar was. Hij werd dikker en omdat hij weer buiten rond mocht rennen herkreeg hij zijn gezonde, rode wangen. Helaas dwong het weer ons vaak om binnen te blijven. De winter was opvallend streng dit jaar. We

122

kregen een paar hevige sneeuwstormen, en Noble en ik moesten de oprijlaan schoonvegen, met behulp van onze elektrische maaier met zitbank, die een hulpstuk had voor het sneeuwruimen. Noble wilde meestal sturen. Ik moest wachten tot hij er genoeg van kreeg, en dan nam ik het over.

Toen hij nog leefde en regelmatig op bezoek kwam, had meneer Kotes mama voorgesteld een van de mannen uit het dorp te huren, die aanboden oprijlanen schoon te vegen, vooral omdat die van ons zo lang en breed was, maar mama wilde zo min mogelijk vreemden op ons terrein.

'Tot nu toe hebben we het altijd zelf gedaan,' antwoordde ze. 'We houden het zo lang mogelijk vol.'

Ik vond de winter en de kou niet zo erg, en genoot er zelfs van samen met Noble op zonnige dagen forten en sneeuwpoppen te maken. We hadden een goede Kerstmis. Mama hield zich aan haar voornemen nooit meer boodschappen te doen in het dorp, zodat al onze cadeaus en kerstversiering uit winkels kwamen die zich op kilometers afstand bevonden. Noble en ik hadden daar geen enkel bezwaar tegen, want het gaf ons de kans om lange ritjes met de auto te maken.

De lentedooi kwam laat, maar toen het eindelijk begon te dooien, was de grond zo nat dat we nog een paar weken langer moesten wachten voor we aan onze tuin konden beginnen. Met het werk in de tuin, het schoolwerk en het doen van wat kleinere reparaties in huis, waren we alledrie constant bezig. Noble profiteerde van mama's toegeeflijkheid tijdens zijn herstel en wist steeds meer televisietijd van haar los te peuteren.

Toen de warmere voorjaarsdagen kwamen en de bomen weer begonnen te bloeien, leek mama meer op haar gemak. Haar periodes van spanning en achterdocht minderden en haar stemming werd luchthartiger, opgewekter. Ze had het er zelfs over dat ze ons dit jaar mee wilde nemen naar een film of misschien naar een pretpark.

Ik hielp haar om meer bloemen te planten, het kleine kerkhof te wieden, en grote schoonmaak te houden in huis. Noble bood aan de oude schuur te witten, en een tijdlang waren we gelukkiger dan ooit sinds papa's dood. Ik begon zelfs de hoop te koesteren dat mama ons het volgende jaar naar school zou laten gaan. Haar 'We zullen zien' als Noble het vroeg leek steeds minder hol te klinken. Ik wist dat Noble gelukkiger was dan hij in maanden was geweest, vooral toen mama hem toestemming gaf verder het bos in te gaan om zijn fort te bouwen. Zolang ik meeging natuurlijk. Ik vond het niet erg. Noble was heel creatief en handig als hij een fort moest bouwen, en toen mama het zag, gaf ze ons zelfs toestemming er in de zomer een nacht in te slapen. Alle duisternis leek uit ons leven verdwenen. De mooie idyllische wereld die onze betovergrootvader had gezien toen hij voet zette op dit grondgebied, bevond zich weer binnen ons bereik.

En toen, op een dag in de schemering, liepen Noble en ik uit de schuur terug naar huis, nadat we een deel van het gazon hadden gemaaid en het gras bijeen hadden geharkt, en toen zag ik ze. Ze begonnen als schaduwen, veranderden in verwarrende, verwrongen vormen met duidelijke benen en voeten, en eindigden weer als schaduwen. Een ervan ging recht door Noble heen voordat ze allebei om de hoek van het huis verdwenen. Ik wist het zeker, en een ogenblik bleef ik bij het zien ervan als aan de grond genageld staan. Mijn hart bonsde en het weergalmde door mijn hele lichaam. Noble, die niets zag en voelde, bleef doorlopen tot hij besefte dat ik was blijven staan.

'Wat doe je?' vroeg hij.

Ik keek om me heen, hoopte papa te zien om me gerust te stellen, maar ik zag niets anders dan de duisternis die overal achter ons als grote inktklodders naderbij kwam.

Ik had het gevoel dat ik stikte en ik vocht om een brok in mijn keel door te slikken.

'Ik ga naar binnen,' zei hij gefrustreerd toen ik nog steeds geen antwoord gaf, en hij bleef doorlopen.

Een ogenblik later volgde ik hem. Noble was al naar boven toen ik binnenkwam. Mama was in de keuken. Ik liep de gang door en bleef in de deuropening van de keuken staan. Ze scheen in zichzelf te praten, maar ik wist dat ze mantra's reciteerde. Plotseling stopte ze met haar werk. Ik hoefde haar niet te roepen. Ze draaide zich met een ruk om en keek me met samengeknepen ogen aan.

'Wat is er, Celeste?'

'Ik heb iets gezien, geloof ik,' zei ik.

Ze droogde snel haar handen aan een keukendoek en liep met een knikje naar me toe.

'Vertel op,' zei ze, en haalde diep adem.

Ik vond het afschuwelijk om iets te zeggen. Ik wist dat ik doem en duister terug zou brengen in ons leven, maar ik beschreef haar alles wat ik gezien had.

'Misschien was het maar een schaduw van de zon toen die wegzonk achter de bomen,' opperde ik hoopvol.

'Met zo'n snelle beweging? Dat betwijfel ik,' zei ze en keek omhoog alsof ze door het plafond heen in de kamer van Noble en mij kon kijken. 'Nee,' zei ze hoofdschuddend. 'Ik heb de laatste tijd ook een paar slechte vibraties gehad.'

Ze ging weer verder met de bereiding van het eten. Later, toen we allemaal aan tafel zaten, pauzeerde mama even en keek naar Noble.

'Celeste heeft vanavond iets slechts gezien, Noble. Ik wil niet dat je nog naar het bos gaat.'

'Hè? Maar ik ben nog niet klaar met het fort, en ik wil dit weekend gaan vissen. Het wordt tijd om weer te gaan vissen.'

'Wees niet ongehoorzaam, anders krijg je de rest van de zomer huisarrest,' waarschuwde ze.

Hij sloeg zijn ogen neer en keek toen kwaad naar mij.

'Ze verzint het maar,' zei hij. 'Ze vindt het niet leuk in het bos, en ze heeft een hekel aan vissen.'

'Dat is niet waar!' riep ik uit. 'Ik hou van het fort en ik vind het leuk om te gaan vissen.'

Mama draaide heel langzaam haar hoofd naar me om en keek me recht in de ogen.

'Celeste weet wel beter dan te liegen over dat soort dingen, Noble,' zei ze, zonder haar blik van mij af te wenden.

'Ik héb niet gelogen,' protesteerde ik.

Mama knikte.

'Nee, je hebt niet gelogen.'

Noble zat te mokken en weigerde te eten.

'Wat je vandaag niet eet, krijg je morgen,' zei mama. 'We verspillen een hoop voedsel, Noble Atwell.'

Hij bleef met over elkaar geslagen armen zitten, zijn hoofd stijf, zijn lippen op elkaar geklemd.

'Ik heb vanavond appeltaart en ijs,' merkte mama op. 'Maar valsheid erin, aardigheid eruit. Als je niet eet, krijg je geen taart.'

Koppig als altijd, bleef Noble pruilen. Eindelijk zei mama dat hij naar boven moest en in onze kamer moest blijven. Hij sprong overeind.

'Ik ga het bos in en vissen wanneer ik maar wil,' dreigde hij en holde de trap op, zo hard met zijn voeten stampend dat de muren trilden.

'Hij heeft onze bescherming harder nodig dan ik ooit gedacht heb,' zei mama luid fluisterend. Ze stond langzaam op en ging achter hem aan. Ik hoorde deuren dichtslaan. Het was heel stil en toen hoorde ik Noble op de deur van onze kamer bonzen en met zijn voeten stampen.

Ik kon het voedsel in mijn mond niet naar binnen slikken en kokhalsde tot het eruitkwam. Langzaam stond ik op en liep naar de deur van de eetkamer. Nobles geschreeuw klonk gedempt, maar ik kon eruit opmaken dat hij gilde dat mama hem eruit moest laten.

Hem eruit laten? Waaruit?

Ik liep naar de trap op hetzelfde moment dat zij naar beneden kwam.

'Je slaapt vannacht in de zitkamer,' zei ze. Ze had haar armen vol met mijn spullen. 'Pak aan,' beval ze, en ik liep haastig naar voren. 'Leg het allemaal in de zitkamer.'

'Waarom slaap ik hier, mama?'

'Noble blijft alleen in zijn kamer tot hij plechtig belooft dat hij me zal gehoorzamen,' zei ze. 'Het is voor zijn eigen bestwil.'

Ze liep terug naar de eetkamer. Noble stampte nog harder met zijn voeten en werd toen stil.

Toen ik mijn spulletjes naar de zitkamer had gebracht, keerde ik ook weer terug naar de eetkamer.

'Hoe lang moet hij daar blijven, mama?'

'Dat heb ik je gezegd. Tot hij het belooft.'

Ik had erg met hem te doen en voelde me vreselijk schuldig dat ik mama had verteld over de schaduwen. Misschien was het werkelijk niet meer geweest dan dat – schaduwen – en kijk nu wat er met Noble gebeurde. Ik had mijn mond moeten houden. Ik had al die narigheid niet in huis moeten brengen. Door al die opschudding had ik geen trek meer, en ik moest me dwingen om te eten. Later, toen mama niet oplette, maakte ik gebruik van de gelegenheid om een stuk appeltaart voor Noble naar boven te smokkelen, maar tot

126

mijn verbazing was de deur aan de buitenkant op slot. Ik had nooit geweten dat onze deur op die manier kon worden afgesloten.

'Ben jij dat?' vroeg hij door de kieren heen toen ik aan de knop morrelde.

'Het spijt me, Noble,' zei ik.

'Jij met je grote stomme mond,' zei hij en schopte zo hard tegen de deur dat ik achteruitsprong.

Mama hoorde het en kwam aan de voet van de trap staan.

'Wat doe je daarboven, Celeste?' riep ze. 'Laat hem nadenken over wat ik hem gezegd heb. Kom beneden en help afwassen,' beval ze.

Ik keek wanhopig om me heen naar een plek om de taart te verbergen en liep toen haastig naar de badkamer naast mama's kamer en spoelde het door de wc.

'Wat deed je daarboven?' vroeg ze.

'Ik wilde dat hij zich behoorlijk zou gedragen en naar buiten komen,' antwoordde ik.

Ze keek me zo lang aan dat ik mijn ogen af moest wenden.

'Doe wat ik je gezegd heb,' zei ze en ging terug naar de keuken. Ik hielp haar, en daarna ging ik naar de zitkamer om haar te helpen de bank voor me op te maken. Ik bleef wachten tot ik Noble om mama zou horen roepen en het haar zou beloven, maar hij gaf niet toe. Mama was ook verbaasd. Hij vond niets zo erg als te worden opgesloten.

'Iets heeft hem nu al in zijn greep,' mompelde mama vol overtuiging.

Ze opende zijn deur niet om er nog eens met hem over te praten. Later ging ze naar bed, en ik lag te luisteren en te hopen dat Noble had besloten te beloven wat mama wilde, maar hij moest in slaap zijn gevallen onder een dek van kwaadheid, en ik was te moe om nog langer te wachten.

De volgende ochtend maakte mama me wakker om me te zeggen dat ik me moest wassen en komen ontbijten. Ik verwachtte Noble aan tafel te zien, maar hij was nog steeds in zijn kamer. Mama ging aan haar werk. Eindelijk, toen het bijna lunchtijd was, hoorden we Noble roepen, en ze ging naar boven om hem eruit te laten. Ik bleef onder aan de trap staan luisteren.

'Beloof je en zweer je het, Noble Atwell?'

Hij mompelde een ja.

'Als je ongehoorzaam bent, blijf je de hele zomer in huis,' dreigde ze. 'Ik meen het.'

Hij kwam vermoeid en verslagen beneden. Wat ik ook deed of zei, hij wilde niet tegen me praten. Hij wilde zelfs niet naar me kijken. Mama probeerde het goed te maken door te beloven een ritje met ons te gaan maken, en misschien, heel misschien, als hij lief was, ons meenemen naar het pretpark op zestig kilometer afstand. We zouden de hele dag weg blijven. Zijn ogen begonnen weer te stralen.

'Maar zal ik ooit weer het bos in kunnen en gaan vissen?' vroeg hij.

'Ja, Noble. Als ik het zeg.'

Hij leek tevreden, maar in het weekend, toen we verondersteld werden naar het pretpark te gaan, werd mama wakker met een zware verkoudheid. Het was de eerste keer dat we haar zo ziek hadden gezien. Ze had koorts en hoestte zo erg dat het haar doodmoe maakte. Ze moest in bed blijven. Ik maakte het ontbijt en de lunch klaar, en Noble en ik zorgden voor haar.

'Ik ben in een mum van tijd weer beter,' beloofde ze en viel in slaap. Ze sliep het grootste deel van de dag.

Noble was veel teleurgestelder dan ik. Hij zat op de onderste tree van de verandatrap en tekende met een stok figuren in de aarde. Nu en dan keek hij naar het bos in de richting van zijn fort.

'Ik snap niet waarom ik daar niet naartoe kan,' mopperde hij. 'En dit is een geweldige dag om te gaan vissen. Ik zou iets kunnen vangen voor het eten vanavond. Ik wed dat ze dan wel van gedachten zou veranderen.'

'Je haalt het niet in je hoofd, hoor je,' zei ik. 'Noble?'

'Laat me met rust,' zei hij.

Ik ging weer naar binnen om bij mama te gaan kijken. Ze sliep nog, dus bedacht ik maar wat we die avond moesten eten. Misschien zou ik Noble zover kunnen krijgen dat hij me hielp. Dat zou hem wat kunnen afleiden en hem beletten aan zijn fort en het vissen te denken. Ik ging naar buiten om het hem te vertellen, maar hij zat niet op de trap.

'Noble?' riep ik. Ik liep om het huis heen om hem te zoeken, en toen naar de schuur. Daar was hij niet, maar mijn hart stond stil.

Van de plank waar onze nieuwe hengels en kist met visgerei werden bewaard, waren zijn visspulletjes verdwenen. Mijn eerste gedachte was het aan mama te vertellen, maar ik wist dat ze sliep, en het zou haar zo van streek maken als ze hoorde dat Noble dit gedaan had, dat ze zou opstaan en misschien nog zieker zou worden. Ik besloot in plaats daarvan achter hem aan te gaan en hem te dwingen terug te komen. Hij kon geen al te grote voorsprong hebben, dacht ik, en ik wist precies waar we altijd gingen vissen.

Ik holde door het bos, sloeg geen acht op de takken en struiken die langs mijn benen schuurden en me schramden. Ik moest Noble vinden en hem naar huis brengen voordat mama wakker werd en naar hem vroeg. Toen ik bij de beek kwam, bleef ik staan en keek om me heen. Eerst zag ik hem niet.

'Noble!' gilde ik. 'Waar ben je?'

Hij gaf geen antwoord. Ik liep langs de oever. Het water stroomde sneller en de beek was breder dan hij in mijn herinnering ooit geweest was; het was niet langer een zacht kabbelende beek. Hij bulderde zelfs, alsof hij zichzelf eraan wilde herinneren dat hij ooit een rivier was geweest. Ik liep een eindje stroomopwaarts en toen ik hem niet vond, weer stroomafwaarts, tot ik bij een bocht kwam en Noble zag hurken op een grote kei midden in het water. Hij was kennelijk een spoor van kleinere stenen gevolgd om er te komen. Hij reikte naar achteren met zijn hengel en wierp hem naar voren, zoals meneer Kotes hem had geleerd.

'Noble!' riep ik.

Als hij me hoorde, negeerde hij me.

'Noble, kom onmiddellijk thuis!' schreeuwde ik. Hij draaide zich niet om.

Ik moest het water in, stapte op stenen in de richting van de kei. Ze waren spiegelglad omdat het glinsterende water erover heen spoelde.

'Noble!'

Eindelijk draaide hij zich om en keek me zelfgenoegzaam aan. 'Wat wil je?'

'Je kunt hier niet blijven. Je gaat mee naar huis.'

'Dat doe ik niet,' zei hij uitdagend. 'Ga weg.'

'Ik sleur je mee naar huis. Ik zweer het je, Noble Atwell. Kom nu.'

Hij draaide me weer zijn rug toe. Ik liep dichter naar hem toe, en deze keer, toen hij zijn hengel naar achteren zwaaide om de lijn uit te gooien, wist ik het eind van de hengel te pakken te krijgen. Hij was zo verrast dat hij naar voren en weer naar achteren boog.

'Laat los!' schreeuwde hij.

'Nee. Je gaat mee naar huis, nu meteen! Ik wil niet door jouw schuld in moeilijkheden komen.' Ik trok aan de hengel en hij trok terug. Een paar ogenblikken waren we aan het touwtrekken, wat hij erg leuk scheen te vinden.

'Hou op, Noble!' schreeuwde ik. Ik verloor bijna mijn evenwicht op de kleinere stenen.

'Nee, jij moet loslaten!' schreeuwde hij.

Hij stond op om meer kracht te kunnen uitoefenen en trok uit alle macht. De hengel schuurde langs mijn palmen en deed zo'n pijn dat ik los moest laten. Maar toen ik dat deed kon hij de vaart van zijn beweging niet stuiten en hij viel achterover van de kei. Een secondelang zag ik hem niet, maar toen zag ik zijn been en de rest van hem ronddraaien in het water. Rond zijn hoofd kolkte een rode lijn. Zijn lichaam stootte tegen een andere kei, verdween onder water en dook toen weer op. Even kon ik me niet verroeren, en toen gilde ik en plonsde de beek in naar hem toe.

De grond leek onder mijn voeten weg te zinken en ik stond tot aan mijn middel in het water. De rode streep leek uit Nobles oor te stromen. Heel even bleef hij hangen bij een andere kei, zodat ik dacht dat ik hem kon bereiken, maar toen werd hij opgetild door het water en dreef hij steeds sneller stroomafwaarts. Zijn lichaam botsend tegen de keien als een rubberslang.

Ik bleef zijn naam schreeuwen, maar hij hief zijn hoofd niet op en evenmin probeerde hij zich tegen de stroming te verzetten. Toen ik naar voren waadde, zonk ik dieper en dieper weg, ik stond nu tot aan mijn hals in het water. Het was ijskoud, maar het drong niet echt tot me door. Mijn lichaam was al verdoofd door wat ik had gezien. Ik kon niet verder. Ik bleef staan en zag Noble om een bocht verdwijnen. De beek raasde om me heen; het klonk nu meer als een diep gegrom.

Ik waadde zo gauw ik kon terug naar de oever, bleef daar staan en keek naar de plek in de beek waar ik Noble het laatst gezien had. Toen draaide ik me met een ruk om en holde door het bos naar huis, gillend en huilend.

8. Dood en wedergeboorte

Mama keek of ze niet begreep wat ik zei. Misschien omdat ik alles er zo snel en schreeuwend uit gooide. Ze bleef met haar hoofd op het kussen liggen en staarde naar de deuropening waar ik stond. Haar ogen knipperden snel alsof ze probeerde erachter te komen of ik werkelijkheid of een droom was. Ik zag er waarschijnlijk uit als een nachtmerrie. Ik was tot op de huid doorweekt en het water droop op de vloer. Eindelijk kwam ze op haar elleboog overeind en ging rechtop zitten.

'Wat zei je, Celeste? Spreek langzaam. Ik begrijp je niet.'

Ik vocht om lucht te krijgen. De woorden leken achter in mijn keel samengebald en ik kon niet ophouden met huilen. Ik kon alleen maar rillend blijven staan. Mijn hele lichaam beefde zo hevig dat ik meende mijn botten te horen rammelen.

'Noble... ging... vissen,' wist ik er eindelijk uit te brengen.

'Wát? Wat zei je? Hij deed wát?'

Ze kwam onder haar deken vandaan en zocht haar slippers.

'Ik wil dat hij onmiddellijk terugkomt. Waarom ben je zo nat?' vroeg ze terwijl ze opstond. 'Vertel op!' gilde ze, waarop ze een hoestaanval kreeg.

Ze spuwde in een papieren zakdoekje en vloog op me af. Haar ogen waren bloeddoorlopen en waterig, en haar gezicht was spierwit. Ze pakte mijn schouders beet en rammelde me door elkaar terwijl ik onbeheerst stond te schreeuwen. Ten slotte gaf ze me een harde klap. Mijn hoofd draaide bijna rond en mijn huid brandde. Ik snakte naar adem. Het gebeurde zelden of nooit dat ze mij of Noble zo hard sloeg.

'Vertel!'

'Hij viel van de kei,' zei ik. Ze had haar ogen nu zo wijd opengesperd, dat ze twee donkere tunnels leken die naar haar brein voerden.

'Viel? Welke kei? Wat bedoel je dat hij viel? Waar is hij? Hoe gaat het met hem?' Ze schudde me weer door elkaar.

'De grote kei in de beek. Hij is weggedreven,' zei ik. 'Hij moet iets geraakt hebben toen hij viel. Zijn hoofd bloedde.'

Haar mond viel open en ze gooide me opzij alsof ik een grote lappenpop was. Zonder eraan te denken wat ze aanhad, niet meer dan een nachthemd en slippers, rende ze de slaapkamer uit en de gang door naar de trap. Haastig ging ik haar achterna. Mijn lichaam voelde zo verdoofd dat mijn voeten de grond niet leken te raken. Ze viel bijna toen ze de trap afging en hield zich vast aan de leuning. Toen zwaaide ze met haar armen alsof ze vleermuizen wegjoeg, schreeuwde iets wat ik niet verstond en vloog naar de voordeur. Pas toen ze buiten was en onder aan de verandatrap stond keek ze achterom naar mij.

'Breng me bij hem!' riep ze. 'Breng me naar die kei. Gauw!'

Snel liep ik voor haar uit.

'Vlugger!' beval ze met een stem als een zweepslag, en ik begon te hollen tot we in het bos waren. Even kon ik me de richting niet herinneren. Ik raakte in paniek en bleef ronddraaien. Mijn rok bleef haken aan een braamstruik en scheurde. Ik viel, maar stond meteen weer op.

'Waar is hij?' gilde mama.

Wanhopig draaide ik me om naar een opening en begon sneller te lopen. Mijn gevoel voor richting keerde terug, en ik liep met meer overtuiging naar het bulderende geluid van de beek. Mama kwam vlak achter me aan. Toen ik achteromkeek, zag ik dat haar nachthemd ook aan takken en struiken was blijven haken; er liep een grote scheur van haar middel tot over de voorkant van haar dijen. Ze had haar slippers onderweg verloren en was blootsvoets. Er zat al wat bloed aan haar tenen. Ze hoestte en stikte half, maar ze scheen het niet te merken of schonk er geen aandacht aan.

Toen we bij de beek kwamen, bleef ik staan. Ik besefte onmiddellijk dat we te ver stroomopwaarts waren en rende langs de oever naar de grote kei waarop Noble had gezeten.

'Daar zat hij,' zei ik, wijzend. 'Hij zat te vissen.'

'Waar is hij?' riep ze, wanhopig om zich heen kijkend.

'Hij viel achterover en dreef toen weg,' zei ik. 'Ik probeerde hem naar huis te laten komen, maar hij was koppig.'

132

Ik vertelde haar niet over ons touwtrekken met de vishengel.

'Ik probeerde hem achterna te gaan, maar het is daar te diep.'

Ze duwde me opzij en hobbelde langs de beek. Ik volgde, me indenkend hoe pijnlijk het voor haar moest zijn om op blote voeten over stenen en gebroken boomwortels te lopen. Ze bleef staan, keek, luisterde.

'Welke kant op?'

Ik wees stroomafwaarts, naar de plek waar ik zijn lichaam voor het laatst tegen de keien had zien botsen die glimmend in het water lagen; de scherpe randen leken meer op scherpe tanden.

'Noble!' gilde ze. 'Noble, het is mama. Noble, waar ben je?'

Ik ging naast haar staan en riep met haar mee. De grootste kraai die ik ooit had gezien dook omlaag uit een boom en scheerde over het water voor hij tussen twee hoge pijnbomen verdween. Mama bleef staan en keek ernaar en draaide zich toen naar me om. Haar betraande gezicht was vertrokken van angst.

'Nee,' zei ze en schudde haar hoofd. 'Nee.' Ze zwaaide weer als een gek met haar armen, net zoals ze op de trap had gedaan. Het leek of ze door een zwerm bijen werd aangevallen.

Ik bleef staan, liet mijn ogen over het water dwalen en speurde de oever langs, tot ze stopte met het gezwaai van haar armen, zich omdraaide en doorliep. We ploeterden verder, en toen bleef mama plotseling staan en bracht haar handen naar haar mond, stak haar vingers zo hard tussen haar tanden dat het leek of haar kaak zou breken.

Ik tuurde in de richting waarin ze keek en zag hem. Zijn lichaam zat gevangen tussen twee grote keien op ongeveer anderhalve meter afstand van de oever. Het water stroomde langs zijn benen, wat de indruk wekte dat hij lag te schoppen. Zijn hoofd was van ons afgedraaid. Ik zag dat zijn rechterarm onder water lag. Zijn hengel was hem gevolgd en lag tussen een naburig groepje kleinere keien geklemd.

'Noble,' mompelde mama, en gilde toen: 'Noble!'

Ze stapte in het woest stromende water en baande zich moeizaam een weg naar hem toe. Ik wachtte op de oever. Terwijl het water om haar heen kolkte, legde ze voorzichtig een hand op Nobles gezicht en hief toen zijn hoofd uit het water, zodat ze hem een zoen op zijn wang kon geven. Ik zag hoe ze haar armen om hem heen sloeg en hem omhoogtrok, hem tegen zich aan drukte. Het water rimpelde en draaide om hen heen alsof het hen speels gevangen hield.

Mama tilde haar hoofd op, weg van Noble, en boog het toen achterover om zijn naam uit te schreeuwen. Haar stem weerklonk in mijn hart en stierf weg. Hevig hoestend, maar onverschrokken, waadde ze naar de oever, hem meeslepend door het water, ervoor zorgend dat ze zijn hoofd hoog hield.

'Mama?' was alles wat ik uit kon brengen.

Ze worstelde om hem op het droge te trekken. Toen ik wilde helpen, sloeg ze naar mijn handen.

'Ga weg!' gilde ze. 'Ga weg!'

Snikkend ging ik opzij, mijn benen verslapten steeds meer, tot ik niet langer kon blijven staan en met een smak op de grond terechtkwam. Mama kuchte en hoestte boven Nobles lichaam. Eindelijk kreeg ik zijn gezicht te zien.

Zijn ogen waren wijdopen en er lag een blik van verbazing in. Een straaltje bloed drupte uit een wond op zijn rechterslaap. Zijn mond stond net ver genoeg open om zijn tong te kunnen zien, die blauw zag, maar verder zag hij eruit of hij zo kon opstaan en zich beklagen dat ik aan zijn hengel had getrokken en zijn visplezier had bedorven. 'Het is haar schuld, het is allemaal haar schuld,' zou hij schreeuwen en met een beschuldigende vinger naar me wijzen.

Ik verwachtte het echt en bleef met dichtgeknepen keel staan, mijn adem beklemd onder iets wat als een steen in mijn strot aanvoelde. Mama zou me haten. Ze zou me voor eeuwig en altijd haten.

Ik stond op toen ze probeerde hem overeind te krijgen; hij was nu te zwaar voor haar. Ze was uitgeput en bleef aanhoudend hoesten. Eindelijk ging ze weer zitten.

'Wordt hij weer beter, mama?' vroeg ik.

Ze staarde me alleen maar aan, drukte hem toen weer tegen haar borst en wiegde hem al hoestend heen en weer.

Ik had het gevoel dat ik al mijn tranen verbruikt had. Ik veegde mijn gezicht af en wachtte.

'Ga terug om de kruiwagen te halen,' zei ze met een stem waarin geen enkele emotie klonk, een droge, diepe stem, die totaal niet op de hare leek.

Ik kwam snel overeind en holde weer door het bos, prentte de plek in mijn geheugen waar ik mama en Noble had achtergelaten. Toen ik bij de weide kwam was ik uitgeput, maar ik vond de kracht om naar de schuur te rennen. De kruiwagen stond voorin, rechts naast de deur. Nobles toverstok stond ertegen geleund. Een ogenblik was ik verbijsterd toen ik die stok daar zag, want het leek of hij recht naar me wees, net zoals die beschuldigende vinger die ik gevreesd had bij de beek. Ik pakte hem op en legde hem voorzichtig neer voor ik de kruiwagen de schuur uitreed.

Het viel niet mee om hem door het bos te rijden. Een paar keer bleef de kruiwagen steken, en ik moest me door struikgewas en om jonge boompjes heen worstelen, maar eindelijk, na wat me uren leek maar waarschijnlijk niet meer dan tien of vijftien minuten was, bereikte ik de oever van de beek.

Ik zag dat mama Noble verder het land op had getrokken.

'Hier!' schreeuwde ze, en ik reed de kruiwagen naar haar toe.

Ze pakte Noble vast bij zijn oksels en tilde hem op. Ik maakte aanstalten zijn benen op te tillen.

'Raak hem niet aan!' schreeuwde ze.

Ik sprong zo haastig achteruit, dat ik bijna viel. Ze hoestte en zwoegde, maar ze wist hem in de kruiwagen te krijgen. Toen draaide ze zich om naar het bos en pakte de handvatten. Ik bleef staan, wachtend op haar instructies.

'Loop voorop,' zei ze. 'Zoek de gemakkelijkste weg. Schiet op!' gilde ze.

Ik holde het bos in en wachtte. Het was verschrikkelijk moeilijk voor haar om die kruiwagen over de oneffen grond, de stronken en boomwortels voort te duwen. Haar hoest stopte geen moment. Eén keer liet ze me helpen de kruiwagen over een richel te krijgen, maar toen duwde ze me opzij.

'Wijs alleen maar de weg,' beval ze, en ik liep door, zoekend naar zoveel mogelijk open terrein.

'Ga de rolstoel halen,' zei ze toen in een hees gefluister. 'Dat is comfortabeler voor hem. Haast je.'

Ik holde naar de achterkant van het huis; de rolstoel stond in de bijkeuken. Hij moest worden uitgevouwen, en daarna reed ik hem zo snel ik kon naar de weide waar ze stond te wachten. Nobles benen bungelden over de rand van de kruiwagen. Mama kantelde die voorzichtig naar haar toe en pakte Noble weer onder de armen vast. Ze tilde hem hoog genoeg op om hem om te draaien en in de rolstoel te laten zakken. Toen legde ze zijn benen en armen keurig recht. Zijn hoofd viel opzij, zijn ogen nog open en nu naar het leek strak op mij gericht. Het was net of hij zich gek lachte, dolblij dat ik de schuld van dit alles zou krijgen. Ik moest mijn hoofd afwenden.

'Zet de kruiwagen weer op zijn plaats,' zei mama en liep in de richting van het huis.

Ik pakte de handvatten van de kruiwagen vast en volgde haar over de wei.

Ik kon haar nu tussen haar hoestbuien door horen praten.

'Waarom ben je gaan vissen terwijl ik je gezegd had dat je niet mocht? Ik zal je weer in je kamer moeten opsluiten. Je bent ongehoorzaam geweest. Ik heb je gewaarschuwd dat je de hele zomer binnen zou moeten blijven. Misschien gebeurt dat nu wel. Hoe kan ik je ooit nog vertrouwen?

'Vissen,' ging ze verder. 'Waarom is dat vissen zo belangrijk? Jongens zijn dom en dwaas. Je vader zal kwaad op je zijn en nog meer op Celeste. Hij zal misschien nooit meer voor haar verschijnen,' voegde ze eraan toe, wat me met een schok deed stilstaan.

Waarom zei ze dat? Wist ze het van ons geworstel met de hengel? Had hij het haar weten te vertellen?

'We hebben een hoop te doen,' zei ze, terwijl ze doorliep. 'Een hele hoop.'

Ik zag haar naar de zijkant van het huis gaan en toen naar de achterkant, voor ik me naar de schuur begaf. Toen ik daar kwam, zette ik Nobles toverstok weer terug op de plaats waar hij hem had neergezet. Van alle dingen die ik mama had horen zeggen was ik het meest in de war gebracht door haar opmerking dat papa kwaad op me zou zijn en zich nooit meer aan me zou vertonen. Had ik niet geprobeerd Noble naar huis te brengen? Was dat niet wat ik geacht werd te doen? Het was niet mijn bedoeling geweest dat hij zou vallen. Ik wist niet dat hij zijn evenwicht zou verliezen als ik de hengel losliet. Waarom zou papa kwaad op me zijn? Het was niet eerlijk. Niets van dit alles was eerlijk.

Ik liep heel langzaam naar huis. Ik was bang om naar binnen te gaan en bleef aarzelend op de verandatrap staan. Gelukkig was het een warme lentedag. Ik merkte nauwelijks dat ik doorweekt was en ik rilde ook niet meer zo erg. Ik was uitgeput, misschien wel te moe om te rillen. De striemen en schaafwonden op mijn benen deden pijn, maar het kon me niet schelen. Ik heette de pijn bijna welkom. Hij bracht me weer tot leven.

Een tiener toeterde hard en aanhoudend toen hij en zijn vrienden voorbijreden op de snelweg. Ik hoorde hun geroep en gelach. Het was iets wat tieners nu al geruime tijd deden. Ze vonden het waarschijnlijk grappig. Er werden nog steeds allerlei verhalen over ons rondgestrooid in het dorp. Ik zag de auto om een bocht verdwijnen, en toen liep ik naar de voordeur en ging naar binnen.

Even bleef ik staan luisteren. Eerst hoorde ik niets, en toen hoorde ik mama boven. Ik wachtte tot ze op de trap verscheen met Nobles natte kleren in haar armen.

'Kijk eens hoe je eruitziet,' zei ze. 'Ga naar mijn kamer en trek die kleren uit. Neem dan meteen een hete douche. Stoor je broer niet.'

Mijn hart sprong op van vreugde. Hem storen? Dat klonk me oneindig goed in de oren. Ik zou hem nooit meer storen. Ik zwoer dat ik ook nooit meer zou klagen dat hij me plaagde. Hij kon me commanderen zoveel hij wilde, het zou me niets kunnen schelen. Ik zou alles fantaseren wat hij wilde dat ik fantaseerde, en ik zou alle spelletjes met hem spelen, al waren ze nog zo maf of kinderachtig.

'Dus het komt weer goed met hem?' vroeg ik snel.

'We zullen zien,' antwoordde ze, terwijl ze de trap verder afliep. Ze hoestte toen ze beneden was en zocht even steun bij de leuning.

'Wil je dat ik je help, mama?' vroeg ik.

'Nee, doe gewoon wat ik zeg.' Met die woorden liep ze naar de wasruimte. Ik keek langs de trap omhoog. Hij was waarschijnlijk weer bij bewustzijn gekomen toen ze hem naar binnen bracht, dacht ik. Wat heerlijk! En het voornaamste was dat papa nu niet boos op me zou zijn en niet weg zou blijven. Alles zou toch nog goed komen.

Ik ging naar boven en bleef bij de deur van Nobles en mijn kamer staan om te luisteren. Ik hoorde niets. Natuurlijk sliep hij, dacht ik. Mama had hem misschien ook een van haar kruidendrankjes gegeven. Haastig liep ik naar haar slaapkamer, trok mijn natte kleren uit en nam een hete douche zoals ze had bevolen. Toen ik uit de badkamer kwam, zag ik dat ze mijn kleren op haar bed had gelegd. Ik droogde me gauw af en kleedde me aan. Toen ik beneden kwam, vond ik haar in de keuken, bezig het eten klaar te maken. Haar haar hing slap omlaag en ze zag er zo uitgeput, zo afgemat uit.

Ik zag dat ze de ingrediënten had klaargelegd voor gehakt, en ik wist nu precies hoe ik dat moest maken. De laatste paar keer dat we het hadden bereid, had ze mij het meeste werk laten doen.

'Je bent ziek, mama, en vast veel vermoeider dan ik. Laat mij dat doen,' zei ik.

'Ík moet zijn eten klaarmaken,' zei ze. 'Dek jij de tafel maar voor ons tweeën. Toe dan. Doe het,' beval ze, en ik deed wat ze vroeg.

Een tijdje later zag ik dat ze een blad klaarmaakte en naar de trap liep. Alles op het blad was afgedekt, ik vermoedde om het eten warm te houden.

'Zal ik het voor je boven brengen, mama?' vroeg ik.

Ze scheen me niet te horen, of als ze het deed, wilde ze geen antwoord geven. Als in trance liep ze door de gang, haar gezicht en ogen onbeweeglijk. Ik zag haar naar boven gaan en wachtte, hoorde hoe ze onze kamer binnenging. Het duurde een hele tijd voor ze weer naar buiten kwam. Ten slotte ging ik naar de eetkamer, waar ik op haar bleef zitten wachten. Eindelijk kwam ze beneden. Weer keek ze me als een slaapwandelaarster aan. Ik stond op en volgde haar naar de keuken, waar ze alle bewegingen maakte of ze ons eten ging opscheppen, zonder dat werkelijk te doen.

Ze deed de oven open, pakte de pan met gehakt, haalde het deksel eraf, en schepte niets op de grote schotel omdat er niets in de pan zat. Toen haalde ze het deksel van een andere pan en schepte niets in een andere schaal voor ze zich naar mij omdraaide.

'Zet het gehakt en de sperziebonen op tafel terwijl ik de aardappelpuree maak,' zei ze.

Ik staarde haar aan.

'En een beetje gauw, voordat alles koud wordt!'

'Maar –'

Ze wendde zich af en begon aardappels fijn te maken in een kom, alleen was het een lege kom. Terwijl ze aan het werk was, hoestte ze, snufte en veegde haar ogen af. Ze haalde diep adem en bleef over het aanrecht gebogen staan, met haar rug naar me toe. Ik wist niet wat ik moest doen, dus liep ik met de lege schalen naar de eetkamer en zette ze op tafel. Toen ging ik zitten en wachtte. Behalve het getik van haar vork in de lege kom, hoorde ik niets. Het was doodstil in huis. De buizen bromden niet, de muren kraakten niet. Het leek of ook het huis zijn adem inhield.

Toen er nog een of twee minuten verstreken waren, kwam ze haastig de eetkamer binnen met de kom. Ze zette er een opscheplepel in en schepte lucht op mijn lege bord.

'Begin maar te eten zonder mij,' zei ze. 'Laat niet alles koud worden. Ik heb geen honger.'

Ze liep terug naar de keuken. Ik bleef zitten; ik wist niet goed wat ik moest doen. Ik wilde huilen, maar durfde geen geluid te laten horen. Ik bedwong mijn tranen en bleef zitten wachten om te zien wat ze verder zou doen of wat ze wilde dat ik zou doen.

Plotseling kwam ze de eetkamer weer binnengestormd, nu met haar handen op haar oren.

'Ik kan dat gezoem niet verdragen. Hoor je het?' vroeg ze.

'Nee, mama,' zei ik met trillende lippen. Ik kon er niets aan doen, ik begon weer te huilen.

'Ik moet naar boven. Ik moet wat rusten. Ik wil dat je afwast als je klaar bent, en alles opbergt. Maak voor vannacht de bank in de zitkamer op voor jezelf. En wees stil, zo stil als je kunt,' fluisterde ze met opengesperde ogen. 'Begrijp je? Begrijp je het?'

Ik knikte snel. Ze merkte niet eens dat ik huilde.

'Goed,' zei ze, en richtte zich op. 'Goed.'

Toen liep ze de eetkamer door naar de gang. Ik hoorde haar de trap oplopen. Een tijdje bleef ik stil aan tafel zitten. Ik was te bang om me te verroeren. Ten slotte stond ik langzaam op en bracht de lege borden en schalen naar de keuken.

Behalve de ingrediënten voor het gehakt weer in de bijkeuken te bergen, viel er niets voor me te doen. Ik had niet veel honger, alleen dorst, dus schonk ik wat sinaasappelsap in, waste het glas af, borg het op en ging naar de zitkamer om de bank op te maken. Later ging ik zitten en luisterde of ik mama hoorde, maar ik hoorde haar geen beweging maken. Ik dacht dat ze misschien in slaap was gevallen.

Mijn nieuwsgierigheid over Noble was te groot om die te kunnen bedwingen. Ik liep naar de trap, luisterde, en toen ik dacht dat het veilig genoeg was liep ik stilletjes de trap op naar de deur van onze kamer. Ik draaide de knop om, maar de deur was gesloten.

'Wat doe je daar?' hoorde ik. De stem leek niet op die van mama, maar toen ik me omdraaide stond ze volkomen naakt op de drempel van haar slaapkamer. 'Nou?'

'Ik wilde... alleen maar...'

'Ga slapen!' gelastte ze. 'Ik heb je toch gezegd dat je stil moet zijn? Het is belangrijk. Gehoorzaam dus!'

Ze kwam dreigend naar voren, en ik draaide me om en liep haastig de trap af. Ik ging naar de zitkamer en bleef met bonzend hart staan luisteren. Boven gingen de lichten uit. Ik liep naar de opgemaakte bank en bleef zitten tot ik moe genoeg was om mijn ogen dicht te doen en te gaan liggen. Ik viel niet meteen in slaap. Ik luisterde naar elk geluid in huis omdat het nu weer kraakte en de wind zich een weg baande door elke kleine opening in het dak en de luiken. Eindelijk werd ik overmand door de slaap en als een uitgeputte strijder gaf ik me er gewillig aan over.

Geesten wervelden om me heen als het water in de beek. Mijn dromen maakten dat ik lag te draaien en te woelen. Ik voelde handen op mijn lichaam en riep mompelend om mama, maar ik werd niet echt wakker.

Ik viel weer terug in het kolkende water van mijn nachtmerries, die me wegvoerden naar steeds duisterder oorden.

Ik werd gewekt door het licht van de ochtend en even kon ik me niet precies herinneren waarom ik in de zitkamer sliep. Mijn lichaam deed pijn op plaatsen waar het nog nooit pijn had gedaan. Mijn lege maag rommelde. Ik haalde diep adem en ging rechtop zitten, wreef de sporen van de slaap uit mijn ogen. Toen ik mijn handen wegtrok, slaakte ik een kreet en voelde me of ik zojuist een lepel vol ijs had ingeslikt.

Mama stond met een doodsbleek gezicht in de deuropening. Ze was in het zwart, ze droeg dezelfde jurk die ze had gedragen bij papa's begrafenis en de dag nadat meneer Kotes was verongelukt. Haar lippen waren vertrokken in een scheve glimlach. De manier waarop ze naar me keek beangstigde me.

'Mama?' zei ik en barstte bijna in tranen uit.

'Je zusje is weg,' zei ze. 'Ze is van ons weggenomen om bij haar voorouders en haar vader te verblijven. We kunnen niets anders doen dan het accepteren.'

'Wat bedoel je?' vroeg ik, verbaasd over haar opmerking.

'Je moet nu met me mee naar buiten,' zei ze. 'We gaan afscheid nemen van haar lichaam. Herinner je je nog,' ging ze verder, met een lieve glimlach nu, 'de beker en het water?'

'Naar buiten?'

'Ja. Volg me. Kom mee.'

Ze draaide zich om en liep naar de voordeur. Ik deed snel mijn schoenen weer aan en stond op. Ik was met mijn kleren aan in slaap gevallen.

Ze wachtte bij de open deur. Ik zag dat ze de oude familiebijbel in haar hand hield. Wat had dit te betekenen? Waarom zei ze 'je zusje'?

Zodra ze me zag liep ze naar buiten. Ik volgde haar langzaam, net zo langzaam als zij liep. Toen we bij het oude kerkhof kwamen, begon ze iets te neuriën dat ik absoluut niet herkende. Toen bleef ze staan, stak een kaars aan die ze bij zich had, beschermde het vlammetje met haar hand opdat het niet zou doven en liep verder naar het kerkhof. Bij het hek hief ze de kaars op, liet het kleine vlammetje door de wind uitblazen, maar wuifde de rook om haar heen.

Ik observeerde alles wat ze deed met mijn ogen zo wijdopen dat mijn voorhoofd pijnlijk rimpelde. Zodra ze door het hek liep, ging ik haar achterna en stond toen stil.

Net als mijn hart.

Ik zag een open graf vlak naast dat van baby Jordan. Wanneer had ze dat dat graf gedolven? Dat moest ze vannacht hebben gedaan toen ik sliep.

'Gauw,' zei ze, zich naar me omdraaiend. 'Onder de rook.' Ze knikte naar de plek waar de kaars was gedoofd.

Mijn voeten kwamen in opstand. Ze wilden niet gehoorzamen, maar ik dwong me het kerkhof binnen te gaan en naar haar toe te lopen. Ik beefde over mijn hele lichaam.

'We zijn gekomen voor een laatste afscheid, Noble,' zei ze, en knikte naar het open graf.

Waarom noemde ze me Noble?

Ik ging vlak bij het graf staan.

Ik zal dat moment nooit vergeten. De schreeuw die binnen in me begon scheurde bijna mijn trommelvliezen omdat ik hem niet slaakte. Ik was te geschokt, te bang. Niets van wat er eerder met me gebeurd was en wat er sindsdien met me gebeurd is kan ooit zo'n luide donderslag veroorzaken, de lucht verschroeien met een zo heet en fel vuur, door mijn hart heen branden, of mijn adem zo lang vasthouden als de schok die nu door me heen ging.

In het graf lag mijn broer, Noble... in mijn kleren, met mijn schoenen en mijn amulet.

Ze moest het me 's nachts hebben afgenomen, en pas op dat ogenblik merkte ik dat ik zijn talisman droeg en niet mijn eigen amulet. In míjn kleren, met een muts op zijn hoofd die ik al in jaren niet meer gedragen had, leek het echt of hij mij was. Ik had het gevoel dat ik naar mijzelf keek.

'Vaarwel, Celeste,' fluisterde mama. 'Nu moet je je bij je voorouders voegen en bij hen vertoeven. Je moet zo waardevol zijn geworden in hun ogen, dat ik alleen maar blij voor je kan zijn, en natuurlijk zul je nu papa gezelschap houden. Hij moet zich erg eenzaam hebben gevoeld dat hij dit heeft laten gebeuren.'

Ze draaide zich met een lieve glimlach naar me om.

'Je broer wil ook afscheid nemen,' zei ze, met een blik op mij. 'Toe dan, Noble,' drong ze aan. 'Wees niet bang. Ze kan je nog korte tijd horen. Toe maar.'

Ik staarde naar hem en toen naar haar. Ze glimlachte nog steeds en wachtte af. Wat moest ik zeggen?

'Mama –'

'Neem afscheid van je zusje, Noble. Slaap zacht. Toe dan. Zeg het.'

Ik keek naar mijn broer en mompelde een afscheidswoord.

Mama sloeg haar bijbel open en begon te lezen.

'De Heer is mijn herder...'

Ik luisterde, niet in staat me te bewegen. Ik kon nauwelijks ademhalen. Telkens als ik naar hem keek, voelde ik me duizelig worden. De wolken boven me leken rond te draaien, steeds lager te zakken, op me af te komen. Haar stem dreunde voort. Ik kon de wind in de bomen horen. De wolken bleven steeds lager zakken.

Plotseling werd alles zwart voor mijn ogen.

Ik werd wakker in mijn bed, of wat ik dacht dat mijn bed was. Toen ik om me heen keek, besefte ik dat ik in Nobles bed lag. Mijn hoofd voelde ook anders aan. Ik legde mijn handen tegen mijn hoofd en besefte dat mijn haar geknipt was. Ik bekeek mezelf en zag dat ik Nobles hemd en broek droeg. Snel kwam ik overeind, en op dat moment verscheen mama in de deuropening. Ze droeg een blad met een kop kruidenthee en twee toastjes met haar eigengemaakte bosbessenjam.

'Zo,' zei ze, terwijl ze het blad op het nachtkastje zette en een stoel bij het bed schoof. 'Ga rechtop zitten, Noble.' Ze schudde het kussen op en schikte het achter mijn rug.

'Mama, waarom draag ik Nobles kleren en waarom heb je mijn haar afgeknipt?' vroeg ik.

'Ze was heel close met ze, Noble,' zei ze, in plaats van antwoord te geven. 'In mijn hart wist ik dat ze haar weg zouden nemen. Daarom vertoonden ze zich zo snel aan haar, toen ze nog zo jong was. We moeten dankbaar zijn voor de tijd die we met haar hebben doorgebracht. Niemand anders zal het begrijpen. Dat weet ik. Je weet hoe de mensen om ons heen kunnen zijn. Het moet ons geheim zijn, lieveling. Ons geheim.'

'Maar... ik ben Celeste.'

'Nee, nee. Je moet nu voorgoed je broer zijn. Dat is wat ze willen, wat ze verwachten. Elke dag zul je meer gaan begrijpen. Je zult de geesten horen vertellen wat ik je vertel. Je zult ze net zo goed kunnen horen als ik. Je zult weten dat ik gelijk heb.

'Als je ze verraadt, als je ongehoorzaam bent, zullen de kwade geesten jou ook meenemen, maar dan kom je niet bij je vader, want dan heb je de geest van je broer niet beschermd. Dus moet je zijn geest in je opnemen. Je moet zijn geest zíjn. Noble mag niet weg zijn,' ging ze verder. 'Het was zijn tijd nog niet. Het was Celestes tijd. Dat weten we nu.'

Ze stak haar hand uit naar het blad.

'Eet en drink je thee,' zei ze met een liefdevolle glimlach. 'Je moet weer sterk zijn. We hebben veel te doen samen, Noble.'

Ik staarde haar aan, maar ze bleef glimlachen.

'Ik zal je nooit meer iets anders noemen dan Noble, en je mag nooit meer reageren op een andere naam. Deze lotsbestemming verzaken betekent dat je jezelf veroordeelt tot de duisternis en het vuur, tot een eeuwig verblijf in een plaats waar geen liefde is en geen hoop. Lelijkheid erin, schoonheid eruit, voor eeuwig en altijd. Kom, eet en drink je thee, word beter en dan beginnen we.'

Beginnen we waarmee? vroeg ik me af.

Ze scheen mijn gedachten te kunnen lezen.

'Beginnen met je wedergeboorte,' zei ze en stond langzaam op. 'We zullen het een tijdlang moeilijk hebben met de buitenstaanders. Ze zouden nooit in staat zijn ons te begrijpen, dus moeten we hun dingen vertellen die ze wél kunnen begrijpen. Daarna zullen ze uit ons leven verdwenen zijn, en zullen we net als altijd verder kunnen leven,' zei ze glimlachend, en liep naar de deur.

Daar draaide ze zich weer naar me om; haar hele gezicht straalde nu.

'Raad eens wat ik heb gedaan,' zei ze. 'Om je op te vrolijken.'

Ik kon geen woord uitbrengen. Ik kon slechts mijn hoofd schudden.

'Ik heb de trein weer tevoorschijn gehaald,' zei ze. 'Als je klaar bent, kun je beneden komen en zullen we ermee spelen, oké?'

Haar glimlach verzwakte.

'We zullen haar missen, Noble. We zullen Celeste heel erg missen, maar we zullen ons tevreden moeten stellen met de wetenschap dat ze bij de geesten is die van haar houden en haar graag bij zich willen hebben. Ze bevindt zich ergens waar ze heel gelukkig zal zijn. Ze zal voorgoed bij haar papa zijn.

'Zoals jij ook op een goede dag zult zijn, en ik ook. Begrijp je?' zei ze ongerust. 'Ik heb een manier gevonden om ons bijeen te houden.'

Ze draaide zich om en liep de kamer uit.

Ik hoorde haar langzaam de trap aflopen en liet eindelijk de adem vrij die in mijn longen was opgesloten.

Ik keek naar mijn bed. Ik verwachtte bijna mezelf daarin te zien liggen. Het was zo vreemd er op deze manier naar te kijken, dacht ik.

Ik stapte uit bed en bleef toen staan om in de spiegel te kijken die aan de muur hing. Mijn haar was zo kort als dat van Noble, en in zijn kleren zag ik niet mijzelf. Ik zag hem.

Het was of hij naast me had gestaan en plotseling bij me binnen was geglipt, en ik verdween, om door hem te worden vervangen. Ik zou Noble zijn. Mama had gezegd dat het mijn lotsbestemming was en ik wist dat een lotsbestemming iets was dat je niet kon voorkomen, niet kon veranderen.

Maar waarom was het zo?

Alsof ik precies wist wat hij zou zeggen, keek ik naar mijn bed en toen weer naar de spiegel.

'Het was haar schuld,' zei ik tegen het beeld van Celeste dat langzaam wegzonk in de spiegel. 'Als zij niet aan de hengel had getrokken, zou ik niet zijn gevallen. Dit is terecht. Mama heeft gelijk.

'Het is zoals het moet zijn.

'Voorgoed.'

En alsof ik een boek dichtklapte, draaide ik mijn rug naar wat mijn deel van de kamer was geweest en dronk de thee en at de toast die mama boven had gebracht voor Noble.

Voor mij.

En toen ging ik naar beneden om met de trein te spelen.

9. Celeste is weg

Mama vroeg me haar te helpen gras te planten op het pas gedolven graf. Zo lang ik me kon herinneren had ze liefdevol voor het oude kerkhof gezorgd, wiedde niet alleen, maar schraapte ook de schimmel van de stenen en muren. Ze vertelde me vaak dat het onze heilige plicht was dat te doen, want het hart van haar familie, onze familie, lag daar begraven. Ze zei dat de geesten die rond ons huis waarden daar vaak bijeenkwamen en hymnen zongen. Als ik aandachtig luisterde naar de wind die 's nachts rond ons huis woei, kon ik hun aangename, melodieuze stemmen horen. Ze onthulde me dat ze daar nu vaak, vooral sinds papa's dood, 's avonds naartoe ging om zich bij hen te voegen. Ze beloofde dat ze me de volgende keer wakker zou maken en me mee zou nemen om te zingen bij de graven van onze dierbare voorouders.

Ik harkte de aarde aan, plantte de zaden en gaf ze water. Maar er zou geen gedenkteken komen met CELESTE erop, en daar was ik blij om.

'We kunnen nooit laten weten dat hier iemand begraven ligt, Noble,' zei mama terwijl we aan het werk waren. 'Ze zouden het niet begrijpen, en daarom moeten we zorgen dat de aarde er onberoerd uitziet. Het zal altijd ons geheim blijven, dat we met ons leven moeten behoeden. Leg je hand op de aarde boven onze geliefde overledenen en zweer met mij dat je dit geheim voor eeuwig en altijd in je hart gesloten zult houden. Zweer het,' zei ze en liet zich op haar knieën vallen.

Ik volgde haar voorbeeld en we legden onze handpalmen op de koele, verse aarde. Mama sprak hardop de eed uit.

'We zullen nooit en te nimmer iemand vertellen dat Celeste hier ligt,' zei ze met gesloten ogen. 'Ik zweer het.'

'Ik zweer het,' zei ik haar na, en ze glimlachte naar me en boog zich naar me toe om me een zoen te geven en met haar vingers door mijn haar te strijken.

'Mijn lieve Noble, mijn mooie Noble,' zei ze.

Ik had haar nog nooit met zoveel liefde en bewondering naar me zien kijken. Ondanks alles voelde ik vreugde in mijn hart, zelfs met de vreemde nieuwe lessen die elke avond, dag aan dag, volgden.

'Dit is waarlijk je wedergeboorte,' zei ze, nadat ze me in de zitkamer plaats had laten nemen. 'Het zal een tijd duren, misschien wel net zo lang als een baby erover doet, negen maanden, misschien zelfs iets langer. Maar nu Nobles geest zich in je bevindt, zul jij uiteindelijk worden zoals Noble voorbestemd was te zijn. Je zult zoveel succes hebben dat zelfs je papa jouw geest zal erkennen als Nobles geest. Hij zal zo trots op je zijn,' beloofde ze. 'Als je hem weer ziet, zal de trots van een vader op zijn gezicht geschreven staan.'

Dat was prachtig. Mijn vader zou van me houden, en mijn moeder zou van me houden als nooit tevoren, dacht ik. Ik dacht er elke avond aan, vooral hoe haar stem klonk; er leek klokkengebeier en muziek in door te klinken wanneer ze nu tegen me sprak of me riep. Ze had me nog nooit zo vaak omhelsd en gezoend. Het geluk in haar ogen wakkerde mijn eigen geluk aan. Ze scheen zelfs jonger en mooier te worden naarmate ik langer en sterker werd.

'Laten we beginnen,' zei ze op de avond van Celestes begrafenis, want zo was ik eraan gaan denken. Mama wilde dat, de geesten wilden dat. 'Van nu af aan mag je je nooit, maar dan ook nooit aan iemand naakt laten zien,' waarschuwde mama. 'Als ik je thuis houd om je hier les te geven, zal dat het zoveel gemakkelijker maken. Ben je dat niet met me eens? Je zult me niet voortdurend vragen wanneer je naar school gaat, hè? Nee toch?'

'Nee, mama,' zei ik.

'Mooi.'

'Jongens hebben een ruwere kant,' zei ze. 'Ik heb niet echt iets tegen je liefde voor insecten, je verzameling dode dingen.'

Ik moest even slikken. Ik had er wel degelijk bezwaar tegen.

'Mettertijd verwacht ik natuurlijk van je dat je jezelf zult concentreren op belangrijkere dingen, Noble. Een jongen moet opgroeien tot een man. Je moet meer verantwoordelijkheid op je nemen. Je dag zal gevuld zijn met meer, serieuzer werk en minder spel. We hebben hier samen veel te doen. We zijn nu nog maar met ons tweeën, en ik zal van jouw hulp afhankelijk zijn bij het verrichten van de zwaardere karweien. Er zal veel meer kracht voor nodig zijn dan je in het verleden hebt getoond, maar je zult groeien als je naar me luistert. Zul je dat doen?'

Niets in haar gezicht deed me denken dat ze niet echt Noble in me zag als ze nu naar me keek. Soms, als ze iets zei, luisterde ik naar een aarzeling, maar die was er nooit. Ze keek naar me zoals ze altijd naar Noble had gekeken. Ik had hem daarom benijd, en nu was dat voorgoed mijn voorrecht.

'Ja, mama,' zei ik. 'Ik zal luisteren. Ik beloof het je.'

'Mooi zo.'

Ze pakte mijn handen in de hare en draaide de palmen naar boven.

'Je handen zullen harder worden, ruwer, Noble. Wees niet bang voor eelt. Eelt beschermt je handen tegen de pijn van hard werken. Weet je nog hoe ruw papa's handen waren en hoe sterk?'

Ik knikte. 'Die van jou zullen ook zo worden. Bekommer je niet om lotions en probeer niet zo te worden als ik,' waarschuwde ze. 'Jongens denken daar niet aan, en je nadert snel de leeftijd waarop de dingen anders beginnen te worden, zo heel anders tussen jongens en meisjes.

'In ieder geval,' vervolgde ze, 'wil ik je laten weten dat je nu weer naar het bos kunt om je fort af te maken. Je kindertijd is beperkt en je hoort er zoveel mogelijk van te profiteren. Ik weet hoe dierbaar die herinneringen voor je zullen zijn als je ouder en rijper bent en dergelijke dingen niet meer kunt doen.

'Probeer je alle verhalen te herinneren die papa over zichzelf heeft verteld toen hij nog een kleine jongen was. Herinner je je nog hoe hij ervan genoot alles wat hij als kleine jongen had gedaan op te rakelen en te beschrijven?'

'Ja,' zei ik glimlachend.

'Nou, jou zal het net zo vergaan. O, er is zoveel dat je moet leren, Noble, zoveel dat je moet weten en waarvan je je bewust moet zijn, zodat je geen fouten maakt, vooral niet tegenover mensen die ons nooit zullen kunnen begrijpen, ons nooit weten te waarderen. We willen niet dat ze ons op de hielen volgen, door omheiningen heen turen, over ons fluisteren.' Kwaadheid verstrakte haar lippen en vulde haar ogen met nieuwe woede. 'Gelukkig ben ik, zoals je weet, heel lang lerares geweest. Ik weet meer over jongens en meisjes dan de meeste moeders over ze weten, en ik zal er altijd zijn om je te helpen. Maak je dus maar geen zorgen. Oké, liever?'

Ze streek door mijn haar, maakte het in de war. Ik wilde het gladstrijken, maar ze hield me tegen.

'Maak je nog niet zo druk over je uiterlijk, Noble. Jongens worden vuiler, zijn slordiger, en bekommeren zich er niet om tot ze ouder worden en eraan gaan denken hoe ze bekeken worden door de meisjes. Je zult geen Little Lord Fauntleroy worden. Arthur Atwells zoon zal nooit een watje worden genoemd, nooit,' zwoer ze.

'Toen ik studeerde voor lerares, leerde ik over de geslachtsverschillen, zoals ze dat noemen. Het is een ander woord voor seksuele verschillen. Jongens vinden het vreselijk om met meisjes te worden vergeleken, te veel als een meisje te worden beschouwd, maar meisjes zijn er niet bang voor, en weet je waarom niet?'

Ik schudde ontkennend mijn hoofd

'Jongens zijn in het algemeen agressiever, ambitieuzer. Dat is de reden waarom mannen nog steeds meer verdienen dan vrouwen in dit land en waarom vrouwen meer moeite hebben om succesvol te zijn. Vrouwen worden niet geacht hard, meedogenloos, genadeloos te zijn, en vaak moeten mensen dat zijn om zich een weg naar de top te klauwen. Snap je? Ik zei met opzet "klauwen". De meeste vrouwen willen niet klauwen. De meeste vrouwen willen hun nagels niet breken.'

Ze keek naar mijn handen. 'Ik moet jouw nagels knippen, zie ik. Oké, genoeg voor vandaag. Ga nu aan je fort werken. Ik kom later langs om te zien hoe je opschiet.'

Ik wist niet goed wat ik precies moest doen, maar ik ging naar de schuur en zocht het gereedschap dat ik Noble had zien gebruiken. De muren van het fort waren nog niet helemaal klaar. Er lag een stapel houten planken naast wat er al gedaan was, dus begon ik ze vast te maken op het geraamte dat Noble gebouwd had. Ik werkte urenlang door, en toen ik een stap achteruit deed, zag ik dat mijn planken netter en gelijkmatiger waren aangebracht. Ik dacht zo intens aan mijn broer en herinnerde me hem zo goed, dat ik niet besefte dat mama al een tijdje achter me stond.

'Maak je niet zo druk erover hoe mooi het eruitziet,' zei ze plotseling, en ik draaide me met een ruk om. 'Het is maar het denk-

beeldige fort van een kleine jongen in het bos, Noble. Maak het af.'
Ik zag dat het belangrijker voor haar was geworden dan het ooit
voor mijn broertje was geweest.

Ik ging weer aan het werk, en kreeg een tijdje later een splinter
in mijn palm. Het deed pijn, dus gooide ik de hamer neer en ging
naar huis. Mama zat in de zitkamer in de schommelstoel van haar
overgrootvader Jordan en staarde uit het raam, terwijl ze zachtjes
op en neer schommelde. Ze hoorde me binnenkomen, maar bleef
uit het raam kijken.

'Wat is er, Noble?'

'Ik heb een splinter in mijn hand,' zei ik.

'Nou, en? Je hebt wel eerder splinters gehad en dan bleef je
doorwerken omdat je bang was dat ik zou zeggen dat je op moest
houden met het bouwen van je fort, weet je nog? Weet je nog hoe
ik ze pas zag als ik je in bad stopte en je een lesje gaf over infec-
ties? Kun je je dat nog herinneren?'

Ik wilde mijn hoofd schudden, maar ze keek me scherp aan en
ik bedacht me.

'Ja.'

'Ga terug naar je fort. Ik zal je roepen als het tijd is om te eten,'
zei ze.

Het lag op het puntje van mijn tong om te vragen of ze wilde dat
ik haar hielp, tenminste de tafel zou dekken, maar ze was me voor.

'Zonder Celeste moet ik nu alles zelf doen in de keuken en ook
de tafel dekken. Jij was er nooit goed in, Noble. Je brak een van
mijn porseleinen schalen, een erfstuk, weet je nog? Je was altijd een
beetje een kluns, Noble, maar jongens zijn nu eenmaal onhandiger.
Maak je maar niet bezorgd. Er wordt niet anders van je verwacht,'
voegde ze eraan toe en draaide zich weer om naar het raam.

'Het is rustig buiten,' zei ze. Ze leek nu meer tegen zichzelf te
praten dan tegen mij. 'Er is zoveel gebeurd. Iedereen heeft zich een
tijdje teruggetrokken. Maar maak je maar geen zorgen. Ze komen
terug. Alles zal binnenkort weer als vanouds zijn zodra ze zien dat
we precies doen wat ons gezegd is. Maak je niet ongerust,' fluisterde ze.

Ik dacht erover na. Was dat de reden waarom ik geen enkele
geest zag of hoorde?

Ik keek naar mijn splinter en ging toen terug naar het fort en

150

werkte verder. Ik deed niet echt veel voordat ze me binnenriep voor het eten. Toen pas haalde ze de splinter uit mijn hand. Ik huilde niet, maar ze praatte tegen me alsof ik dat wél deed.

'Jongens zijn zulke baby's. Ze blijven eigenlijk altijd baby's. Zelfs als ze volwassen mannen zijn, hebben ze veel meer behoefte aan tedere, liefdevolle zorg dan vrouwen. Je zult het niet graag horen, dat weet ik, maar vrouwen zijn eigenlijk sterker dan mannen, vooral als het op uithoudingsvermogen aankomt, Noble. Vrouwen houden vol. Zij zijn degenen die de kinderen baren. Mannen staan er met angstige gezichten bij en danken de hemel dat zij geen weeën hebben. Deze splinter is niets. De meeste vrouwen zouden liever een splinter hebben dan te moeten bevallen, geloof me. Zo. Klaar. Veeg je tranen af en was je handen. Het is tijd om te eten,' zei ze, al had ik geen traan gelaten. Ik deed net alsof ik had gehuild en ging mijn handen wassen.

Het avondeten was de eenzaamste tijd voor me. Ik verwachtte altijd weer mijn broer te zien verschijnen en te gaan zitten. Ik miste de manier waarop hij heen en weer zat te schuiven op zijn stoel of klaagde dat hij te veel groenten kreeg.

'Je eet weer te snel, zoals gewoonlijk,' zei mama. Ik was nog maar net begonnen, maar het was iets wat ze altijd tegen Noble zei. 'Neem de tijd ervoor en kauw elke hap. Je arme maag zal in opstand komen als je dat niet doet,' waarschuwde ze.

Hoe vaak had ik haar dat niet tegen hem horen zeggen? Ik keek zelfs naar zijn stoel, en toen sprong mama, die het pas op dat moment besefte, overeind.

'Noble!' riep ze.

Ik hield mijn adem in.

'Wat is er?'

'Je zit op de stoel van je zus. Dat is verkeerd. Ga ogenblikkelijk op je eigen plaats zitten. Vooruit,' beval ze.

Ik keek naar mijn bord en naar Nobles stoel en stond langzaam op. Het viel me heel moeilijk om op zijn stoel te gaan zitten. Ik aarzelde. Mama boog zich naar me toe, haar handen op de tafel.

'Je moet het doen,' fluisterde ze. 'Je moet alles doen.'

Ik ging zitten en ze zette mijn bord voor me neer.

'Schrok je eten naar binnen,' zei ze. 'Vooruit.'

Ik begon snel te eten, maar toen hield ze me tegen.

'Eet langzaam alsjeblieft, zoals ik je gezegd heb. Op een dag zul je met meer mensen moeten eten en dan zul je beleefd willen zijn, nietwaar, Noble? Je wilt toch niet dat de mensen denken dat je in een varkensstal bent grootgebracht?' Ze lachte. 'Herinner je je nog dat papa je vertelde dat zijn moeder hem altijd een standje gaf aan tafel? Als hij niet langzaam at, moest hij een tweede portie eten. Dat beweerde hij tenminste. Natuurlijk geloofde ik het niet. Geen moment. Een half oor, weet je nog? Dat vertelde hij jullie. Een half oor,' mompelde ze.

Ze ging weer zitten en zuchtte. 'Vroeger hadden we zoveel plezier aan tafel. Ik vraag me af of we dat ooit nog zullen meemaken.'

Ze at met kleine hapjes, prikte rond op haar bord als een ziek vogeltje. Toen we klaar waren, wilde ik de borden pakken, maar ze riep onmiddellijk: 'Raak niets aan. Ga met je trein spelen of ga op zoek naar je kruipende nachtinsecten. Je wilt weer gaan vissen, hè?'

Alleen al de gedachte daaraan deed me verstijven. Ik schudde mijn hoofd.

'Natuurlijk wel. Je moet. Het is een onderdeel van wat ik je moet laten doen. Je zult het later begrijpen,' beloofde ze. 'Ga nu maar. Je mag opstaan van tafel, Noble.' Ze maakte een wuivend gebaar met haar hand.

Ik stond op en liep de kamer uit. Noble zou zijn zaklantaarn nemen en rond het huis naar wormen gaan zoeken. Hij zou ze oppakken en in zijn lege koffieblik stoppen. Hij zou me plagen en ze stukjes spaghetti noemen, wat het me moeilijk maakte echte spaghetti te eten als mama die opdiende. Ik bleef heel lang staan en stopte mijn handen in mijn broekzakken en haalde toen mijn rechterhand snel weer tevoorschijn. Wat was dat?

Voorzichtig voelde ik nog eens in mijn zak en haalde het tevoorschijn. Het waren de gedroogde resten van een dode slak. Mijn maag draaide om, maar ik beheerste me toen ik me omdraaide en mama achter het raam van de zitkamer zag staan en door het gordijn heen naar me zag kijken. Snel ging ik het koffieblikje halen en begon, mijn weerzin onderdrukkend, de kruipende nachtdieren te zoeken met alle opgewektheid die ik maar kon opbrengen.

Mama glimlachte.

Voor haar was elke dag die voorbijging en waarin ik dezelfde dingen deed die Noble had gedaan, het bewijs dat Noble inderdaad terugkeerde. Zo voelde mama het als ze het vuil op mijn gezicht zag, de wondjes op mijn handen, de scheuren in mijn jeans, en de modder op mijn schoenen. Mijn voltooiing van het fort in het bos was de kroon op het werk. Ze praatte erover alsof ik een van papa's mooie huizen had gebouwd.

'Je lijkt op je vader, zei ze. 'Je hebt zijn bouwtalent geërfd. Het volgende huis dat je bouwt zal nog mooier zijn. Ik heb altijd geweten dat je goed kon werken met je handen. Je hebt aanleg voor techniek. Je kunt goed tekenen. Je hebt er kijk op,' ging ze verder.

Hoe zou ik ooit zo goed kunnen tekenen als mijn broer, of tenminste goed genoeg om haar tevreden te stellen? Als ik probeerde een van de dingen te tekenen die hij had getekend, kwam er niets van terecht, maar mama zag het anders. Ze was net zo enthousiast over mijn schetsen als vroeger over die van mijn broer. Was ze blind voor mijn stuntelige lijnen, of zag ze er werkelijk iets goeds in?

Ze had gelijk dat ik eeltplekken op mijn handen zou krijgen, net zoals bij Noble het geval was geweest. Eerst walgde ik van die ruwe plekken, maar toen raakte ik eraan gewend. Ik zwaaide gemakkelijker met mijn hamer, sloeg de spijkers er sneller in en werkte met een zaag zonder, zoals vroeger, bang te zijn dat ik me zou verwonden. Mama liet me hout hakken en deed me voor hoe ik houtblokken moest splijten om ze klaar te maken voor de komende winter, wanneer we ze zouden opstoken in de open haard. Het was zwaar werk. De meeste avonden had ik vreselijke spierpijn en verlangde ik naar een lang, heet bad, maar ze zei dat ik gauw een douche moest nemen en naar bed gaan.

'Je moet niet verslappen, je moet harder worden,' zei ze. 'Er zullen moeilijkere dingen voor je te doen zijn in de komende dagen, weken, maanden en jaren, en dan zul je me dankbaar zijn dat ik je steeds sterker heb laten worden.'

Soms lag ik in bed en dacht aan mijn heerlijk geurende zeep, vooral de geschenkdozen die papa voor me had gekocht. Ik ging naar mama's kamer en staarde naar alles op haar toilettafel als een bedelaar die door de winkelruit van een bakkerij naar de verse broden staart. Ik wilde zo graag een borstel pakken en mijn haar borstelen zoals ik vroeger deed, maar mama hield mijn haar heel kort, dus viel er toch bijna niets te borstelen.

Op een avond betrapte ze me daar, snoof de geur op van haar parfum en stond in de deuropening tegen me te schreeuwen.

'Wat doe je hier? Kom niet aan mijn spullen!' snauwde ze. Ze kwam met grote passen op me af en rukte de fles uit mijn hand.

'Het spijt me, mama. Ik wilde alleen maar –'

'Morgen zal ik wat van die eau de toilette voor mannen kopen die je vader altijd gebruikte. Je houdt toch van die geur?'

'Ja.'

'Goed.' Ze kneep in mijn bovenarm. 'Goed,' zei ze. 'Je wordt sterker. Goed zo.'

Ze stuurde me de kamer uit om aan mijn schoolwerk te beginnen. Het was ironisch dat ze zich ergerde als ik het net zo snel deed als vroeger. Ze deed erg haar best om fouten te vinden en vitte op de kleinste vergissingen, eiste dat ik dingen overschreef of een wiskundesom opnieuw maakte, ook al had ik hem goed.

'Je hebt het niet op de juiste manier gedaan. Het was puur geluk,' zei ze. 'Doe het opnieuw.'

Het begon tot me door te dringen dat het verstandiger was om langzamer te werken, met opzet fouten te maken en niet zo netjes te schrijven als ik kon. Dat beviel haar.

'Je zult het uiteindelijk door hebben,' zei ze dan, zoals ze altijd tegen Noble had gezegd. 'Blijf je best doen.'

Als ik een boek dat ik moest lezen uit had, mocht ik dat niet laten merken. Als ze bij me binnen keek, moest ik de pagina's terugslaan en net doen of ik pas halverwege was. Dan lachte ze en moedigde me aan om me te concentreren.

'Tot na de puberteit is het gewoonlijk moeilijker voor jongens dan voor meisjes,' legde ze uit. 'Om de een of andere reden doen jongens het daarna beter, en heel vaak doen meisjes het minder goed.'

Ze zweeg even en knikte naar me. In haar ogen verscheen diezelfde afstandelijke blik die ze kreeg als ze in haar schommelstoel of op de bank zat en uit het raam keek.

'Mooi,' zei ze. 'Je gaat goed vooruit. Ik weet zeker dat ze over ons allebei tevreden zullen zijn. Ik weet zeker dat ze bij ons terugkeren en we weer veilig zullen zijn, veiliger dan een van die sceptische of bemoeizuchtige mensen daarbuiten.'

Behalve de postbode, die me hout had zien hakken en me een

paar ogenblikken had gadegeslagen, en de man die de stookolie bezorgde, zag niemand van de buitenwereld me zoals mama dat nu noemde. Mettertijd zouden ze wel moeten, dacht ik. Ik zou op zijn minst de test moeten afleggen voor mijn vorderingen in het thuisonderwijs, en ik moest mama vergezellen als ze boodschappen ging doen, ook al ging ze ver weg. Ik werd zenuwachtig als ik eraan dacht. Zouden ze Noble of Celeste zien als ze naar me keken, en wat voor effect zou dat op mama hebben? Belangrijker nog, wat voor effect zou het hebben op onze spirituele familie?

Pas toen het gras boven het nieuwe graf was gegroeid en het volledig bedekte, zodat een vreemde die ernaar keek geen enkel verschil kon zien, besloot mama me op een avond bij zich te roepen in de zitkamer om me haar plan uit de doeken te doen hoe ze die 'nieuwsgierige, onwetende dorpsgemeenschap' zou aanpakken.

'Ik wil dat je morgen gaat vissen, Noble,' begon ze. 'Ik wil dat je met Celeste gaat.'

Ik keek haar in opperste verwarring aan. Ze glimlachte.

'Jullie knijpen je wenkbrauwen op dezelfde manier samen. Ik heb zo vaak tegen Celeste gezegd dat ze twee diepe rimpels zou krijgen en er later spijt van zou hebben.'

Ze zuchtte.

'Later. Wat een woord,' dwaalde ze af. 'Zo vol hoop, zo vol beloftes. Het strekt zich voor ons uit, zweeft om ons heen, verheldert onze duisterste momenten. We kunnen altijd onze toevlucht erbij zoeken als we ons gordijn van neerslachtigheid willen optrekken. Later dit, later dat. Nou ja, het werkt bijna altijd. We kunnen dat nu toch echt niet meer doen, wel? Daarvoor is het veel en veel te laat.'

Ze dacht even na, schraapte haar keel en ging rechtop zitten.

Wat bedoelde ze, 'met Celeste gaan'?

'Je gaat met je zus. Jullie raken van elkaar gescheiden en je komt naar huis gehold als je haar later op de dag niet meer kunt vinden. Neem haar hengel mee. Waar is die van jou?' vroeg ze. Ik sperde mijn ogen open. 'Nou?'

'Die lag in de beek, mama. Bijna had ik 'weet je nog wel?' gezegd.

Ze dacht even na en knikte toen nadenkend.

'Dat is goed, neem ik aan. Ze zullen hem vinden.'

'Wie?'

'Het reddingsteam,' zei ze. 'De politie zal hier komen en jou en mij uitvoerig ondervragen, dus zullen we er nu over praten. Ik heb er heel lang over nagedacht, zoals je je voor kunt stellen, en ik weet precies wat je moet zeggen.

'O, begrijp je niet, lieverd, hoe belangrijk dit is? Trek niet zo'n gezicht. Ik heb je heel vaak verteld over de mensen om ons heen, hoe ze over ons praten, over ons denken. Ze zouden ons nooit begrijpen, nooit iets anders geloven dan hun eigen stomme, smerige gedachten.

'We moeten dit nu doen. Anders komen er binnenkort vragen. Ik moet rapporten inleveren, en er bestaat altijd de mogelijkheid dat iemand van de school op bezoek komt. Die bemoeial, dr. Camfield, wil niets liever dan me te pakken nemen, vooral nu Taylor er niet meer is en niet langer een bedreiging voor hem vormt.

'Maar dat is allemaal niet belangrijk. We moeten hier leven, en we willen niet dat er eeuwig mensen blijven rondsnuffelen, hè, lieverd?' Ze streek over mijn haar en over mijn wang. Ik sloot mijn ogen om de tedere, liefdevolle aanraking voor eeuwig in mijn hart te sluiten. Ik had er zo vaak naar verlangd en jaloers toegekeken als ze Noble liefkoosde en niet mij.

'Nee toch?' herhaalde ze.

'Nee.'

'Goed. Juist. Oké. Jij en Celeste gaan morgenochtend naar het bos om te vissen. Jullie besluiten je eigen weg te gaan. Jij gaat stroomopwaarts, zij stroomafwaarts, voorbij die afschuwelijke kei. Halverwege de middag kom je naar huis gerend om me te vertellen dat je haar niet kunt vinden. Ze was niet op de plaats waar je met haar had afgesproken. We gaan haar zoeken. We vinden de hengel en dan bel ik de politie.'

Het klonk als een verhaal dat ik zou lezen in een van de boeken in onze bibliotheek.

'Waarom zijn jij en je zus uit elkaar gegaan?' vroeg ze op de toon van een politieagent.

'Hè?'

'Waarom zijn jullie niet samen gaan vissen?'

'Ze praat te veel,' zei ik, en ze glimlachte.

'Ja, dat is zo. Dat is waar. Heel goed.'

Ik vond het prachtig als mama me waardeerde. Ik ging verder.

'En ze houdt eigenlijk niet van vissen. Ik dacht dat ze gewoon weg zou gaan en een goed plekje zou zoeken om een van haar boeken te lezen, zoals ze zo vaak deed. En mij kon het niet schelen. Ik wilde vissen.'

'Uitstekend. En toen ze niet op de afgesproken plek kwam, wat heb je toen gedaan?'

'Ik heb rondgehold en haar geroepen, tot ik dacht dat ze misschien zonder mij naar huis was gegaan.'

'Heel slim, Noble. Heel slim,' zei ze glimlachend, met een glinstering van waardering in haar ogen. Ik koesterde me in die gloed.

'Maar toen ik thuiskwam...'

'Was ze er niet. Precies. Dus zijn we allebei gaan zoeken, en –' Ze moedigde me aan, gebaarde dat ik door moest gaan.

'Toen vonden we de hengel, maar haar niet. Waar is ze?'

'Waar is ze?' bootste ze me na. 'Celeste... mijn Celeste... ik durf niet te denken aan de afgrijselijke mogelijkheden... Iemand... heb je iemand gezien?'

'Nee, maar ik dacht dat ik iemand hoorde. Ik meende zelfs een gil te horen, maar ik wist het niet zeker. De beek is zo woest de laatste tijd.'

'Ja, dat is zo.'

Ze glimlachte weer en boog zich voorover om me een zoen op mijn wang te geven.

'En,' zei ze, 'we hebben een schoen van haar gevonden. Toch?'

'Een schoen?'

'Precies. Eén schoen, niet meer dan één schoen.' Ze leunde met een tevreden uitdrukking op haar gezicht achterover en knikte. 'Hierna zullen ze ons nooit meer lastigvallen. Nooit,' zei ze. 'Nooit meer.'

Toen ik die avond in slaap viel, droomde ik het hele verhaal precies zoals mama en ik het hadden verteld. Ik zag mezelf lopen in het bos met... met Celeste. Het was heel vreemd als ik me omdraaide en haar moeizaam, met gebogen hoofd, achter me aan zag lopen, haar mompelend hoorde klagen over de struiken, de inspanning om zich een weg te banen door het bos, hoe afschuwelijk het was om een worm aan de haak te bevestigen.

'Jij moet het voor me doen, Noble,' zei ze. 'Anders ga ik niet mee. En vertel me niet dat het ze geen pijn doet. Ze bloeden toch?'

'Je bent stom, Celeste.'

'Dat ben ik niet!' jammerde ze, en ik glimlachte. Het was leuk om haar te plagen. Dat was het altijd geweest.

'Waarom vraag je je geesten niet om de worm aan de haak vast te maken?'

'Dat heb ik je al gezegd. Ze doen dat soort dingen niet, dat heeft mama je ook verteld. Later, als je ze ziet, zul je het begrijpen.'

Later... later... later... Beloftes die als witte linten door het duister van mijn slaap zweefden, me naar het licht van de ochtend leidden.

Mama was de volgende ochtend in een juichende stemming. Ze zong een van haar vrolijke oude liedjes. Ze had Nobles lievelingsontbijt gemaakt: bosbessenflensje met ahornsiroop en kleine worstjes. De geuren deden me watertanden, wat me verbaasde. Zo dol was ik niet op worstjes. Soms kreeg ik er maagzuur van, maar vanochtend had ik enorme honger.

'Ik houd je aan je voorspelling voor vandaag, Noble,' zei ze, terwijl ze mijn ontbijt klaarzette en sinaasappelsap inschonk. 'Jij komt met ons diner thuis. En ik wil niets horen over ruzie tussen jou en je zusje. Jullie gedragen je, begrepen? Ik heb boterhammen met pindakaas en gelei voor je en er is chocolademelk in de thermosfles. Jullie moeten eerlijk delen. Ik wil niet horen: "Hij heeft alles opgedronken en niets voor mij overgelaten." Ik waarschuw je.' Ze schudde haar vinger naar me.

Ik at zoveel ik kon, verbaasd over de hoeveelheid die ik naar binnen kon werken; toen stond ik op, pakte de lunchtrommel, en liep naar de voordeur. De hengel, die in feite van Celeste was, stond in de hal naast het blik wormen. Mama gaf me een zoen bij de deur en zei dat we voorzichtig moesten zijn.

'Ik hou van jullie allebei!' riep ze toen ik naar het bos liep.

Mijn hart bonsde hevig. Ik was natuurlijk sinds het ongeluk niet meer bij de beek geweest. Ik vreesde het zien ervan, het horen ervan. Terwijl ik door de struiken stapte en de takken opzij duwde die over het voetpad groeiden dat we altijd volgden, hoorde ik mama weer het verhaal vertellen: hoe ze een heerlijk ontbijt voor ons had klaargemaakt, hoe we samen op weg waren gegaan, enthousiast en vol energie. Celeste, opvallend stralend en mooi, met haar dat glansde in de zon.

'Ik zal nooit vergeten hoe het rond haar gezicht danste, de zon die erop scheen, mijn lieve kleine meisje,' zei mama met tranen in haar ogen. Ik huilde zelf ook.

Terwijl ik in mijn gedachten naar haar luisterde, hoorde ik voetstappen achter me. Ik bleef staan.

'Kom op,' riep ik. 'Je moet me inhalen. Ik wil er niet de hele dag over doen om bij de beek te komen.'

Dat had hij gezegd, hoe vaak had hij dat niet gezegd.

Ik liep door en vond de plek waar papa en meneer Kotes ons hadden geleerd hoe we moesten vissen. Ik zette de lunchtrommel op de grond en zocht in het blik wormen. Een lichte huivering van afkeer begon onder in mijn maag en verdween toen snel. Ik had een dikke aardworm tussen mijn vingers. Hij kronkelde even, was al bijna dood.

Voorzichtig, deskundiger dan ik van mezelf gedacht had, maakte ik de worm aan de haak vast, tot hij heel stevig zat, en wierp toen de hengel in de beek en ging op een kei zitten. Celeste kreeg er natuurlijk gauw genoeg van en maakte me dol, tot ik haar wegstuurde en haar stroomafwaarts liet gaan. Ze deed het maar al te graag.

'Ik roep je wel als ik honger krijg,' schreeuwde ik haar na.

Aan de andere kant van de weg zat een kraai naar me te staren. Hij bewoog zich nauwelijks merkbaar op een dikke eikentak. Ik kon zijn snavel open en dicht zien gaan alsof hij tegen zichzelf praatte.

'Yaaa,' schreeuwde ik naar de kraai, zoals Noble altijd deed. De vogel schrok op en vloog weg over de beek, luid protesterend. Ik lachte, ging zitten en raakte gehypnotiseerd door het water dat langs me heen stroomde, door de wind die de bladeren en kleine takjes deed ritselen, en het gedreun in de verte van een straalvliegtuig.

Misschien was ik ingedommeld. Ik weet het niet, maar ik besefte dat ik honger had. Er zat nog geen vis aan de haak. Het touw van de hengel bleef slap hangen. Ik wond het op en keek naar de haak. Iets had aan de worm geknabbeld, die bijna tot aan de rand van de haak was verdwenen.

Slimme vis, dacht ik, en toen deed ik iets wat me verbaasde.

Ik riep Celeste, precies zoals mama me verteld had. Ik riep en riep. Geërgerd omdat ik geen antwoord kreeg, gooide ik mijn hengel neer en liep stroomafwaarts langs de beek. Iets trok onderweg mijn aandacht. Waren het bewegende takken, de voetstappen van iemand die hard wegliep, en toen, was dat een gil?

Ik liep nog even door en bleef toen geschokt staan, terwijl er een golf van angst door me heenging.

Voor me, aan de rand van het water, lag een schoen, een roze-met-witte meisjesschoen.

Mama, dacht ik. Mama!

Ik draaide me om en holde door het bos, duwde struiken en takken opzij tot ik op de weide kwam, waar ik heel hard begon te schreeuwen. Mama zat op haar hurken bij de tomatenplanten. Ze stond op en keek in mijn richting.

'Wat is er, Noble?' riep ze.

Ik holde naar haar toe en vertelde het haar. Alsof ze het zo gepland had, kwam op dat moment de postbode, die zag dat ik schreeuwend en hollend naar haar toe rende. Hij stapte uit zijn busje en liep naar ons toe.

'Wat is er, mevrouw Atwell?' vroeg hij.

'Mijn kleine meisje,' gilde ze. 'Ze wordt vermist!'

Hij begon sneller te lopen, bleef toen staan en luisterde naar me.

'Dat klinkt niet best,' mompelde hij. Hij keek op zijn horloge. 'Is die beek ver weg?'

'Niet zo heel ver,' zei mama en begon in de richting van het bos te lopen.

'Ik kom zo bij u,' zei hij. 'ik bel even naar het postkantoor om het ze te laten weten.'

'Celeste!' gilde mama, en we holden naar het bos.

De postbode kwam achter ons aan, maar we bleven hem voor, tot we bij de beek waren. Daar leidde ik mama naar de plek waar ik de schoen had gezien. De postbode volgde en bleef toen naar de schoen staan staren.

'Is die van haar?'

'Ja,' zei mama. 'Waar is ze?' Ze bleef schreeuwen om Celeste. De postbode holde langs de beek en rende toen weer terug.

'We moeten hulp halen,' zei hij. 'Het klinkt niet goed wat hij ons vertelt,' voegde hij eraan toe met een knikje naar mij.

'Waar is mijn dochter?' schreeuwde mama naar hem, alsof hij er iets aan kon doen.

Hij schudde zijn hoofd.

'Kalm maar, mevrouw Atwell. Laten we hulp gaan halen. Geen paniek. Misschien is het niets.'

Hij rende terug door het bos.

Mama raapte de roze-met-witte schoen op van het zand en legde toen haar arm om mijn schouder.

'Ik ben bang dat ze weg is, Noble,' zei ze, 'maar je moet je niet schuldig voelen. Je mag je nooit schuldig voelen.'

De plaatselijke politieagent deed er niet lang over om naar ons huis te komen; ruim een halfuur later werd hij gevolgd door de brandweerauto en een stuk of zes leden van de vrijwillige brandweer. Daarna kwamen er twee mannen van de staatspolitie.

Zoals mama had voorspeld, ondervroegen ze me herhaaldelijk over het verloop van de gebeurtenissen. Ik bracht ze terug naar de plaats waar ik had zitten vissen en toen naar de plek waar ik Celestes schoen had gevonden. De brandweerlieden verspreidden zich en zochten aan beide kanten van de beek, tot een van hen een schreeuw gaf en we ons allemaal naar de plek begaven waar de hengel was gevonden. Hij lag op de oever, vastgeraakt in een paar boomwortels.

Het nieuws verspreidde zich in het dorp, en er kwamen meer vrijwilligers om te helpen zoeken naar Celeste. Iemand vond een stukje stof aan een doornstruik, en mama bevestigde dat het van Celestes rok was. Later zette de sheriff een paar bloedhonden in, die blaffend in kleine cirkels ronddraafden.

Mama en ik gingen terug naar huis, waar we in de zitkamer bleven wachten. Mama lag op de bank met een koude, natte doek op haar voorhoofd. Buiten stonden groepjes mannen en een paar vrouwen te beraadslagen. De postbode werd geregeld aangeklampt om vragen te beantwoorden en werd algauw de populairste figuur. Ik sloeg hem gade en luisterde. Hij scheen het prachtig te vinden de gebeurtenissen steeds opnieuw te vertellen.

'Een of andere perverse kerel moet die kinderen hebben geobserveerd en zijn kans hebben afgewacht,' hoorde ik een assistent van de sheriff zeggen.

Het werd avond, en met het vallen van de duisternis begon men zich terug te trekken, met de belofte de speurtocht de volgende ochtend voort te zetten. Mama werd gevraagd om een zo recent mogelijke foto van Celeste, en moest bekennen dat de laatste foto van twee jaar terug dateerde. Ze gaf een volledige beschrijving.

De sheriff bracht een rechercheur mee om me te ondervragen, en ik vertelde hem dat ik gemeend had een geluid te horen aan de andere kant van de beek en toen een gil. Ik vertelde hem waarom we ieder apart waren gaan vissen en ik huilde. Hij bedankte me en zei dat ik mijn moeder zoveel mogelijk moest helpen.

'Je moet sterk zijn voor haar,' adviseerde hij en vertrok.

Toen ik die avond ging slapen, voelde ik me ellendig, om een hoop redenen, waarvan ik de meeste niet begreep. Ik had nog nooit zoveel mensen op ons terrein gezien. De lichten, de politieauto's, de honden, alles overweldigde me.

Mama kwam langzaam de trap op, haar voetstappen klonken zwaar en vermoeid. Ze verscheen in de deuropening, scherp afgetekend tegen het licht in de gang.

'Gaat het goed met je, Noble?' vroeg ze.

'Ja,' zei ik met een benepen stemmetje, meer Celestes stem, iets wat steeds minder vaak voorkwam. Mama had me geleerd na te denken voor ik iets zei en met een diepere en zwaardere stem te spreken. Ze zei dat het me gauw genoeg heel natuurlijk af zou gaan.

Ze kwam de slaapkamer binnen en ging op mijn bed zitten. Toen streek ze over mijn haar en mijn wang.

'Je hebt het heel goed gedaan vandaag,' zei ze. 'Ik weet dat ze trots op je zullen zijn. We kunnen nu verwachten dat ze terugkomen.'

'Wie?' Ik dacht dat ze misschien de brandweer en de politie bedoelde.

'Je weet wie, en papa ook. Ik weet het zeker. Nog even, en dan zullen die mensen uit het dorp ons voorgoed met rust laten, lieverd.'

Ze boog zich naar voren en gaf me een zoen op mijn wang.

'Ga slapen. We moeten sterk zijn om morgen tegen ze opgewassen te zijn.'

Ze stond op.

'Maar het zal heel gauw voorbij zijn en dan zijn alleen wij tweeën er nog en onze liefdevolle geesten. Slaap lekker.' Ze liep de kamer uit en deed de deur zachtjes achter zich dicht.

Ik lag een tijdlang te luisteren naar de wind buiten mijn raam, toen zuchtte ik en draaide me om naar Celestes lege bed.

'Het spijt me,' fluisterde ik voor ik in slaap viel. Ik had geen idee waarom.

Mama had gelijk wat de politie en de vrijwilligers betrof. Ze kwamen de volgende dag in grotere aantallen. De plaatselijke krant stuurde een verslaggever, en mama gaf hem een gedetailleerde beschrijving van Celeste. Hij was de eerste die aandachtig naar me keek en opmerkte. 'Dus het is een tweeling?'

'Ja, ja,' zei mama en gaf hem de twee jaar oude foto. Het was in ieder geval íéts. De volgende dag kwam het verhaal in de krant en verschenen er nog meer mensen bij ons huis, velen alleen om naar ons te staren, sommigen zogenaamd om te helpen zoeken. Tientallen mensen sjokten over het land en naar onze naaste buurman, een bejaarde man, Gerson Baer, die alleen woonde. Er viel niets op hem aan te merken, maar omdat hij een eenling was en een buurman, werd hij een tijdje met achterdocht bekeken. Hij was verstandig genoeg om een grondig onderzoek van zijn huis en land toe te staan, en ten slotte liet de politie hem met rust. Maar mama voorspelde dat gemene, domme mensen hem zouden blijven verdenken. Ze klonk alsof ze werkelijk medelijden met hem had, maar merkte daarbij op dat het voor ons alleen maar goed was.

Er ging een week voorbij en het verhaal werd niet langer gepubliceerd in de krant. Nu en dan kwam een van de mannen van de sheriff langs. De rechercheur kwam terug en wilde het hele verhaal opnieuw horen. Mama zag er vreselijk slecht uit. Ze at niet. Ze deed niets om zich aantrekkelijk te maken. Sommigen, oude vrienden van papa, en zijn vroegere partner, meneer Calhoun, stuurden bloemen en bonbons met hun beste wensen. De rechercheur bood aan contact op te nemen met eventuele familie van ons, maar mama bedankte hem en zei dat we het heel goed konden redden. Hij beloofde ons op de hoogte te houden van eventuele nieuwe ontwikkelingen.

'Er komt wel iets aan het licht,' beloofde hij. 'We hebben dat bos heel grondig doorzocht. Daar is haar niets ergs overkomen, daar ben ik van overtuigd,' zei hij bemoedigend. Hij beloofde mama dat ze hem kon bellen wanneer ze maar wilde.

Van tijd tot tijd deed ze dat ook. Als ik haar hoorde aan de telefoon, had ik echt medelijden met haar, zo wanhopig klonk ze.

En toen op een dag beseften we het. De mensen kwamen niet meer langs. Auto's begonnen nog steeds vaart te minderen aan de grens van ons land, en mensen staarden naar ons huis en naar ons als we buiten waren, maar de telefoon liet zich bijna niet meer horen. De tijd verstreek. Een enkele keer kwam de krant er nog op terug, maar de artikelen werden steeds korter en verschenen steeds minder. De statistieken over kinderen die vermist werden en nooit gevonden, waren indrukwekkend. Toen mama ze hardop voorlas, was het of iemand op een deur bonsde die definitief gesloten was.

Ze vouwde de krant op en ging naar buiten. Een paar ogenblikken bleef ze staan en keek uit over ons land. Het was een warme dag. De zomer was in aantocht.

'Zo,' zei ze toen ik dichterbij kwam. 'Dat is het dan. We hebben alles gedaan wat ze ons gezegd hebben.'

Ze draaide zich om en liep terug naar haar tuin, terug naar ons leven.

Toen ik die avond naar mijn kamer ging, trof ik die volledig veranderd aan. Celestes bed was afgehaald tot alleen de kale matras nog over was, en haar kussen was verdwenen. De deur van de kast stond open en ik kon de lege hangertjes zien waar haar kleren zich hadden bevonden. Ook al haar schoenen waren weg. De planken boven en opzij van mijn bed waren leeg. Elke pop in de kamer was weggehaald. Er was geen spoor meer van haar te bekennen, geen lintje, geen haarborstel, niets. Waar was alles gebleven?

Opgewonden kwam mama kort na mij boven om me te vertellen dat ze zojuist haar grootvader door de weide had zien wandelen samen met haar grootmoeder. Ze liepen arm in arm, zei ze, en ze leken heel gelukkig.

'Het doek is opgehaald,' vertelde ze. 'En dat is grotendeels aan jou te danken.'

Ze stond erop me in te stoppen en een van de oude volksliedjes van haar grootmoeder voor me te zingen. Haar stem was melodieus en het liedje zo nostalgisch, dat de tranen in haar ogen sprongen. Toen ze uitgezongen was, kuste ze me welterusten en verliet mijn kamer.

Ik deed er langer over dan gewoonlijk om in slaap te vallen. Ik lag heel lang wakker, draaide me van tijd tot tijd om en keek naar de kale matras op het bed naast me.

Celeste was definitief verdwenen.

Ik besefte pas dat ik huilde toen ik mijn vochtige hoofdkussen voelde.

10. Een fijne, flinke knul

Ik vreesde niets zo erg als mama, en daarmee ook papa, teleur te stellen. Ik móét zijn wie ze willen dat ik ben, dacht ik. Zelfs al kon Noble niet zo goed lezen als ik of zijn tests zo goed maken als ik, of papa's geest zien als ik geloofde hem te hebben gezien, toch scheen mama altijd een reden te hebben om meer van Noble te houden. Wat ik het meest vreesde was dat wat die reden ook was, ik het nooit te weten zou komen en alles mis zou lopen.

Maar ik moest het proberen en mijn best blijven doen. Ik besefte algauw dat mama's geluk ervan afhing, maar misschien nog belangrijker, dat haar vermogen om haar familie te zien en met hen te communiceren, er rechtstreeks mee in verband stond. Hoe meer ik Noble werd, leek het, hoe duidelijker en frequenter haar visioenen werden.

En toen dacht ik dat hetzelfde toch voor mij zou gelden. Als ik het goed doe, komt papa bij me terug. Dus telkens als ik wilde denken dat Noble weg was, onderdrukte ik die gedachte en reciteerde: 'Noble is niet weg. Celeste is weg. Mijn zusje, Celeste, is dood en begraven.'

Nu al het vrouwelijke uit mijn kamer verdwenen was en mama me elke dag moeilijkere en zwaardere klussen te doen gaf, kon ik me Nobles identiteit wat gemakkelijker eigen maken. Ik werkte zo hard ik kon aan alles wat ze me opdroeg. Ik bekommerde me niet om mijn handen of mijn haar. Ik zocht nooit naar een pop of een theekopje en probeerde huishoudelijk werk te vermijden met dezelfde afkeer ervoor als Noble altijd had gehad.

Ik kon voelen dat mama me observeerde, me bestudeerde, klaar om me op de geringste fouten te wijzen. Als ik iets niet deed wat Noble altijd had gedaan, zoals nu en dan door de modder waden, gedroeg mama zich alsof ik het wél had gedaan, gaf me een standje omdat ik mijn schoenen niet had schoongemaakt of dat ik haar schone muren met mijn modderhanden had bevuild. Soms zaten er werkelijk vlekken op mijn kleren en modderplekken op de muren, en dan vroeg ik me af of ik dat had gedaan.

Ze wond zich op over een scheur in een broek, een broek die ik zogenaamd op de grond naast mijn bed had laten liggen. Dan nam ze me terzijde, zoals ze Noble altijd terzijde had genomen, en drukte me op het hart dat ik buiten voorzichtiger moest zijn.

'Je gaat te veel op in je spel en je fantasie, Noble,' zei ze. 'Je moet aan de gevolgen denken.'

Op een avond, toen ik mijn huiswerk maakte, stond ze plotseling op de drempel met een pot dode spinnen en zei dat ik die in de bijkeuken had laten staan naast de potten jam. Ik herinnerde me dat van Noble, maar ik had dat de laatste tijd niet gedaan, nooit trouwens. Toch durfde ik het niet te ontkennen.

En toen kwam mama een keer langs toen ik zat te plassen en de deur van de badkamer open had laten staan. Mama keek naar binnen, ik hoorde haar schreeuwen en kneep mijn plas af.

'Jongens zitten niet op de wc om te plassen, Noble. Wil je dat de mensen je uitlachen? Jongens staan,' zei ze.

Ik was zo geschokt door haar kritiek, dat ik haar slechts met open mond kon aanstaren. Ik wist niet wat ik moest zeggen of doen. Ik had daar nooit bij stilgestaan.

'Denk eraan dat je de bril van de wc optilt,' waarschuwde ze. 'Soms vergat je vader dat wel eens. Mannen en jongens,' zei ze alsof ze iets bitters uitspuwde, en schudde haar hoofd.

Ik wist niet wat ik moest doen, maar de volgende keer ging ik schrijlings op de wc zitten met de bril omhoog. Het was ongemakkelijk, maar het ging. Toen ze dat een paar dagen later zag, was ze heel tevreden, en die dag beweerde ze dat ze een gezellig gesprek had gehad met haar oudtante Sophie, wier dochtertje aan een hartkwaal gestorven was. Volgens mama was dat gebeurd voordat de hartchirurgie zoveel verbeterd was.

'Ze heeft me getroost,' zei mama. 'Ik kan mijn eigen verlies beter aan nu ik haar gesproken heb. Ik ben zo blij dat ik dat kan.'

Ondanks alles wat ik deed en de tevredenheid die mama uitstraalde, ging de wereld van de geesten die mama bezocht, nog steeds niet voor me open, zoals ik verwacht had dat zou gebeuren, vooral met de intensiteit en regelmaat van mama's contact. Ik durfde niet te vragen waarom niet, bang om iets te zeggen, bang dat ze het zou wijten aan iets wat ik had gedaan of vergeten was te doen. Heb geduld, hield ik me voor, en doe wat mama zegt. Het zal nu niet veel langer duren. Papa zal bij me terugkomen en mama's mooie spirituele voorouders ook. We zullen weer een gelukkige familie vormen.

Maar op een middag, toen mama ergens rondliep op ons land en met haar geesten praatte, verveelde ik me en slenterde naar de kleine torenkamer en ontdekte dat al mijn bezittingen daar waren opgeslagen. Ik werd overmand door een vreemd, maar warm gevoel van nostalgie. Een tijdje, althans in het begin, was het echt of Noble de oude spulletjes van zijn zusje terugzag en besefte hoe erg hij haar miste.

Ik stond met mijn handen op mijn heupen, zoals hij vaak had gestaan, en keek het vertrek rond. Dit is een mooie kans om Noble te zijn, dacht ik. Denk zoals Noble zou denken. Zie alles zoals Noble het zou zien.

Het ging gemakkelijker dan ik me had voorgesteld.

Ik wou dat ik haar nu kon plagen, dacht ik. Maar ik zou aardiger tegen haar zijn. Mijn gelukkigste tijd was de tijd waarin we samen speelden, samen fantaseerden, een magische buitenwereld creëerden. En ze hielp me zo vaak met mijn huiswerk. Ik heb haar nodig. Ik heb Celeste nodig.

Alles ging goed, verdiept als ik was in Nobles gedachten en met zijn ogen naar alles om me heen starend, tot ik naast een kartonnen doos knielde en die openmaakte. Alle poppen lagen er opeengepakt in. Een golf van warmte en opwinding ging door me heen.

Papa had twee antieke lappenpoppen voor me gekocht toen ik waterpokken had. Hij zei dat ze authentieke Raggedy Ann en Raggedy Andy-poppen waren, en toen hij ze voor me meebracht, vertelde hij dat ze in 1915 waren gemaakt door een schilder/verhalenverteller, Johnny Gruelle, wiens verhalen zijn kleine dochtertje hielpen toen ze erg ziek was. Papa was heel enthousiast over de poppen. Hij had een oud huis gerenoveerd, en ze werden in het souterrain ontdekt. De eigenaar had er geen belangstelling voor, en toen hij hoorde dat papa een jong dochtertje had, zei hij dat papa ze mocht hebben.

'Ik aarzelde geen seconde,' vertelde hij. 'De man had geen idee wat hij weggaf. Die poppen zijn heel kostbaar, Celeste. Het zijn echt antieke poppen. Zorg er goed voor.'

Hoe kostbaar ze ook waren, Noble vond ze oninteressant omdat de ogen niet bewogen en je niet aan een koordje kon trekken om ze iets te laten zeggen. Ik probeerde er nu ook zo over te denken, maar ik kon het niet. De herinnering aan de tijd dat ik met ze speelde, aan papa's glimlach, aan het slapen met de poppen naast me, het kwam allemaal in een vloedgolf bij me terug, alsof de sluizen die ik op slot had gedaan, werden geopend. Ik kon het niet helpen, ik drukte ze tegen me aan. Ze waren me zo dierbaar.

Ik denk dat ik lawaai had gemaakt toen ik dingen overhoophaalde en alles bekeek. Mama was binnengekomen, had me gehoord en ging haastig naar boven. Daar vond ze me zittend op de grond, met de poppen in mijn armen en met gesloten ogen zachtjes heen en weer wiegend. Haar geschreeuw verstoorde mijn herinneringen. Ze versplinterden als teer porselein. Ik hield mijn adem in toen ik haar in de deuropening zag staan, met ogen vol angst en woede.

'Wat doe jij hier? Wat doe je met die poppen?'

Ik wist niet goed wat ik moest zeggen, dus antwoordde ik: 'Ik kan het niet helpen, mama. Ik mis Celeste.'

Dat deed haar even bedaren, maar niet voldoende. Toen klaarde haar gezicht op. Ze knikte en stormde de kamer binnen, rukte Raggedy Ann en Raggedy Andy uit mijn armen.

'Kom mee,' zei ze en liep haastig de trap af, in elke hand een pop geklemd, die ze bij de nek vasthield, als een van haar kippen nadat ze de kop eraf had gehakt.

Ik volgde met bonzend hart. De harde tikken leken als stalen knikkers door mijn borst te rollen. Mama sprong bijna naar de voordeur en holde van de veranda naar de gereedschapsschuur, waar ze een schop pakte en die naar me toegooide.

'Hierheen,' zei ze.

We liepen om het huis heen naar de hoek aan de oostkant, waar ze me beval een gat te graven. Ze kwam erbij staan en keek toe. Ik moest het gat heel diep maken. Ik had moeite met een paar stenen, maar ze verroerde zich niet, bood niet aan te helpen. Ze scheen zich te verheugen over mijn inspanning. Eindelijk was het diep genoeg om haar tevreden te stellen, en ze gooide Raggedy Ann en Raggedy Andy in het gat.

'Celeste is weg! Ze is weg! En haar poppen moeten ook weg zijn, althans wat jou betreft. Bedek ze en vergeet ze voorgoed. Ik hoop dat het niet te laat is.' Ze keek hoofdschuddend om zich heen.

Ik had geen idee wat ze bedoelde met 'te laat', maar het maakte me bang en ik werkte zo hard ik kon. Ze stampte de aarde met haar voeten aan toen ik klaar was en zei dat ik de schop terug moest brengen naar de schuur. Zelf ging ze terug naar huis.

Later zag ik haar in de oude schommelstoel zitten, starend uit het raam van de zitkamer. Toen ik binnenkwam, draaide ze zich naar me om, haar gezicht bijna net zo rood van woede als boven in de torenkamer.

'Het is jouw schuld dat ze zich hebben teruggetrokken in de schaduw. Zelfs je vader. Wie weet wanneer ze weer terug zullen komen?' voegde ze er kwaad aan toe.

'Het spijt me, mama,' zei ik.

'Sta daar niet te jammeren als een klein meisje, Noble. Het wordt tijd dat je wat meer op je vader probeert te lijken, met zijn innerlijke kracht. Je wilt toch net zo'n man worden als hij?'

Ik knikte haastig.

'Ga naar buiten en hak wat brandhout tot ik je roep,' beval ze.

We lieten tegenwoordig de houtblokken bezorgen, maar we moesten ze nog klein hakken om ze goed te laten drogen.

'Het wordt een barre winter dit jaar,' zei ze. 'Dat hebben ze me verteld. We hebben twee keer zoveel hout nodig als vorig jaar. Schiet op.'

Ze draaide zich om en ik liep met gebogen hoofd weg. Ik werkte extra hard en snel, en op een gegeven moment merkte ik dat mijn linkerpalm bloedde omdat de huid op één plaats eraf was geschuurd. Ik voelde een brandende pijn, maar ik stopte niet. Nu en dan hield ik even op en keek naar de weide en het bos, bestudeerde elke schaduw, maar zag niets dan vormeloze plekken duisternis.

'Het spijt me,' mompelde ik. 'Het spijt me, papa.'

Haastig veegde ik mijn tranen weg. Ik wilde in geen geval dat mama me erop zou betrappen dat ik huilde.

'Grote jongens huilen niet,' had ze me sinds de tragedie steeds weer voorgehouden. 'Als je pijn hebt, knijp je die fijn zoals je een vuist maakt en een vlieg erin fijnknijpt, en je knijpt en knijpt. Het maakt je hard vanbinnen, waar je hard moet zijn, en dan sijpelt het door tot je ook vanbuiten hard bent. Op een dag zul je een schild om je heen hebben dat zo hard is als dat van een schildpad,' beloofde ze me.

Ik hief de bijl op en sloeg op het hout. Met concentratie en nieuwe kracht kon ik de houtblokken nu vaak met één slag doorklieven. Altijd als ik dat deed en mama zag me, lachte ze.

'Als ik je buiten zo zie werken, lijk je sprekend op je vader,' zei ze dan. Ik wilde dat ze weer zo naar me zou lachen. Ik sloeg op het hout, en elke keer dat mijn bijl erop terechtkwam, herhaalde ik: 'Celeste is weg! Ze is weg! En Raggedy Ann en Raggedy Andy ook. Voorgoed.'

In de dagen en maanden die verstreken, keerde ik niet meer terug naar de plek waar ze begraven lagen. Ik vermeed die zoveel mogelijk, en spoedig groeiden het gras en het onkruid zo snel en zo dicht, dat het moeilijk werd het graf van de poppen terug te vinden. Mama was er blij om. Ze leefde weer in haar comfortabele wereld.

Ik deed mijn werk, mijn studie, mijn tests, en groeide in lengte en in kracht. Ten slotte vertelde mama me dat de geesten, alsof ze tijdelijk geschrokken waren van iets wat ze hadden gezien of gehoord, langzamerhand begonnen terug te komen uit de schaduw. Er ging daarna geen dag voorbij of mama vertelde me dat ze met een of andere geest had gesproken, en toen begon ze op een dag plotseling over Celeste te praten. Ze vertelde me dat ze haar eindelijk had gezien.

Ik kwam net terug na de kippen te hebben gevoerd, en ze schoot achter de deur van de studeerkamer vandaan, met wijdopen ogen die glinsterden van opwinding.

'Ik was net bezig de was in de droger te doen,' zei ze, 'toen ik een aanwezigheid voelde. Ik draaide me om en toen zag ik haar glimlachend naar me staan kijken.'

Mijn hart begon te bonzen. Celestes geest was hier in huis? Maar hoe kon dat? Waren Noble en ik werkelijk van ziel gewisseld? Had mama dat weten te bewerkstelligen?

'Het was geweldig!' riep ze uit en omhelsde me.

'Dat is fijn, mama,' zei ik. Ik kon niet voorkomen dat ik beefde. Mama merkte het niet. Ze ging veel te veel op in haar visioen.

'Ik weet het, ik weet het. Ik maakte me er zoveel zorgen over,

Noble. Ik was bang dat zij of ik gestraft werd voor het een of ander. Niemand kon me iets vertellen. Weet je, kindlief, er zijn in de spirituele wereld nog meer mysteries dan hier. En om een goede reden, als je erover nadenkt,' zei ze. Ze hernam snel haar kalmte en haar schooljuffentoon. 'Hier hebben we de wetenschap om ons te helpen de dingen te verklaren. Al die vragen die je me dag in dag uit stelt over insecten en dieren, planten en vogels, kan ik voor je beantwoorden. En de meeste antwoorden zul je gauw genoeg zelf kunnen opzoeken in je boeken.

'Maar zo gaat het niet in de andere wereld. Ze vertellen me dat het meestal is of je in een wolk loopt. Het is aangenaam en zonder enige angst of onrust, maar het is zo onmetelijk. De arme Celeste kon me niet helpen met de was zoals ze vroeger deed. Ze leek een beetje nerveus daarover, maar ik herinnerde haar eraan dat ze nooit nerveus zou zijn in de wereld waarin ze nu leefde, en dat ze deze wereld moest opgeven.' Ze glimlachte. 'Niets daar is frustrerend. Niets daar is onaangenaam. Ze leek een beetje van de wijs gebracht, maar ik weet zeker dat ze zich zal aanpassen. Tenminste, dat hoop ik, ter wille van haar en van ons,' voegde ze er peinzend aan toe. 'Anders...'

'Anders wat, mama?' vroeg ik. Ik hield mijn adem in zoals ik vroeger deed als ze aan het eind kwam van een prachtig verhaal dat zowel een droevig als een gelukkig einde kon hebben.

'Doet er niet toe,' zei ze kortaf. 'Het zal haar goed gaan. Het zal haar goed gaan waar ze nu is.'

Mama klonk altijd of ze prachtig vond wat ze van de andere wereld wist en erover hoorde. Dat maakte me vaak bang dat ze het daar zo heerlijk zou vinden dat ze me in de steek zou laten. Ze zag het aan mijn gezicht, denk ik, want ze beloofde me dat ze altijd bij me zou blijven.

'Ik zal bij je zijn tot je me niet meer nodig hebt, Noble, in ieder geval tot dan.'

Ik kon me niet voorstellen wanneer dat zou zijn.

Mama en ik zullen voor eeuwig en altijd bij elkaar blijven, dacht ik, en als zij sterft, sterf ik samen met haar. Wat zou ik moeten beginnen zonder haar? Ik wist dat zij er net zo over dacht. Wat zou zij moeten beginnen zonder mij?

Natuurlijk was ik altijd bang dat ze op een ochtend wakker zou worden en naar me kijken en niet langer Noble zou zien. Hoe ik ook mijn best deed, hoe sterk ik ook werd, ze zou hem niet kunnen zien, en ze zou me zelfs nog meer haten, want ze zou mij de schuld geven dat hij voorgoed uit haar leven verdwenen was. Ik had er nachtmerries over.

'Waar is hij?' vroeg ze me in een van die boze dromen. 'Hoe kon hij van die kei vallen? Vertel me nog eens hoe het gebeurd is. Elk klein detail.'

'Hij leunde gewoon te ver achterover,' zei ik, maar in mijn nachtmerrie sperden haar ogen zich nog verder open, werden ze nog feller, veranderden in flitslichten die elk verborgen woord verjoegen.

Als ik zijn hengel niet had vastgegrepen, als ik er niet aan getrokken had, zou hij dan toch zijn gevallen? Duwde ik of trok ik? Wilde ik dat hij zou vallen?

In mijn droom leken de vragen van mama te komen en niet van mij, en als dat gebeurde, werd ik rillend wakker.

Zoals elk oud en dierbaar meubelstuk in dit huis de geest vasthield van degenen die hier vóór ons hadden gewoond, hield Nobles bed zijn geest vast, en die geest drong bij me binnen op dezelfde manier waarop mama's overgrootvader bij haar binnendrong als ze in zijn stoel zat. Ik keek naar Celestes bed, dat nu zo kaal en leeg was. Ik probeerde me voor te stellen hoe het zou zijn als ik Celestes geest daar zag liggen. Ik wist zeker dat ze heel zelfingenomen naar me zou glimlachen.

'Je hebt me geduwd,' zou ik beschuldigend tegen haar zeggen. 'Je trok niet aan de hengel. Je duwde ertegen, je duwde me achterover!'

De glimlach zou snel van haar gezicht verdwijnen, zoals nu in mijn verbeelding gebeurde, en zoals zij ook zelf verdween.

'Je verdient het om te verdwijnen. Je verdient het om met al je poppen weg te zijn!' schreeuwde ik tegen de leegte.

Het was ook wat de geesten dachten, en wat mama dacht, en wat zou gebeuren. Celeste was weg. Ze was weg. Ze kon me niet onder ogen komen als het schuldbesef op haar gezicht geschreven stond. Hoe vreemd het ook lijkt, ik was er blij om. Mama zou nooit iemand anders zien dan Noble als ze naar me keek, dacht ik vol zelfvertrouwen. Ze zal nooit teleurgesteld worden.

Alles komt goed.

En het ging heel lang goed. Zelfs als we het huis verlieten om boodschappen te doen of andere karweitjes deden. Ik weet dat mama de eerste tijd na de tragedie ongeruster was dan gewoonlijk als ze me naar de school bracht voor mijn tests. Ze voorzag allerlei complicaties, maar dr. Camfield was vriendelijker dan ze verwacht had. Hij probeerde ook heel inschikkelijk te zijn, en ik herinner me dat hij mama, toen de resultaten van de test binnen waren – deze keer nog dezelfde dag dankzij zijn tussenkomst – een compliment gaf dat ik het zo goed had gedaan, ondanks de moeilijke tijd die we doormaakten.

'Meestal hebben broers en zussen een terugval als er iets als dit gebeurt,' zei hij. 'Het is opvallend dat uw zoon zelfs vooruit is gegaan. Ik zou graag willen dat u er nog eens over nadenkt en terugkomt bij het openbaar onderwijs, mevrouw Atwell. U bent kennelijk een heel talentvolle docente.'

'We zullen zien,' zei mama, blij met het compliment en met mij, maar ik kende de holle belofte van dat 'We zullen zien' van haar. Ze zou nooit meer lesgeven op een openbare school, nooit meer.

Maar ik kon er niets aan doen, ik zou willen dat ze het wél deed. Toen we de eerste keer nadat Celeste uit ons leven verdwenen was, de school verlieten, keek ik achterom, zoals Noble zou hebben gedaan, het verlangen naar het footballveld duidelijk zichtbaar in zijn ogen, de tegenzin om weg te gaan, de jaloerse blikken waarmee hij naar de leslokalen keek, de glimlach op zijn gezicht als hij het gejoel hoorde van de leerlingen.

Ik drukte mijn gezicht tegen het raam en keek naar buiten naar de wereld waarvan ik slechts een glimp had opgevangen. Iedereen die naar de auto keek zou denken dat ik een of andere zwerfster was, met haar gezicht tegen het raam van een restaurant gedrukt, jaloers starend naar al die gelukkige mensen die meer dan hun buik vol aten, terwijl ik vel over been was.

'Niet zo staren,' snauwde mama. 'Zij zijn niet zo gelukkig als jij, Noble. Je zult het zien. Op een dag zul je beseffen hoe geweldig het is wat jij hebt.'

Ik wilde haar geloven, maar wat kon zo geweldig zijn dat het een vervanging was voor het hebben van vrienden van mijn eigen leeftijd, het samen naar party's en dansavonden of naar de bioscoop gaan? Kon ik dat niet allemaal doen en toch de spirituele wereld kennen? Kon ik die niet gewoon geheimhouden?

Misschien kwam het door mijn toenemende eenzaamheid, of misschien omdat ik zo goed was in wat mama en de geesten om ons heen van me verlangden, maar ik wist zeker dat de schaduwen weer vorm begonnen aan te nemen, en het duurde niet lang of het waren gezichten die naar me glimlachten. Ik vertelde het mama, omdat ik wist dat ze het zou willen weten, en ze was heel blij, al kon ik haar verder weinig vertellen omdat ik nog steeds met niemand had gesproken en niemand met mij.

'Het zal ons allemaal weer goed gaan, Noble,' zei ze. 'Heel goed. Heb geduld. Doe wat je moet doen en blijf geloven. Als je je hart vult met vertrouwen, zal het voor jou net zo gebeuren als het mij is gebeurd.' Ze beschreef de eerste keer dat ze een van de familiegeesten had gezien. Haar moeder en haar grootmoeder hadden haar verteld dat het zou gebeuren.

'En dat deed het ook. Precies zoals ze gezegd hadden. Op een dag vormde de schaduw zich tot een geest, net zoals ze nu voor jou doen. De eerste geest was mijn overgrootmoeder Elsie. Zij voelde zich nog gelukkiger dan ik dat ik haar kon zien. Niets kan hen zo blij maken als het feit dat een van ons, de levenden, de oversteek maakt, lieverd.'

Ze deed het allemaal prettig en wonderbaarlijk klinken, en ik verlangde ernaar die ervaringen opnieuw te beleven, vooral als ze eindelijk tegen me zouden spreken. Ik bestudeerde elk rooksliertje. Ik tuurde in de nevel. Ik zag de schemering binnensluipen uit het bos, en ik luisterde en wachtte. Het viel niet mee om geduldig te zijn, vooral niet omdat ik vreesde dat ik onwaardig zou worden bevonden en ik mijn hele leven doof en blind zou blijven voor wat ze te bieden hadden.

Misschien dat de tijd daarom zo tergend langzaam verstreek. De ene dag was identiek aan de volgende, ondanks de talloze taken die mama me opdroeg. Altijd als ze zag dat ik klaar was en wilde gaan lezen, sprong ze op me af en stuurde me naar buiten om bosbessen te plukken of wilde aardbeien, of eieren te rapen. En het oogsten van onze ahornsiroop was heel belangrijk.

Een tijdje geleden, al heel lang geleden, leek het nu, had papa ons geleerd hoe we de esdoorns moesten aftappen. Het was onze taak de bomen langs te gaan en de siroop in een grote pot op te vangen. Daarna werd het sap gekookt en ontstond de ahornsiroop voor onze flensjes, en die mama gebruikte in de keuken. Het was al moeilijk genoeg geweest voor ons tweeën, maar nu moest ik het alleen doen, zelfs het koken.

Ik weet dat het werk me sterker maakte. Ik maaide het gras, harkte de bladeren bijeen, spitte de aarde om voor het herplanten. Ik sprokkelde aanmaakhout, hakte hout voor de open haard, schilderde, repareerde, maakte het kippenhok schoon. Van tijd tot tijd zag de postbode of een monteur me op het veld en maakte een opmerking tegen mama dat ik zo groot was geworden.

'Een fijne, flinke knul hebt u,' zei de man die het zaad had bezorgd dat we besteld hadden, toen ik de dozen naar binnen droeg.

'Ja,' zei ze trots. 'Het zal niet lang meer duren voor hij een flinke jongeman is geworden.

'Hij is mijn redding,' voegde ze er dan aan toe, en wie het ook was knikte en begreep het. En mama had die redding nodig. Als een vuur dat gedoofd werd door tragedie, moest ze worden opgestookt.

Langer dan een jaar na de ramp liep ze nog rond in een verschoten ochtendjas en oude schoenen. Haar haar was ongekamd en vuil en haar gezicht zag bleek. Ze deed haar best om zoveel mogelijk thuis te blijven, maar als we naar de supermarkt gingen of een paar inkopen deden, deed ze weinig of geen moeite om zich op te knappen. De mensen leken trouwens niet anders te verwachten. Als een rouwgewaad hing er een donkere wolk om haar heen. In de ogen en het gefluister van de mensen lag de herinnering dat ze een verschrikkelijk verlies had geleden. Haar dochtertje was meegenomen, ontvoerd, en niemand wist wat er uiteindelijk met haar gebeurd was of wie het had gedaan, al bleef de achterdocht gericht op onze onfortuinlijke buurman, Gerson Baer.

Maar hoe sterker ik werd, hoe harder ik werkte, hoe gezonder en gelukkiger mama eruitzag. De complimentjes die ik kreeg braken het duister af. Ten slotte begon ze weer mooie kleren te dragen, haar haar te verzorgen, en maakte ze zich zelfs weer een beetje op als we gingen winkelen. Ik zag hoe de mannen naar haar keken, en ik wist dat er zelfs een paar waren die haar opbelden en probeerden een afspraakje te maken, maar ze wimpelde ze allemaal af alsof het lastige vliegen waren.

Ze was tevreden met het verzorgen van ons huis, met lezen, breien of borduren, bakken en ons eten klaarmaken, en samen met mij in de moestuin werken en me laten helpen in haar kruidentuin. Ik werkte en luisterde naar haar verhalen over haar jeugd, de eindeloze verhalen van haar grootmoeder over Hongarije en zigeuners, en de voortreffelijke remedies van haar moeder voor alle mogelijke problemen. Ze vertelde me weer hoe papa naar het huis kwam om het dak te repareren. Ik moest eraan denken de vragen in te slikken die Celeste altijd had gesteld. En ze praatte over de tijd waarin papa haar het hof maakte en haar ten huwelijk vroeg.

Ze zei dat ik het niet erg moest vinden als ze dingen herhaalde, want ze vond het heerlijk om me over hem te vertellen.

'De doden willen herdacht worden. Ze wachten erop hun naam te horen,' verzekerde ze me. 'Het is alsof er een bel gaat. Waar ze ook zijn, ze spitsen hun oren en komen naar ons toe, om te luisteren als we over hen praten.'

Ze boog zich naar me toe en fluisterde met een knipoog: 'Ik doe het soms met opzet, om hem te laten verschijnen. Hij weet het, maar hij vindt het niet erg.'

Het ophalen van herinneringen was iets wat ze steeds vaker deed naarmate de jaren verstreken en slechts wij beiden het huis beheerden en elkaar troostten. Onze dagen waren altijd gevuld en druk. We waren als twee bijen die het werk deden voor de hele korf. Als er iets kapotging, deden we eerst ons uiterste best het zelf te maken. Mama leek niets belangrijker te vinden dan vreemden te weren van ons land en uit ons leven. Ze zei dat ze de lucht vulden met atmosferische storing, en onze spirituele wereld op een afstand hielden. Dus leerde ik een lekkende leiding te repareren, gootstenen te ontstoppen, bladeren te verwijderen uit de dakgoot en zelfs gebroken kabels te verbinden. Wat we niet door mama's ervaring wisten, leerden we uit boeken die ze uit de bibliotheek haalde of in boekwinkels kocht.

Met elke draai van een schroef, elke tik van een hamer, voelde ik mijn armen steviger worden en mijn schouders breder. Ondanks mijn tengere beendergestel, mijn smalle gezicht, mijn kleine handen, kreeg ik uiteindelijk een stoer uiterlijk, misschien meer taai dan gespierd, maar beslist harder en krachtiger dan de meeste jonge mensen van mijn leeftijd en heel anders dan meisjes van mijn leeftijd. Dat was zeker.

Soms deed mama een stap opzij en stond me heel lang en aandachtig op te nemen. Dan zag ik haar lippen bewegen en haar hoofd opzij draaien naar iemand naast haar. Ik werd bewonderd, en die bewondering versterkte haar banden met alles wat haar dierbaar was en wat ze koesterde.

's Avonds als ik in bed lag, de helft van de tijd volkomen uitgeput, kon ik haar gedempte conversatie beneden horen. Meestal sprak ze met papa. Ik was geneigd op te staan om te zien of ik hem ook zou kunnen zien, maar ze had me eens gewaarschuwd dat ik haar niet mocht bespioneren, dat het de geesten zou mishagen, dus bleef ik liggen en luisterde en verheugde me op de dag of de nacht waarop ik papa weer zou zien en hij eindelijk tegen mij zou praten zoals hij tegen haar praatte.

Van tijd tot tijd wist ik zeker dat ik hem op een afstandje naast me zag staan, dat hij me glimlachend gadesloeg als ik aan het werk was, maar als ik tegen hem begon te praten, verdween hij. Ik vertelde het aan mama, die zei dat dat normaal was.

'Op een dag zal hij gewoon tegen je beginnen te praten,' voorspelde ze. 'Je zult het zien.'

Het ging allemaal zo goed dat ik zeker wist dat ze gelijk had. Zelfs verjaardagen verliepen vlot, verjaardagen waar vroeger alles dubbel was, en nu enkel. De eerste paar verjaardagen zei ze dat papa en Celeste er waren en hij haar hand vasthield. Ik kon geen van beiden zien. Ik geloofde dat ik papa eens op mijn verjaardag had gezien, maar dat was toen Celeste nog in onze wereld vertoefde. Ik ben Noble, prentte ik me in. Er viel nog een lange weg te gaan. Ik beklaagde me daarover en weer beloofde ze me dat het nu heel gauw zou gebeuren.

'Geduld en vertrouwen,' vertelde ze me. 'Geduld en vertrouwen. Ga op dezelfde wijze door, lieve jongen. Alles komt in orde.'

En toen, als een bliksemschicht uit de realiteit die om ons heen zweefde, werd ik getroffen door een ontdekking die angst door mijn lichaam joeg en mijn ziel verzengde. Het begon met een geringe, bijna onopvallende pijn. Ik geeuwde en streek met mijn palm over mijn borst. De bobbel verbaasde me en ik ging snel rechtop zitten. Ik voelde nog eens, aan beide kanten. Toen stond ik op en liep naar de spiegel. Het viel niet te ontkennen.

Mijn borsten begonnen zich te ontwikkelen.

Ik was nu elf, over een paar maanden werd ik twaalf. Toen we vijf waren had mama erop gestaan ons te onderwijzen over de menselijke anatomie. Papa vond dat we nog te jong waren om dat soort dingen te leren, maar mama beweerde dat de openbare scholen verkeerd deden om het menselijk lichaam te behandelen alsof het een film van boven de achttien was.

Tot aan het eind van dat jaar deden Noble en ik veel dingen samen die we niet opnieuw zouden doen. We gingen samen in bad. In elkaars bijzijn gingen we naar de wc en trokken ons ondergoed aan. Ik denk dat we als Adam en Eva waren voordat ze van de boom der kennis aten.

Na de lessen begonnen we elkaars blikken te vermijden als we een van die dingen deden. Als een van ons naar de ander keek, schreeuwden we. Beiden ontkenden we dat we gluurden, maar mama vertelde ons dat het heel natuurlijk en goed was om nu preuts te zijn.

'Schaamte erin, zonde eruit,' zei ze, maar de betekenis ervan drong niet helemaal tot ons door. We wisten alleen dat we ons niet op ons gemak voelden met het doen van dingen waar we nooit bij hadden stilgestaan voordat we de anatomielessen kregen en ze ons erop had gewezen hoe verschillend we waren en zouden zijn.

Toen Noble hoorde dat vrouwen eitjes produceerden, vond hij dat erg grappig. Hij plaagde me vaak door 's ochtends mijn bed te controleren om te zien of ik net als de kippen een ei had gelegd. Dan begon ik te huilen. Ik weet dat mama kort voor de tragedie erover dacht ons van elkaar te scheiden. Ze wilde van de naaikamer een slaapkamer maken voor een van ons. Maar dat was nooit gebeurd.

Toen ik de heuveltjes ontdekte die op mijn borst groeiden, geloof ik dat het meest beangstigende ervan was dat ik vergeten was wat er ging komen. Het was zo lang geleden sinds ik had gedaan wat we meisjesdingen noemen. Ik geloof niet dat ik er ook maar één seconde over nadacht of ik knap of aantrekkelijk was. Niet lang nadat Nobles gebroken been was geheeld, had mama de televisie uitgeschakeld en achter in de bijkeuken gezet, waar hij bedekt werd met een klein zeildoek. We hadden geen tijdschriften. De enige keer dat ik ooit aan meisjesdingen dacht was als we gingen winkelen en ik een glimp opving van een tijdschrift of meisjes zag in winkels of op straat of eens per jaar in de school.

Ik keek naar meisjes zoals iemand zou kijken naar iets buitenissigs, bijna buitenaards. Ik was bang dat mama een verlangen in mijn ogen zou zien, dus probeerde ik niet te staren of me erop te laten betrappen dat ik naar een van die meisjes keek. De waarheid was, dat ik nu anders was, ergens tussenin zweefde, gevangen was, wachtend tot ik zou landen en een individu worden.

Soms keken de meisjes in de winkels naar me met iets meer dan gewone nieuwsgierigheid. Ik kon het in hun gezicht zien. Wat zagen ze als ze naar me keken? vroeg ik me af. Was het iets van henzelf dat ze in mij herkenden, iets wat ik niet kon veranderen of verheimelijken? Het was griezelig. Ik verbeeldde me dat een of ander meisje of zelfs een jongen wijzend en lachend naar me keek.

'Wat is dat nou eigenlijk?' riepen ze. 'Het is geen jongen en het is geen meisje,' en dan vluchtte ik weg.

En mama zou er kapot van zijn.

De beste manier om het te vermijden was de andere kant opkijken en er nooit, maar dan ook nooit aan denken. Lange tijd hielp dat, maar toen... dit. Ik had onwillekeurig het gevoel dat mijn lichaam me verried, ons allemaal verried. Hoe kon Celeste naar dit lichaam terug willen keren? Ik had haar immers niet alleen helpen begraven op het oude kerkhof, maar haar ook zo diep mogelijk in mijzelf begraven? Ik wilde Celestes droom zelfs niet meer in mijn gedachten toelaten.

Even dacht ik de knopjes van mijn borst te snijden, Celeste de nek om te draaien voor ze haar ogen zelfs maar binnen in me kon openen. Ik pakte zelfs een mes om mijn plan ten uitvoer te brengen, maar ik kon het niet opbrengen. In plaats daarvan deed ik wat mama zo verschrikkelijk vond. Ik ging huilen. Ze hoorde me toen ze langs mijn kamer kwam, en een ogenblik later maakte ze mijn deur open en keek naar binnen.

Ik zat op bed, slechts gekleed in mijn onderbroek.

'Wat is er?' vroeg ze. 'Wat kan zo verschrikkelijk zijn dat iemand die straks een flinke jongeman is, huilt als een klein kind? Nou?' vroeg ze toen ik niet onmiddellijk antwoord gaf.

In plaats daarvan draaide ik me om en duwde mijn borst naar voren.

Ze staarde me met wijdopen ogen aan.

Wat zou dit betekenen? Zou ze me haten? Zouden de geesten nu nooit tegen me spreken?

Ze schreeuwde niet. Ze knikte slechts.

'Grootmoeder Jordan heeft me eens verteld over een familielid van ons, een jongen die zich begon te ontwikkelen tot een meisje. Ik zal terug moeten om de remedies te bestuderen,' zei mama. 'Tot ik iets gevonden heb, mag je buiten nooit je hemd uittrekken.'

Dat deed ik toch al nooit.

'En hou op met dat kinderachtige gegrien. We hebben een probleem. We lossen het probleem op. Dat doen we nu en dat zullen we altijd doen, Noble. Kleed je aan en laten we de dag beginnen,' besloot ze, en liet duidelijk merken dat mijn seksualiteit mijn ziekte was geworden, mijn handicap, een last die ik op moest tillen en van me afgooien.

Ze probeerde diverse remedies op me uit, kruidendranken en zelfs een paar smeersels. Ik dacht dat het haar op mijn armen donkerder en dikker werd, maar verder veranderde er niets. Integendeel, mijn borsten bleven groeien. Elke ochtend werd ik wakker en staarde naar mezelf. Op een keer hoorde ik mama niet naar de deur komen, en ze zag hoe ik voorzichtig mijn tepels betastte.

'Stop!' schreeuwde ze. 'Je moet het ontkennen. Je moet het terugdringen, anders... anders...' Ze kon de woorden niet uit haar mond krijgen, niet hardop zeggen wat er zou gebeuren als ik dat niet deed. Maar in mijn hart wist ik wat ze dacht. De woorden vormden zich in mijn brein, als schimmel op brood: 'Anders zou Noble opnieuw doodgaan.'

Een tijdje later kwam ze terug met een rol verbandgaas, dat ze om mijn ontluikende borsten wikkelde. Ze liep een paar keer om me heen, om zeker te weten dat ik er niet doorheen kon kijken, toen maakte ze het vast en deed een stap achteruit.

'Voorlopig zal ik degene zijn die het loswikkelt en verschoont,' zei ze. 'Ik wil dat je het uit je gedachten bant, vergeet dat het er is, begrepen?'

'Ja,' zei ik.

Gemakkelijk was het niet. Sommige dagen, vooral als het erg warm en vochtig weer was, transpireerde ik en jeukte het verschrikkelijk. Ik probeerde niet te klagen, maar soms was het zo oncomfortabel, dat ik me niet kon beheersen. Ze zag dat ik krabde en trok me naar binnen, nam me mee naar mijn kamer. Daar plukte ze het verband wat uit elkaar, zoals ze nu en dan deed. De laatste tijd ging ze steeds ongelukkiger kijken als ze een stap achteruit deed en me aandachtig opnam. Ik wist dat het kwam omdat ik groter werd en meer rondingen kreeg.

Ze smeerde een van haar zalfjes ruw op en rond mijn borsten, en pakte me dan weer zo stevig in dat ik geen adem meer kreeg.

'Je moet eraan gewend raken,' zei ze. 'Dan gaat het prima.'

Ten slotte kon ik het gevoel negeren. De jeuk werd steeds minder, en uiteindelijk kreeg mama gelijk. Ik kon vergeten dat ik ingepakt was. Ze bleef me haar kruidendranken geven. Een enkele keer maakten ze me misselijk, en het gebeurde zelfs dat ik een hele dag moest overgeven en niet kon werken.

Ze dwaalde rond in huis, bij zichzelf mompelend.

'Iets kwaads heeft vaste voet aan de grond gekregen,' mompelde ze tegen me, met een achterdochtige blik in haar ogen. Ze maakte dat ik me schuldig voelde en mijn blik moest afwenden. Dat scheen in haar ogen iets te bevestigen. Ze ging naar buiten om met haar geesten te praten.

Toen op een avond, lang nadat ik in slaap gevallen was, ging het licht aan in mijn kamer en zag ik haar met opengesperde ogen staan.

'Het is Celeste,' verklaarde ze. 'Het was tot daaraan toe om hier te komen en naar me te glimlachen, en zelfs op je verjaardagen met haar vader mee te komen, alles even lief en aardig, maar de waarheid is dat ze, wat ik haar ook heb verteld en wat ze van anderen ook te horen heeft gekregen, weigert in vrede te rusten. Ik moet haar van ons vandaan houden tot ze dat doet.'

'Hoe kunnen we dat, mama?' vroeg ik geïntrigeerd.

'Ze mag niet naar huis terugkomen. Je mag niet aan haar denken. Jij geeft haar die kans, zorgt voor een toegang aan de andere kant, een poort waardoor ze naar onze wereld kan komen, niet als een goede geest, maar als een storende. Het is al eens eerder gebeurd,' ging ze verder. 'Mijn nichtje Audrey verzette zich zo hevig tegen haar overgang naar de andere wereld, dat ze mijn tante Bella veel stress en verwarring bezorgde. Haar zoon werd tot zelfmoord gedreven. Het was het enige wat Audrey tevredenstelde. Toen pas rustte ze in vrede.'

Zelfmoord? Paniekerige vogeltjes fladderden rond in mijn borst. Zou dat ook met mij gebeuren?

Ze liep verder de kamer in. Ze scheen mijn angst te kunnen lezen alsof die in grote zwart-witte letters op mijn voorhoofd geschreven stond.

'Ja, zelfmoord. Zie je het dan niet? Snap je het niet, Noble?'
vroeg ze met een kille glimlach. 'Celeste wil dat je bij haar bent,
Noble. Je moet haar wegjagen, elke gedachte aan haar verjagen.
Laat haar niet dichtbij je komen. Begrepen?'

Ik knikte, zo bang, dat ik bijna niet kon ademhalen.

'Morgen zal ik het huis uitkammen en alles verwijderen, elk
stukje en beetje, hoe klein en onbetekenend het misschien ook lijkt,
dat van haar is geweest, dat met haar in verband kan worden gebracht. Het was kennelijk niet voldoende om die lappenpoppen op
te ruimen. Ik wil dat je nóg een graf graaft op het kerkhof. Vlak achter dat van baby Jordan. Ga er na het ontbijt meteen aan beginnen.'

'Oké, mama.'

'Goed, goed.' Ze keek met samengeknepen ogen ingespannen de
kamer rond, schoot toen naar voren en rukte een foto van papa en
ons van de muur. 'Elke foto van haar, elke afbeelding,' fluisterde ze
en verliet de kamer met de foto onder haar arm.

Met bonzend hart ging ik weer liggen.

Toen hoorde ik de stem van Celeste die me riep. Ik hield mijn
handen voor mijn oren.

'Nee!' schreeuwde ik.

Mama kwam terug.

'Wat is er?'

'Haar stem,' zei ik.

Ze glimlachte.

'Goed,' zei ze. 'Dat is goed. Sluit haar buiten.' Ze draaide het
licht uit en sloot de deur.

De stilte werkte kalmerend. Ik deed mijn ogen dicht en probeerde alleen Nobles gedachten te denken, alleen zijn dromen te dromen. Een rij rode mieren trok aan mijn ogen voorbij, en ik telde ze
tot ik in slaap viel.

Mama was al aan het werk toen ik wakker werd. Ik hoorde dat
ze dingen uit de torenkamer naar beneden bracht. Haastig waste ik
me en kleedde me aan.

'Je hebt geen tijd om te ontbijten,' zei ze toen ik de trap afkwam.
'Ga naar buiten en begin te graven.'

182

Ik liep naar de schuur om de schop te halen en liep toen naar het kerkhof. De lucht begon snel te betrekken; blauwe en zwarte wolken dreven uit het oosten binnen. Er stond geen zuchtje wind, maar het was benauwd. Het bemoeilijkte het werk. En de aarde in het oude kerkhof leek wel beton. Om de paar centimeter stuitte ik wel op een of andere steen, die ik uit moest graven en uit de grond trekken.

Het begon te regenen, eerst zachtjes, een lichte motregen, maar toen harder. Mama kwam naar buiten en inspecteerde mijn werk. 'Het gaat te langzaam,' zei ze. 'Werk sneller, werk harder.'

De regen kwam nu met bakken uit de hemel en de wind stak op en joeg de regen in vlagen over het land, zodat mijn kleren doorweekt raakten. Maar het kon mama niet schelen. Het gat in de grond werd zachter en de zijkanten veranderden in modder en stortten in bij elk handje aarde dat ik eruit haalde. Ik had het gevoel dat het niets uithaalde.

'We kunnen beter wachten tot het ophoudt met regenen,' zei ik tegen haar.

'Nee,' zei ze. 'Werk door.'

Het bleef stortregenen. Ik was zo moe en zo door en door nat, dat ik mijn evenwicht begon te verliezen en uitgleed bij elke schop die ik in de aarde stak. De natte aarde was veel zwaarder dan eerst, zodat ik veel minder hard kon graven. De grond bleef wegzakken rond het graf. Op de bodem lag zelfs een kleine plas water.

Het nutteloze van alles bracht mama in paniek. Ze draaide zich met een ruk om, zocht naar een nieuw idee, en zei eindelijk, toen ik zonder enig resultaat bleef doorwerken, dat ik moest ophouden. Mijn hele lichaam deed pijn, zodat ik niet veel aandacht schonk aan de pijn in mijn buik. We liepen samen terug naar huis, en op de veranda liet ze me mijn bemodderde en doornatte kleren uittrekken. Ik rilde over mijn hele lijf. Ze zei dat ik naar boven moest gaan zodat ze het verband om mijn borsten kon losmaken.

In de gang lag de stapel van alles wat ze had gevonden dat ook maar enigszins in verband kon worden gebracht met Celeste. Natuurlijk alle kleren, al het speelgoed, maar ook verjaardagskaarten, tekeningen die papa zo mooi had gevonden en vroeger aan de koelkast hingen; alle schoollessen en tests, pennen en potloden die ze had gebruikt, haar tandenborstel, haarborstel en dingen die van iedereen hadden kunnen zijn, zoals zeep, washandjes, zelfs het kleed dat aan het voeteneinde van haar bed had gelegen. Mama gooide alles weg wat Celeste had aangeraakt!

Ik staarde er verbijsterd naar en hoorde toen dat ze achter me kwam staan, en ik liep de trap op. Ze volgde me naar mijn badkamer en begon het verband los te wikkelen, mopperend op de regen. Modder was letterlijk door mijn kleren heen gesijpeld, had mijn huid besmeurd en droop nog steeds uit mijn haar, al was dat nog zo kort.

'Je moet een warm bad nemen,' besloot ze. 'Ik wil niet dat je juist nu ziek wordt. We moeten nu –'

Ze zweeg en staarde me aan en toen vertrok haar hele gezicht. Ze bracht haar handen naar haar hart en drukte ze toen tegen haar borst. Haar mond bewoog, maar even kwam er geen geluid uit.

Ik kon geen woord uitbrengen.

In plaats daarvan draaide ik me om en keek in de passpiegel aan de binnenkant van de badkamerdeur.

Een dun straaltje bloed droop langs de binnenkant van mijn rechterdij. Mijn buikpijn werd erger toen ik mezelf in de spiegel bekeek.

Bleek van angst draaide ik me weer om naar mama.

Ze deed een stap naar voren, pakte mijn schouders beet en schudde me heen en weer terwijl ze me gespannen aankeek.

'Celeste,' zei ze hees fluisterend, 'je gaat terug. Gaan zúl je. Niets van dit alles zal enig verschil maken.' Met die woorden liep ze naar het medicijnkastje. Ze pakte weer een stuk verbandgaas en vouwde dat op tot een kussentje.

'Zie dit precies als wat het is, een verwonding, een wond die Celeste heeft veroorzaakt, en als elke wond zullen we die genezen,' zei ze.

Ze liet me een douche nemen in plaats van een bad. Daarna bevestigde ze het nieuwe verband tussen mijn benen en zei dat ik moest gaan rusten. Mijn buikpijn werd erger, en ik lag te kermen in bed. Ze bracht me een van haar kruidentheeën. Dat hielp, mijn buikpijn ging over. Toen legde ze een takje rozemarijn onder mijn kussen, dat volgens haar kwade geesten en ziekten zou weren, en daarna viel ik in slaap. Ik was zo moe van het graven dat ik een gat in de dag sliep.

Toen ik mijn ogen opende zag ik tot mijn verbazing dat mijn bed omringd was door brandende kaarsen. Mama zat naast me te wachten tot ik wakker zou worden.

'Wees maar niet bang,' zei ze. Ze pakte mijn hand en sloot haar ogen. 'Zeg me na,' beval ze, en begon. 'Celeste, ga heen,' zei ze. 'Toe dan, zeg het me na.'

We dreunden het samen op.

De kaarsvlammetjes flakkerden.

De grauwe lucht buiten werd nog donkerder voordat hij openbrak en er wat licht viel op ons huis.

'Celeste, ga heen,' zei mama, en ik zei het met haar mee, tot ik voelde dat haar geest me verliet en die van Noble terugkeerde.

Alles zou goed komen, dacht ik. Ik wist het zeker. Mama zou mijn hand niet loslaten. Ze zou niet stoppen met van me te houden.

Later, nadat we iets gegeten hadden, gingen we terug naar het oude kerkhof. Deze keer hielp ze met graven, en konden we het graf zo breed en diep maken als ze wilde. Toen droegen we samen alles wat ze bijeen had gezocht uit het huis naar buiten en lieten het in het donkere moddergraf vallen.

We werkten tot het donker begon te worden, en toen we klaar waren konden we de eerste sterren zien fonkelen.

Mama sloeg haar arm om mijn schouders.

'Luister,' zei ze. 'Luister goed, Noble. Hoor je ze niet? Hoor je ze?'

'Ja,' zei ik snel, misschien te snel. Ze draaide zich om en keek me aan.

'Wat zeggen ze?' vroeg ze, met een aarzelende, maar gelijk hoopvolle blik.

Ik deed mijn eigen ogen dicht en luisterde ingespannen. Spreek tegen me, bad ik. Spreek tegen me. Het was niet alleen de wind. Ik hoorde woorden. Ik wist het zeker, ik hoorde woorden.

'Celeste, ga heen,' antwoordde ik. Dat had ik gemeend te horen. Had ik gelijk?

Toen ik mijn ogen opendeed, zag ik dat ze glimlachte.

'Je hoort ze,' zei ze. 'Dat is geweldig. Ik heb er zo lang op gewacht.'

Ze omhelsde me en hield me een ogenblik stevig vast voor ze me een zoen op mijn voorhoofd gaf en mijn wang streelde.

'En nu, lieverd, weet ik zeker dat het voor jou allemaal gaat beginnen.'

Met haar arm om mijn schouders liepen we terug naar het huis, waar papa's geest beslist zat te wachten in zijn lievelingsstoel.

Misschien zou ik hem zelfs wel zien, dacht ik, en in een visioen zag ik hem naar me glimlachen. Ik verlangde er zo hevig naar in zijn armen te kunnen wegkruipen. Daar zou ik alles voor over hebben.

Daarvoor zou ik Celeste zelfs nog duizend keer willen begraven.

11. Een buurjongen

Naarmate ik ouder werd en mijn borsten zich verder ontwikkelden, begon ik het verband 's nachts zelf los te maken, om me wat comfortabeler te voelen. Mama wist het, maar zei niets, zolang ik me elke ochtend maar goed genoeg insnoerde om mijn borsten plat te drukken. Maar het werd steeds moeilijker om haar tevreden te stellen. Op een ochtend kwam ze mijn kamer binnen voordat ik wakker was en kon opstaan. Ze had een oud korset bij zich, dat ze had bijgeknipt, en dat van een van onze voorouders was geweest.

'Ga rechtop zitten,' beval ze en trok toen het korset om me heen, met van voren de veters om het dicht te snoeren.

'Dat kun je elke ochtend zelf doen,' zei ze. 'Je kunt het net zo strak aantrekken als nodig is.'

Ik had nogal moeite met ademhalen, dus maakte ze het wat losser, maar slechts een heel klein beetje. Er ging geen ochtend voorbij dat ze me niet inspecteerde zodra ik de trap afkwam. Ze was zo waakzaam, gereed om de vinger te leggen op elke fout die ik maakte, dat ik met mijn opkomende seksualiteit bleef omgaan als anderen met hun ziektes. Mama keek achterdochtig naar elke verandering in mijn uiterlijk en in mijn temperament. Als mijn gezicht rood zag, liet ze me een van haar kruidenbrouwsels drinken. Ze scheen ook precies te weten wanneer ik buikpijn zou krijgen, want dan stond er altijd een van haar remedies op de ontbijttafel op me te wachten.

En toen scheen ze op een dag te besluiten dat ik meer moest eten, als compensatie voor mijn steeds strakker wordende lichaam, met de steeds rondere vormen. Als ik dikker werd, zou dat het camoufleren.

'Er is niks mis met een jongen die een beetje aan de dikke kant is,' mompelde ze terwijl ze nog een portie aardappelpuree met veel boter voor me neerzette of een plak van haar machtige chocolade-cake afsneed. Mijn dijen werden inderdaad dikker en mijn middel zette uit. Ik vond het vreselijk zoals ik eruit ging zien.

Noble zou niet dik zijn op mijn leeftijd, vooral niet met al die activiteit en het vele werk. Ik hoorde niet dik te zijn, hield ik me voor, maar als ik niet alles opat wat mama voor me opschepte, liet ze me aan tafel zitten tot mijn bord leeg was. Eén keer liet ze me zoveel eten dat ik over moest geven, en onmiddellijk daarna liet ze me alles nog eens eten en bleef aan tafel wachten tot ze er zeker van was dat het er niet een tweede keer uitkwam.

Een van de ergste dingen die ik kon doen was voor een spiegel blijven staan om mezelf te bekijken. Om dat te voorkomen haalde ze alle spiegels in huis weg, zelfs de passpiegel in mijn badkamer. Ze vertelde me dat geesten spiegels vermeden, dat het ze ongelukkig maakte als ze hun spiegelbeeld niet konden zien, en alles in onze wereld was erop gericht het ons spirituele gezelschap naar de zin te maken. Maar in mijn hart wist ik dat het alleen was omdat ik me ongelukkig voelde als ik mijn eigen verschijning zag. 'Pieker toch niet zo over dat dik worden. Werk harder, dan worden je spieren sterker. Je vader was ook niet ijdel.'

Ik kon bijna zien hoe ze manieren verzon om me meer als Noble te laten voelen toen ik ouder werd. Toen ik veertien werd, vond ze dat ik een hond moest te hebben.

'Alle jongens op een boerderij hebben een hond,' zei ze, en we gingen naar Luzon, een stadje ongeveer twintig kilometer verder naar het zuiden, waar een dierenwinkel was. Ik had geen idee wat voor soort hond ik zou moeten hebben, maar mama scheen te denken dat het een golden retriever moest worden, omdat we zoveel land hadden. De vier maanden oude puppy die ze uitzocht, was een mannetje, dat ze Cleo noemde, omdat ze zei dat zijn kop haar aan een leeuw deed denken. Het leek me dat zij de hond liever wilde hebben dan ik, maar toen we Cleo mee naar huis hadden genomen, werd hij mijn verantwoordelijkheid en kreeg ik de schuld van alles wat hij verkeerd deed, zoals graven in mama's kruidentuin, de kippen op stang jagen of te dicht bij huis zijn behoefte doen. Ze dreigde me met: 'Als je niet beter voor dat dier zorgt, Noble, geef ik hem weg.' Ze deed het voorkomen alsof ik degene was die de hond had willen hebben.

Ik kan niet ontkennen dat ik al snel aan Cleo gehecht raakte. Hij begon me overal te volgen, en na een jaar was hij groot genoeg om elk dier uit te dagen dat hij zag. Zelfs een lynx, die over de oude stenen muur naar de vijver was afgedwaald. Hij zat onder de krabben, maar mama ging niet met hem naar een dierenarts. Ze behandelde zijn wonden zelf, en ze genazen snel. Ze gaf mij niet de schuld. We konden hem gewoon niet in bedwang houden. Hij vond het heerlijk om door het bos te rennen, elk diertje op te sporen dat zich in de grond begroef of zich in het kreupelhout verschool. Het was een genot om hem achter wilde konijnen aan te zien jagen. Hij kreeg er nooit een te pakken, maar hij gaf het niet op.

Wat water betrof, gedroeg Cleo zich meer als een vis. Zodra hij de beek of de vijver zag plonsde hij erin. Hij spetterde in het rond, stak opgewonden zijn tong uit en schudde zijn kop heen en weer. Hij was een hond waar elke jongen van zou houden, dacht ik, en ik holde met Cleo op mijn hielen over het veld of door het bos en leerde hem stokken en ballen te apporteren. Ik zag dat mama ervan genoot ons te zien spelen.

Maar ik kreeg een standje als Cleo in de modder rondspartelde, en toen ze op een dag ontdekte dat hij aan een van de poten van de oude piano had geknaagd, werd ze woedend en dreigde ons allebei in de schuur te laten slapen. Ze werkte aan die pianopoot als een ervaren ambachtsman tot hij er niet veel anders uitzag dan voordat Cleo zijn tanden erin had gezet.

Misschien heeft hij gewoon een hekel aan muziek, wilde ik zeggen, maar mama was niet in de stemming voor een grapje over haar kostelijke meubels. Bovendien was het ver bezijden de waarheid. Cleo was dol op muziek. Hij lag aan mijn voeten te luisteren naar de klassieke muziek die mama voor ons speelde. Bij een hoge noot spitste hij zijn oren en hield zijn kop enigszins opzij, alsof hij iets heel, heel merkwaardigs of vreemds hoorde.

Op een dag, toen ik hem vóór het huis hoorde blaffen, liep ik naar buiten om te zien wat er aan de hand was. Ik tuurde over de weide in de richting waarin hij keek, maar zag niets. Hij bleef blaffen en grommen. Ik knielde naast hem neer, met mijn hand op zijn nek en voelde zijn gegrom tot in zijn maag. Zijn ogen waren strak op dat ene punt gericht. Ik bleef ernaar staren, en kwam toen tot de conclusie dat het misschien iets spiritueels was en niet iets moois.

Was dat mogelijk? Ik legde de vraag aan mama voor.

Ze legde haar borduurwerk neer en dacht lang en diep na. Zoals altijd kwam ze weer met een verhaal uit het leven van haar voorouders.

'Mijn oudoom Herbert had een golden retriever die precies op Cleo leek. Weet je,' zei ze na een kort stilzwijgen, 'sommige dieren kunnen dierlijke geesten en ook menselijke geesten gewaarworden. Ze hebben een gave.'

Ze keek naar Cleo.

'Ik had al zo'n idee dat hij die gave zou kunnen hebben. Toen ik die dag in de dierenwinkel in zijn ogen keek, voelde ik het. Maar goed, oom Herberts hond raakte zo gehecht aan de geest van zijn jongere broer, Russell, dat hij vaak dagenlang wegbleef om bij hem te zijn. Oom Herbert zei dat als zijn hond, Kasey noemde hij hem, geloof ik, terugkeerde van een van zijn spirituele bezoeken, hij nog dichter bij hem bleef. Hij vertelde me dat het leek of de geest van zijn broer Kasey had ingeprent hoe belangrijk trouw was, en hoe belangrijk het was om over Herbert te waken.

'Toen ik jou en Cleo daar zag, dacht ik dat hij misschien de geest van je vader had bezocht, en misschien was dat de reden waarom hij gromde. Hij is hier om je te beschermen, en hij zag iets waarvoor papa hem gewaarschuwd had.' Ik ging Cleo nu anders bekijken. Hij staarde me aan alsof hij elk woord had begrepen dat mama gezegd had.

'Er bestaat werkelijk een band, een relatie tussen alle mooie en liefdevolle wezens in deze wereld,' zei mama. 'Vergeet dat nooit. En daarom strafte ik je altijd als je mooie vlinders of rupsen doodde, Noble,' voegde ze eraan toe en schudde haar vinger naar me.

Toen boog ze zich naar me toe om me een zoen te geven, precies zoals ze altijd had gedaan als ze Noble een standje gaf.

Net als Noble ontkende ik het. Mama keek naar me met die half kritische, half liefhebbende blik, en ging verder met haar borduurwerk.

Drie dagen later blafte Cleo weer tegen iets aan de rand van het bos.

Alleen was het deze keer beslist geen geest, geen goede en geen kwade.

Het was een slanke, lange jongen in een spijkerbroek, een bovenmaats blauw T-shirt en een paar donkerbruine laarzen, met losse veters. Op het eerste gezicht leek het of er een bos aardbeien op zijn hoofd groeide, zo rood was zijn haar. Het hing langs de zijkanten van zijn hoofd, over zijn oren, tot bijna op zijn schouders. Hij stond zo roerloos naast een oude eikenboom dat hij een deel van het bos leek, iets ongewoons dat daar gegroeid was.

Mijn hart begon te rikketikken. Ik fronste mijn wenkbrauwen en staarde terug.

Cleo begon nog harder te blaffen en rende op hem af. De jongen deinsde niet achteruit. Hij klapte in zijn handen en riep Cleo, terwijl ik volgde. Cleo's staart begon te kwispelen toen hij bij hem was, en de jongen knielde neer om hem te aaien. Hij keek op toen ik dichterbij kwam.

'Hallo, hoe gaat het?' vroeg hij.

'Wie ben jij en wat doe je hier?' wilde ik weten.

Ik had mama's wantrouwen jegens vreemden op ons land van haar overgenomen. Ik gaf de postbode zelden antwoord als hij me goedemorgen wenste en zwaaide bijna nooit terug naar een bezorger als hij naar mij zwaaide.

'Dat is ook geen aardige manier om een nieuwe buurjongen te begroeten,' zei hij, terwijl hij Cleo bleef aaien, die tevreden bij hem zat, zijn tong uit zijn bek, zijn ogen op mij gericht. Later zou ik mama vertellen dat Cleo hem vertrouwde en dat ik hem daarom niet gewoon gevraagd had weg te gaan zonder tegen hem te praten.

'Nieuwe buurjongen? Wat bedoel je?'

'Mijn vader heeft het huis van Baer gekocht,' zei hij. 'We zijn gisteren verhuisd. Wisten jullie dat niet?'

'Wij steken onze neus niet in andermans zaken,' zei ik bits. 'Of lopen rond op andermans land.'

Hij bleef Cleo aaien en keek me aan, mijn kribbige toon negerend.

'Leuke hond,' zei hij. 'Ik moest die van mij achterlaten voor we verhuisden.'

'Waarom?'

'Er was iets mis met haar heup. Ze was een prachtige labrador.'

'Wáár heb je haar achtergelaten?'

'Bij de dierenarts.' Hij stond op en wendde zijn hoofd af. 'Hij heeft haar laten inslapen.' Hij draaide zich weer naar me om. 'Ik wilde er niet bij blijven, wilde het niet zien, dus heb ik haar achtergelaten. Hoe lang woon je hier?'

'Mijn hele leven. Dit is ons familiebezit en overal staan borden met "Verboden Toegang",' zei ik, met de nadruk op 'Verboden'.

Hij knikte.

'Ja, dat heb ik gezien. Krijgen jullie veel jagers die hier doorheen trekken?'

'Nee. De meeste mensen houden zich aan de borden.'

'Hoe oud ben je?' vroeg hij, nog steeds mijn bitse houding jegens hem negerend. Was hij dom of gewoon koppig? vroeg ik me af.

'Waarom?'

'Ik wilde alleen weten of we in september in dezelfde klas zouden komen,' zei hij schouderophalend. 'Je gaat toch naar de openbare school hier?'

'Nee. Als je het zo graag wil weten, ik ga niet naar de openbare school.'

'O, een christelijke school?'

'Nee.'

'Wat dan, een chique particuliere school?' vroeg hij met een grimas.

'Je kijkt ernaar,' antwoordde ik, met een knikje naar ons huis.

'Hè?' Hij keek over mijn schouder alsof hij meende dat hem iets ontging. 'Dat is toch jouw huis?'

'Ja. Mijn moeder is lerares. Ik heb thuisles.'

'Thuisles?' Hij rimpelde zijn neus.

Ik had altijd vermeden iemand te lang of te rechtstreeks aan te kijken omdat ik niet wilde dat ze hetzelfde bij mij zouden doen, maar onwillekeurig nam ik zijn gezicht aandachtiger op. Hij had opvallende, turkooizen ogen onder heel lichte wenkbrauwen en kleine sproetjes op zijn wangen. Zijn mond was stevig en krachtig met heldere, volle, lippen, en hij had een klein gleufje in zijn kin, meer een kuiltje, alsof zijn Schepper daar met de punt van zijn vinger een tikje tegen had gegeven toen hij gemodelleerd werd.

'Ja, thuisles. En ik leer beter dan op de openbare school, waar ze steeds minder aandacht besteden aan een echte opleiding,' zei ik, een van mama's mantra's reciterend over het onderwijssysteem in Amerika. 'Ik word elk jaar getest en ik sta altijd in de top drie.'

'Je meent het. Ik ben al blij als ik een voldoende haal, vooral voor Engels. Wiskunde gaat goed en natuur- en scheikunde meestal ook. Ik haat maatschappijleer. Vreselijk saai.'

'Vind ik niet,' zei ik.

'Misschien kan ik ook beter de thuisles van je moeder volgen,' zei hij.

'Dat kun je niet. Dat is alleen voor mij.'

'O.' Hij knikte. 'Ja.' Toen lachte hij verward. 'Alleen voor jou? Dat snap ik niet.'

'Mijn moeder is beroepslerares, en ze onderwijst me in alle vakken. Is dat zo moeilijk te begrijpen?'

Hij haalde zijn schouders op.

'Jij bent gewoon de eerste die ik leer kennen die dat doet als ze al zo oud is.'

'Nou, nu ken je dus iemand,' zei ik.

Hij haalde weer zijn schouders op en keek om zich heen. Hij liet zich niet wegjagen. Dat was duidelijk.

'Blijf je de hele dag hier?'

'Ja. En?'

'Hoe kom je dan aan vrienden?'

'Die heb ik niet,' zei ik. 'Voorlopig,' voegde ik eraan toe.

Hij bleef Cleo aanhalen, alsof mijn woorden nergens op sloegen.

Toen sprong hij bijna met uitgestoken hand op me af.

'Ik ben Elliot Fletcher.'

Ik keek naar zijn hand.

'Ik bijt niet,' zei hij.

Snel pakte ik zijn hand.

'Noble Atwell.'

'Wauw. Wat doe je, wrijf je met schuurpapier over je palmen?' vroeg hij, mijn hand omdraaiend. 'Die eeltplekken zijn keihard.'

'Ik doe al het buitenwerk,' zei ik trots.

'Zoals?'

'Houthakken, grasmaaien, planten, voor de kippen zorgen, onderhoud plegen.'

'Ja, mijn vader had het erover dat ik nu huishoudelijke karweitjes kon doen om de benzine te verdienen voor mijn auto. Als hij tenminste toegeeft en er dit jaar een voor me koopt als ik mijn rijbewijs heb. We woonden in een stad in Jersey. Geen gras om te maaien en geen brandhout om te hakken. Wauw, dit lijkt op een echte boerderij, hè?' zei hij, naar ons land kijkend. 'Zijn dat maïskolven?'

'Ja,' zei ik. 'Die zijn verrukkelijk. We plukken ze van de steel en koken ze dezelfde dag.'

'Ik wed dat je ook jaagt, hè?' zei hij.

'Nee.'

'Vissen?'

Ik wendde mijn hoofd af, overwoog of ik hem gewoon weg zou sturen, zelf weg zou lopen, of wat dan ook. Ik dacht dat ik mama aan de achterkant van het huis de hoek om zag komen, en even verstarde ik, maar het was slechts de schaduw van een wolk.

'Soms,' zei ik.

'Ik vroeg me af wat er in die beek zit. Hij lijkt hier en daar erg diep.'

'Als het in het voorjaar flink geregend heeft, zijn er plaatsen waar het water boven ons hoofd zou reiken.'

'Daar zag het wel naar uit, ja. Ik heb gisteren een verkenningstocht gemaakt nadat we verhuisd waren. Mijn vader was natuurlijk woedend, want hij wilde dat ik zou helpen met de verhuizing, maar ik kreeg genoeg van het uitpakken en zei tegen hem en mijn zus dat ik een wandeling ging maken, of ze het leuk vonden of niet. Ik ging weg voor ze konden protesteren,' voegde hij er glimlachend aan toe.

Hij had een leuke glimlach, die rond zijn ogen begon en omlaag scheen te rollen naar zijn mondhoek, bijna golvend over zijn wangen.

'Hoe oud is je zus?'

'Bijna achttien en een lastpak, vooral voor mijn vader.'

'Waarom?'

'Dat is ze gewoon. En ze probeert er altijd onderuit te komen om haar deel van het werk te doen. Daarom vond ik het zo leuk om haar de keukeninventaris te laten uitpakken. Ik heb vanmorgen geholpen en ben toen weer weggeglipt om rond te kijken. Ik heb je fort gezien,' ging hij verder, met een knikje in de richting ervan.

'Dat heb ik langgeleden gebouwd,' zei ik. 'Ik speel nu niet meer in forten.'

'Hoe oud ben je?'

'Vijftien, als je het zo graag wilt weten,' zei ik strijdlustig.

'Ik zou een jaar hoger zitten op school dan jij. Zoals ik al zei, ik krijg dit jaar mijn rijbewijs en een auto. Mijn vader heeft me daarmee omgekocht, om me te laten toestemmen in een verhuizing naar de wildernis.'

'Wildernis?'

'Bossen, platteland, hoe je dat ook noemt hier. We komen uit Paramus, New Jersey. Mijn vader had daar zijn eigen apotheek, maar de zaak ging failliet toen een van de winkels van een grote keten zich daar vestigde. Als je ze niet kunt verslaan, sluit je dan bij hen aan, zegt mijn vader altijd. Hij werkt nu bij Rite Aid in Monticello. Zegt dat het sowieso beter is werknemer te zijn dan eigenaar.'

'Hoe komt het dat je alleen over je vader praat? En je moeder dan?'

'Die is al langgeleden gestorven,' zei hij.

'O.'

'Wat doet jouw vader?'

'Die is ook al langgeleden gestorven.'

Hij knikte. Er lag een merkwaardige uitdrukking op zijn gezicht.

'Wat is er?'

'Feitelijk wist ik dat al,' zei hij. 'Ik wist ook hoe je heette. We hebben alles gehoord over jou en je moeder en het afschuwelijke ongeluk dat je zusje is overkomen. Daarom hebben we het huis zo goedkoop gekregen. Niemand wilde het van die ouwe man kopen en naast jullie wonen. Tenminste, dat zegt mijn vader.'

'Fijn voor je. En maak nu dat je wegkomt,' snauwde ik, terwijl ik me omdraaide en wilde weglopen.

'Hé, kalm maar. Ik zei niet dat ik rare ideeën had over jullie. Daarom wilde ik je leren kennen.'

'Cleo,' riep ik, omdat hij bij Elliot bleef zitten.

'Toe nou, zeg. Doe niet zo overgevoelig. Je stelt je aan als een klein kind.'

Ik draaide me met een ruk om.

'Ik ben niet overgevoelig, en ik ben geen klein kind. Noem me niet zo.'

'Ik probeer alleen maar je tot bedaren te brengen,' zei hij schouderophalend.

Hij zag er onschuldig en vriendelijk genoeg uit, maar het feit dat hij over onze tragedie had gesproken, deed me huiveren.

'Ik weet hoe die stomme mensen hier in de buurt denken over mij en mijn moeder. Daar hoef ik niet aan herinnerd te worden.'

'Oké, ik zal er geen woord meer over zeggen.' Hij stak zijn beide handen op.

'Het kan me niet schelen of je dat doet of niet,' zei ik en bleef teruglopen naar huis. Cleo volgde, maar keek nu en dan achterom naar Elliot. 'Vergeet hem, Cleo,' mompelde ik. Hij keek naar me omhoog en bleef naast me lopen.

'Misschien hebben ze wel gelijk over jullie,' hoorde ik Elliot schreeuwen.

Ik draaide me niet om.

Mijn hart bonsde nog toen ik al thuis was. Ik hoorde mama in de keuken. Moest ik naar haar toegaan en haar over hem vertellen? vroeg ik me af. Misschien was dat beter. Anders zou ze erachter komen en willen weten waarom ik het haar niet verteld had. We mochten nooit geheimen voor elkaar hebben, bracht ik mezelf in herinnering.

'Wat is er?' vroeg mama toen ik in de deuropening van de keuken stond.

'We hebben nieuwe buren. Ik heb net de zoon ontmoet.'

'Wát?' Ze veegde haar handen af aan de keukendoek en stopte met het vullen van de kip. 'Wat voor zoon?'

Ik beschreef hem en alles wat hij me verteld had, bijna zonder adem te halen.

'Ik heb het bord gezien voor het huis van Baer, maar ik had niet gedacht dat iemand het zo gauw zou kopen. Hij moet het heel goedkoop verkocht hebben.'

Ik vertelde haar dat Cleo Elliot zo aardig vond.

'Zorg dat je op niet al te vriendschappelijke voet komt,' adviseerde ze. 'Soms proberen mensen met je bevriend te raken en met je te praten, zodat ze verhalen over je kunnen rondstrooien. Wees op je hoede. Ik dacht niet dat het huis zo gauw verkocht zou worden,' herhaalde ze, alsof ze daarvan overtuigd was geweest.

Ik knikte, en Cleo en ik lieten haar diep in gedachten verzonken achter. Ik dacht zelf ook diep na. Ik zat in mijn kamer met Cleo aan het voeteneind van mijn bed. Ik voelde me verscheurd. Ik wilde

Elliot niet wegjagen, maar ik moest wel. Cleo leek teleurgesteld dat ik dat had gedaan. Telkens als ik me bewoog tilde hij vol verwachting zijn kop op, waarschijnlijk in de hoop dat we terug zouden gaan en weer met die jongen zouden praten.

'Je hebt mama gehoord,' zei ik. 'Hij probeert alleen maar verhalen te verzinnen die hij over ons kan verspreiden.'

Toch was ik nieuwsgierig. Eindelijk hadden we echte buren. Het had me nooit geïnteresseerd meneer Baer te leren kennen of hem te bezoeken. Altijd als ik hem zag, maakte hij de indruk van een knorrige oude man. Het verbaasde me niets dat de mensen hem ervan verdachten een van ons iets verschrikkelijks te hebben aangedaan.

Maar Elliot, zijn zus en zijn vader waren anders. Ze waren een ander gezin. Op het ogenblik had ik eigenlijk meer belangstelling voor zijn zus. Hoe was ze? Hoe kleedde ze zich? Naar wat voor muziek luisterde ze? Welke boeken en tijdschriften las ze? Ik zou graag iets over haar te weten willen komen. Het ergste van alles was dat de ontmoeting met Elliot en de verhalen over zijn gezin mijn eenzaamheid plotseling verscherpten. Mijn kamer zag eruit als een gevangeniscel, de muren waren nu kaal, op een paar speelgoedautootjes na die samen met een paar insectenpotten op de planken stonden. De grote, grauwe wolken die uit het oosten kwamen aandrijven verduisterden algauw het beetje zon in mijn kamer. *Somber* was een goed woord voor wat ik voelde, dacht ik.

Ik kon mezelf niet bedwingen, ik stond op en liep de trap af, op de hielen gevolgd door Cleo. Mama was nog in de keuken, maar ze hoorde me en vroeg wat ik ging doen.

'Ik moet wormen hebben. Ik denk dat ik morgenmiddag ga vissen,' antwoordde ik.

Ze gaf geen antwoord en ik liep haastig naar buiten. Het was een leugen, en leugens bleven als stank hangen in ons huis. Ik had half en half gehoopt dat ik Elliot nog in het bos zou zien, maar hij was verdwenen. Langzaam slenterde ik over de weide naar de koele, donkere aarde in het bos, waar ik wist dat hopen wormen te vinden waren. Cleo draafde in de buurt rond. Ik hoorde hem in het struikgewas rondscharrelen. Telkens kwam hij even terug om te zien of ik er nog was. Ik mengde wat natte aarde door mijn wormen en verzamelde een paar heel dikke, sappige exemplaren, zoals Noble ze altijd noemde.

De lucht was nu volkomen bewolkt, maar het zag er niet naar uit dat het zou gaan regenen. Mijn nieuwsgierigheid werd me te machtig en ik besloot door het bos te lopen, over paden die ik goed kende, tot ik op een punt kwam waar ik gemakkelijk het huis van de buren kon zien zonder zelf gezien te worden.

Ik zag Elliot bezig tuinmeubilair op te stellen met een man die kennelijk zijn vader was. Hij had dezelfde bouw en al was zijn haar niet zo rood, het was mooi roodbruin. Hij was vijf à zes centimeter langer dan Elliot. Ik sloeg hen beiden een tijdje gade en zag toen, in verband met de bewolking, een licht aangaan achter een raam op de bovenverdieping.

Het bezit van de oude Baer was lang zo mooi niet als dat van ons, dacht ik, maar het had een groot Queen Anne-huis van twee verdiepingen met een brede veranda aan de voorkant en een kleine aan de achterkant. De grond en de tuin eromheen waren duidelijk verwaarloosd: het gras was te hoog en stond vol onkruid. De vegetatie van het naburige bos scheen snel op te rukken, alsof het de bedoeling had uiteindelijk het huis zelf te overwoekeren. Een kapotte boerenkar lag omgekanteld aan de linkerkant en een verroeste kruiwagen stond ernaast. Het houtwerk van het huis had dringend een paar nieuwe verflagen nodig, en sommige luiken waren gebroken en hingen aan één scharnier.

Cleo kwam hijgend naast me zitten. Zijn vacht was bezaaid met kleine takjes en bladeren, en de modder kwam tot halverwege zijn poten. Ik zou hem goed onderhanden moeten nemen voor ik hem mee naar binnen nam. Maar ik was voornamelijk bang dat hij zou gaan blaffen als hij Elliot en zijn vader zag en zij zouden zien dat ik hen bespioneerde.

'Stil,' waarschuwde ik hem en legde mijn hand op zijn nek. Ik hield hem stevig vast, zodat hij zou weten dat ik niet wilde dat hij uit het struikgewas zou stormen.

Plotseling werd het verlichte bovenraam opengegooid en een meisje met weelderige vormen en met haar dat meer op dat van haar vader leek, leunde naar buiten. Ze droeg alleen een beha en een slipje.

'Papa!' gilde ze. 'Papa!'

Elliots vader legde zijn schroevendraaier neer, liep naar de zijkant van het huis en keek naar haar omhoog.

'Wat is er?'

'Er komt bruin water uit de kraan. Hoe kan ik nou douchen en mijn haar wassen met bruin water?'

'Bruin?'

'Vuil water,' riep ze.

'Het zal wel niets zijn,' antwoordde hij. 'Het is in die kamer natuurlijk een tijdlang niet gebruikt. Laat het maar een tijd lopen, dan zul je zien dat het vanzelf helder wordt.'

'Ik heb wel wat anders te doen dan wachten tot het water helder wordt, papa,' jammerde ze.

'Betsy, probeer het nou maar, alsjeblieft,' smeekte hij.

'Waarom moesten we zo nodig verhuizen?' schreeuwde ze en ging weer naar binnen.

Haar vader keek omhoog, schudde zijn hoofd en liep terug naar Elliot en de tuinmeubels. Ik zag dat Betsy in de kamer liep te ijsberen en tijdens het lopen haar haar borstelde met een zilveren borstel. Al was ze volgens mij niet erg mooi, ze had prachtig haar, vond ik, en ik voelde een vreemd verlangen in mijn maag. Ik bleef naar het raam kijken om te proberen nog een glimp van haar op te vangen, maar toen kreeg ik er genoeg van en ging op weg naar huis.

Ik deed er ruim een halfuur over om Cleo zo op te poetsen dat ik hem mee naar binnen kon nemen. Mama had de tafel al gedekt. De laatste tijd had ik haar mogen helpen, maar ze zei er altijd bij: 'Het is iets wat een goede zoon altijd uit eigen beweging zou doen.'

Ik kon zien dat ze nog steeds ongerust was over de nieuwe buren. Ze bleef maar over hen praten.

'Ik voelde me meer op mijn gemak toen meneer Baer daar woonde,' zei ze. 'Hij mocht dan vuil en knorrig zijn, maar hij bemoeide zich tenminste niet met ons. Ik heb geen behoefte aan een buurvrouw die komt koffiedrinken en roddelen. Tijdverspilling,' zei ze pissig.

'Hij vertelde dat zijn moeder dood was,' merkte ik op. Om de een of andere reden had ik dat achterwege gelaten. Ze trok haar wenkbrauwen op.

'O? Waarom? Wat is er met haar gebeurd?'

'Ik weet het niet. Dat heeft hij niet gezegd, en ik heb het niet gevraagd.'

'Je had gelijk dat je er niet naar gevraagd hebt. Maar toch,' ging ze op zachtere toon verder, terwijl ze uit het raam keek, 'vraag ik me af of haar geest hen hierheen gevolgd is.'

Bij dat idee trok ik mijn wenkbrauwen op.

'Zou je haar kunnen zien?' vroeg ik.

'Ja,' zei ze, 'dat zou ik kunnen, en jij ook,' voegde ze er op ferme toon aan toe.

Alsof ze verwachtte dat de geesten die om ons heen zweefden, vannacht rond de buren zouden zoemen, kon ze bijna niet wachten tot ze naar buiten kon, naar de schaduwen. Ik dacht erover haar achterna te gaan, maar ik wist dat ze dat niet prettig vond. Ze vertelde me altijd dat ze alleen moest zijn als ze de oversteek maakte.

Die avond had ik moeite om in slaap te vallen. Een paar dingen die Elliot me verteld had kon ik niet uit mjn hoofd zetten. Zou het niet prettig zijn nu al vriendschap te sluiten met mensen van mijn eigen leeftijd? Zou hij nog een keer terugkomen, of zou hij door mijn gedrag een hekel aan me hebben gekregen? Ik moest steeds weer aan zijn zus denken. Het beeld van haar zoals ze haar haar stond te borstelen bleef op de binnenkant van mijn oogleden geprent. Ik lag te woelen en te draaien en te kermen, maar de deur naar de slaap leek gesloten. Ik kon me niet herinneren wanneer ik voor het laatst zo rusteloos was geweest.

Mama hoorde me en deed de deur van mijn kamer open toen ze op weg was naar haar eigen slaapkamer, maar ze kwam niet binnen om te zien wat me hinderde. Ze had me iets belangrijks te vertellen.

'Er is geen geest met die mensen meegekomen,' zei ze.

'Hoe weet je dat?'

'Ik weet het,' zei ze. 'Er is iets niet in orde. Blijf uit de buurt van die mensen,' waarschuwde ze me en deed de deur dicht.

Even kon ik me niet bewegen. Er is iets niet in orde? Wat had dat te betekenen? Als ik hiervóór al niet kon slapen, dan zou ik dat nu helemaal niet meer kunnen, dacht ik, en het duurde inderdaad nog zeker twee uur voor ik eindelijk in slaap viel.

De volgende dag keek ik telkens weer naar het bos, verwachtend dat Elliot me zou bespioneren of dat ik hem door het bos zou zien lopen. Ik hield ook Cleo nauwlettend in de gaten, maar hij blafte tegen niets in het bijzonder en lag meestal naast me en keek toe terwijl ik mijn werk deed. Mama zei niets meer over de nieuwe buren, maar ik kon zien dat ze nog steeds onrustig was. Toen ik vroeg of het goed met haar ging of dat er iets anders was, negeerde ze me alsof ik niets gezegd had. Maar wat ze zich wel herinnerde was dat ik haar verteld had dat ik zou gaan vissen.

'Ik ben blij dat je dat weer gaat doen, Noble, maar wees alsjeblieft voorzichtig,' zei ze, toen ik mijn hengel en de doos met visgerei en de pot met wormen ging halen. 'Blijf er niet te lang. Ik ga naar de supermarkt en ik moet nog een paar andere boodschappen doen. En ik moet naar meneer Bogart,' voegde ze eraan toe, wat me verbaasde. We waren niet meer in zijn juwelierszaak geweest sinds ze jaren geleden onze amuletten had gekocht. 'We eten vanavond wat later.'

'Oké,' zei ik.

Ik liep door het bos naar de beek, maar ver van de plek waar het ongeluk was gebeurd. In het begin zat ik alleen maar naar de vislijn te staren en te wachten tot mijn dobber op en neer zou gaan. Plotseling hoorde ik rockmuziek. Ik kon natuurlijk horen dat het uit het huis van de buren kwam, en ik kon mijn nieuwsgierigheid niet bedwingen.

Ik haalde mijn lijn in en legde de hengel naast me neer. Toen, zoals gewoonlijk met Cleo op mijn hielen, liep ik behoedzaam door het bos tot ik bij de grens van het land van de buren was. De muziek kwam door het open bovenraam, dat, zoals ik nu wist, van Betsy's kamer was. Ik hoorde ook luid gelach. Toen riep er iemand, de stem van haar vader. Een paar ogenblikken later werd de muziek zachter gezet en ten slotte uitgedraaid.

Ik kon ze horen bewegen in hun huis, en toen ik wat verder omlaagging, kon ik in hun eetkamer kijken. Ik zag Elliot met over elkaar geslagen armen bij de tafel staan, en toen ging hij zitten en was alleen het puntje van zijn hoofd zichtbaar.

Mijn nieuwsgierigheid was onstuitbaar en werd sterker en sterker, tot een van mijn voeten de andere volgde en ik met gebogen hoofd omlaagholde, bijna hurkend om uit het gezicht te blijven. Cleo rende naast me, maar hield zich gelukkig stil. Het was bijna alsof hij wist dat hij zich niet mocht laten horen.

Toen ik bij het huis kwam, drukte ik me tegen de muur en hield mijn adem in. Toen bewoog ik me heel langzaam tot ik door een hoek van het raam in de eetkamer kon kijken. Elliots vader kwam uit de keuken met een gebraden kalkoen op een zilveren schotel. Hij had een schort voor. Nu ik zijn gezicht wat beter kon opnemen, zag ik dat hij en Elliot hetzelfde voorhoofd en dezelfde neus hadden, maar Elliots mond was krachtiger, strakker.

Betsy volgde met een schaal aardappelpuree en zette die op tafel. Ze droeg een hemd met een rood-zwarte streep en met korte mouwen en een zwarte das losjes rond een open kraag gestrikt en een bijpassende zwarte broek. Ik dacht dat ze er meer als een jongen zou hebben uitgezien dan ik, behalve dat haar open hemd een goede inkijk bood en haar schouderlange haar fraai geborsteld was. En ze had zich ongelooflijk opgemaakt voor een familiedineetje.

Nu ik haar goed bekeek, kon ik enige gelijkenis ontdekken met Elliot, maar ze had een ronder gezicht met kleine, bruine ogen en een heel zwakke mond die in de hoeken omlaaghing, wat haar een permanente uitdrukking van afkeer gaf. Ze smeet de schaal bijna op tafel en plofte neer op haar stoel.

'Ik wil naar de bioscoop,' jammerde ze. 'Ik wil een paar kinderen van mijn leeftijd ontmoeten voordat de school hier begint, en Billy Lester wil met me mee.'

'We weten nog niets over hem,' zei haar vader.

'Wat valt er te weten? Hij is de zoon van de makelaar die ons het huis heeft verkocht, papa. Geen seriemoordenaar.'

'Ik dacht dat we het leuk zouden vinden om te genieten van ons eerste diner in ons nieuwe huis.'

'En hoe lang gaat dat duren?' vroeg ze kribbig.

'Het lijkt me prettig om de eerste paar avonden hier onder elkaar te zijn, vind je niet? Er is nog zoveel te doen, Betsy.'

Ze keek mokkend.

'Het is jouw schuld, papa, omdat je haar al die nieuwe kleren hebt laten kopen. Ze vindt dat ze rond moet paraderen en ermee pronken,' zei Elliot.

'Niet waar. Dat het jou niet kan schelen hoe je eruitziet, wil niet zeggen dat ik in de massa op moet gaan.'

'Wauw. Neem me niet kwalijk. In de massa opgaan. Miss America,' plaagde Elliot.

'Kom,' zei hun vader. 'Dit is een nieuw begin voor ons. Laten we een goede start maken.'

'Fijne start,' zeurde Betsy door.

Haar vader keek gefrustreerd.

'We hebben gewoon wat tijd nodig om gesetteld te raken,' merkte hij op.

'Ik zal hier nooit gesetteld raken,' mopperde ze. 'Het zal een vreselijk saai leven hier worden, precies zoals ik dacht,' jammerde ze en leunde achterover met haar armen over haar borst geslagen. Als ze zo mokkend keek, leek ze op een vis die wij een zuigvis noemden.

'Betsy, alsjeblieft,' pleitte haar vader.

'Nou dat zal het zeker worden als ik elke avond thuis moet zitten en naar die ouwe muren staren en het water moet laten lopen tot het niet meer bruin ziet en –'

'Oké, oké.' Haar vader gaf zich over. 'Als we gegeten hebben, help je met afwassen en dan kun je naar de bioscoop gaan. Maar ik wil dat je vroeg thuiskomt, Betsy. Ik ken deze omgeving nog niet. Ik wil niet dat je in moeilijkheden raakt.'

'Dat gebeurt niet,' zei ze zelfvoldaan.

'Natuurlijk niet. En de zon komt morgen ook niet op,' zei Elliot.

'Jij bent een sukkel,' zei Betsy.

'Ik ben verleden jaar niet in moeilijkheden gekomen,' snauwde hij terug.

'O, nee, jij niet. Jij bent alleen maar twee keer geschorst omdat je gevochten had,' zei ze. 'En je had voor twee vakken bijna onvoldoende.'

'Dat is lang niet zo erg als wat jij deed, dat weet je best,' antwoordde hij. Ze speelden pingpong met beschuldigingen.

'Kunnen we tenminste rustig eten?' zei hun vader op wanhopige, vermoeide toon.

Ze keken elkaar allemaal nijdig aan.

Zou het zo geweest zij met Noble en mij? vroeg ik me af. Maar zelfs al maakten ze ruzie, het had toch iets aantrekkelijks. Ik moest erom lachen. Het duurde niet lang of ze praatten over andere dingen – het huis, de plannen die hun vader had om het op te knappen. Hij bracht het als een aantrekkelijk project voor ze. Betsy zei weinig, at snel door, maar luisterde en beloofde te doen wat ze moest doen.

'Ik wil weer een hond,' zei Elliot tegen zijn vader. 'Die gekke mensen van hiernaast hebben een golden retriever.'

'We zullen zien,' zei zijn vader. 'Eén ding tegelijk, Elliot.'

Gekke mensen? Was dat alles wat ze dachten van mama en mij?

Plotseling dacht ik dat ik Elliot naar het raam zag kijken. Ik trok me snel terug, met bonzend hart. Toen draaide ik me om en met dubbelgevouwen lichaam holde ik naar het bos. Cleo sprong achter me aan, veel te langzaam naar mijn zin.

Ik keek achterom toen ik bij de bomen was.

Elliot stond voor het raam. Hij had de jaloezieën omhooggetrokken en keek mijn richting uit.

Ik wist zeker dat ik een glimlach zag op zijn gezicht.

Zijn glimlach joeg me in sneltreinvaart door het bos. Ik had me niet gerealiseerd hoe laat het was geworden. Ik pakte de hengel, de doos met visgerei en de wormenpot. Toen holde ik door het bos terug naar ons eigen huis. Mama kwam net de oprijlaan oprijden.

'Wat is er?' vroeg ze, terwijl ze snel uitstapte. Ze had haar armen vol winkeltassen.

'Niets,' zei ik.

'Waarom kom je zo hard het bos uit gerend? Heb je iets gezien? Iets gehoord? Nou?' Ze bleef hijgend staan.

'Nee,' zei ik.

Ze staarde me aan. Het leek of ze dwars door mijn hoofd kon kijken.

'Ze zullen hier niet lang blijven,' voorspelde ze plotseling. 'Dat is me verteld. Er wachten hun donkere dagen. Luister goed, Noble. Jij zult hetzelfde horen. Tenzij je dat al gehoord hebt. Is dat zo?'

'Nee,' zei ik. Angst omgaf me als een vlaag koude regen en wind.

'Dat komt wel,' hield ze vol en ging op weg naar het huis. 'Ik heb een hoop te doen,' mompelde ze. 'Een hoop te doen. Knap je op voor het eten.' Bij de deur draaide ze zich om. 'En maak die hond schoon voor je hem binnenbrengt.'

'Oké.'

Ze ging naar binnen en ik keek achterom naar het bos.

Wat zou er met hen gebeuren? Wanneer zou ik erover horen? Waar waren de geesten, en waarom zag en hoorde ik ze niet vaker?

Hoeveel langer zou het nog duren voordat ik even welkom was als mama?

Spreek tegen me, wilde ik tegen de schaduwen schreeuwen.

Misschien deed ik het ook.

Maar alles wat ik hoorde was het gehijg van Cleo en het gebons van mijn eigen hart.

12. Conjugatie

Het waren niet alleen mama's raadselachtige waarschuwingen die 's nachts de rillingen over mijn rug deden lopen en elk geluid dat ik hoorde, elk gekraak, deden knetteren als voetzoekers. Het waren de dingen die ze in en rond ons huis deed, dingen die ze nog nooit zo intens en zo overdadig had gedaan, die me echt bang maakten.

Om te beginnen zette ze brandende kaarsen voor elk raam, en niet alleen voor het raam van de zitkamer. Blijkbaar had Bogart haar ook nog een paar andere dingen gegeven. Ze had een lang siermes mee naar huis genomen. Ze zei er niets over, maar na het eten haalde ze het plotseling tevoorschijn en ging er, zonder me te vertellen waarom, mee naar buiten. Ik volgde haar en stond op de veranda naar haar te kijken toen ze het mes gebruikte om een lange lijn te trekken tussen de weide en het bos tegenover het huis van de buren. Toen liep ze terug naar huis en haalde iets anders uit het pak. Het was een vijfpuntige ster in een cirkel, alles van koper. Ze maakte hem stevig vast op onze voordeur. Daarboven prikte ze twee takjes venkel die volop in het blad zaten.

'Wat betekent dat, mama?' vroeg ik, turend in het donker. Het deed me denken aan Halloween.

'Zo beschermen we onszelf, weren we het kwaad,' vertelde ze. Verder zei ze niets.

Later ging ze terug naar de zitkamer, waar ze ging zitten zonder dat er enig ander licht brandde dan de kaars. De gloed van het kaarslicht scheen op haar gezicht en gaf haar huid een amberkleurige teint. Ik kon zien dat haar ogen strak op het duister waren gericht. Ze verroerde zich niet. Haar intens starende blik beangstigde me. Ze wilde niets zeggen; ze keek zelfs mijn richting niet uit. Hoe lang kon ze zo blijven zitten? Wat verwachtte ze te zullen zien? De stilte en het flakkerende kaarslicht werkten op mijn zenuwen. Ik kon niet in die kamer blijven en naar haar kijken. Zelfs Cleo trok zich terug en volgde me onmiddellijk naar boven, waar ik probeerde mijn gedachten af te leiden met studeren en lezen.

Ik bleef indommelen, en eindelijk ging ik slapen. Maar op een gegeven moment werd ik 's nachts wakker en luisterde gespannen, omdat ik zeker wist dat ik iemand hoorde zingen. Ik stond op en liep naar het raam. Het was mama, die buiten een hymne stond te zingen. Cleo was ook wakker, maar ik moedigde hem niet aan om op te staan. Toen ik de kamer uitliep, deed ik de deur achter me dicht, zodat hij me niet kon volgen. Toen liep ik naar beneden en opende zachtjes de voordeur. Langzaam liep ik naar de rand van de veranda en keek naar het oude kerkhof, waar ik haar met een lantaarn bij de oude grafstenen zag staan. Toen ze ophield met zingen en het licht uitblies, draaide ik me om en liep haastig weer naar binnen en naar boven. Cleo was wakker en zat op me te wachten.

'Ga slapen,' zei ik tegen hem en stapte weer in bed. Hij rolde zich op, kreunde zachtjes en legde zijn kop op zijn poten. Ik luisterde naar mama's voetstappen en hoorde dat ze even voor mijn deur bleef staan. Een ogenblik later ging ze naar haar eigen kamer en werd alles stil in huis.

Ondanks de warme, klamme nacht lag ik te rillen en wikkelde de deken stevig om me heen. Ik rolde me op in een foetushouding, sloeg mijn armen om me heen. Wat was het gevaar dat mama vreesde? Wat was zo machtig dat zelfs onze wonderbaarlijke geesten ons niet voldoende konden beschermen? Had ik iets gedaan om dit alles te veroorzaken?

Bij elk gekraak in het huis sperde ik mijn ogen open en hield ik mijn adem in om beter te kunnen luisteren. Ik zag dat Cleo sliep en dat stelde me gerust. Eindelijk viel ik zelf ook uitgeput in een rusteloze slaap. Ik werd één keer wakker en zag mezelf op de bodem van dat graf, en mijn ogen gingen plotseling open. Mijn armen werden naar me uitgestoken en ik sprong letterlijk op uit mijn slaap. Het duurde even voor mijn hartslag weer normaal werd en ik aarzelend, nog steeds angstig, mijn hoofd weer op het kussen legde en mijn ogen durfde te sluiten.

Maar de ochtend was zo helder en licht, dat al mijn duistere dromen en gedachten werden weggevaagd alsof ze spinnenwebben waren. Cleo stond al te hijgen bij de deur, verlangend om te worden uitgelaten. Toen ik opstond, me waste en aankleedde, zag ik dat mama al op was en bedrijvig rondliep. Ze zag er fris en uitgerust uit. Ze keek naar me met een lieve, blijde glimlach. Het leek of alles wat ik haar de afgelopen nacht had zien doen niet meer dan een droom was geweest.

'Je haar moet geknipt worden,' zei ze. 'Ik zal het na het ontbijt meteen doen. Daarna moet ik naar mr. Lyman, de notaris. We moeten een paar zakelijke kwesties bespreken. Hij belde laatst en maakte me erop attent dat ik, nu Celeste er niet meer is, een paar veranderingen moet aanbrengen in mijn testament. Hij heeft me er vaak genoeg over gebeld, en ik heb eindelijk besloten het te doen.'

'Mag ik mee?' vroeg ik snel. Mijn gesprek met Elliot, het bespioneren van zijn familie, het horen van de muziek en het gebabbel aan tafel, alles deed me ernaar verlangen vaker in het openbaar te verschijnen, dingen te zien, vooral meer mensen van mijn leeftijd.

'Het zal heel saai zijn voor je. Je zult alleen maar in een hal zitten om op mij te wachten. Ik ben niet van plan nog iets anders te doen. Geniet van je dag, Noble. Ga weer vissen. Misschien heb je vandaag meer geluk. Vroeg bracht je vaak ons avondeten thuis, weet je nog? Ik kan je nog horen gillen dat ik naar buiten moest komen om de vis te zien waar je zo trots op was.' Ze glimlachte bij de herinnering. 'Celeste liep meestal met gebogen hoofd achter je aan. Zij was er niet zo goed in.'

Ik was teleurgesteld dat ze weigerde me mee te nemen, maar haar ontspannen houding en zelfvertrouwen maakten dat ik me beter voelde. Haar maatregelen hadden blijkbaar succes, dacht ik. Wat ons bedreigde, werd teruggedreven. We waren veilig, maar toen ze mijn haar knipte, waarschuwde ze me weer dat ik uit de buurt moest blijven van de nieuwe buren.

'Mijn moeder vertelde me altijd dat het kwaad op een besmettelijke ziekte lijkt. Als je te dicht bij iemand komt die ermee geïnfecteerd is, kan hij of zij je besmetten, hoe goed je ook beschermd bent. Maar dat weet je allemaal al, liever. Je weet het omdat je mijn hart bezit,' zei ze en gaf me een zoen op mijn voorhoofd.

Later stonden Cleo en ik op de veranda en zagen haar wegrijden naar het kantoor van de notaris. Ik was niet echt in de stemming om te gaan vissen, maar de warme, gedeeltelijk bewolkte dag was te uitnodigend om me binnen op te sluiten en te gaan lezen. Cleo leek

ook naar wat lichaamsbeweging te verlangen, dus pakte ik eindelijk mijn hengel en de doos visgerei, zocht mijn pot met wormen,
en liep over de weide naar het bos.

Mussen en roodborstjes vlogen opgewekt van tak tot tak, be-
groetten me als een oude terugkerende vriend. De geur van dennen
en verse aarde drong in mijn neus en ik voelde me verkwikt. Ik
moest er vaker op uit trekken, dacht ik. Ons huis, al was het nog zo
comfortabel, was te donker en te gesloten tegenwoordig, te ver-
stikkend. Ik voelde me als een pasgeboren vogel die gretig zijn
vleugels wil uitslaan. Alles buiten onze boerderij kan niet slecht
zijn en alles erop kan niet goed zijn, dacht ik, en vroeg me af of dat
een ketterse gedachte was.

Toen ik mijn plek aan de beek bereikt had, wierp ik de lijn uit en
zette mijn hengel vast. Cleo zwierf zoals gewoonlijk rond, verken-
de op eigen houtje de omgeving. Ik zat naar het water te staren, naar
de manier waarop het schuimde rond de keien en takken en bladeren met de stroom meevoerde. De beek was bedrijvig vandaag,
dacht ik. Ik herinnerde me dat Noble vond dat hij klonk als iemand
die staat te gorgelen. Dat constante geluid, het gezoem van de bij-
en vlakbij, het gekwetter van de vogels en de warme middag maakten me slaperig. Ik werd met een schok wakker toen ik een plons
hoorde.

Eerst vroeg ik me af of het een vis was. Ik ging snel rechtop zitten en keek aandachtig naar het water. En toen zag ik weer een
plons rechts van mijn vislijn. Die werd gevolgd door een derde aan
de linkerkant, en ik besefte dat iemand met steentjes stond te gooi-
en. Ik sprong overeind en draaide me om.

Elliot kwam rechts van me met een vrolijke, ondeugende lach uit
het bos. Hij droeg een shirt met korte mouwen en een verschoten
spijkerbroek. Mijn eerste opwelling was aan mama's vermaning
gehoor te geven en mijn spullen op te pakken en weg te lopen, maar
ik zette me schrap. Cleo rende kwispelstaartend naar hem toe.

'Begin niet over borden met "Verboden Toegang",' vermaande
hij toen hij dichterbij kwam. 'Ik heb gezien dat je ons bespioneerde. Jij was degene die op verboden terrein kwam.'

'Ik heb jullie niet bespioneerd,' zei ik. Hij grijnsde.

'Je kan slecht liegen. Kun je niet eens een excuus bedenken?'

'Ik hoef niks te bedenken. Laat me met rust.'

'Hoe kun je dat prettig vinden om zoveel alleen te zijn?' vroeg hij oprecht nieuwsgierig. Hij keek vol afkeer om zich heen naar het bos en de beek. 'Ik vond het vreselijk om hierheen te verhuizen omdat ik wist hoe geïsoleerd we hier zouden wonen. Thuis hoefde ik maar een bus te pakken of een lift te krijgen om naar het winkelcentrum te gaan als ik me verveelde. Dat was simpel. Tot ik mijn rijbewijs en mijn auto heb, zal ik moeten lopen of fietsen of zoiets, en wat valt er hier trouwens te zien en te doen?

'Ik weet het. Ik weet het. Dat kun jij me niet vertellen,' ging hij verder voor ik kon reageren. *'Nature Boy,'* voegde hij er verachtelijk aan toe en gooide nog een steentje in het water.

'Je jaagt de vissen weg,' zei ik.

'Of het jou wat kan schelen, zei hij schamper. Toen lachte hij weer ondeugend. 'Wat is dit, het hoogtepunt van de dag?'

'Ik doe het graag,' zei ik vastberaden.

'Je doet het graag? Dit is wat je in je vrije tijd doet? Jemig. Denk je weleens aan meisjes, of heb je wat beters te doen?'

'Wat ik doe gaat je niets aan,' zei ik.

Hij lachte.

'Dat geloof ik graag. Ik wed dat je niet wilt dat het iemand anders aangaat dan jou.'

'Wat bedoel je daarmee?'

'Hé,' zei hij, zijn handen opheffend. 'Het kan me niet schelen of je iets anders gevonden hebt om de plaats van meisjes in te nemen. Misschien een grote, mooie vis?'

'Je bent walgelijk,' zei ik.

'Ik ben walgelijk? Dat is walgelijk? Wat heb ik gedaan, heb ik je tere zieltje beledigd? Wat ben je, een moederskindje? Is dat het soms? Mama wil niet dat haar zoontje zich vuil maakt door rond te hangen met vuile tieners of zo? Ketent ze je daarom hier vast?'

'Ik ben niet vastgeketend.'

'O, nee?'

'Denk maar wat je wilt,' zei ik.

Hij lachte en haalde een pakje sigaretten uit de zak van zijn shirt. Hij tikte er een uit en stak die in zijn mond. Ik sloeg hem gade, niet in staat mijn ogen van hem af te wenden. Hij lachte weer.

'Wil je er ook een?'

'Nee,' zei ik snel.

'Dus je rookt ook niet, hè?'

'Nee.'

'Zuiver in lichaam en geest. Nature Boy.' Hij lachte en nam een trek van zijn sigaret. Hij blies de rook recht in mijn gezicht.

'Hou op me zo te noemen. Laat me met rust. Dit is onze kant van de beek, en je hoort hier niet.'

'Niet zo snel met je bevelen, Nature Boy. Ik was van plan je te negeren tot ik je erop betrapte dat je door ons raam naar binnen gluurde. Waar hoopte je op? Dat je mijn zus zou zien terwijl ze zich uitkleedde of zo?'

Ik voelde de hitte langs mijn hals naar mijn gezicht omhoogkruipen.

'Nee!' gilde ik bijna. Lachend tikte hij de as van zijn sigaret, weer in mijn richting.

'Het is oké als je dat hoopte. Ze is sexy. Dat is een van de redenen waarom mijn vader hierheen wilde verhuizen. Ze raakte in allerlei moeilijkheden verzeild met jongens, studenten eigenlijk, snap je wat ik bedoel?'

Hij trok aan zijn sigaret en nam me scherp op. Ik voelde me niet op mijn gemak en wendde me van hem af.

'Misschien heb je geen idee wat ik bedoel. Je bent nog nooit samen met een meisje geweest of hebt een afspraakje gehad of wat dan ook, hè, thuislesjongetje?'

'Ik merk dat je me niet met rust wilt laten,' zei ik, en begon mijn lijn in te halen.

'Man, wat ben je snel aangebrand,' zei hij.

Ik probeerde hem te negeren en ging verder met mijn spullen bijeen te zoeken. Maar hij ging achter me staan en gaf me een duw, zodat ik een stap naar voren moest doen en met mijn rechtervoet in het water terechtkwam. Hij lachte toen ik me met een ruk omdraaide.

'Je moet wat voorzichtiger zijn,' zei hij. 'Laat mij die hengel eens proberen,' ging hij verder, en liep naar voren om de hengel van me af te nemen, met de brandende sigaret in zijn mond.

'Blijf eraf!' zei ik, en trok terug.

Maar hij pakte hem beet, en een tijdje waren we aan het worstelen. Toen liet ik los en stootte zo hard ik kon tegen zijn borst. Hij hield de hengel vast, maar viel achterover, met zijn zitvlak in het water. Hij sprong overeind alsof het water hem gebrand had. Hij zag rood van woede.

'Schoft,' zei hij, en vloog op me af. Hij sloeg zijn arm om mijn hoofd en probeerde me rond te draaien en op de grond te gooien, maar ik duwde tegen zijn arm en maakte me gemakkelijk los uit zijn greep. Toen pakte ik zijn linkerarm en trok zo hard ik kon. Hij verloor zijn evenwicht, struikelde over een paar stenen en viel weer, deze keer met zijn hele arm onder water, bijna tot aan zijn schouder.

Cleo stond te blaffen, maar niet kwaad. Hij was opgewonden en cirkelde keffend om ons heen, alsof hij eindelijk iets leuks meemaakte. Elliot krabbelde overeind, de doorweekte sigaret bungelde tussen zijn lippen. Hij dacht even na, toen lachte hij, schepte wat water op en gooide het in mijn richting. Ik ging achteruit om het water te vermijden.

'Je verdiende loon,' zei hij lachend, en kwam weer op me af. Ik wilde per se vermijden dat hij me in het water zou gooien.

Ik draaide me om en holde het bos in, Cleo blaffend achter me aan. Elliot volgde, schreeuwend: 'Kom, Nature Boy. Het is jouw beurt om een bad te nemen.'

Ik rende zo hard ik kon, en ik had gemakkelijk aan hem kunnen ontkomen omdat dit mijn bos was en ik elk pad en elke open plek kende, maar mijn paniek maakte dat ik niet voldoende oplette. Ik holde door struikgewas, wat mijn tempo vertraagde. Elliot was vlak achter me. Hij sprong op me af, tackelde me, en we vielen allebei in het onkruid en het wilde gras. We rolden even over de grond en hij probeerde mijn armen tegen de grond te drukken. Ik kronkelde en duwde, maar hij lag over me heen en hield me stevig vast. We hijgden zo hevig, dat we even geen van beiden een woord konden uitbrengen.

Hij bewoog zijn benen zodat hij zijn knieën op mijn armen kon leggen en me tegen de grond houden, terwijl hij boven op mijn buik zat.

'Oké, zul je nu ophouden met dat gekloot?'

'Laat me los,' riep ik.

'Nog niet. Ik wil eerst een paar dingen weten.'

'Laat me los,' zei ik, worstelend. Hij woog te zwaar om hem van me af te kunnen duwen.

Cleo zat ernaast, hijgend en enthousiast toekijkend. Waarom was hij niet kwaad? Waar bleef mijn spirituele bescherming?

'Wat doe je nou echt voor de lol? Vissen en studeren en in de tuin werken is toch niet het enige wat je doet, hè?'

'Jawel.'

'Flauwekul. Je moet iets anders hebben om gein mee te beleven. Is je moeder echt een heks?'

'Als ze dat is, zou ik maar oppassen, want dan zal ik haar een vervloeking over je laten uitspreken,' zei ik zo dreigend mogelijk. Hij begon te lachen en stopte toen. Ik kon voelen dat zijn greep losser werd.

'Ik geloof niet in die dingen,' zei hij en haalde zijn benen van mijn armen. Hij keek een beetje verontrust. 'Kom nou, zeg de waarheid.'

'Mijn moeder is geen heks.' Ik wreef over mijn armen en draaide me van hem af. Hij ging op zijn gemak zitten, en Cleo, de verrader, nestelde zich tegen hem aan.

'Waarom verzinnen ze dan al die verhalen dat ze toverformules kent en geheime ceremonieën houdt?'

'Ze zijn gewoon jaloers en gemeen omdat we onafhankelijk zijn.'

'Wat is dat rare ding op jullie voordeur?' vroeg hij, en veegde met zijn mouw over zijn bemodderde gezicht.

'Dat is niks. Mijn moeder gelooft in sommige dingen, maar ze is geen heks. Bovendien, als je dat hebt gezien, ben jij de gluurder en niet ik.'

'Ik zag het toevallig vanmorgen. Ik was op zoek naar jou. Heb je er wat van opgestoken toen je ons gisteravond bespioneerde? En ontken het niet weer. Ik heb je bij het raam gezien. Je hebt gehoord wat we zeiden. Nou?'

'Nee, ik heb er helemaal niets van opgestoken. Ik ging er alleen naartoe om te zien of je de waarheid vertelde, of jullie echt dat huis hebben gekocht en erin zijn getrokken.'

Hij leunde achterover, aaide Cleo en keek naar zijn pakje doorweekte sigaretten.

'Je wordt bedankt,' zei hij. 'Het is niet gemakkelijk om sigaretten ons huis binnen te smokkelen.'

'Je moet niet roken.'

Hij schudde zijn hoofd.

'Ik veronderstel dat jij niets doet wat zogenaamd slecht voor je is.'

'Nee, dat doe ik inderdaad niet.'

'Je drinkt niet, rookt niet, geen hasj of zo?'

'Ik zorg goed voor mezelf,' zei ik, stond op en borstelde me af. Hij bleef naar me zitten kijken.

'Ja, nou ja, waar ik vandaan kom bekommert niemand zich om die dingen, althans niemand van mijn leeftijd. Denk je dat het hier anders voor me zal worden?' vroeg hij. Toen schudde hij weer zijn hoofd. 'Ik vergat dat jij dat natuurlijk niet weet. Woont er nog iemand van ongeveer onze leeftijd hier in de buurt, een normaal mens met wie ik vriendschap kan sluiten?'

'Ik zou het niet weten,' antwoordde ik. 'Het volgende huis is ongeveer een kilometer verderop in de richting van Sandburg, maar ik geloof dat de kinderen die daar wonen allemaal een jaar of vier, vijf zijn. En ik ben normaler dan jij.'

'O, natuurlijk. Thuisles, rare dingen op de voordeur, de hele dag vissen en tuinieren. Heel normaal.'

'Je weet helemaal niks,' zei ik.

'Verveel je je echt niet? Vind je het leuk om alleen met een hond rond te hangen?' vroeg hij verbijsterd.

'Ik heb het erg druk. Er is een hoop te doen op onze boerderij. Ik heb geen tijd om me te vervelen.'

'Man, wat ben jij een rare snuiter.'

'Blijf dan uit mijn buurt,' snauwde ik. Ik liep terug naar de beek. Hij stond op en kwam naast me lopen.

'Ik weet zeker dat mijn vader zou willen dat ik net zo verveeld was als jij,' zei hij wat nonchalanter. Ik ging minder snel lopen, omdat hij nu over zichzelf praatte. 'Mijn zus was niet de enige die in de problemen raakte. Ik spiekte tijdens een eindejaarsexamen en zakte verleden jaar voor maatschappijleer. Ik moest de zomercursus volgen om het in te halen, en dat betekende dat ik geen vakantiebaantje kon krijgen. Mijn vader wilde me dit jaar niet mijn rijbewijs laten halen, dus moest ik ervoor zorgen dat ik in ieder geval voor alles een voldoende haalde. Eigenlijk ben ik blij dat hij wilde verhuizen, omdat hij met iets over de brug moest komen om me over te halen. Op die manier heb ik de auto van hem los weten te krijgen. Betsy maakte het hem er erg moeilijk mee. Na een tijdje wist ik dat ik hem zover had.'

Ik bleef staan en nam hem aandachtig op.

'Wat is er?' vroeg hij.

'Jullie lijken geen gezin, maar eerder combattanten,' zei ik.

'Combattanten?' Hij trok een lelijk gezicht.

'Ik bedoel tegenstanders. Ruziezoekers? Vijanden? Wat dát betekent snap je toch zeker wel?'

'O, o, wat ben jij slim,' zei hij.

We liepen verder naar de beek, met Cleo op onze hielen, die er niet zoals gewoonlijk vandoor ging om een of ander gat in de grond te inspecteren.

'Misschien heeft je moeder een toverformule gebruikt om je zo te maken,' merkte hij met een cynisch lachje op. 'Misschien zou ze dat ook voor mij kunnen doen?'

'Er is maar één toverformule om slimmer te worden, Elliot, studeren, lezen, opletten tijdens de les en werken.'

'Ja,' zei hij zelfingenomen. 'Mijn laatste vriendinnetje was heel slim, altijd nummer een van de klas. En ze was ook cheerleader voor het basketballteam van de eerstejaarsstudenten.'

Ik zag dat hij glimlachte, maar zei niets. Ik wilde niet dat hij zou ophouden met praten. Hoe zou het zijn om cheerleader te zijn en naar schoolwedstrijden te gaan?

'Ze was erg ambitieus. Het enige waarmee ik haar gemakkelijk kon verslaan was ringwerpen. Natuurlijk speelden we stripringwerpen. Dat heb ik uitgevonden.' Zijn mond vertrok even.

'Wat is dat?' vroeg ik. Het was eruit voor ik het wist.

'O, heel simpel. Degene die een ronde verloren had moest iets uittrekken. Meestal had ik haar in minder dan tien rondes naakt.'

Ik voelde dat mijn adem sneller begon te gaan.

'Ze had ook een mooi figuur. Maar ze was niet het eerste meisje met wie ik het heb gedaan. Ik deed het al op mijn twaalfde,' schepte hij op. 'We hadden buren, de Brakfists, met een dochter die Sandra heette. Iedereen plaagde haar en noemde haar Sandra Breakfast. Sandra Ontbijt, ha ha. Ze had ook een goed stel hersens.' Hij keek even naar mij. 'Eerlijk gezegd,' ging hij fluisterend verder, 'wist ze meer over de bloemetjes en bijtjes dan ik. Soms maakte ik mijn huiswerk met haar, omdat ik zo'n beroerde leerling was.'

We lieten het bos achter ons en stonden weer bij de beek. Mijn hengel lag op een paar stenen, de lijn was meegevoerd door het stromende water. Tijdens onze worsteling was de pot met wormen omgevallen en de inhoud was grotendeels eruit verdwenen. Ik knielde neer en raapte zoveel ik kon ervan op.

'Wil je niet horen wat er gebeurde – of ben je soms homo?' vroeg hij, geërgerd dat ik afgeleid was. Dat was ik niet. Ik wilde alleen niet laten merken hoe groot mijn belangstelling was.

'Nou?'

'Oké, wat is er gebeurd?'

'Denk je soms dat ik het verzin?'

Ik haalde mijn schouders op.

'Hoe moet ik weten of je dat doet of niet?' vroeg ik.

Hij fronste zijn wenkbrauwen. 'Omdat ik het zeg,' zei hij nors.

'Vertel het me dan.'

'Ach –' Hij zwaaide naar me en wendde zijn hoofd af.

'Sorry. Vertel op,' zei ik met meer enthousiasme. Het was gemakkelijk te zien dat hij het me wilde vertellen.

Hij ging op een grote kei zitten.

'Het was eigenlijk heel grappig,' zei hij. 'We studeerden biologie en iets van conju... conje-'

'Conjugatie?'

'Ja, dat is het, maar het ging over wormen,' zei hij, wijzend naar mijn pot.

'En?'

'En ze begon de discussie te "expanderen". Hoe vind je díe, over moeilijke woorden gesproken, slimmerik? Ze begon erover hoe belangrijk het was om een en ander te weten over de menselijke voortplanting, en zo kwamen we erop. Ze was, welk woord gebruikt mijn vader ook weer voor mijn zus? Pro... iets.'

'Promiscue?'

'Ja, dat is het,' zei hij opgewonden. 'Ze was promiscue. Ik was beslist niet de eerste jongen met wie ze dolde. Eerlijk gezegd, was ik een beetje bang voor haar, maar ik zette door omdat ik geen watje wilde lijken, en het een leidde tot het ander.'

'Hoe bedoel je, leidde tot het ander?'

'Je weet wel. *Het ander.* Eerst handjevrijen en dan paren. De conjugatie. Met haar was het alsof je aanwijzingen volgde om iets in elkaar te zetten. Eerst doe je dit en dan doe je dat. Ik was opge-wonden, maar had ook het gevoel dat ik weer op school zat. Ik heb het niet nog eens met haar gedaan. Ze probeerde me te strikken on-der het mom van huiswerk maken, en toen ik niet wilde, zocht ze een ander. De grap op school werd: wie heeft Sarah de laatste tijd voor ontbijt gehad? Snap je?'

Hij wachtte op mijn antwoord, maar ik zei niets. In plaats daar-van ging ik verder met het inhalen van de vislijn.

'Je gelooft me niet, hè?'

'Het is niet belangrijk of ik het geloof of niet.'

'Je bént een rare.'

'Je moet ophouden met dat te zeggen.' Ik draaide me met een ruk naar hem om.

Hij haalde zijn schouders op.

'Ik denk dat je wel een reden hebt om raar te zijn.'

'Wat bedoel je daarmee?'

'Wat er met je zusje is gebeurd en zo. Ze hebben haar lichaam nooit gevonden, hè?'

Ik staarde hem aan.

'Het is maar een vraag.'

'Ik wil er liever niet over praten,' zei ik.

'Dacht je moeder dat het die oude man was wiens huis we heb-ben gekocht?'

'Ik zei –'

'Oké.' Hij zweeg.

'Het is pijnlijk,' zei ik.

'Ja. Nou ja, soms komen vermiste kinderen weer terecht. Ik las over dat meisje dat tien jaar later kwam opdagen. Het stond in een van die kranten die je in de supermarkt kan kopen. Ze had een flash-back of zoiets en wist als een hond de weg naar huis te vinden. Misschien gebeurt dat ook met jouw zus. Heb je die film op de te-levisie gezien, ongeveer een maand geleden, over dat tienermeisje dat ontdekt dat ze ontvoerd was door de mensen die ze als haar ou-ders beschouwde?'

'Ik kijk niet naar televisie,' zei ik.

'Wát zeg je?'

Ik legde de hengel over mijn schouder, pakte de doos met vis-gerei op en drukte de pot met wormen tegen mijn borst.

'We kijken niet naar televisie.'

'Kijken jullie nooit naar televisie?'

'Nee.'

'Wat doen jullie dan 's avonds?'

'Lezen, naar muziek luisteren, aan projecten werken.'

'Ik zou gek worden zonder televisie. Papa heeft beloofd ons zo gauw mogelijk op de kabel te laten aansluiten. Met die oude antenne kunnen we hier niets krijgen. Ga je dan tenminste nu en dan naar een film?'

'Nee,' zei ik, en liep weg.

'Hé, heb je geen zin om erheen te gaan?' vroeg hij, terwijl hij me achterna kwam. Ik liep door. 'Nou?'

'Soms,' bekende ik.

'Maar je moeder vindt het niet goed.'

'Ze zegt dat er niets te zien is dat de moeite waard is.'

'Hoe weet ze dat als jullie er nooit een zien? O, ik weet het al. Ze kan het onbekende zien,' zei hij met een dramatisch gebaar naar de horizon.

'Laat me je in ieder geval vertellen over de film die ik verleden week heb gezien,' ging hij verder, terwijl hij naast me bleef lopen. Ik moest even bij mezelf lachen. Hij scheen meer behoefte te hebben aan gezelschap dan ik. 'Ze komen het meisje halen. De politie gaat naar het huis en vertelt haar dat ze ontvoerd is door haar zogenaamde ouders, en ze bekennen. Ze wordt teruggebracht naar haar echte ouders en familie, maar de grootmoeder wil niet dat ze teruggebracht wordt.'

'Waarom niet?'

'Het blijkt dat de grootvader haar echte vader is.'

Ik bleef staan en schudde mijn hoofd.

'Dat begrijp ik niet.'

'Is dat zo moeilijk te begrijpen? De grootvader had seks met zijn schoondochter, en het kind werd geboren, en de grootmoeder liet het ontvoeren toen het nog een baby was. Je wilt nu vast wel dat je die film gezien had, hè?'

Ik zei niets.

'Ze herhalen een film soms. Als ik zie dat hij weer wordt uitgezonden zal ik het je laten weten en kun je bij mij thuis komen kijken.'

Ik begon mijn hoofd te schudden.

'Je hoeft niet tegen je moeder te zeggen waar je naartoe gaat. Doe net of je gaat vissen of zo.'

'Ik lieg niet tegen mijn moeder,' zei ik bits.

'Natuurlijk niet.'

'Dat doe ik niet.'

'Nou ja, het hoeft niet echt een leugen te zijn. Je vertelt haar gewoon niet alles. Wat niet weet, wat niet deert.'

'Je kunt geen liefdevolle relatie hebben als je niet eerlijk bent.'

Hij sloeg zijn ogen ten hemel.

'O, jee. Je hebt te lang alleen geleefd, Noble. Als je hier uitbreekt, zul je als een kind in een snoepwinkel zijn, en dan kom je in een hoop moeilijkheden,' zei hij. Hij wilde nu de wijze man uithangen. Ik moest even lachen. 'Wat is er zo grappig?'

'Dat is het beste excuus om slechte dingen te doen dat ik ooit heb gehoord of gelezen.'

'Ja, nou ja, maar het is waar. Kijk eens naar die kinderen op de universiteit die voor het eerst in hun leven op eigen benen staan.'

'Hoe bedoel je?'

'Ze gaan over de rooie. Ze drinken te veel, gaan te laat naar bed, worden zwanger, raken aan de drugs, noem maar op. Als hun ouders ze niet zo voortdurend aan banden hadden gelegd, zouden ze niet zo worden,' zei hij met een wijs knikje.

'Hebben je ouders jou en je zus aan banden gelegd?'

'Nee, niet echt.'

'Dus?'

'Dus wat?'

'Je hebt me net verteld over alle problemen waarin je zus is geraakt met oudere jongens en hoe jij de boel ook in de soep hebt laten lopen, ja toch?'

'O, jij bent zo'n watje –'

'Hoor eens, kijk eens in een woordenboek en zoek een ander woord, wil je?' zei ik en ging sneller lopen.

Hij bleef staan.

'Misschien wil je moeder me op je thuisles laten komen en net zo slim laten worden als jij,' riep hij me achterna.

Ik draaide me niet om.

'Weet je wat,' riep hij. 'Kom eens langs, dan zal ik je wat leren over conjugatie en kun jij mijn vocabulaire verbeteren. Voor het ge-

218

val je ooit nog eens iets tegenkomt dat meisje heet!' schreeuwde hij.

Cleo bleef staan en keek achterom naar Elliot.

'Kom, Cleo,' riep ik. 'Laat hem.'

Haastig liep ik naar huis om me op te knappen voordat mama me zag en zich afvroeg waarom ik onder de modder zat en er zo verfomfaaid uitzag. Later probeerde ik wat te lezen en de lessen te leren die mama had opgegeven voor wis- en natuurkunde. Maar ik werd voortdurend afgeleid, pauzeerde minutenlang en dacht na over de dingen die Elliot me had verteld. Zijn gezelschap en zijn verhalen gaven me het gevoel dat ik gestrand was op een eiland. Was dit het kwaad waarvan mama vreesde dat het me zou infecteren? Waren deze visioenen van seks en alles wat hij me vertelde bacteriën of zo? Ik deed mijn uiterste best ze uit mijn gedachten te bannen. Het beangstigde me dat me dat zo moeilijk viel. Ten slotte besloot ik naar buiten te gaan, naar het oude kerkhof. Daar ging mama naartoe voor spirituele leiding, dacht ik. Waarom ik niet?

Zoals vaak voorkwam in deze late zomerdagen, veranderde de lucht snel. Warme, steeds toenemend vochtige lucht was de voorbode van een naderende stortbui. Ondanks het feit dat we ons zo hoog in de bergen bevonden, konden we een regenbui krijgen die meer op een tropisch onweer leek. De wolken boven me cirkelden rond de plekken blauwe lucht, sloten die blijkbaar vastbesloten in. Waar was mama? Waarom bleef ze zo lang weg? Ze had gezegd dat ze nergens anders naartoe ging.

Ik stond voor de oude grafstenen en deed heel erg mijn best een spirituele aanwezigheid te voelen.

'Kom alsjeblieft bij me terug, papa,' bad ik. 'Ik heb je nodig. Alsjeblieft. Ik wil niet slecht zijn. Ik wil niets doen dat mama of mijzelf kan kwetsen.'

Ik raakte de grafsteen van baby Jordan aan zoals mama altijd deed, sloot mijn ogen en probeerde te voelen dat de in reliëf aangebrachte handen bewogen. Er gebeurde niets, zelfs niet nadat ik een van de oude hymnen van mama had gezongen. Cleo stond buiten het hek naar me te kijken en ging toen liggen wachten. Hij legde zijn kop op zijn poten en deed zijn ogen dicht.

Plotseling hief hij zijn kop op en keek naar de oprijlaan. Ik draaide me om en zag twee auto's naderen. Een ervan was van mama, maar de andere wagen herkende ik niet. Toen ze dichterbij kwamen, zag ik dat iemand anders mama's auto bestuurde, een man in een blauw hemd. Mama leek erg van streek. De tweede auto werd bestuurd door een man in een soortgelijk hemd. Haastig verliet ik het kerkhof en ging voor het huis staan toen ze stopten.

De man die achter het stuur van mama's auto zat, stapte snel uit en opende haar portier. Ik zag dat hij een soort uniform droeg met een bijpassende blauwe broek. De tweede auto stopte en de identiek geklede man stapte uit en liep langzaam naar hen toe. Mama's chauffeur hielp haar uitstappen. Ze leek onvast op haar benen te staan.

'Mama!' riep ik.

'Ze is oké,' zei de man die haar hielp.

Mama deed haar ogen open en keek naar me, eerst vreemd, toen kalm, met een knikje naar de deur. Ik holde vooruit om hem open te maken, en ze kwamen met zijn allen achter me aan.

'Het gaat nu weer,' zei mama en draaide zich om naar de man die haar hielp. 'Dank u. Allebei heel erg bedankt. 'U had echt de dokter ernaar moeten laten kijken en die tests laten doen, mevrouw Atwell,' zei hij. Hij keek naar haar mij. 'Let goed op haar,' zei hij. Ze draaiden zich om en liepen naar de tweede auto.

'Wat is er gebeurd, mama?'

'Laten we eerst naar binnen gaan,' zei ze snel, en we liepen het huis in. Ze sloot de deur, haalde diep adem en liep naar de zitkamer.

Ik volgde haar en zag dat ze zo snel ze kon naar overgrootvader Jordans stoel liep. Toen ze eenmaal zat, keek ze opgelucht.

'Wat is er gebeurd?'

'Ik ben flauwgevallen in het kantoor van de notaris. Ze hebben me naar het ziekenhuis gebracht voor ik kon protesteren, en toen stonden die twee assistenten erop me naar huis te brengen. Ik mocht niet zelf rijden van ze. Er is niets aan de hand,' hield ze vol.

'Waarom ben je flauwgevallen?'

Ze schudde haar hoofd, wendde haar ogen af en keek me toen weer aan.

'Misschien werd het me alleen te veel omdat ik gedwongen werd me alles weer te herinneren, het verlies... het verlies van zo'n dierbaar kind, dat te moeten erkennen. Het was net of ik naar een begrafenis ging, de kist in de aarde zag zakken en de aarde erop zag vallen. Ik moest de realiteit weer onder ogen zien. Mijn hart bleef even stilstaan en ik kreeg geen adem meer. Het gaat echt weer goed. Ik moet alleen een beetje rust hebben. Ga een glas koud water voor me halen,' zei ze, en ik haastte me om aan haar wens te voldoen.

Ze dronk langzaam en toen leunde ze achterover en glimlachte naar me.

'Het komt allemaal goed met ons,' zei ze. 'Dit is niets.' Ze sloot even haar ogen en deed ze toen snel weer open. 'Heb ik goed gezien dat je op het kerkhof was toen we naar huis reden?'

'Ja,' zei ik.

'Waarom?'

'Ik... ik hoopte... ik wilde...'

Ze kneep haar ogen samen.

'Je hebt toch niet iets gedaan dat je niet had moeten doen, hè, Noble?'

'Nee,' zei ik snel, misschien iets te snel.

'Als ons fort verzwakt, komen ze binnengemarcheerd,' zei ze nadrukkelijk.

Ik beet op mijn lip terwijl ze me aandachtig opnam.

'Ga iets te eten maken voor jezelf,' zei ze.

'En jij dan, mama?'

'Ik blijf hier zitten en rust wat uit. Ga nu maar,' zei ze. 'Ik voel me heus weer goed.'

Ik aarzelde en liep toen naar de deur. Daar bleef ik staan en draaide me naar haar om. Ze zat met gesloten ogen en leunde met haar hoofd tegen de rugleuning. Ze leek jaren ouder geworden.

Het kon niet alleen de gedachte zijn dat ze een kind had verloren. Nee toch? Hoe vaak had ze dat niet herbeleefd? Moest die notaris haar dwingen het weer onder ogen te zien? Waarom konden de mensen ons niet met rust laten?

Misschien had het met iets anders te maken. Misschien kwam het omdat ik van het rechte pad was afgedwaald en vreemde dromen en fantasieën had gehad. Mama waarschuwde me altijd dat ze mijn gedachten konden lezen.

Het is mijn schuld, dacht ik. Op de een of andere manier is dit mijn schuld.

Ik moest beter mijn best doen om me goed te gedragen.

Waarom waarschuwden innerlijke stemmen me dat dat steeds moeilijker zou worden?

Ik beefde inwendig, net als mama vaak deed als ze voelde dat er vlakbij iets duisters en afschuwelijks was.

Alleen was het voor mij niet alleen vlakbij, dacht ik.

Voor mij was het binnen in me, rustend onder mijn hart.

13. Door een kijkgaatje

's Avonds leek mama weer wat beter, al bleef ze zich in de dagen daarop langzamer bewegen en deed ze vaker een dutje. Ze viel geregeld in slaap in de zitkamer. Soms als ik haar zag slapen, merkte ik dat haar ogen krampachtig bewogen en haar lippen trilden. Eén keer werd ze met een schok wakker en keek om zich heen alsof ze niet wist waar ze was of hoe ze daar was gekomen.

'Wat is er?' vroeg ze toen ze zag dat ik naar haar stond te staren. 'Is er iets?'

'Niets,' antwoordde ik gauw.

Ze keek achterdochtig en wikkelde zich in haar sjaal.

'Ga weer aan je werk,' beval ze, en later betrapte ik haar erop dat ze naar mij staarde. Ik weet niet wat ze verwachtte te zien, waarop ze dacht me te kunnen betrappen. Het maakte me zenuwachtig. Ik vroeg me af of ik op de boerderij soms gevolgd werd door iets duisters en dreigends, iets wat ik zelf niet kon zien.

De zomer begon dit jaar snel te verdwijnen. De nachten waren kouder dan gewoonlijk en de bladeren begonnen eind augustus al te verkleuren. Ook kregen we al vroeg nachtvorst, en dat was slecht voor de late maïs en andere groenten. Mama klaagde zelfs over haar kruidentuin en het effect van de vroege kou op die planten. Het scheen dat haar spirituele adviseurs gelijk hadden toen ze haar vertelden dat het een langere, strengere winter zou worden dan gewoonlijk.

Ik vermeed het bos en ging niet vissen. Nu en dan wist ik zeker dat ik Elliot zag aan de rand van het bos, starend naar mij en ons huis, maar ik negeerde hem, en hij bleef in de schaduw of achter een paar bomen. Door alle verhalen die hij over ons gehoord had, was hij waarschijnlijk bang genoeg voor mama om hem te beletten naar mij of ons huis toe te komen. Na een tijdje zag ik hem niet meer, en toen wist ik natuurlijk dat de school begonnen was. Hij zou bezig zijn en trouwens nu ook wel nieuwe vrienden hebben gemaakt.

Mama ergerde zich omdat ze een nieuw onafhankelijk leerplan moest opstellen en dat voorleggen, maar volgens de wet was ze daartoe verplicht. Deze keer ging ze zonder mij naar school om het leerplan af te geven, en toen ze thuiskwam mopperde ze over de arrogantie van dr. Camfield en al die onderwijsdeskundigen die zichzelf op zo'n voetstuk plaatsten.

Half oktober begon het te regenen. Lange, hevige plensbuien, zo erg dat voor de maand ten einde was het grootste deel van de mooie gele, bruine en oranje bladeren van de boomtakken waren gevallen en op de grond in het bos lagen. De regendruppels leken spijkers waarmee de bladeren aan de grond waren genageld. Er verschenen weer geraamten. Doffe, donkere, kale takken, lelijk en ineengedraaid, maakten hun opwachting in de schemering. Hun grauwheid was als een enkele, loodzware klank die rond ons huis dreunde. De vogels die nog niet naar het zuiden waren gevlucht leken gedeprimeerd, vlogen nauwelijks rond en zongen zelden. Soms leken ze meer op opgezette vogels dan op levende.

Mama begon er een gewoonte van te maken om urenlang in haar eentje door het raam van de zitkamer naar de duisternis te turen, die ondoordringbaar was omdat de lucht vrijwel altijd zwaarbewolkt was. Ze zei niet veel over een spirituele aanwezigheid. Ze sprak nooit meer over papa. Het was een feit dat ze zich gedroeg of ze eenzamer was dan ik en daarom maakte ik me steeds ongeruster over haar.

We bleven ons werk doen en hielden ons bezig. Ik leerde alle lessen die ze me opgaf, en zij speelde op haar piano, zij het minder dan anders, en de muziek die ze uitzocht was zelden luchtig of vrolijk. Ze scheen te verdrinken in een poel van melancholie. Ze klaagde over de uitwerking van het koude weer op haar handen en kermde over de slechte kwaliteit tegenwoordig van sommige van haar remedies. Maar ze ging door met haar borduurwerk en hield het huis schoon als altijd, zo niet schoner.

Ik voerde een constante strijd met mijn bijna onbedwingbare nieuwsgierigheid, die me bij de hand wilde nemen en me terugvoeren om Elliot en zijn vader en zus te bespioneren. Een andere wereld, een gezin waar een lach en een traan, woede en vreugde, heersten was zichtbaar door het eiland van bomen tussen ons in. Ik speelde met het idee hun huis te benaderen vanaf de weg in plaats van door het bos. Soms bleef ik rondhangen aan de rand van onze boerderij en daagde mezelf uit om door te lopen, maar ik aarzelde altijd lang genoeg om die aandrang te overwinnen en terug te keren naar mijn eigen wereld.

En toen, begin november, toen ik op een dag aanmaakhout sprokkelde aan de rand van het bos, hoorde ik dat Elliot me riep. Ik draaide me om en zag hem zelfvoldaan tegen een esdoorn leunen, met een ondeugende glimlach om zijn glanzende lippen. Hij droeg een rood jasje en een honkbalpet met NEW YORK YANKEES. Ik hoorde sleutels rinkelen en zag dat hij een sleutelbos omhoooghield en ermee rammelde.

'Raad eens wat dit is,' zei hij.

Ik keek eerst naar ons huis om te zien of mama buiten was, toen liep ik naar voren, met het aanmaakhout in mijn armen.

'Geen idee,' zei ik, en probeerde voor te wenden dat ik ook geen belangstelling had, al had ik die natuurlijk wel.

'Van mijn auto, stommerd. Ik heb mijn rijexamen met gemak gehaald, en mijn vader kon niet anders dan doen wat hij beloofd had. De auto is vier jaar oud, maar perfect onderhouden. Hij is zwart, metallic, met verchroomde velgen.'

'Ik ben blij voor je,' zei ik, en wilde me omdraaien om het hout naar huis te brengen.

'Hé, wacht even. Wil je niet weten wat ik al die tijd gedaan heb?'

Ik bleef staan.

'Nee,' zei ik.

'Liegbeest. Ik heb nu en dan bij de beek naar je uitgekeken, maar j was er nooit. Waarom niet? Bang dat je weer in het water zou vallen?' vroeg hij lachend.

'Nee. Ik ben nergens bang voor. Ik heb het druk gehad, dat is alles. Er is een hoop te doen hier, en ik heb te weinig tijd om die te verspillen aan praatjes met jou.'

'Precies, de kippen voeren bijvoorbeeld. Ik ga naar school, weet je. Ik heb een paar vrienden gevonden. Het is minder erg dan ik had gedacht. Er zijn zelfs een paar meisjes die heel cool zijn.'

'Mooi. Ik ben blij voor je.'

'Oké, oké,' zei hij, nu serieus. 'Het spijt me dat ik je zo ruw behandeld heb.'

'Dat kon me niet schelen,' snauwde ik terug.

'Best. Wil je een eindje met me gaan rijden?'

'Nee.'

'Waarom niet? Jee. We rijden wat rond, gaan de buurt verkennen. Ik zal je voorstellen aan een paar andere jongens van onze leeftijd en misschien ook aan een paar meisjes. Je hoeft zelfs niet bij te dragen aan de benzine.'

'Ik wil de buurt niet verkennen. Daar is niets en niemand te vinden die me interesseert. Veel plezier met je auto,' zei ik en liep haastig weg.

'Zelfs mijn zus niet? Interesseert zelfs zij je niet?' riep hij me achterna.

Ik hoorde hem lachen, maar bleef niet staan. Ik liep door naar huis zonder me om te draaien en ging naar binnen. Even bleef ik bij de deur staan. Toen tuurde ik door het raam naar het bos waar hij had gestaan. Hij was verdwenen.

Maar ik voelde me niet opgelucht.

Ik voelde me teleurgesteld.

Een paar dagen later viel er vroege sneeuw. Het was een welkome aanblik, omdat de witte deken de grauwe, sombere bomen en het vale gras en struikgewas bedekte. Zelfs de vogels die de winter met ons doorbrachten leken blij en energieker. Maar de dag erna was het weer warm en de onbewolkte lucht gaf de zon de kans de sneeuw snel te doen smelten. De wereld glinsterde, vooral in de maanverlichte avond als de temperatuur tot het vriespunt daalde. De stammen en takken van de bomen blonken alsof iemand alles met een glimmend vernis had bedekt.

Die middag had ik vrij. Mama was weer in slaap gevallen na 's ochtends het huis te hebben schoongemaakt, dit keer nog grondiger dan gewoonlijk. Ze scheen vuil te zien waar het niet was, vlekken waar ze niet waren. In de late ochtend ging ze naar de torenkamer om te stoffen en te boenen. Ik kon horen hoe ingespannen ze aan het werk was, en het verbaasde me niets toen ze na de lunch praktisch ineenzakte op de bank en indutte.

Een afschuwelijk nieuw gevoel van eenzaamheid overviel me. Het was zo lang geleden dat ik gezelschap had. Ondanks de schijn die ik ophield voor Elliot, vormde werk, al was het nog zo zwaar en langdurig, geen compensatie. Ik wist geen manier meer te bedenken om mijn geest bezig te houden, en de lessen die mama opgaf waren gemakkelijker dan ik had verwacht. Eigenlijk dacht ik bij mezelf dat Celestes schoollessen een grotere uitdaging zouden zijn geweest, maar dat durfde ik niet hardop te zeggen.

De waarheid was dat ik mijn agitatie niet kon negeren. Zelfs zonder spiegels vond ik manieren om mijn spiegelbeeld te zien, soms in een ruit, soms in een stuk glanzend zilver. Het gezicht dat me aankeek intrigeerde me. Het was niet het gezicht dat van mij was. Het leek meer op een masker. Waar ben ik, de ware ik? vroeg ik me af. Waar ben ik gebleven?

Ten slotte bracht een Griekse mythe die ik had gelezen me terug naar het water, naar de plek waar het water werd tegengehouden en rondcirkelde tot een soort vijver. Jaren en jaren geleden, toen papa nog leefde, nam hij ons mee naar de vijver om te zwemmen. De mythe die mijn hersens prikkelde, was de mythe van Narcissus, die in het water keek en verliefd werd op zijn eigen spiegelbeeld. Toen hij besefte dat het slechts een weerspiegeling was, stierf hij. Mama wilde dat ik het las, zodat ik zou leren onbaatzuchtig te zijn en niet te veel zou geven om dingen die er niet toe deden. Dat begreep ik allemaal wel, maar toch verlangde ik ernaar iets moois in me te zien. Was dat slecht?

Cleo was door het dolle heen omdat ik terugging naar het bos. Zijn ogen glansden en hij rende heen en weer. Ik moest lachen om zijn ongeremde energie. Ik probeerde hem te kalmeren, maar het was of je probeerde de wind tegen te houden. Hij draafde door struiken, groef in de grond, blafte, joeg achter elke vogel aan, en rende in grote cirkels voor me uit. Toen we bij de vijver kwamen sprong hij naar het water en dook er halsoverkop in, zwom naar de overkant en terug. Zijn kop dobberde op en neer alsof zijn hals een enorme veer was. Ik moest weer om hem lachen.

Toen ging ik op een kei zitten en keek in het water om naar mezelf te staren. Mama had mijn haar heel kort geknipt, nog korter dan Nobles haar vroeger. Mijn extra gewicht maakte mijn gezicht ronder dan ik wilde, maar mijn lippen werden niet dikker, en ondanks al het zware werk dat ik had verricht, had ik nog steeds fijne gelaatstrekken. Ik ben bijna mooi, dacht ik.

'Hé, als we daar de kluizenaar niet hebben,' hoorde ik. Ik maakte bijna een luchtsprong.

Elliot kwam uit het bos naar me toe.

'Waar ben jij mee bezig? Wacht je de hele dag om te zien of ik in het bos ben?' vroeg ik, geërgerd dat hij me betrapt had.

'Nauwelijks. Maar ik hoorde de hond blaffen, en ik weet dat jij de enige bent hier die een hond heeft. Er was niet bepaald een hersenoperatie voor nodig. Waar is je hengel?'

'Ik ben hier niet gekomen om te vissen.'

'O?' Hij keek om zich heen. 'Nou ja, je bent kennelijk ook niet hier om te zwemmen, hè? Dat water is waarschijnlijk koud genoeg om je snikkel te bevriezen.'

'Snikkel?'

'Ik weet dat je weet wat dat is,' zei hij lachend. Ik voelde me verstijven.

'Nee, ik ben niet hier om te zwemmen. Soms vind ik het gewoon prettig om door het bos te wandelen. En ik moet Cleo ook wat lichaamsbeweging geven.'

'Precies, lichaamsbeweging,' zei hij en keilde een platte steen over het water.

'Waarom rij je niet rond in je auto?' vroeg ik. Hij keek naar me met een cynische grijns. 'Nou?' drong ik aan.

'Ik heb een maand huisarrest. Ik had een boete voor te hard rijden. Wie denkt er nou in vredesnaam aan dat ze snelheidscontrole houden in zo'n gat als dit? Mijn vader ging natuurlijk over de rooie. Net mijn rijbewijs, en meteen een bon voor te hard rijden. Hij zegt dat het de verzekeringspremie verhoogt.'

Hij lachte en zei: 'Gelukkig kan mijn nieuwe vriendin rijden.'

'Nieuwe vriendin.'

'Ja. Ze heet Harmony Rose. Haar ouders zijn gescheiden en ze woont bij haar moeder, met haar jongere zusje Tiffany. Haar moeder is assistente van een vooraanstaand advocaat. Ze is een spetter. Harmony en zij lijken meer zussen dan moeder en dochter. Harmony's moeder heeft een vriend, een bankdirecteur, dus heeft Harmony het huis vaak voor zich alleen. Ze heeft me alles verteld over zichzelf en haar familie. Haar vader en moeder zijn gescheiden toen ze pas vijf was, en hij heeft niets meer met ze te maken, maar ze hebben genoeg geld en zij heeft het huis. Het is een heel mooi huis.'

Hij lachte.

'Het was de eerste keer dat ik met een meisje vrijde in haar eigen bed.'

Ik staarde hem aan.

'Geloof je me weer niet?'

'Waarom zou ik je niet geloven,' zei ik en wendde mijn hoofd af.

'En we deden het al tijdens ons tweede afspraakje,' schepte hij op.

Ik stond op en klapte in mijn handen om Cleo te roepen.

'Ik heb haar over jou verteld,' ging hij verder, en ik draaide me met een ruk om.

'Wat bedoel je, je hebt haar over mij verteld?'

'Kalm maar. Ze was nieuwsgierig, en toen ze het de volgende dag aan haar vriendin Roberta vertelde, toonde die erg veel belangstelling. Ze vinden je fascinerend,' voegde hij er met een spottend lachje aan toe. 'Natuurlijk heb ik het een beetje aangedikt.'

'Dat geloof ik graag,' zei ik.

'Kan geen kwaad. Bovendien kon ik er zelf over opscheppen.'

'Waarom?'

'Waarom? Niemand weet feitelijk iets over je. Je wordt bijna nooit ergens gesignaleerd. Ik had ze kunnen vertellen dat je hoorntjes op je hoofd hebt, en ze zouden me geloofd hebben.'

'Ze kunnen geloven wat ze willen,' snauwde ik en liep weg.

'Kalm nou maar. Ik heb niets ergs gezegd,' verzekerde hij me en haalde me snel in. 'Ik heb je zelfs heel goed afgeschilderd. Ik heb ze verteld dat je een heel aardige knul bent en allerlei interessante dingen weet over het bos, de dieren, een jongen die in de natuur leeft en met de vogels kan praten. Roberte stond gewoon te popelen van ongeduld. Ze wil je zo gauw mogelijk leren kennen. En je zult me dankbaar zijn als je haar ontmoet. Ik heb het pad naar de glorie voor je geëffend.'

Ik bleef staan en kneep mijn ogen samen.

'Wat bedoel je?'

'Ze zal je je zin geven zonder dat je er veel moeite voor hoeft te doen. Alleen maar om bij je te kunnen zijn, kluns.'

'Hoe weet je dat ik bij haar wil zijn?' vroeg ik, gedeeltelijk uit nieuwsgierigheid. Hoe zou hij dat kunnen weten?

Hij trok zijn wenkbrauwen op en lachte.

'Over het figuur van mijn zus gesproken... Wacht maar tot je Roberta Beckman ziet. En naar wat ik erover gehoord heb, is ze een makkie, na een borrel of een joint.'

'Joint?'

'Marihuana, stommerd. Weleens van gehoord?'

'Ja, ik heb erover gehoord.'

'Dus. Dat, en een paar zoentjes in de hals, en het is sesam open u.'

'Wie zegt dat ik haar wil leren kennen?'

'Hou toch op. Natuurlijk wil je dat. Ik heb besloten je te helpen,' ging hij op grootmoedige toon verder. 'Wat heb ik aan al mijn ervaring als ik een maat er niet mee kan helpen?'

Ik hield sceptisch mijn hoofd schuin.

'Nu ben ik plotseling je maat?'

'Hé, wij jongens moeten één lijn trekken in deze wereld.'

'Hoe komt het dat twijfels als bijen om mijn hoofd zoemen?' vroeg ik.

Hij begon te lachen, maar werd toen weer serieus.

'Wacht eens even,' zei hij, terwijl hij mijn arm vastpakte. 'Dit is voor ons allebei een goeie kans. Ik kan ze dit weekend bij mij thuis laten komen. Dan maken we er een feestje van.'

'Nee,' zei ik, en deed mijn best niet paniekerig te klinken. 'Geen belangstelling.'

'Waarom niet? Je zei dat je geen homo bent,' protesteerde hij kwaad. 'Ik heb niks slechts over je gezegd. Integendeel, alleen maar goeie dingen. Ik heb het allemaal voor ons uitgestippeld.'

'Daar heb ik je niet om gevraagd.'

'Nou, ik heb het gedaan.'

'En?'

Hij staarde me aan, draaide toen zijn hoofd om, en keek me daarna weer aan.

'Oké, oké, ik heb niet de hele waarheid verteld,' bekende hij plotseling.

'Wat dan?'

'Harmony is niet echt mijn vriendin, en ik heb niet met haar in haar kamer geslapen. Tenminste, nog niet, maar ik ben het vast van plan. Ze is het mooiste meisje van school, geloof me, en Roberta is ook echt een knappe meid. De waarheid is dat ze onafscheidelijk zijn. Ze gaan eigenlijk alleen maar samen naar afspraakjes. Ik heb hun belangstelling weten te wekken door over jou te praten.'

'Dat is jouw probleem, niet het mijne,' zei ik en liep weer weg. Opnieuw pakte hij me bij mijn arm. 'Hou op,' zei ik.

'Wacht even. Misschien kunnen we een deal maken.'

'Wat voor deal?'

'Stem er alleen in toe ze bij mij thuis te ontmoeten, meer niet. Je kunt over vissen praten of zoiets of takken afsnijden voor mijn part, als je er maar bent en Roberta bezighoudt terwijl ik me om Harmony bekommer.'

Ik wilde mijn hoofd schudden.

'Je hebt gewoon een beetje aanmoediging nodig, dat is alles. Ik weet dat je verlegen bent en dat je niet veel hebt gezien of gedaan.'

'Nee, dank je.'

'Weet je,' zei hij smekend; hij klonk bijna wanhopig. 'Ik zal je iets laten zien dat je graag wilt zien als je erin toestemt de meisjes samen met mij te ontmoeten. Je hoeft niets te doen wat je niet wilt. Je hoeft er alleen maar te zijn.'

'Wat zou je me willen laten zien?'

'Je wilt mijn zus toch naakt zien?'

Even kon ik geen antwoord geven. Toen wilde ik ontkennen en hij begon te lachen.

'Probeer het maar niet te ontkennen. Je kwam die avond naar ons huis om naar haar te gluren.'

'Dat is niet waar.'

'Nou, ja, niks aan de hand, toch?'

'Zou je je zus zoiets aandoen?'

'Kan mij wat schelen. Ze loopt er trouwens toch mee te pronken. Zal ik je eens wat zeggen? We hebben boven kamers naast elkaar, en er hing vroeger iets aan de muur in mijn kamer dat nu weg is, maar er is een gaatje achtergebleven dat dwars door de muur naar haar kamer loopt. Als je in mijn kamer staat, kun je naar haar kijken zonder dat ze het weet.'

'Dat zou ik nooit doen,' zei ik schor fluisterend.

'O, jawel, dat zou je wel. Ze loopt daar naakt rond, en soms... soms doet ze dingen.'

Het leek of mijn hart stilstond. Mijn borst voelde hol aan. Ik maakte weer aanstalten om weg te lopen, maar hij volgde me.

'Je weet wat ik bedoel als ik zeg dat ze dingen doet?'

'Nee.'

'Ze windt zichzelf op. Geweldig, als je dat ziet. Ik dacht dat alleen jongens dat deden, maar dat is niet zo. Ik moet eerlijk bekennen dat ik nogal geil werd toen ik het haar de eerste keer zag doen. Als ze wist dat ik haar had gezien, zou ze het besterven.'

Ik probeerde te slikken, maar het lukte niet. Ik had het zo heet, dat ik me afvroeg of hij de hitte van me kon voelen afstralen. Hij liep naast me. Cleo rende van zijn kant naar mijn kant terwijl we door het bos liepen.

'Ik weet zeker dat je, zonder televisie, zonder films, alleen met wat je van je moeder al dan niet mag hebben en doen, echt nog niks hebt gezien of meegemaakt, Noble. Als dat eenmaal gebeurt, zul je me dankbaar zijn, en daarvoor hoef je alleen maar toe te stemmen in een afspraakje met de meisjes. Ze willen je zo graag leren kennen. Het móét je toch wel interesseren. Anders is er iets raars aan de hand, gebeurt er is vreemds bij jullie thuis. Misschien doet je moeder iets om te zorgen dat je geen belangstelling krijgt voor meisjes. Dat horen de mensen te weten,' zei hij met een licht dreigende klank in zijn stem.

Ik bleef staan en keek hem scherp aan. Hij gaf geen duimbreed toe.

'Hoe bedoel je?'

Hij haalde zijn schouders op.

'Ik kan de mensen alles vertellen wat ik wil en ze zouden me geloven. Ik hoef zelfs niets uit mijn duim te zuigen. Kijk maar eens naar al die dingen die je moeder doet. En ik kwam een keer langs toen ze stond te zingen op dat kerkhof. Wie ligt daar trouwens begraven?'

'Gaat je niks aan.'

'Je hebt gelijk,' zei hij. 'Dode mensen interesseren me trouwens toch niet.' Toen verzachtte zijn stem. 'Kom nou, we maken gewoon een beetje plezier. Je zult er echt geen spijt van hebben. Nou, wat zeg je?'

'Ik...'

'Kom vanavond om een uur of acht. Om acht uur gaat ze in bad en is ze in haar kamer. Mijn vader werkt vanavond. We zijn maar met ons tweeën. We zullen zelfs Betsy niet laten weten dat je in huis bent. Nou? Wat zeg je ervan?'

232

Was het de macht van het kwaad? Was het een duistere kracht die bezit van me nam? Ik voelde dat ik instemmend knikte.

'Goed zo.' Hij glimlachte, maar plotseling verdween zijn glimlach. 'Ik zou maar komen als ik jou was, Noble. Als je niet komt, zweer ik je dat ik je kom halen.'

Ik liep weg.

'Zorg dat je komt!' riep hij me achterna.

Ik liep snel door, mijn hart bonsde zo hard als nooit tevoren. Wat had ik beloofd? Toen ik bij de weide kwam holde ik de rest van de weg naar huis en bleef bij de deur staan. Ik hijgde net zo erg als Cleo soms deed. Wanhopig probeerde ik mezelf tot kalmte te dwingen. Als mama me zo zag...

Ten slotte ging ik naar binnen. Ik hoorde haar in de keuken. Het eerste wat ze deed toen ze me zag was gillen dat Cleo vuile poten had. Ik droeg hem naar buiten en maakte hem schoon. Toen ik terugkwam, waren haar ogen nog opengesperd, en haar haar zat in de war. Ze zag eruit of ze iets verschrikkelijks had gezien.

'We moeten het huis brandschoon houden,' zei ze. 'We moeten ons huis als een gewijde plaats beschouwen. Anders komen ze niet. Laat voortaan je schoenen voor de deur staan. Er zal ook een emmer staan met water en zeep en een washandje. Was je handen voor je naar binnen gaat. Begrijp je? Begrijp je me goed?'

'Ja,' zei ik haastig.

'Goed. Goed. Het is belangrijk. Alles is belangrijk,' mompelde ze en ging verder met koken.

Ze was ongewoon zwijgzaam aan tafel. Van tijd tot tijd hield ze op met eten en keek me doordringend aan, met gefronste wenkbrauwen, alsof ze gebukt ging onder een diepe, sombere gedachte. Soms staarde ze voor zich uit, zonder te kauwen, zonder zich te verroeren. Uiteindelijk kwam ze weer tot bewustzijn door iets wat ik deed, of door een of ander geluid, en at ze weer verder.

Na het eten waste ze af en maakte de keuken schoon en liet mij de vuilniszak naar buiten brengen. Toen ik terugkwam stond ze bij de deur te wachten.

'Trek je schoenen uit,' zei ze en overhandigde me het washandje. 'Denk eraan dat je jezelf altijd schoonmaakt voor je onze tempel binnenkomt, want dat is wat ons huis is, een tempel, een heiligdom voor hen.'

Ik deed wat ze vroeg, en toen ging ze terug naar de keuken. Even later liep ze naar boven. Ik wachtte tot ze weer beneden zou komen, maar ze kwam niet, en toen ik naar boven liep om te gaan kijken, zag ik dat ze met haar kleren aan in slaap was gevallen. Ik legde de deken over haar heen, maar ze bewoog zich niet.

Ze is gewoon uitgeput, dacht ik. Al die verantwoordelijkheid, die zorgen, hebben hun tol van haar geëist. Ze moet gewoon eens een nacht goed slapen.

Ik was van plan zelf ook vroeg te gaan slapen, maar Elliots uitnodiging bleef door mijn hoofd spoken. Hoe ik ook mijn best deed, ik kon de beelden, de woorden, niet uit mijn gedachten bannen. Redenerend dat als ik niet naar zijn huis ging, hij zijn dreigement ten uitvoer zou brengen en mama en mij nog meer problemen zou bezorgen, glipte ik het huis uit, trok mijn schoenen aan, en holde met Cleo naast me over het slingerpad naar de rand van het land van Elliots familie.

Eenmaal daar, aarzelde ik en keek naar de verlichte ramen. Het was bijna acht uur. Plotseling hoorde ik de achterdeur van het huis opengaan en zag ik hem op de achterveranda staan kijken in de richting van het bos.

Ik stapte naar voren en liep langzaam over het veld, met Cleo naast me.

'Moet je die hond overal mee naartoe nemen?' vroeg hij.

'Als ik dat niet doe, blijft hij blaffen en zou mijn moeder zich afvragen waar ik was,' antwoordde ik.

'Nou, hij kan niet binnenkomen. Mijn zus zou hem horen.'

'Dan gaat hij blaffen,' waarschuwde ik.

'Oké,' gaf hij toe. 'Verdraaid, ik voel me net een kind als ik bij jou ben.'

'Doe dat dan niet. Ik ga wel naar huis,' zei ik.

'Alsjeblieft, ik heb niks gezegd. Je hebt de langste tenen van iedereen die ik ken.' Hij lachte. 'Kom mee. Ik houd me altijd aan mijn afspraken.'

'Dit is waarschijnlijk geen goed idee,' merkte ik op.

Lachend hield hij zijn hoofd schuin. 'Vertrouw me maar, je zult niet teleurgesteld worden.'

'Dat bedoelde ik niet,' zei ik, maar hij had zich al omgedraaid en deed de deur open.

'Zachtjes,' waarschuwde hij fluisterend en wenkte me hem te volgen.

We gingen via de keuken naar binnen. Cleo volgde ons, overal snuffelend. Aan de voet van de trap bleef Elliot staan.

'Haal de hond,' beval hij.

Cleo was de andere kamers gaan verkennen. Ik knipte met mijn vingers, trok zijn aandacht en hij volgde ons de trap op. Boven namen we een scherpe bocht en haastten ons naar Elliots kamer. In tegenstelling tot mijn kamer stond die van hem vol met allerlei dingen, waaronder posters van zijn favoriete zangers en bands en films. Overal lagen boeken en tijdschriften. Het bed was niet opgemaakt, en hemden en broeken hingen over stoelen en lagen zelfs op de grond. Cleo vond onmiddellijk een paar sokken en pakte die in zijn bek.

'Ik snap niet waarom, maar hij is gek op sokken,' zei ik. Ik probeerde de sokken te pakken te krijgen, maar Cleo draaide en kronkelde om het me te beletten.

'Laat die hond toch. Wat kunnen die sokken je nou schelen?'

Met een wellustig lachje liep hij naar een van zijn rockbandposters en haalde die voorzichtig van de muur. Daaronder zat een gaatje, precies zoals hij gezegd had. Hij hield zijn oog ervoor en keek, en toen draaide hij zich naar mij om.

'Ze is er nog niet,' zei hij.

'Voel je je echt niet schuldig dat je dit doet?' vroeg ik. 'Ze is je zusje.'

'Nou en? Wat niet weet, wat niet deert, en zoals ze zich kleedt en rondparadeert, loopt ze er de meeste tijd praktisch naakt bij. Ze bezorgt mijn vader elke dag een kleine hartaanval. Niemand zegt er iets van, maar hij geeft haar de pil. Hij legt ze gewoon in haar kamer, zoals iemand een muizenval zet.'

Ik bleef staan luisteren, geboeid door de intieme details van andermans gezinsleven.

'Je kunt natuurlijk wel raden wat er gebeurde,' ging hij grijnzend verder. Ik zei niets, en hij draaide zich om en tuurde weer door het gat. Toen deed hij een stap achteruit, glimlachte en knikte naar me.

'Ga je gang,' zei hij met een gebaar naar de muur.

Ik verroerde me niet.

'Toe dan. Je moet naar binnen en naar buiten zonder dat iemand het merkt,' zei hij. 'Mijn vader komt over ongeveer veertig minuten thuis.'

Langzaam, met snel kloppend hart, liep ik naar de muur. Onwillekeurig kreeg ik het gevoel dat ik een uitnodiging accepteerde van de duivel zelf, maar mijn nieuwsgierigheid was zo groot, dat ik me niet kon bedwingen. Ik legde mijn oog voor het gat in de muur en keek er doorheen.

Het was de eerste keer in mijn leven dat ik een meisjesslaapkamer zag. Sinds papa's dood had mama weinig gedaan om wat hun beider slaapkamer was geweest te veranderen. Zijn kleren hingen nog in zijn kast. Maar het was nooit een volledig vrouwelijke kamer. Mijn eigen kamer, die ik vroeger deelde, was nu zoals Noble het zou willen, en alles wat van Celeste was geweest, was weg, begraven.

Betsy's kamer had roze muren en een hemelbed met een dun gordijn van roze tule. Het bed was nog keurig opgemaakt, en op de kussens lagen twee poppen naast elkaar. Ik kon ze niet goed thuisbrengen, maar ze hadden allebei lang haar en een weelderig figuur met ronde vormen.

Ook aan haar muren hingen posters, een van een rockzanger met ontbloot bovenlijf en iets wat eruitzag als een fietsketting om zijn hals. Hij hield een gitaar onder zijn middel. Als zijn broek nog iets strakker was, zou die een tweede huid zijn. Ik zag iets bewegen en keek naar rechts, waar Betsy voor de spiegel van een toilettafel zat. Ze was spiernaakt.

Ik keek gefascineerd toe terwijl ze begon te experimenteren met make-up; ze kleurde haar wenkbrauwen bij en deed iets op haar wimpers om ze langer te laten lijken. Ze wreef wat crème op haar wangen en onder haar mond. Toen veegde ze die er weer af en probeerde drie verschillende lippenstiften, bestudeerde het effect op haar uiterlijk.

'Wat doet ze nu?' vroeg Elliot achter me.

'Ze maakt zich op,' zei ik.

'O, vervelend.' Hij stond op. Ik keek weer door het gaatje. Ik vond het allesbehalve vervelend. Ik had dit niet meer gezien sinds mama het deed, maar ze had het al zo lang niet meer gedaan.

Eindelijk stond Betsy op, draaide zich om en bekeek zichzelf in de spiegel. Ze legde haar handen om haar grote borsten en staarde naar haar spiegelbeeld. Toen liep ze naar haar kast, haalde er een

236

paar blouses uit, paste ze stuk voor stuk en keek hoe ze eruitzag.

'Speelt ze met zichzelf?' vroeg Elliot.

'Ze past kleren,' zei ik.

Hij kreunde.

'Daar is ze urenlang mee bezig. Laat maar,' zei hij.

Ik aarzelde. Ik wilde elke trend, elk kledingstuk zien.

'Hé,' zei Elliot. 'Kom. Je hebt nu genoeg gezien, en mijn vader komt straks thuis.'

Met tegenzin ging ik achteruit.

'Lekker geil geworden?' vroeg Elliot.

Ik gaf geen antwoord, maar liep naar de deur, spoorde Cleo aan me te volgen.

'Nu zul je Roberta Beckman weten te waarderen,' zei hij toen we de trap afliepen. 'Ik zal het regelen voor zaterdagavond, oké?'

'Ik weet het niet,' zei ik.

'Wat bedoel je? We hadden een deal. Afspraak is afspraak, en afspraken hoor je na te komen,' zei hij scherp.

'Mijn moeder vindt het misschien niet goed dat ik hier kom.'

'Doe dan wat je vanavond hebt gedaan. Sluip stilletjes hiernaartoe. Ik weet dat je het kunt, Noble, dus maak me niet kwaad,' zei hij en kneep zijn ogen dreigend samen.

'Ik zal wel zien,' zei ik en deed de deur open. Hij volgde Cleo en mij naar buiten.

'Je zorgt maar dat je hier bent, Noble,' zei hij. 'Laat me geen pleefiguur slaan en bederf mijn kansen bij Harmony niet. Ik zal het je niet vergeven als je dat doet,' riep hij toen ik in de richting van het bos liep.

Toen ik daar was, zette ik het op een draf en holde naar huis. Ik trok mijn schoenen uit, maakte Cleo schoon en waste mijn handen. Het was heel stil in huis, dus ik vermoedde dat mama nog lag te slapen, maar toen ik door de gang liep, zag ik dat ze was opgestaan en beneden was, waar ze opnieuw in slaap was gevallen in overgrootvader Jordans stoel. Ik bleef in de deuropening naar haar staan kijken, wachtend om te zien of ze wakker zou worden. Dat was niet het geval, dus ging ik naar boven. Maar in plaats van rechtstreeks naar mijn kamer te gaan liep ik door naar haar kamer.

Op mijn tenen liep ik naar binnen naar haar toilettafel. Bijna al haar make-up, lippenstiften en crèmes waren heel lang niet aangeraakt, maar nu ik Betsy aan haar toilettafel had gezien, was mijn belangstelling gewekt. Ik ging zitten en staarde naar mezelf in de spiegel. Mijn wenkbrauwen waren te dik. Ik wou dat ze net zo smal waren als die van Betsy.

Eén keer maar, toen ik nog heel klein was, had ik lippenstift opgedaan. Noble en ik speelden vadertje en moedertje, en ik was de moeder. Ik maakte er een puinhoop van, maar mama was niet kwaad op me. Ze lachte en riep papa, die naar me keek en toen een hysterische lachbui kreeg.

Langzaam schroefde ik een van haar lippenstiften open. Hij zag er nog goed uit, dus bracht ik hem aan op mijn lippen, volgde zorgvuldig de contouren van mijn mond en drukte mijn lippen op elkaar zoals ik Betsy in haar kamer had zien doen. Ik glimlachte bij het zien van die helderrode lippen in mijn gezicht. Aangemoedigd maakte ik een van haar potten crème open, wreef mijn wangen en kin ermee in. Mijn vingers voelden ruw aan op mijn huid, dus moest ik heel zachtjes wrijven.

Daarna opende ik een van de potjes make-up en begon te experimenteren met kleur, zoals ik Betsy had zien doen. Toen ik dat had gedaan, vond ik een wimperborsteltje en begon mijn wimpers zwart te maken. Ik was er bijna mee klaar toen ik mama's schrille kreet hoorde. Ik was zo in mij werk opgegaan, dat ik haar niet de trap had horen opkomen. 'Wat doe je daar?' schreeuwde ze. Ze holde naar me toe en rukte het wimperborsteltje uit mijn hand. Ze keek me met wijdopen ogen aan. 'Wat doe je daar?'

Ze pakte een handdoek en, met haar linkerhand tegen mijn achterhoofd gedrukt, begon ze ruw de lippenstift en make-up weg te vegen, zo hard en fel dat ze mijn huid er bijna afscheurde.

'Ik wilde alleen maar...'

'Je bent besmet,' zei ze. 'Je bent bezeten. Ga onmiddellijk naar je kamer.' Ik stond haastig op en liep naar mijn slaapkamer. 'Kleed je uit en ga naar bed,' zei ze. Ze knikte naar me. 'Dit zal tijd kosten.' Met die woorden liep ze de kamer uit en deed de deur dicht.

Wat bedoelde ze daarmee? vroeg ik me af.

Voordat ik me helemaal had uitgekleed, hoorde ik haar weer bij de deur, een sleutel erin steken en omdraaien. Het slot klikte dicht.

'Mama?' riep ik en liep naar de deur. Er was geen beweging in te krijgen.

'Hier is tijd voor nodig,' hoorde ik haar zeggen, en toen hoorde ik haar de trap aflopen.

Ik kon niets anders doen dan gaan slapen. Ik droomde dat ik in Betsy's kamer was, alleen was het míjn kamer. Ik zat achter de toilettafel en maakte mezelf heel mooi. Maar toen ik me omdraaide en naar de muur keek, zag ik mama's oog in het gat en werd met een schok wakker. Ik rook iets, dus ging ik rechtop zitten en zag een kaars branden bij de deur. Het vlammetje flakkerde zachtjes. Ik luisterde ingespannen en hoorde iets ritselen. Ik keek op en zag dat mama bij het raam zat, haar lichaam afgetekend tegen het naar binnen schijnende licht van de sterren en de halvemaan.

'Mama?'

'Ga weer slapen, Noble,' zei ze. 'Je zult al je kracht nodig hebben. We hebben veel te doen.'

Ze stond op en trok mijn deken omhoog toen ik ging liggen en raakte even mijn voorhoofd aan voor ze wegging. Ik hoorde de sleutel weer omdraaien in het slot.

De slaap was als een blad in de wind, centimeters van mijn vingertoppen vandaan, maar altijd buiten bereik, tot het eerste ochtendgloren. Het verbaasde me dat ik zo lang geslapen had en dat Cleo niet in de kamer was. Suf stond ik op, waste me en kleedde me aan, maar toen ik naar buiten wilde, merkte ik dat de deur nog op slot was.

'Mama!' riep ik. 'Ik ben wakker en kan beneden komen om te ontbijten. Mama!'

Ik hoorde niets. Ik rukte aan de deurknop en bonsde op de deur en wachtte.

Stilte was het enige antwoord. Waar was Cleo? Waarom blafte hij niet om me? Ik bleef mama roepen, kloppen, aan de deurknop rammelen. Ik hoorde geen voetstap. Ik deed mijn raam open en keek naar alle kanten of ik haar zag, maar ze was nergens te bekennen. Ik riep haar en wachtte, liep toen terug naar de deur en klopte en gilde weer.

Uitgeput ging ik op mijn bed zitten.

De klok tikte verder. De ochtend ging over in de middag. Ik hoorde de stofzuiger beneden en wachtte tot hij zou stoppen. Het duurde zo lang, dat ik dacht dat het lawaai nooit meer op zou houden, maar eindelijk werd het stil, en toen begon ik haar weer te roepen. Ze reageerde niet. Mijn keel was droog, dus ging ik naar de badkamer en dronk water uit de kraan.

Ze kwam nog steeds niet terug naar mijn kamer. Mijn geroep werd niet beantwoord. De middag maakte plaats voor de vroege avond. Ik had zo'n honger dat mijn maag rammelde. Ik probeerde te slapen om er niet aan te denken. De duisternis was ondoordringbaar. Ik luisterde en hoorde heel weinig, en toen hoorde ik haar zingen en holde naar het raam. Het kwam van rechts, van het kerkhof. Ik wachtte tot ze zweeg en toen gilde ik naar haar.

Ik wachtte bij de deur om naar haar voetstappen te luisteren, en eindelijk hoorde ik ze. Ik bonsde nog harder en riep haar. Ik kon haar horen naderen.

'Goddank,' mompelde ik.

Maar er gebeurde niets. Ik wachtte. Een nieuwe paniek begon zich van me meester te maken.

'Mama?'

'Rust nu maar, Noble,' hoorde ik haar door de deur fluisteren. 'Je moet vasten. Je moet jezelf reinigen.'

'Ik heb honger, mama. Ik heb enorme honger.'

'Je moet jezelf reinigen,' herhaalde ze. 'Drink gewoon water. Dat hebben ze me gezegd.'

Ik hoorde haar weer weglopen.

'Mama!' gilde ik en luisterde.

De deur van haar slaapkamer viel dicht en het werd stil.

'Waar is Cleo?'' schreeuwde ik. Ik liep naar het raam om te luisteren. Als ze hem buiten had gelaten, zou hij nu wel blaffen, dacht ik. Maar ik hoorde hem niet en ik kon de stilte niet verdragen. Ik legde mijn handen op mijn oren en luisterde naar het gedaver in mijn hoofd.

Volkomen uitgeput ging ik weer naar bed. Die nacht sliep ik onrustig en met tussenpozen. Toen het licht begon te worden, werd ik wakker en luisterde hoopvol of ik mama hoorde. Ik hoopte dat wat het ook was dat ze meende te moeten doen, nu wel gedaan was.

Nog niet blijkbaar. Ik bracht de dag door zoals de dag daarvoor, en hetzelfde gold voor de nacht. De derde dag was ik zo moe en verzwakt, dat ik geen moeite deed om op te staan. Ik bleef liggen wachten, luisteren, viel nu en dan in slaap. Ik dacht dat ik het geluid hoorde van onze auto die startte, maar ik wist het niet zeker.

De dag ging voorbij en het werd nacht.

En toen, de volgende ochtend, hoorde ik de deur opengaan. Mijn oogleden leken op elkaar geplakt, maar met moeite kreeg ik ze open. Mama stond met een blad in haar handen glimlachend voor me. Op het blad zag ik een beker met een van haar kruidentheeën, een kom havermout en wat toast en jam.

Ik probeerde overeind te komen. Ze zette het blad op het nachtkastje en hielp me rechtop te gaan zitten, schudde mijn kussens op en schikte ze in mijn rug. Toen plaatste ze het blad op mijn schoot en deed een stap achteruit.

'Het is voorbij,' zei ze. 'Alles komt weer goed.'

14. Een wilde rit

Hoewel ik altijd een goede gezondheid genoot en zelden last had van verkoudheden en hoestbuien, nooit mazelen had of waterpokken of iets anders waaraan kinderen van onze leeftijd volgens mama leden, had ik soms wel buikpijn en een loopneus met wat koorts. Zo voelde ik me, zelfs toen ik eindelijk iets gegeten had. Er waren het grootste deel van de dag en weer een goede nachtrust voor nodig om me zover aan te sterken dat ik kon opstaan, en zelfs toen bewoog ik me maar langzaam.

Het eerste wat ik deed toen ik eindelijk uit mijn kamer kwam, was naar Cleo vragen. Hij blafte niet om me, en hij was buiten nergens te zien. Ik controleerde al zijn lievelingsplekjes. Meestal zat hij vlak bij de voordeur te wachten tot ik naar buiten kwam.

'Cleo is weg,' zei mama.

'Weg? Wat bedoel je met weg, mama?'

'Weg is weg, Noble.' Ze onderbrak haar werk en draaide zich naar me om. 'Hij werd gebruikt.'

'Gebruikt?'

'Door kwade krachten.'

'Hoe kon Cleo nou worden gebruikt door kwade krachten?' vroeg ik.

'Herinner je je nog dat verhaal dat ik je heb voorgelezen over het paard van Troje?'

Ik schudde ongelovig mijn hoofd, maar hield me toen plotseling stil.

'Je bedoelt hoe de soldaten in het grote paard werden verborgen en op die manier de stad Troje binnen konden komen?'

Wat had dat met Cleo te maken? vroeg ik me af.

'Precies, ja,' zei ze.

'Ik begrijp het nog steeds niet, mama.'

Haar glimlach verdween.

'De kwade krachten zijn bij hem binnengedrongen en toen hij bij ons thuis kwam, gingen ze met hem mee, binnen in hem. Ik kon er maar niet achter komen wat ik verkeerd deed tot ik erop werd gewezen, en raad eens door wie?'

Ik staarde haar alleen maar aan; wat wilde ze zeggen? Wat bedoelde ze?

'Door oom Herbert. Herinner je je nog dat ik je vertelde over zijn hond? Daarom was hij op de hoogte van dat soort dingen. Hij wist dat dieren gebruikt kunnen worden voor goed en voor kwaad. Gelukkig heeft hij me op tijd kunnen bereiken.'

'Maar waar is Cleo?' vroeg ik weer.

'Dat heb ik je gezegd, Noble. Cleo is niet langer bij ons. Hij is weg.'

Ik bewoog mijn hoofd heftig heen en weer alsof ik de woorden uit mijn oren wilde schudden. Weg? Niet langer bij ons?

'Maar ik wil Cleo,' kermde ik.

'Ik zal je een ander huisdier geven. Een vogel misschien. Ja, ik denk een vogel die we binnen in een kooi kunnen houden. Dat zal veiliger zijn.'

'Mama, Cleo is waarschijnlijk erg ongelukkig. Waar is hij?' drong ik aan.

Ze zette de schaal kipfilets zo hard neer dat het me verbaasde dat de schaal niet kapotging.

'Doe je met opzet zo dom, Noble Atwell? Nou? Dat was een gewoonte van je vader, en een gewoonte die hij maar al te vaak demonstreerde.'

'Nee, mama, ik doe helemaal niks met opzet. Ik mis Cleo. Ik heb Cleo nodig. Hij was altijd bij me.'

'Precies. Dat was de reden waarom hij werd gekozen. Behalve ikzelf was er geen ander levend wezen dat zo'n hechte relatie met je had, zo tot je door kon dringen, Noble. Snap je het dan niet? Het is volkomen logisch.'

'Heb je hem aan iemand anders gegeven?' vroeg ik.

Ze staarde me even aan en wendde toen haar hoofd af.

'Ja, ik heb hem aan iemand anders gegeven. Aan het asiel.'

'Je bedoelt waar ze dieren in kooien opsluiten, en ze doodmaken als er niemand voor ze komt?' vroeg ik. Ik kon mijn paniek en woede niet langer onderdrukken.

243

'Iemand komt hem wel halen. Hij is een veel te aantrekkelijk dier, en hij is jong genoeg om te leren met een ander samen te zijn. Ik wil het niet meer over Cleo hebben. Je bezorgt me een barstende hoofdpijn,' voegde ze er bits aan toe en ging verder met het klaarmaken van het eten.

Ik bleef staan en keek haar alleen maar aan.

'Ga naar de bijkeuken en haal wat basilicum voor me,' beval ze. Toen ik me niet bewoog, draaide ze zich om. 'Komt er nog wat van?'

Ik liep langzaam weg. Mijn hart woog zo zwaar dat ik dacht dat het in steen veranderd was. Toen ik de basilicum bracht, glimlachte ze, maar haar uitdrukking veranderde onmiddellijk weer.

'Nog iets,' zei ze. 'Iemand heeft de euvele moed gehad hierheen te bellen en naar je te vragen.'

'Wie?'

'Een of andere onbezonnen jongen. Ik heb hem verteld dat je ziek was en niet aan de telefoon kon komen, en hij zei dat hij je weer zou bellen om je te herinneren aan een deal. Wie is dat? Wat voor deal? Hoe kan iemand weten hoe hij jou moet bellen? Je hebt toch niet met vreemden gepraat? Na al mijn waarschuwingen?' Ik schudde mijn hoofd. Ik was niet in de stemming om eerlijk te zijn en mee te werken. Ik had te veel verdriet om Cleo.

'Vast een of andere grap,' zei ik. 'Dat is al vaker gebeurd.' Dat was waar. Jarenlang vonden kinderen die bij ons in de buurt woonden het leuk om te bellen en malle dingen te zeggen. Ik liep naar de zitkamer, waar ik in papa's lievelingsstoel ging zitten, en dacht aan Cleo, hoe hij nu aan mijn voeten zou liggen, en elke keer dat ik me bewoog zijn kop zou opheffen. De herinnering deed me glimlachen, maar toen ging er weer een golf van droefheid door me heen. Ik kon me hem ook anders voorstellen: wanhopig, liggend in een of andere kooi, zijn oren spitsend bij elke voetstap, elke stem, in de verwachting dat ik hem zou komen redden. Kon ik het maar!

Het maakte me woedend. Cleo had nooit kwaad in huis kunnen brengen. Cleo blafte tegen het kwaad. Dat had mama me zelf verteld. Ze had me verteld dat hij me zou beschermen. Ze had me verteld dat papa hem die taak had opgedragen. Dat was ze natuurlijk vergeten. Ik zal het haar vertellen, dacht ik, en dan gaan we Cleo halen voor het te laat is. Haastig liep ik terug naar de keuken.

Ze luisterde kalm en toen draaide ze zich glimlachend om.

'Je weet dat ik erg onder de indruk ben van je, Noble. Je hebt dat allemaal heel logisch en verstandig uitgedacht.'

Mijn hart sprong op van blijdschap.

'Maar,' ging ze verder, 'wat je niet weet is dat het kwaad heel verraderlijk is. Het sluipt door een schaduw en door een glimlach. Daarom moeten we zo op onze hoede zijn, altijd waakzaam blijven. Zoals ik je zei, het is ook mij ontgaan, maar niet de geest van oom Herbert. Maar maak je geen zorgen. Het komt nu allemaal weer goed. Alles zal weer prima gaan.' Ze gaf me een zoen op mijn voorhoofd en streek over mijn haar. 'Je bent zo nobel, Noble. En je zult nog nobeler worden.' Toen ging ze verder met haar werk en liet me gefrustreerd staan.

Ik liep naar buiten om alleen te zijn. Mijn woede was te groot en overheersend. Die zou me alleen maar in moeilijkheden brengen, dacht ik. Het was maar goed dat ik juist op dat moment naar buiten liep, want over onze oprijlaan reed een metallic zwarte auto, en ik zag Elliot achter het stuur zitten. In paniek keek ik achterom naar huis en holde toen de oprijlaan af zodat hij zou stoppen voordat hij te dicht bij was. Als mama hem zag, zou ze weten dat ik gelogen had over het telefoontje.

Voorin, naast Elliot, zat een knappe brunette, en toen ik dichterbij kwam zag ik nog een meisje met donkerder haar achter in de auto. Pas toen hij stopte en ik hen drieën zag, besefte ik wat voor dag het was vandaag. Omdat ik opgesloten was geweest in mijn kamer, had ik alle besef van tijd verloren. Elliot draaide zijn raam omlaag en lachte naar me.

'Hoi,' zei hij. 'We zijn er, zoals ik beloofd had.'

Het meisje voorin boog zich over zijn schouder om naar me te kijken. Ze lachte, maar de nieuwsgierigheid straalde van haar af, haar hongerige ogen namen me op zoals een vos een kip zou bekijken.

'Hoi,' zei ze.

'Dit is Harmony,' zei Elliot met een knikje in haar richting. Het meisje achterin draaide haar raam ook omlaag.

'Hoi,' zei ze.'Ik ben Roberta.'

'Ik dacht dat we eerst maar een eindje moesten gaan rijden,' zei Elliot. 'Spring erin.'

'Hoe ben je aan je auto gekomen? Je zei dat je huisarrest had,' antwoordde ik.

'Dat was ook zo, maar ik heb een nieuwe deal gesloten met mijn vader. Ik ga voor betere cijfers zorgen.' Hij keek naar Harmony en lachte. Toen draaide hij zich weer om naar mij. 'Misschien kan je moeder me een paar tips geven. Kom, stap in.'

'Ik kan niet. Ik moet een paar belangrijke karweitjes opknappen.'

'Hé,' zei hij. Zijn glimlach verdween snel en hij boog zich verder uit het raam. 'Een deal is een deal. Ik ben mijn deel van de afspraak nagekomen; zoals je ziet, zijn we hier. We gaan pret maken, weet je nog?'

'Kom, doe niet zo verlegen,' riep Roberta en opende het achterportier.

Ik staarde haar aan.

'Misschien kan ik beter naar je moeder gaan en haar vragen of ze je wil ontslaan van je belangrijke karweitjes. Ik heb haar gebeld en met haar gesproken, en ze klonk niet zo onaardig.'

'Dat kan niet, ze voelt zich niet goed,' zei ik haastig. 'Ze slaapt.'

'O.' Hij haalde zijn schouders op. 'Perfect. Dan merkt ze niet dat je er niet bent.'

'Kom nou, Noble. Ik zal niet bijten. Ik beloof het je,' zei Roberta en wenkte me.

'Hij wil juist dat je bijt,' zei Elliot, en ze lachte. 'Ja toch, Noble?'

'Nee,' zei ik.

'Kom je nou of niet? Karweitjes. Kom niet met die flauwe smoesjes aan.' Toen keek hij om zich heen. 'Hé, waar is die trouwe hond van je? Hij neemt zijn hond overal mee naartoe,' legde hij Harmony en Roberta uit.

'Wat leuk,' zei Harmony. 'Wat heb je voor hond?'

'Een golden retriever,' antwoordde Elliot in mijn plaats. 'Een heel mooie hond. Waar is-ie?'

'Binnen,' zei ik snel.

De zinspeling op Cleo deed mijn woede weer oplaaien. Ik sloeg mijn ogen neer, dacht even na en toen liep ik impulsief naar voren, stapte achter in de auto en deed het portier dicht.

'Vooruit, we gaan,' zei Elliot, en zette de auto in zijn achteruit. Dat achteruitrijden ging hem niet erg handig af en de meisjes begonnen te gillen. Toen schakelde hij en reed zo hard weg, dat het grind onder de achterwielen opspatte.

'Langzamer!' schreeuwde Harmony. 'Straks krijg je weer een bon voor te hard rijden.'

'Je hebt gelijk,' zei hij, en minderde vaart.

'Hoe is het om in je eigen huis naar school te gaan?' vroeg Roberta aan mij.

Harmony leunde over de rug van de voorbank om naar mij te kijken en te luisteren. Ze was erg knap, dacht ik, met mooie, fijne gelaatstrekken en interessante blauwe ogen, die amandelvormig waren. Ik was jaloers op haar gladde huid en de kleur van haar lippenstift. Die maakte haar lippen vochtig en sexy, net als de lippenstift van Elliots zus Betsy.

'O, dat is oké,' antwoordde ik.

'Oké? Naar school gaan in je eigen huis is oké?' vroeg Roberta.

'Ja,' zei ik met een strak gezicht, net als mama als ze vastberaden was. 'Ik vind het prima.'

Roberta was niet half zo knap als Harmony. Haar gezicht was rond, haar ogen waren kleiner en dofbruin. Ze had een zwaar beendergestel met een enorme boezem, die uit haar borst naar voren leek te springen. Ze had de twee bovenste knoopjes van haar lichtroze blouse opengemaakt, zodat een diep decolleté te zien kwam, met twee roze plekjes aan beide kanten. De andere knopen van haar blouse leken met moeite dicht te blijven. Beide meisjes droegen een spijkerbroek.

'Heb je een schoolbord en een lessenaar en zo?' vroeg Harmony.

'Nee, geen schoolbord. Wel een lessenaar natuurlijk,' zei ik.

'Luidt je moeder de bel tussen twee vakken?' vroeg Elliot plagend.

'Leuk hoor,' zei ik.

Hij lachte en reed de oprijlaan af. Ik keek achterom naar het huis. Mijn hart stond even stil toen ik besefte dat dit de eerste keer in mijn leven was dat ik in een auto van huis wegging zonder mama of papa. Ik kreeg zo'n beetje het gevoel dat ik in de ruimte zweefde, losgeraakt was van het ruimteschip, gewichtloos en hulpeloos. Hoe verder we reden, hoe zenuwachtiger ik werd.

'Elliot zegt dat je geen vrienden hebt van onze leeftijd. Niemand komt je opzoeken, en jij gaat bij niemand op bezoek. Is dat waar?' vroeg Harmony.

'Ja.'

'Heb je geen familie in de buurt, geen neefjes of nichtjes of zo?'

Ik kon ze moeilijk iets vertellen over mijn spirituele familie.

'Is dat niet saai en eenzaam?' vroeg Roberta weer.

Ik haalde mijn schouders op.

'Soms,' gaf ik toe.

'Ik zou het vreselijk vinden,' zei Harmony. 'Word je nooit uitge-nodigd voor een feestje of ga je met vrienden naar een film?' hield ze vol met een sceptische klank in haar stem.

'Nee.'

'Hij kijkt zelfs niet naar televisie,' merkte Elliot op.

Beide meisjes keken me met een verbijsterde blik aan. Het leek wel of ze een buitenaards wezen hadden ontdekt.

'Is dat zo?' vroeg Roberta.

'Ja. We hebben geen televisie meer die werkt.'

'Maar wat doe je dan 's avonds?'

'Ik lees veel.'

'En hij vist en hakt hout en voert de kippen,' zei Elliot lachend.

'Luister je tenminste naar muziek?' vroeg Harmony.

'Soms. Mijn moeder speelt piano en we hebben een paar platen.'

'Platen?' vroeg ze, en ze lachten allebei.

'Ja. Wat is daar voor grappigs aan?'

'Heb je geen bandjes?'

'Nee,' zei ik. 'Alleen platen.'

'Zoals?' hield Harmony vol.

Ik haalde mijn schouders op. 'Mozart, Beethoven, Debussy. We hebben ook een paar complete opera's. We hebben een nieuwe naald nodig voor de Victrola, maar mijn moeder heeft er nog geen gekocht.'

'Hè?' zei Roberta. 'Victrola?'

'Ik zei je toch dat hij uitzonderlijk is?' riep Elliot uit. 'Je zou ten-minste met je tijd mee kunnen gaan en het een fonograaf noemen.'

Ze begonnen weer te lachen.

Ik schudde mijn hoofd en keek uit het raam. Ik had niet in moe-ten stappen, dacht ik. Dit is helemaal verkeerd.

'Luister je niet naar de radio?' vroeg Harmony.

'Krijgen jullie geen tijdschriften of kranten?' vulde Roberta haar aan.

'Ga je niet shoppen, naar het winkelcentrum, zie je nooit een videoband?' ging Harmony verder, zonder me zelfs maar de tijd te geven om te reageren.

'Je luistert toch zeker wel naar rock? Wat is je favoriete groep of zanger?'

Ik keek van de een naar de ander. Ik had het gevoel dat ik verhoord werd.

'Nee,' zei ik in antwoord op al hun vragen. 'Ik heb geen enkele favoriet en ik luister niet naar de radio.'

'Zelfs niet in de auto?' vroeg Harmony.

'Mijn moeder zet de radio niet aan in de auto.'

Roberta staarde me aan met een vreemde glimlach om haar mond. 'Weet je waar dit op lijkt?' zei ze. Ze staarde me met een opgewonden gezicht aan. 'Dit is of je iemand vindt die vijftig jaar lang levend begraven is geweest.'

Ik voelde me verbleken.

'Ja,' zei Harmony, 'dat is waar. Jullie hebben toch wel elektriciteit, hè?'

'Ja, we hebben elektriciteit,' snauwde ik.

Ze lachten.

'Waar gaan we naartoe?' vroeg ik.

'We moeten de tijd doden tot mijn zus vertrokken is,' zei Elliot. Hij lachte naar Harmony. 'Tenzij je graag wilt dat ze er is als we komen,' voegde hij eraan toe.

De hitte steeg zo snel omhoog in mijn hals, dat mijn hele gezicht gloeide, dacht ik. Wat had hij haar verteld?

'Zit hem niet zo te pesten, Elliot,' zei Harmony en glimlachte naar me. Roberta schoof dichter naar me toe.

'Waarom wil je moeder niet dat je naar een gewone school gaat?' vroeg ze.

'Mijn moeder is lerares, en ze vindt dat ik thuis een betere opleiding krijg. Ze zegt dat er te veel afleiding is op school en er te veel politiek wordt bedreven ten koste van de leerlingen.'

'Ten koste van de leerlingen? Wat bedoel je?'

'Hij is echt heel goed. Hij hoort ieder jaar tot de top, hè, Noble?' zei Elliot.

'Ja,' zei ik.

'De school is meer dan alleen een school,' zei Roberta. 'Je zou in het voetbalelftal kunnen spelen of in het honkbalteam, en je zou mensen leren kennen en plezier hebben.'

Ik zweeg.

'Kan het je niet schelen?'

Ik keek uit het raam. Kan het me niet schelen? dacht ik. Ja, diep in mijn hart kan het me wél schelen. Bijna net zoveel als Noble.

'Is het omdat je moeder in voodoo of zo gelooft?' ging ze verder.

'Roberta!' riep Harmony. 'Plaag hem niet zo.'

'Ik plaag hem niet. Het interesseerde me alleen maar. Elliot zegt dat je tegen de vogels en andere dieren praat en dat er allerlei rare dingen op jullie deuren zitten en rond jullie huis, en hij zegt dat er een kerkhof is. Is dat zo?'

'De waarheid is een vreemde voor Elliot. Hij zou die nog niet herkennen als ze op het puntje van zijn neus zat,' antwoordde ik. Het was iets wat ik mama over mensen had horen zeggen. De meisjes lachten, maar een tikje nerveuzer.

'Nee, ik lieg niet,' zei Elliot. 'Hij brengt een hoop tijd in het bos door. Ontken het maar niet, Noble.'

'Ik ontken het niet. Ik hou van de natuur,' zei ik. 'Ik heb altijd belangstelling gehad voor planten en dieren en vooral insecten. Maar ik praat niet tegen vogels.'

'Insecten, bah!' zei Roberta met vertrokken lippen, die er dik en rubberachtig uitzagen.

'Hou op, Roberta. Daar is niks mis mee,' zei Harmony. 'Vis je om ze te eten?'

'Soms eten we wat ik vang, ja. Maar ik vis niet meer zo vaak.'

'Ik vraag me af waarom,' zei Elliot lachend.

'Wat bedoel je daarmee?' vroeg Roberta.

'Dat is iets tussen Noble en mij, hè, Noble?'

'Wat je zegt, Elliot. Jij neemt al het praten voor je rekening,' antwoordde ik, en hij lachte weer.

'Doet je moeder aan tovenarij en spreekt ze banvloeken uit over mensen die ze niet mag?'

Eindelijk kwam de aap uit de mouw.

'Nee,' zei ik. 'Maar we geloven in spirituele dingen.'

'Wat bedoel je precies?' vroeg Harmony. Ze zwegen alledrie en wachtten gespannen af.

'Dat er een spirituele energie in de wereld is en dat het moge-lijk is die te voelen, te ervaren,' zei ik. 'Dat is alles.'

'Daar heb ik over gehoord,' zei Roberta knikkend.

'Het is niet zo vreemd. Ik ken meer mensen die dat geloven,' zei Harmony.

'Laten we eens gaan kijken of die stomme zus van me al ver-trokken is met haar vriendje,' zei Elliot, wie het gesprek kennelijk verveelde. Hij maakte een scherpe bocht en reed in de richting van het huis.

'Ik wed dat je je zusje mist, hè?' vroeg Harmony aan mij. 'Het is vreselijk wat er toen gebeurd is. Een van de vreselijkste dingen die ooit in dit dorp zijn voorgevallen.'

'Ja,' zei ik, 'maar ik praat er liever niet over.'

'Nee, natuurlijk niet,' was Harmony het met zachte meelevende stem met me eens.

'Wees niet te aardig tegen hem. Anders raakt hij er nog aan ge-wend, en moet ik voortdurend aardig tegen hem zijn,' plaagde Elliot.

'Als jij niet tegen iedereen aardig bent, ben ik misschien niet zo aardig tegen jou,' dreigde ze. Elliot bulderde van het lachen.

'Hoor je dat, Noble, maatje van me? Ik zal zo aardig tegen je zijn dat de mensen zullen denken dat ik je slaaf ben.'

Iedereen lachte. Ik keek glimlachend uit het raam toen we over Elliots oprijlaan reden. Hij juichte.

'Mijn zus is weg,' riep hij. 'We hebben het huis voor ons alleen.'

Ik wist niet zeker waarom, maar het klonk me onheilspellend in de oren en mijn hart begon weer te bonzen. Ik vroeg me af of mama inmiddels ontdekt zou hebben dat ik weg was. Ik keek steeds weer naar het bos en dacht aan die arme Cleo, herinnerde me hoe hij door het struikgewas draafde en er zo van genoot om alles te verkennen.

'Kijk niet zo bezorgd,' zei Elliot, die naar me keek in de achter-uitkijkspiegel en mijn droefheid aanzag voor angst. 'Niemand zal je een test afnemen over wat we doen.'

De meisjes giechelden.

'Ik misschien wel,' plaagde Roberta, en Elliot lachte nog harder.

Ik leunde achterover en dacht erover om uit te stappen en weg te rennen zodra we stopten.

Maar ik deed het niet. Ik stapte samen met hen uit de auto en liep naar Elliots huis.

'Je hebt een hoop in te halen, Noble,' zei Roberta. Ze gaf me een arm. 'Ik zou best je thuislerares willen zijn.'

'Waarin?' vroeg ik.

'Dat zullen we nog wel zien.'

'Laten we naar mijn kamer gaan,' zei Elliot. 'Ik heb de verrassing die ik jullie beloofd heb.'

Robert bleef dicht bij me, haar borsten tegen mijn bovenarm gedrukt. Ze was maar een paar centimeter kleiner dan ik, maar ze had zoveel bredere heupen dat ik naast haar langer leek dan ik werkelijk was.

'Je hebt zo'n stevige arm,' zei ze tegen me.

Elliot hoorde haar en draaide zich om.

'Laat haar je schuurpapierhanden eens zien, Noble.'

Instinctief balde ik mijn vuisten.

We volgden Elliot en Harmony de trap op. Bij de deur van zijn kamer bleef ik aarzelend staan.

'Gaat het goed?' vroeg Roberta. 'Je ziet een beetje bleek. Vind je niet, Harmony?'

Ze knikte.

'Ik ben ziek geweest,' antwoordde ik. 'Ik ben net beter.'

'Moest je naar de schoolverpleegster?' grapte Elliot. 'Dat zou zijn moeder dan moeten zijn, en ook de directeur en de conciërge.'

Zodra we zijn kamer binnenkwamen, ging hij naar de stereo die in de hoek stond en zette een bandje op. Hij plofte neer op zijn bed en breidde zijn armen uit. De muziek stond keihard, maar niemand scheen het erg te vinden.

'Doe of je thuis bent, meiden,' zei hij en knipoogde naar mij. Toen zocht hij onder zijn bed en haalde een sigarenkistje tevoorschijn. Harmony zat naast hem en keek vol spanning naar Roberta en mij.

'Dat had ik beloofd,' zei hij en maakte de doos open. Ik zag iets wat leek op slecht gerolde sigaretten. Het laatste van mijn New Jersey-voorraad,' verklaarde hij. 'Beter dan wat jullie krijgen, wed ik.'

'Ik zal het je straks laten weten,' zei Harmony en pakte er een uit het kistje.

Ik staarde er verward naar.

'Noble, dit noemen ze een joint. Dat heb je vast nog nooit gezien.'

'O, ik heb erover gelezen,' zei ik.

'Leert je moeder je over dat soort dingen?' vroeg Roberta. 'Vertelt ze je dat je gewoon nee moet zeggen?'

Ik had er eerlijk gezegd maar heel weinig over gelezen, en de eerste keer dat ik het woord had gehoord was toen Elliot het er die dag in het bos over had.

'Maar je hebt het nooit geprobeerd, hè?' vroeg Harmony.

Ik schudde mijn hoofd.

'Hoe zou hij dat kunnen? Hij verlaat nooit het nest,' zei Elliot en glimlachte toen. 'Tot vandaag. Dit is je geluksdag.' Hij keek even naar Roberta en voegde eraan toe: 'In verschillende opzichten.'

Hij gaf Roberta er een en wilde toen mij er een overhandigen. Ik verroerde me niet. Hij maakte een nadrukkelijk gebaar, pompend met zijn hand. Ik begon mijn hoofd te schudden.

'Pak aan,' zei hij ruw en keek van Roberta naar mij. Ik nam de joint aan en deed een stap achteruit.

'Ben je niet bang dat je vader het zal ruiken?' vroeg Roberta. 'Daar maak ik me altijd ongerust over.'

'Geen probleem,' zei Elliot en gooide de ramen open. 'En anders geef ik mijn zus de schuld. Mijn vader gelooft altijd alles wat iemand over haar zegt.'

Hij stak zijn joint op en gaf Harmony vuur. Roberta stak hem zelf aan en wilde toen mij de lucifer geven.

'Ik rook niet,' zei ik, en ze lachten weer.

'Dit is geen roken. Dit is iets anders,' zei Harmony.

'Het ziet eruit als roken.'

'Probeer het eens,' zei Elliot. 'Voor de grap.'

Ik schudde mijn hoofd.

'Gedraag je niet als zo'n oen tegenover de meisjes, Noble,' waarschuwde hij. 'Ik weet maar al te goed dat je dat niet bent.' En toen, om mij te intimideren, gaf hij een duwtje tegen de poster waarachter het kijkgat naar de kamer van zijn zus was verborgen.

Hij streek een lucifer aan en hield die voor me op. Ik hield de joint in het vlammetje, maar zodra ik een trek nam, begon ik te hoesten. Ze lachten. Roberta besloot me te leren hoe ik de joint moest roken. Ik vond het niet lekker, maar ik deed mee, en na een tijdje voelde ik me duizelig worden.

De muziek klonk luider en het gelach van de anderen leek samen te vloeien tot één bulderende lach. Blijkbaar werd besloten dat Roberta en ik naar beneden zouden gaan en Elliot en Harmony samen boven zouden blijven.

Ze leidde me de kamer uit en sleurde me praktisch naar de trap.

'Ik wil dat je me alles vertelt over jezelf,' zei ze. 'Je bent de meest interessante jongen die ik ken.'

'Je kent me niet,' zei ik, en ze lachte.

'Ik bedoel, ik zou je graag willen kennen. Je bent zo... zo...'

'Prozaïsch?'

Ze trok een lelijk gezicht.

'Ja, ik geloof het wel. Ik denk dat je heel intelligent bent. Kom mee,' drong ze aan en trok me de zitkamer in.

Ik struikelde, maar volgde haar naar de bank. Ze plofte neer, lachte nu om alles wat ze deed of wat er gebeurde. Toen strekte ze haar armen naar me uit.

'Kom. Doe niet zo verlegen,' zei ze.

Ik keek achterom naar de deur, dacht dat ik er misschien snel vandoor zou kunnen gaan, maar ze liet zich naar voren vallen, pakte mijn hand en trok me naar haar toe. Ik verloor mijn evenwicht en viel onhandig boven op haar, wat haar nog harder deed lachen. Ik kronkelde om los te komen, en ze draaide zich om, duwde haar borsten in mijn gezicht en toen, voordat ik me uit de voeten kon maken, drukte ze haar lippen met zoveel kracht op de mijne, dat mijn hoofd achterover boog. Ik voelde haar tong tussen mijn lippen door naar binnen dringen, en kokhalsde. Ik duwde haar uit alle macht van me af. Ze klemde zich aan me vast, nog steeds lachend.

'Vind je dat niet prettig?'

'Nee,' zei ik. 'Je moet dat niet doen. Ik heb je net verteld dat ik ziek ben geweest. Ik zou je kunnen aansteken,' waarschuwde ik, in de hoop dat ze zich nu zou terugtrekken. Maar haar ogen waren klein en glazig en ze bleef maar naar me kijken met die idiote grijns.

'Daar maak ik me geen zorgen over,' en ze bracht die dikke, vlezige lippen weer naar mijn mond.

Deze keer dook ik onder haar arm door en wist van de bank te ontsnappen. Ze draaide zich met een ruk om, en keek me teleurgesteld aan.

'Ben je verlegen? Het doet geen pijn, hoor. Dat kan ik je verzekeren,' zei ze.

'Ik weet wat pijn doet en wat niet,' merkte ik op.

'O?' Haar glimlach werd breder. 'Kom dan terug. Je zult er geen spijt van hebben.'

Ik keek toe terwijl ze frutselde aan de knoopjes van haar blouse en die opensloeg. Toen boog ze zich naar voren en maakte haar beha los. Ik had me toen moeten omdraaien en hard weglopen, maar het was fascinerend om haar te zien en te beseffen wat ze bereid was te doen. Ze trok haar beha uit en leunde achterover met haar hoofd op de arm van de bank. Haar borsten sprongen naar voren. Ze lachte naar me en legde haar handen eronder, tilde ze op alsof ze me haar borsten aanbood.

'Kom terug!' drong ze aan.

Ik schudde mijn hoofd.

'Dat kan ik niet. Ik moet weg. Ik heb... dingen te doen. Ik kan het niet,' stotterde ik en draaide me toen om en holde de zitkamer uit, door de voordeur naar buiten en de trap af.

Haar geschreeuw stierf weg toen de deur dichtviel. Ik aarzelde geen seconde en keek niet achterom. Ik holde over het gras naar het bos en ging steeds harder lopen, alsof ik achtervolgd werd. Ik was volkomen in paniek. Ik lette niet op de struiken en de jonge boompjes. Ik rende er dwars doorheen en voelde dat ik mijn rechterwang schaafde, maar ik bleef niet staan.

Toen ik uit het bos kwam en weer op ons eigen terrein was, bleef ik in een snel tempo doorlopen, telkens achteromkijkend of ze me niet volgde. Ik besefte dat ik huilde, ik beefde over mijn hele lijf; ik had het gevoel dat ik uit mijn lichaam was getreden en naar mezelf keek. De kras op mijn wang deed pijn toen de tranen eroverheen stroomden. Voor ik bij het huis was, kwam mama naar buiten en bleef op de veranda staan, met over elkaar geslagen armen, omhooggeheven hoofd en strakke lippen. Haar omlaaggetrokken mondhoeken zagen wit.

'Waar ben je geweest?' vroeg ze.

Ik streek een paar twijgjes uit mijn haar en veegde de tranen van mijn wangen. Ik durfde geen antwoord te geven. Ze stapte van de veranda af en bleef met een woedend gezicht voor me staan. Toen knipperde ze met haar oogleden en keek een ogenblik verbaasd. Ik probeerde te slikken, maar het leek of er een brok harde kandij in mijn keel zat. Plotseling bracht ze haar gezicht vlak bij het mijne en ik hoorde haar snuiven.

Ze deinsde achteruit als iemand die de dood had geroken. 'Wat heb je gerookt? Waar was je? Geef antwoord!' schreeuwde ze en pakte mijn schouders beet. Ze schudde me hard door elkaar en ik begon weer te huilen. 'Vertel op!' eiste ze. 'Je moet me alles vertellen. Onmiddellijk!'

Ik brabbelde tussen mijn snikken door, bekende alles, elk detail, elk moment. Ik vreesde wat er nu zou gaan gebeuren. Ze zou me natuurlijk weer in mijn kamer opsluiten en me voor straf laten vasten, maar toen ik uitgesproken was, verraste ze me door te glimlachen en me liefdevol over mijn haar te strijken voor ze me omhelsde en me heen en weer wiegde.

'Mijn Noble, mijn lieve, flinke Noble.'

Ik sloeg mijn ogen naar haar op. Ik was nog erg bang, maar ook verward.

'Begrijp je het niet, kindlief, je was eerlijk. Je was bereid al het kwaad uit je te verwijderen. Je hebt het zo goed als uitgespuwd. Je bekentenis is je zuivering. Je hoeft verder niets te doen dan te bedanken. Waarom denk je dat je naar huis bent gehold, die poel van verderf hebt verlaten? Ik ben zo trots op je.'

Ik hield op met huilen en beven. Ze hield mijn schouders nog stevig vast, maar haar aandacht werd afgeleid van mijn gezicht en ging naar het bos. Haar lippen vertrokken van woede, en toen sloot ze haar ogen en knikte.

'Maak je geen zorgen,' zei ze. 'Ik zal verder voor alles zorgen. Ga naar binnen en knap jezelf wat op. Ik kom straks wat op die lelijke kras op je gezicht doen. Ga maar,' zei ze.

'Wat ga je doen, mama?' vroeg ik.

In gedachten zag ik haar op het kerkhof, biddend tot een leger van geesten, hun smekend om wraak. Ik vreesde voor Elliot en de meisjes. Er zou iets verschrikkelijks met ze gebeuren. Ik twijfelde er niet aan of mijn moeder had de macht ertoe.

'Maak jij je daar nou maar geen zorgen over,' herhaalde ze. 'Toe dan. Doe wat ik zeg.'

Ze liet me los en deed een stap achteruit.

Ik keek even naar het bos en ging toen naar binnen. Ik trok mijn kleren uit en gooide ze in de wasmand. Daarna verwijderde ik het korset en nam een douche. Terwijl ik me afdroogde kwam mama met de beloofde zalf en smeerde wat op mijn geschaafde wang.

Vervolgens gaf ze me een van haar kruidenpillen om me te helpen me te ontspannen.

'Ik wil dat je even gaat liggen, Noble. Ik wil dat je goed uitrust en lang slaapt. Ik ga even weg. Neem de telefoon niet op en ga niet naar de deur. Begrepen?'

'Waar ga je naartoe?'

'Ik moet een boodschap doen. Doe nou maar wat ik zeg, dan komt het allemaal goed.'

Ze gaf me een zoen op mijn voorhoofd en liet me alleen. Ik was moe. Alles in mijn lichaam deed pijn. Ik had mezelf vreselijk opgefokt toen ik uit dat huis naar het bos vluchtte. Nu schaamde ik me een beetje voor mijn paniek. Had ik niet op een iets elegantere manier kunnen vertrekken?

Ik kroop onder de deken en omklemde het kussen. Een ogenblik later sliep ik en toen ik mijn ogen opendeed was het donker.

Het bracht me in de war, en even kon ik me niet herinneren wat er gebeurd was. De pil die mama me gegeven had moest wel heel sterk zijn geweest, dacht ik, toen ik de gebeurtenissen weer in mijn geheugen terugriep. Ik ging rechtop zitten en luisterde. Ik hoorde muziek. Mama speelde piano. Nieuwsgierig stond ik op en trok mijn badjas en slippers aan. Toen ging ik naar beneden.

Ze speelde net iets melancholieks. Het was een krachtige melodie, en toen ik naar binnen keek, zag ik dat haar handen energiek over de piano bewogen; haar haar wapperde om haar gezicht terwijl ze gebogen over de toetsen zat. Meestal voelde ze mijn aanwezigheid als ze speelde, maar als ze dat deze keer deed, liet ze niets merken tot ze beëindigd had wat ze wilde beëindigen. Toen leunde ze achterover, uitgeput maar voldaan. Ten slotte draaide ze zich naar me om en lachte.

'Hoe gaat het lieverd?' vroeg ze.

'Ik heb zo lang geslapen.'

'Dat was ook de bedoeling. Heb je honger?'

'Een beetje.'

'Mooi. Ik heb wat koude kip en een heerlijke aardappelsalade en snijbonen voor je,' zei ze terwijl ze opstond. Ze kwam naar me toe en draaide mijn hoofd om, zodat ze naar mijn geschaafde wang kon kijken. 'Over een paar dagen is het genezen,' mompelde ze, meer tegen zichzelf dan tegen mij, dacht ik.

Ze liep naar de keuken.

'Waar ben je geweest, mama? Wat heb je gedaan?' vroeg ik.

Ze draaide zich om bij de deur en glimlachte naar me.

'Ik heb je gezegd dat je je geen zorgen moest maken.'

'Maar dat doe ik wél. Ik kan er niks aan doen.'

'Hm,' zei ze knikkend. 'Waarschijnlijk niet, nee. Dat is niet meer dan natuurlijk.' Ze zweeg even en zei toen: 'Ik ben die man gaan opzoeken.'

'Welke man?'

'De man die dat huis gekocht heeft, die met dat misbaksel van een zoon. Ik heb hem op zijn werk opgezocht en hem terzijde genomen en hem alles verteld wat je mij hebt verteld. Hij viel bijna flauw. Ik heb nog nooit een volwassen man zo bleek zien worden. Ik moest hem troosten. Kun je je zoiets voorstellen? Dat ik hém de troost bood die ik van hem had moeten krijgen. Hij ging er maar over door hoe moeilijk het voor hem was om in zijn eentje twee tieners op te voeden.

'Natuurlijk kon hij me niet genoeg bedanken. Hij stond als een idioot te brabbelen, verontschuldigde zich dat hij zich niet was komen voorstellen, dat hij naar dat stomme geklets over ons had geluisterd. Het begon gewoon pijnlijk te worden. Wat mis ik een man als je vader, een man met een krachtige geest. Deze mensen hebben kinderen, en ze versplinteren als broos glas. Wat eens een gezin was verbrokkelt tot scherven van egoïstische stupiditeit,' zei ze. 'Ik dacht dat hij in tranen zou uitbarsten.

'Hij gaf de schuld aan zijn vrouw.' Ze wendde haar hoofd af en draaide ze zich toen met een felle blik in haar ogen naar me om. 'Ze is niet dood. Dat was een flagrante leugen. Die vrouw heeft hen verlaten. Ze heeft haar eigen kinderen in de steek gelaten. Ze was zo egocentrisch, dat ze het idee niet kon verdragen om gebonden te zijn door haar kinderen. Ze is er met een of andere minnaar vandoor gegaan en heeft dat watje van een man achtergelaten met de verantwoordelijkheid voor de opvoeding van twee jonge kinderen.

'Nou, het is duidelijk dat hij er een puinhoop van heeft gemaakt. Hij vertelde me meer dan ik wenste te weten. Blijkbaar is zijn dochter een nog groter probleem dan die jongen die jou in verleiding bracht.

'Maar,' ging ze verder, haar woorden onderstrepend door met haar vuist in de lucht te stompen, 'dat ligt nu allemaal achter ons, achter die prachtige muur die ons beschermt. Dat denkbeeldige kasteel met de slotgracht dat jij vroeger met Celeste gebouwd hebt, is er weer, Noble. Je hoeft niet bang te zijn. Morgen is weer een gewone dag, een nieuwe, heerlijke dag voor ons beiden.

'Ik zal nu je eten halen,' eindigde ze en liep weg, terwijl ik bevend over mijn hele lichaam bleef staan.

Na gehoord te hebben wat ze had gedaan en wat er nu zou volgen, was mijn eetlust verdwenen. Maar mama stond vlak naast me, dus dwong ik me mijn bord leeg te eten.

'Ik wil dat je het een paar dagen rustig aan doet, Noble. Je hebt verschrikkelijke dingen meegemaakt. Concentreer je maar op de boeken die ik je heb gegeven en op je schei- en natuurkundewerk. Maak je geen zorgen over de kippen of een van onze taken op de boerderij,' zei ze.

Ik deed wat ze vroeg, maar het was heel moeilijk om zo beperkt te zijn in mijn bewegingen. En ik miste Cleo heel erg. Alles werkte samen om me een nog eenzamer gevoel te geven. 's Avonds als ik luisterde naar mama die pianospeelde of als ik naar mijn kamer ging om te lezen, kon ik de stroom van beelden niet stoppen die door mijn hoofd gingen. Herhaaldelijk zag ik hoe Roberta haar beha uittrok. Ik beleefde opnieuw die zoen. Het maakte me misselijk, maar tegelijkertijd, al begreep ik niet waarom, prikkelde het me en deed het me meer en meer denken aan mijn eigen seksualiteit.

Doodsbang dat ik zou worden betrapt, maar niet in staat het te beletten, ging ik naar de badkamer en staarde naar mijn blote borsten. Natuurlijk waren die lang zo groot niet als die van Roberta, maar ze werden voller en ronder. Het zou niet lang meer duren of het zou heel moeilijk worden mijn borst voldoende te pletten om mama tevreden te stellen, dacht ik. Het vooruitzicht van de dag waarop ze met een enorme teleurstelling naar me zou kijken, was angstaanjagend. Wat zou ze dan doen? Zou ze me meer laten eten, zodat ik dikker zou worden, en elke mogelijke ronding zou worden gecamoufleerd? Zou ze de rondingen in mijn hoofd ook zo gemakkelijk kunnen uitwissen?

Ik trok mijn aangepaste korset weer aan. Ik knipte zelf mijn haar. Ik zette de herinneringen van me af aan de make-up en wat die voor mijn gezicht zou doen, en voor de ogen en lippen van Betsy en Harmony en Roberta hadden gedaan. Ik bedwong elke aandrang om Celeste te zijn en zette me met nieuwe vastberadenheid aan het werk. Ik hervatte de zware taken, zwaaide krachtig met mijn bijl, harkte, spitte, hamerde tot mijn schouders zo'n pijn deden dat ik moest ophouden. Mama leek elke avond weer blij als ik uitgeput was.

'Je bent een flinke jongen,' zei ze dan. 'Het zal goed met je gaan. Het zal goed met ons beiden gaan. Ons huis is weer gewijd.'

Ik hoopte dat ze gelijk had. Ze leek zelf weer fit en klaagde niet langer over hoofdpijn en dutte niet zo vaak meer in. Ik keek uit naar haar geesten, de geesten die ik vroeger zo gemakkelijk leek te kunnen zien, en ik wachtte op het moment dat papa uit de schaduw naar me zou fluisteren dat alles in orde was. Ik was verlost, en zoals mama had gezegd, alles zou goed komen.

Maar alles wat ik ten slotte hoorde waren Elliots woede en dreigementen.

Hij schoot uit het bos tevoorschijn alsof hij dagenlang achter een boom had staan wachten om bij de eerste de beste gelegenheid naar me toe te komen. Ik was net klaar met het voeren van de kippen en het repareren van een hek, toen hij over de weide aangehold kwam. Ik dacht dat hij me aan zou vliegen, maar hij bleef op een paar meter afstand staan, met zijn handen op zijn heupen.

'Je bent niet normaal,' begon hij. 'Waarschijnlijk ben je een homo. Ik weet niet waarom ik geprobeerd heb je vriend te zijn.' Hij zwaaide met zijn vuist naar me. 'We krijgen je nog wel.'

'Hoor eens, het spijt me dat mijn moeder naar je vader is gegaan, maar ik wilde niet met Roberta samen zijn. Ze is weerzinwekkend.'

'Weerzinwekkend? Waarom? Omdat ze seks met je wilde? Is dat weerzinwekkend? Is dat wat je moeder je leert? Ik heb medelijden met je, zelfs nog meer dan met mezelf, al heeft mijn vader me dankzij jou mijn auto afgenomen en me een week huisarrest gegeven.'

'Het was niet mijn bedoeling dat dit je zou gebeuren, Elliot.'

'Ja, goed, hoor. Doe maar geen moeite om met iemand in het dorp vriendschap te sluiten. Tegen de tijd dat ik klaar ben met het verzinnen van verhalen over je, zal niemand ook maar iets met je te maken willen hebben,' dreigde hij. 'Je bent een armzalig soort mens,' voegde hij eraan toe, waarop hij zich omdraaide en met gebogen hoofd terugliep naar het bos.

Ik voelde tranen branden in mijn ogen. Ik wilde hem roepen, me op een of andere manier verontschuldigen, maar mijn keel zat zo dichtgeknepen, dat ik geen geluid kon uitbrengen. Ik keek hem na toen hij in het bos verdween.

Toen draaide ik me om en liep net als hij met gebogen hoofd weg, terug naar huis.

Toen ik opkeek, zag ik mama met over elkaar geslagen armen op de veranda staan. Ze had geen jas aan, alleen een blouse en rok, maar de kou scheen haar niet te deren. Toen ik dichterbij kwam, zag ik dat ze glimlachte. Ik wist zeker dat ze mijn confrontatie met Elliot had gezien.

'Heb je dat gezien?' vroeg ze.

'Wat?'

'Hij kon niet bij je in de buurt komen. Hij kon niet dicht bij je komen. Hij moest op een afstand blijven en kon alleen met zijn vuist schudden, en ik weet zeker dat hij stomme dreigementen uitte.'

Ze wendde haar blik af en keek naar het bos.

'Er is een muur tussen ons en hen, Noble; voor eeuwig en altijd zal er een muur zijn.'

Ze keek me aan. 'Je bent veilig,' zei ze. 'Je zult altijd veilig zijn.'

Ze stak haar armen naar me uit. Ik liep de veranda op, en ze omhelsde me. Samen liepen we naar binnen. Ik bleef slechts een seconde staan om achterom te kijken naar de plek waar Elliot het bos was ingegaan en verdwenen.

Hij verdween als een droom zou doen als ik wakker werd.

15. Bewustwording

In de weken en toen maanden die volgden op wat mijn enige echte contact was geweest met jonge mensen van mijn leeftijd, had ik vaak het gevoel dat ik bezig was te krimpen. De wereld waarin ik was geboren en waarin ik had geleefd met mijn ouders leek steeds kleiner te worden, misschien omdat ik me niet ver buiten het terrein vlak om het huis en de schuur waagde, en misschien omdat ik begon te beseffen hoeveel ik miste.

Toen ik steeds meer vrije tijd kreeg, richtte ik mijn aandacht op onze prachtige bibliotheek met de in leer gebonden boeken; ik las veel meer dan mama van me verlangde. De pagina's van die boeken, de prachtige verhalen en de personages die ik leerde kennen, waren de wegen, de paden, die me in staat stelden de beperkingen te ontvluchten van ons beschermde huis en de afgebakende grenzen die bewaakt werden door mama's spirituele leger van voorouders.

Op een andere manier kwam ik praktisch nooit meer buiten. Mama scheen altijd een goede reden te vinden waarom ik haar niet moest vergezellen als ze de boerderij verliet om te gaan winkelen of een boodschap te doen.

'Ik blijf maar heel even weg,' zei ze dan, of ze vertelde me dat ze alleen maar dit of dat ging doen en er geen tijd was voor iets anders, en dat er daarom geen enkele reden was waarom ik mee zou gaan. Ze hechtte nooit enige waarde aan mijn behoefte om andere plaatsen te zien, andere mensen of een andere omgeving.

'Daar hebben we later nog tijd genoeg voor,' zei ze als ik iets in die richting opperde. 'Bovendien willen de mensen die hier wonen je niet zien, je niet ontmoeten, je niet kennen, Noble. Ze zullen wat ze ook zien alleen maar gebruiken om nog veel meer valse roddels te verzinnen waarmee ze hun lege levens kunnen vullen.'

Ik kon me wel voorstellen wat ze nu al zouden zeggen. Elliot had natuurlijk zijn dreigement uitgevoerd en de meest fantastische verhalen over me verspreid.

'Geloof me,' verzekerde mama me, 'ik weet wat het beste voor je is. Het is me verteld,' voegde ze eraan toe op die besliste toon waarmee ze altijd sprak als ze dat zei.

Feitelijk werd *Het is me verteld* haar reden en rechtvaardiging voor bijna alles wat ze me weigerde, en als ze het eenmaal gezegd had, kon ik geen tegenargument vinden, want ik twijfelde er niet aan wie het haar gezegd had.

Toch lag het op het puntje van mijn tong om te vragen: 'Waarom is het mij niet verteld? Wanneer zal ik deelnemen aan al die discussies en onthullingen?'

Ik begon te hopen dat het nooit zou gebeuren. Mama had blijkbaar vrij toegang tot die andere wereld en ging naar believen heen en weer, maar ze was zo geïsoleerd. Ze had geen vrienden meer en geen sociale agenda. Ze weigerde elk contact en beantwoordde geen telefoontjes of brieven van een levend familielid. Zou dat mijn lot worden?

Vroeger, toen ik nog heel jong was, verlangde ik er wanhopig naar contact te krijgen, de oversteek te maken, en toen ik geloofde dat het me gelukt was, dacht ik dat ik daarmee mama's eeuwige, intense liefde had verworven. Maar toch kwam Noble altijd op de eerste plaats, ze beschermde en vertroetelde hem. Noble zijn was geliefd zijn.

Vaak, als ik 's nachts alleen was, staarde ik uit het raam zoals zij zo vaak deed en wachtte ik op een of ander teken. Soms bleef ik zo lang en gespannen naar buiten turen dat ik ten slotte dacht dat de schaduwen vorm aannamen. Ik meende werkelijk gezichten te zien, maar het waren allemaal net zeepbellen die voorbijzweefden, zeepbellen die uiteenspatten zodra ze gezien werden. Ik begon ook weer gefluister te horen. Stemmen leken te zweven in de avondlucht. Mijn brein raakte in de war van al die beelden en visioenen. Ik wist niet wat ik moest geloven.

Ik vertelde haar erover en ze zei dat het normaal was. Ik was heel dichtbij. Ik was altijd heel dichtbij. Wees goed, luister en doe wat ik je zeg, en ze zullen komen. Deze eenzaamheid zou eindigen en ik zou deel uitmaken van die wonderbaarlijke gemeenschap die ons en onze boerderij had uitverkoren. Ik zou al mama's krachten en vermogens erven. Dat was mijn echte erfenis, hoe kon ik daaraan twijfelen? Per slot was het haar verteld.

Maar die belofte kon niet voorkomen dat ik me steeds meer ingesloten begon te voelen.

Toen ik *Macbeth* las, was ik verbijsterd over de voorspelling van de heksen dat Macbeth verslagen zou worden als het bos naar zijn kasteel kwam. De laatste tijd, nu ik mijn wereld kleiner voelde worden, meende ik dat ons bos steeds dichterbij kwam. Misschien was het niet meer dan een illusie, maar voor mij was het heel reëel. De buitenwereld oefende druk uit op onze grenzen, duwde en perste. Uiteindelijk zouden we worden opgeslokt en verdwijnen. Ik dacht er vaak aan, maar het was een idee waaraan ik nooit uiting gaf.

Hoewel mama me steeds vaker zag lezen, me tot ver in de kleine uurtjes met een boek genesteld zag onder een lamp, zei ze niets. Soms glimlachte ze, en soms keek ze nadenkend. Ze leek onzeker. Moest ze het me beletten? Moest ze me aanmoedigen? Ik wist zeker dat ze dacht dat ik als ik las tenminste geen vragen zou stellen en niet zou klagen. Haar wereld was kalm en comfortabel, zoals het hoorde. We waren veilig.

Onze bibliotheek was oud. Hij bevatte wat volgens mij heel waardevolle uitgaven waren van beroemde romans en andere boeken. Overgrootmoeder Jordan was begonnen een collectie van boeken aan te leggen en grootmoeder Jordan had dat voortgezet. Ik vermoedde dat geen van beiden ooit echt had gelezen wat ze in huis brachten. Ik was ervan overtuigd dat ze sommige van die verhalen niet zouden hebben goedgekeurd. Niettemin kochten zij ze omdat het klassieke werken waren. Ze kochten op antiekmarkten, tweedehandsboekwinkels en waar ze maar in leer gebonden exemplaren konden vinden. Sommige waren een cadeau van overgrootvader Jordan en grootvader Jordan. Ik zag de opdrachten, de spichtige handtekeningen over een hele pagina: 'Ter gelegenheid van je verjaardag', 'Prettig kerstfeest', zelfs 'Voor je trouwdag'.

Misschien was dat de ware reden waarom mama me nooit belette die boeken te lezen. Er was een geschiedenis aan verbonden, een familiegeschiedenis, en alles wat met onze voorouders te maken had was belangrijk. Per slot hadden mijn grootouders en overgrootouders ze op zijn minst één keer aangeraakt en die aanraking maakte er iets gewijds van, een van de vele delen van de spirituele wereld die om ons heencirkelden als planeten in ons zonnestelsel.

Maar sommige van die romans gingen over grote liefdes, en de beschrijvingen van de mooie vrouwen en de knappe mannen, de schitterende gala's, de japonnen, de feesten en de elegantie van hun wereld fascineerden me. Ze vulden mijn nachten met dromen waarin ik mijn spijkerbroek, flanellen hemd en laarzen uittrok en prachtige, stijlvolle jurken uit een magische kast pakte.

Zodra ik er een aantrok, werd mijn haar langer en zachter en mooier, het eelt verdween van mijn handen, mijn wenkbrauwen werden smaller en fraai van vorm, mijn lippen werden vochtig en glanzend met sexy lippenstift. Ik was tenger en sierlijk, en ik kon rondwervelen en lachen met een melodieuze klank en de harten veroveren van mannen die ernaar snakten mijn hand vast te houden, mijn lippen te kussen, mijn borsten aan te raken, mijn arme, verborgen en platgedrukte borsten, die soms pijn deden en tintelden onder het strakke korset.

Misschien kwam het door het vele lezen, maar de herinneringen aan een klein meisje werden steeds levendiger. Ja, ik herinnerde me mijn poppen, mijn theekopjes, mijn poppenhuizen en kleurboeken, mijn mooie linten. Ja, ik herinnerde me de geur van mijn kleren, mijn crinoline en zijde, de mooie anjelieren, mijn kleine bontjasje dat papa voor een van mijn verjaardagen gekocht had. Alles lag onder de aarde buiten ons huis. Ik droomde er zelfs van dat ik het op een nacht allemaal heimelijk zou opgraven.

Maar natuurlijk zou ik dat nooit doen. Niettemin werden die gevoelens, die ik veilig achter slot en grendel in mijn hart bewaarde, elke dag sterker. Ze lieten zich steeds luider horen toen de winter aan zijn onvermijdelijke terugtocht begon en het warme voorjaar en de verjonging van de natuur zich aankondigden. IJs en sneeuw smolten onder het warmere en steeds veelvuldigere zonlicht. Bomen begonnen uit te botten en onze weide werd steeds groener. Naast elkaar bewerkten mama en ik de rullere aarde, spitten die om in onze tuin. We plantten, cultiveerden, en begonnen toen alles om ons heen op te fleuren, brachten nieuwe kleur aan op het houtwerk buiten, schilderden de vloeren met beschermende verf, lapten de ramen en luiken. Er was altijd veel te doen als de winter de aarde van zijn ketenen verloste en vluchtte voor de warmere zon.

Ik was blij dat ik al dat werk had, dat ik mezelf zoveel mogelijk bezig kon houden. Ik wilde moe zijn aan het eind van de dag. Het hielp me om in slaap te vallen, wat me de laatste tijd steeds meer moeite begon te kosten. Te veel nachten lag ik urenlang wakker en hoorde de muziek waarover ik las in mijn boeken, zag de knappe mannen flirten of dansen met de mooie vrouwen, luisterde naar de gefluisterde woorden van liefde tussen hen, woorden die ik uit mijn hoofd had geleerd en voor me heen fluisterde. Hun silhouetten bewogen op mijn muren. Ik wist zeker dat het beter was dan televisiekijken, wat mama trouwens toch verbood.

Soms, als ik dacht aan een liefdesscène waarover ik had gelezen, liet ik mijn handen over mijn lichaam dwalen. Ik dacht aan wat Elliot me had verteld over zijn zus Betsy, en herinnerde me de sensuele manier waarop ze zichzelf betastte en naar haar lichaam staarde. De tinteling die ik door me heen voelde gaan beangstigde en verrukte me tegelijk. Als ik er te heftig naar verlangde drukte ik mijn gezicht zo hard ik kon in mijn kussen. Ook mama's voetstappen zorgden voor een overhaaste aftocht; ik hield mijn adem in terwijl ik de beelden en visioenen verjoeg. Maar het was onmogelijk de dromen te beletten, dromen waarin ik lippen voelde op mijn mond, handen op mijn borsten, dromen waarin ik talloze pagina's reciteerde van verrukkelijke romances.

Ik probeerde berouw te hebben, om vergiffenis te bidden, mama's krachtige blikken te vermijden. Werken hielp, maar kon niet alles voorkomen. De tijd staat niet aan mijn kant, dacht ik. Elke dag, elk uur dat voorbijgaat maakt het moeilijker. Hoe zou dit eindigen? Of, belangrijker nog, hoe zou het beginnen? Zoveel van mijn leven verkeerde in het ongewisse, dacht ik, zoveel moest nog beginnen.

Mama's belofte langgeleden aan papa dat we op een dag naar de openbare school zouden gaan, zweefde natuurlijk weg als rook. Om daarvoor te zorgen, trof ze dit jaar speciale regelingen voor mijn schooltest. Alsof ze voorzag hoeveel meer nog dan anders ik de leerlingen van mijn leeftijd zou willen zien, bracht ze me pas uren na het einde van de lessen naar de school. Er waren maar enkele leerlingen in de gangen en op het schoolplein. Snel trok ze me het gebouw in, en toen we naar het klaslokaal liepen bleef ze zo dichtbij me, dat ik bijna het gevoel had dat ik oogkleppen op had. Ik was in een oogwenk binnen en bijna net zo gauw weer buiten. Ik was er maar heel kort. De test was nog gemakkelijker dan gewoonlijk, waar mama erg blij om was.

Op weg erheen en op weg naar huis nam ik alles wat ik kon zien nog gretiger en intenser in me op. Mijn ogen waren overal, keken naar alles, elk mens, elke kleur, elk kledingstuk, zelfs elke beweging die mensen maakten, vooral jonge vrouwen. Mama waarschuwde me natuurlijk dat ik niet om me heen moest staren, maar ik kon er niets aan doen. Ik probeerde recht voor me uit te kijken, maar mijn ogen leken een eigen wil te hebben, en zoals twee stalen knikkers naar magneten worden getrokken, gingen ze van de ene naar de andere kant.

Toen we thuiskwamen was mama erg geïrriteerd. Ze dreunde een reeks karweitjes voor me op en stuurde me naar de schuur om gereedschap te halen. Ik ging aan het werk en probeerde te vergeten, maar dat viel niet mee. De enige manier om enige gemoedsrust te krijgen was terug te keren naar mijn boeken en toen, omdat het weer zo snel zo warm was geworden, uiteindelijk weer terug naar het bos. De meeste bomen hadden weer een mooi bladerdek en zorgden voor kleine schaduwplekken. Als ik door het bos liep kon ik door dat doorzichtige gebladerte een omfloerste zon zien. Op een dag besloot ik een comfortabel plekje te zoeken en daar te gaan zitten lezen, ver van mama's kritische of achterdochtige ogen.

'Blijf binnen de grenzen van de boerderij,' waarschuwde mama me, en ik beloofde dat ik ze nooit zou overschrijden zonder haar toestemming of gezelschap. Maar ze was niet blij dat ik ergens naartoe ging waar ze me niet kon zien.

Soms nam ik om haar gerust te stellen mijn visgerei mee, ook al viste ik nooit. Iets ten zuiden van de beek had ik een plekje gevonden in de schaduw van een aantal pijnbomen. Het rook er heerlijk, en mijn speciale plekje had een effen bodem met vruchtbare, koele, donkere aarde. Ik kon languit gaan liggen, zonnen als ik dat wilde, en me ontspannen. Eekhoorns en konijnen sloegen me nieuwsgierig van veilige afstand gade en rimpelden hun neusjes om zich ervan te overtuigen dat de geuren die ik meebracht niets bedreigends hadden. Vogels tjilpten en voerden hun luchtacrobatiek om me heen uit alsof ze eindelijk een bewonderend publiek hadden gevonden. Eén keer zag ik een jong hertje. Het was bijna niet te zien omdat het zo goed gecamoufleerd werd door het omringende gebladerte, maar ik ving een lichte beweging op van de oren. Voorzichtig ging ik rechtop zitten en staarde ernaar, en het hertje staarde terug.

'Hallo,' zei ik, waarop het snel verdween.

De winter was kouder geweest dan gewoonlijk, maar het voorjaar was warm en gedroeg zich meer als een zomer. Ik droeg een overall en een simpel wit shirt met korte mouwen. Ik had *Romeo en Julia* meegenomen omdat ik het toneelstuk wilde herlezen. Ik had het twee jaar geleden snel gelezen, en ik wist zeker dat ik het toen niet begrepen of voldoende geapprecieerd had. Toen ik las over hun verzet en hun vaste plan om elkaar lief te hebben, bonsde mijn hart van opwinding. Omdat het een verboden liefde was, leek die nog intenser.

Ik legde het boek weg en ging languit liggen om door de takken van de pijnbomen door naar de lucht te kijken. Een tijdlang staarde ik naar de wolken die in een weldadige stilte door de heldere, ijsblauwe lucht dreven. Ik sloot mijn ogen en dacht aan de eerste kus van Romeo en Julia. En toen stelde ik me voor dat het mij gebeurde.

Ook ik voelde plotseling een hevige behoefte om me te verzetten, in gevaar te verkeren, die sensatie te beleven. Mijn handen gleden over mijn lichaam, onderzochten, ontdekten. Ik trok de top van mijn overall omlaag en mijn shirt over mijn hoofd. Even bleef ik liggen hijgen, geschrokken van wat ik had gedaan. Maar nu het eenmaal gebeurd was kon ik niet anders dan doorgaan. Ik maakte het korset rond mijn boezem los tot ik volledig blootgesteld was aan de lucht. Mijn bevrijde borsten tintelden toen de wind eroverheen streek. Langzaam bracht ik mijn vingertoppen naar mijn tepels, en toen kreunde ik zachtjes en trok mijn overall helemaal uit, en vervolgens mijn onderbroek. In een verrukkelijke opwinding bleef ik daar naakt liggen.

Ik had dit nog nooit buitenshuis gedaan. Ik voelde prikkelingen, tintelingen, door me heen stromen. Ik beefde zo hevig dat ik dacht dat mijn botten rammelden. Ik had het gevoel dat warme handen over mijn dijen streken, omhoog naar mijn verboden plekje. Plotseling voelde ik een vloedgolf van sensationele prikkelingen – als een explosie – in mijn onderlichaam. Het was schokkend en verrukkelijk, en toen zo angstaanjagend, dat ik haastig mijn kleren pakte. Zo snel ik kon kleedde ik me aan en bond mijn korset nog steviger dan anders om me heen. Ik trok de koorden zo strak aan dat ik nauwelijks kon ademhalen. Daarna pakte ik mijn boek op en vluchtte letterlijk weg van mijn wonderbaarlijke plekje.

Hardlopen hielp om me tot bedaren te brengen. Ik holde zo hard ik kon tot ik uit het bos was, en bleef toen staan bij de rand van onze weide om op adem te komen. Mijn gezicht gloeide zo hevig, dat ik wist dat het vuurrood moest zijn. Ik ging niet terug naar huis. Ik liep door het bos, vond een andere schaduwplek en rustte uit.

Wat was er gebeurd? Wat had ik gedaan? Ik kon er alleen maar aan denken dat mama het zou weten zodra ze me zag. Of erger nog, het zou haar verteld zijn.

Toen ik voldoende gekalmeerd was, liep ik langzaam terug naar huis. Ik weet zeker dat ik naar binnen ging als een gevangene die de dodencel betreedt in een gevangenis. Mama kwam uit de zitkamer. Ze had haar borduurwerk in de hand.

'O, Noble,' zei ze toen ze me zag. 'Ik bedacht net iets heel ergs.'

Ik wachtte met bonzend hart.

'Binnenkort ben je jarig en ik heb nog helemaal niets gepland. Ik weet niet wat me de laatste tijd bezielt,' zei ze glimlachend. 'Maar maak je geen zorgen. We maken er een heel bijzondere dag van. Dat beloof ik je.'

Ze gaf me een zoen op mijn wang en liep naar de keuken.

Ik bleef staan en keek haar na.

Er was haar niets verteld.

Ze wist niets.

Alles was in orde. Alles was vreemd genoeg in orde.

Misschien kwam het omdat ik het ongestraft had kunnen doen, of misschien omdat ik de gevoelens, de sensatie, niet van me af kon zetten, maar alleen al de gedachte om terug te gaan naar mijn speciale plekje maakte me opgewonden. Ik probeerde weg te blijven. Ik kwelde mezelf, martelde mezelf, plaagde mezelf.

Op een dag ging ik op weg erheen, maar keerde halverwege om en liep haastig terug. Een andere dag dwong ik mezelf aan de rand van de vijver te blijven zitten en niet in de buurt van mijn speciale plekje te komen. Ik verzette me zo goed mogelijk, maar ik wist in mijn hart dat ik de strijd zou verliezen, dat ik zou bezwijken en er terugkeren.

Uiteindelijk gebeurde dat ook.

En ik nam *Romeo en Julia* weer mee. Ik kon het niet vaak genoeg herlezen. Ik kende inmiddels praktisch het hele stuk uit mijn hoofd, vooral mijn favoriete teksten. Toen ik op mijn speciale plekje kwam, bleef ik aarzelend staan. Het had iets magisch gekregen. Als ik naar hetzelfde plekje ga en ga liggen en begin te lezen, zal ongetwijfeld hetzelfde gebeuren, dacht ik. Ik sloot mijn ogen, hield mijn adem in en probeerde om te keren en naar huis te gaan, maar de aantrekkingskracht was te groot. Ik hoorde roepen, en de stem die me riep kwam uit mijn binnenste. Ik moest er gevolg aan geven.

Ik ging liggen en probeerde te lezen, maar mijn ogen bleven afdwalen van de tekst. Mijn hart begon heel snel te kloppen en mijn ademhaling ging moeilijk. Ik ging op mijn rug liggen en keek weer omhoog door de takken. De lucht was vandaag onbewolkt en het blauw was zachter van kleur. Ik deed mijn ogen dicht. Opnieuw begonnen warme vingers me te strelen, liefkozend, onderzoekend.

Langzaam begon ik me uit te kleden, en even later lag ik naakt in de zon en voelde de warme bries over mijn lichaam strijken. Ik haalde een paar keer diep adem en betastte mezelf overal, en elk plekje dat ik aanraakte deed een schok van genot door me heen gaan. Hoe krachtig en stimulerend was dit alles, dacht ik, en hoe naïef van mij om te denken dat ik het ooit zou kunnen weerstaan. Ik hield mijn ogen gesloten en zag de knappe mannen uit mijn boeken voor me, droomde erover hoe Romeo eruit moest hebben gezien, hoorde die mooie woorden, woorden die nu tegen mij werden gezegd.

En toen hoorde ik een tak kraken.

Het leek meer op een donderslag.

Ik opende mijn ogen, en toen ik opkeek, zag ik Elliot staan die op me neer keek met vertrokken mond en opengesperde ogen. Ik voelde elke spier in mijn lichaam verstijven. Zijn lippen bewogen, maar een paar ogenblikken lang kwam er geen woord, geen geluid uit zijn mond. Hij keek alsof hij moeite had met slikken. Ik bleef doodstil liggen. Eindelijk had hij zijn stem weer in bedwang.

'Je bent een meisje?' vroeg hij om te bevestigen wat zijn ogen hem zeiden.

Bliksemsnel realiseerde ik me wat er allemaal zou kunnen gebeuren na die donderslag die nog nagalmde in mijn oren. Als dit bekend zou worden, zou ik de grootste ramp zijn in mama's leven. Onze hele spirituele familie zou worden weggeblazen door de storm van verontwaardiging die zou opsteken. En ze zouden nooit meer terugkomen. Mama zou teleurgesteld en verslagen zijn. Ons leven zou voor eeuwig en altijd verwoest worden. Ik zou de boerderij niet kunnen verlaten en nooit naar school gaan of in het dorp gezien kunnen worden. Waar moesten we naartoe? Wat zou er met ons gebeuren? Wat had ik gedaan?

'Alsjeblieft,' was het enige wat ik kon uitbrengen.

Zijn verbaasde, grimmige lachje werd wat minder.

'Je bent een meisje,' zei hij nu met volle overtuiging. 'Natuurlijk, dat verklaart alles. Ik was ervan overtuigd dat je homo was, en dat waren de meisjes ook.'

De uitdrukking op zijn gezicht bleef veranderen tot er een ondeugend lachende en verrukte blik in zijn ogen verscheen.

'En je bent lang niet lelijk,' zei hij.

De ketenen van ijs waarmee ik gebonden was smolten weg. Ik draaide me om en wilde mijn kleren pakken, maar hij verbaasde me door zijn voet erop te zetten.

'Niet zo haastig,' zei hij. 'Ik ben nog niet klaar. Waarom doe je net of je een jongen bent? Waar zijn jij en je moeder mee bezig?'

'Dat gaat je niks aan,' zei ik. Mijn ogen waren troebel van de tranen.

'Dat doet het wél,' zei hij nogal kwaad. 'Je hebt me voor gek gezet. Je hebt iedereen voor gek gezet. Jullie zijn volslagen krankzinnig. Jullie allebei.' Hij zweeg even toen een nieuwe gedachte bij hem opkwam. 'Wie is er trouwens in jullie familie verdwenen? Waren er twee meisjes of wat? Wat is hier aan de hand?'

'Ik zei dat het je niks aangaat,' antwoordde ik. 'Haal je voet van mijn kleren.'

In plaats daarvan knielde hij naast me neer en begon te lachen.

'Vertel eens, Noble, wat is je echte naam? Nobella of zoiets?'

'Nee.' Ik had mijn armen over mijn borsten geslagen en hield mijn benen gekruist.

'Hoe heb je die tieten zo goed verborgen weten te houden?' Hij keek naar mijn kleren en hield het korset op. 'Hiermee? Doet dat geen pijn?'

'Laat me met rust,' smeekte ik.

Hij liet het vallen en veegde zijn handen aan zijn broek af alsof ze besmet waren.

'Is dit alles een soort magie van je moeder? Heeft ze een vloek over je uitgesproken en je in een meisje veranderd?'

Ik schudde mijn hoofd. De tranen rolden over mijn oogleden en stroomden over mijn wangen.

'Misschien zie ik spoken,' zei hij. 'Misschien is er over mij ook een vloek uitgesproken, hè?' Hij lachte weer. 'Er is maar één manier om daar achter te komen,' ging hij verder. Een kille angst begon in mijn buik en kroop omhoog en over mijn borsten als een dunne laag ijs.

'Ga weg!' gilde ik.

Hij boog zich naar voren, pakte me bij mijn schouders en duwde me op de grond. Ik worstelde om los te komen, maar hij was te sterk en wist mijn armen van mijn borsten te trekken. Hij staarde ernaar en sloot zijn lippen toen langzaam om mijn tepels. Ik probeerde hem te schoppen, maar hij lag over mijn buik en ik kon hem niet hard genoeg raken. Ik kon niet voorkomen wat er op het punt stond te gebeuren. Hij zoende en zoog, en toen hief hij zijn hoofd op en lachte.

'Niet slecht voor een jongen,' zei hij.

Ik bleef me verzetten.

'Hou op daarmee,' beval hij. 'Anders vertel ik de hele wereld wat ik ontdekt heb. Ik durf te wedden dat de politie dan bij jullie thuis komt.'

Het besef dat ze dat weleens konden doen, brak mijn tegenstand. Mijn armen verslapten en hij trok ze recht aan weerskanten van mijn lichaam.

'Waarom wilde je eigenlijk zo graag naar mijn zus kijken? Ben je lesbisch?'

'Nee,' zei ik.

'Je was gefascineerd. Je hebt heel lang naar haar gekeken. Zeg niet dat het niet waar is.'

'Dat was om een andere reden.'

'O, ja. Natuurlijk.'

'Ga van me af, alsjeblieft,' smeekte ik.

Hij dacht na en keek me weer aan. Toen liet hij mijn polsen los, maar in plaats van op te staan, legde hij zijn handen op mijn borsten en speelde ermee.

Mooi,' zei hij. 'Je zou heel aantrekkelijk kunnen zijn als je jezelf toestaat te zijn wat je bent.'

'Alsjeblieft,' smeekte ik weer. Zijn vingers bleven mijn borsten betasten en erin knijpen.

'Waarom lag je hier naakt? Je was bezig jezelf op te geilen, hè?' vroeg hij voor ik kon antwoorden. 'Waarom zouden we dat verspillen?'

De angst die ik al eerder had gevoeld keerde terug als een tromroffel die door mijn botten galmde. Hij lachte. Er lag een wellustige blik in zijn ogen. Hij leunde achterover, nog steeds zittend op mijn buik, en begon zijn riem los te maken.

'Stop!' riep ik.

'Waarom? Je moet weten wat je gemist hebt, en waar je waarschijnlijk toch naar verlangt. Wie kan je dat beter bijbrengen dan ik, je enige vriend?'

Ik schudde wanhopig mijn hoofd, en toen hij zich van me ophief, draaide ik me om, maar hij duwde me weer op mijn rug en bracht zijn mond dicht bij mijn oor.

'Je kunt me beter niet kwaad maken,' zei hij, 'want dan ga ik hiervandaan rechtstreeks naar de telefoon en vertel de hele wereld wat ik heb gezien. Wil je dat soms? Nou?'

'Nee,' mompelde ik.

'Stribbel dan niet tegen. Ik beloof dat je er geen spijt van zult hebben.'

Ik hoorde dat hij zich verder uitkleedde. Ik was nu misselijk van angst, maar op een bizarre manier ook nieuwsgierig. Ik was bijna als een baby die haar vingertje in een kaarsvlam steekt. Alles zei haar dat het gevaarlijk was, vooral de hitte toen ze haar vinger steeds dichterbij bracht, maar het licht was hypnotiserend en fascinerend, en ze kon zich niet bedwingen, tot ze het aanraakte, of het vlammetje haar aanraakte, en ze gilde van schrik en pijn. Waarom was zoiets moois zo gevaarlijk?

Hij draaide me om, zodat ik weer op mijn rug lag en toen tilde hij mijn benen op en ging er op zijn gemak tussen liggen.

'Voel je dat?' vroeg hij. 'Dat is wat jij voorwendde te hebben,' zei hij lachend.

'Alsjeblieft, doe dat niet,' smeekte ik.

'Doe wat? Hoe kan ik dit nou met je doen? Je bent een jongen, net als ik,' zei hij en duwde door.

Het deed pijn. Ik gilde, maar mijn gegil leek hem alleen maar agressiever te maken. Hij stootte steeds dieper in me. Mijn hele lichaam beefde. Ik hield mijn ogen gesloten, als iemand die bang is in het donker, maar op een gegeven moment kon ik mijn nieuwsgierigheid niet bedwingen. Ik opende mijn ogen en keek hem aan. Hij hield zijn ogen dicht en bevond zich kennelijk in een extatische toestand. Zijn lichaam trilde, en toen voelde ik hem in me schokken, wat ook mijn lichaam ondanks mijn angst en verzet deed schokken.

Toen viel hij plat over me heen. Zijn ademhaling ging zwaar en moeilijk. Ik dacht dat hij doodging. Langzaam kwam hij overeind en ging zitten.

'Een vriend van me zei dat het was als een paard dresseren,' zei hij lachend. 'Ik beloof je,' ging hij verder, terwijl hij mijn kleren pakte, 'dat het de volgende keer half zo erg zal zijn, wat betekent dat het twee keer zo goed zal zijn.'

'Er komt geen volgende keer,' zei ik.

'O, jawel.' Hij pakte mijn arm en trok me terug. 'O, ja. Ik wil je morgen hier weer hebben, zelfde tijd, zelfde plaats.'

Ik schudde weigerend mijn hoofd.

'Als je er niet bent, komt iedereen te weten wat ik weet, begrijp dat goed. Ik zal er zijn. En ik wacht geen minuut op je. Als je er niet bent, zal iedereen het weten. Dat is de deal, begrepen?'

'Je bent walgelijk,' zei ik.

'Ik? Zeg, ík heb de wereld niet verteld dat ik een jongen ben, en ik heb ook geen moeder die dat beweert. Ze deed zich zo braaf voor tegenover mijn vader en ze heeft me in grote moeilijkheden gebracht. Ik wil nog steeds weten wie er nu werkelijk verdwenen is. Ís er wel iemand weg, of was dat ook een leugen?'

Ik gaf geen antwoord. Ik trok snel mijn ondergoed en mijn spijkerbroek aan. Hij bleef naar me zitten kijken.

'Laat eens zien hoe je die tieten verbergt,' zei hij met een grimas. 'Waarom blijf je net doen of je een jongen bent?'

Ik gaf geen antwoord en bleef me aankleden. Hij deed hetzelfde. Toen ik klaar was wilde ik weglopen, maar hij kwam me achterna, pakte mijn hand en draaide me om.

'Denk eraan. Morgen dezelfde tijd, dezelfde plaats, of anders! Ik meen het,' dreigde hij.

274

Ik keek verslagen naar de grond, en hij lachte.

'Zo erg is het niet. Je gaat er steeds meer van genieten. Geloof me maar.'

Hij liet me los, en ik schoot weg.

'Hé,' riep hij, 'wat is er met die grote hond van je gebeurd? Had hij ontdekt wat je bent en moest je hem daarom kwijt of zo?' gilde hij lachend.

Ik holde door het bos en besefte pas toen ik bijna bij de weide was dat ik mijn exemplaar van *Romeo en Julia* daar had laten liggen, maar ik was niet van plan het te gaan halen. Ik was bang dat hij dat zou opvatten als een verlangen om bij hem te zijn, als hij nog ergens in de buurt was van dat nu infame speciale plekje. Het boek kon geen kwaad zolang het niet ging regenen, en het zag er niet naar uit dat het dat vannacht zou gaan doen.

Toen ik bij de weide was, bleef ik even staan en ging toen zitten om eens goed uit te huilen. Ik bleef huilen tot ik geen tranen meer had en bleef toen zitten staren naar een mierenhoop. Ik zag hoe fanatiek de mieren aan het werk waren. Mijn gedachten gingen terug naar Noble en hoe gefascineerd hij was toen hij zijn eerste mierenhoop had ontdekt.

Om de een of andere reden, door wat er zojuist gebeurd was, dacht ik dat ik hem had verraden. Ik dacht dat ik iedereen had verraden en daar binnenkort voor gestraft zou worden. Het was feitelijk allemaal mijn schuld. Als ik niet had gedaan wat ik had gedaan, zou Elliot me niet ontdekt hebben. Ik had een beschermend gordijn weggetrokken en iemand van buiten onze wereld een kijkje naar binnen gegund, zodat hij ons kon zien zoals we waren. Wat moest ik nu doen?

Ik veegde de tranen van mijn wangen, stond op en liep langzaam naar huis. Maar alvorens naar binnen te gaan, liep ik naar de oude waterput, haalde wat water op en waste mijn gezicht. Wat ik nu moest doen, dacht ik, was mama alles vertellen. Natuurlijk zou ze kwaad zijn, maar ze zou ook weten wat we moesten doen, of ze zou om spirituele hulp vragen. Ik had immers geen andere keus?

Met gebogen hoofd ging ik naar binnen. Ik hoorde het melodieuze getinkel van een van mama's oude muziekdozen, en liep langzaam naar de eetkamer, waar het vandaan kwam. Toen ik naar binnen keek, leek het of alle lucht uit mijn longen werd weggezogen.

De kamer was versierd met crêpepapier en ballons, en op de spiegel stond met papieren letters GEFELICITEERD, NOBLE.

Mama verscheen in de deur naar de keuken. Ze had een schort voor en zag er heel mooi uit met haar geborstelde en opgestoken haar. Ze had lippenstift opgedaan en droeg een van haar mooiste jurken, de lichtblauwe met een lovertjeskraag. De tafel was gedekt.

'Ik heb je gezegd dat ik iets bijzonders voor je zou doen,' zei ze.

Ik was verbijsterd. Ik was vergeten dat het mijn verjaardag was. Hoe kón ik?

'Herinner je je die muziekdoos nog?' vroeg ze, knikkend naar de ivoren doos met een zwart zeepaardje in reliëf op het deksel. 'Mijn overgrootvader kocht het in New York voor mijn overgrootmoeder Elsie. Herken je de melodie? Ik speel die van tijd tot tijd op de piano.

'Ja,' zei ik met benepen stem. '"Eine Kleine Nachtmusik" van Mozart.'

Ze knipperde even met haar ogen en glimlachte toen.

'Ja. Ik had geen idee dat je je dat zou herinneren. Je was nooit goed in het onthouden van muziek, Noble. Geweldig! Ik denk dat je een charmante kleine gentleman wordt. Trek iets moois aan voor het eten en laten we het vieren. Ik maak je lievelingsmaal klaar, lamsrug met muntsaus,' zei ze en ging terug naar de keuken.

Ik bleef staan kijken naar de tafel en de felicitatie op de spiegel. De muziekdoos speelde verder. Het boorde een nieuwe bron van tranen aan. Voordat mama me kon zien huilen, draaide ik me om en holde de trap op.

Ik kon haar hart niet breken.

Ik kon het gewoon niet.

Ik nam een douche en trok een mooi hemd en een broek aan. Maar zelfs toen kon ik het beven niet beletten. Ik zag het aan mijn vingers toen ik mijn hemd wilde dichtknopen. Van tijd tot tijd moest ik een aandrang om te huilen onderdrukken en een dik brok in mijn keel wegslikken. Toen ik beneden kwam, zat mama al aan tafel. Ze keek me vol verwachting aan en liet haar blik door de kamer dwalen.

'Nou?' vroeg ze.

Ik wist wat ze wilde dat ik zou zeggen. Ze wilde dat ik zou zeggen dat ik papa zag.

'Hij had het beloofd,' voegde ze er bijna fluisterend aan toe.

Ik forceerde een glimlach, haalde diep adem, keek om me heen in de kamer en liet ten slotte mijn blik op haar rusten. Toen glimlachte ik. Mama legde haar rechterhand op haar linkerschouder alsof ze papa's hand bedekte.

'Hartelijk gelukgewenst, lieve Noble,' zei mama. 'Door ons allebei.'

Ik staarde voor me uit. Was hij daar? Zag ik hem? Was hij zo jong als ik me herinnerde? Ik had hem zo hard nodig.

'Is het niet fantastisch?' vroeg mama. 'Weer zo bij elkaar te zijn?'

Ik knikte.

'Ga zitten, Noble. Ik wil dat je van elk moment geniet. Ik bedoel, we willen allebei dat je van elk moment geniet. Ik heb ook je lievelingstaart gebakken, en daarna wacht je een grote verrassing in de zitkamer.'

Ik draaide me om naar de deur.

'Nee, nee, je moet nog even wachten. Geduld. Alle goede dingen vallen ten deel aan mensen die geduld hebben.' Ze stond op.

Ik ging aan tafel zitten en staarde voor me uit.

'Ben je daar, papa?' fluisterde ik. 'Laat je zien, alsjeblieft. Raak me aan, praat tegen me, alsjeblieft,' smeekte ik.

Ik sloot mijn ogen en bad.

En ik dacht werkelijk dat ik hem naast me voelde, dat hij mijn schouder aanraakte. Ik wachtte en voelde toen zijn lippen op mijn wang.

'Gefeliciteerd,' hoorde ik en ik opende mijn ogen. Ik draaide me snel om, maar hij was er niet. Ik had hem niet gezien. Misschien was elke kans voor me verloren om hem ooit nog te zien.

Mama kwam binnen met het eten en bleef staan om naar me te kijken.

'Alles in orde?' vroeg ze.

'Ja,' zei ik haastig.

'Zo hoort het ook,' zei ze. 'Zo hoort het.'

Het was een heerlijk diner en de taart was verrukkelijk. Ondanks de klomp van droefheid in mijn maag, at ik goed. Mama praatte over alles wat ze voor de boerderij wilde doen.

'Ik wil een mooiere, grotere tuin, en ik ga wat van mijn kruiden verkopen aan meneer Bogart. Hij heeft er klanten voor. Ik kan daar een aardig centje mee verdienen. Je moet nieuwe kleren hebben en ik denk erover zelf ook een paar nieuwe dingen aan te schaffen. En, Noble, ik wil een nieuwe auto. Jij moet ook leren rijden. Na deze verjaardag heb je er de leeftijd voor, weet je. Ik verheug me erop je te leren rijden.'

Het klonk allemaal zo mooi. Als ik mijn rijbewijs kreeg, kon ik overal naartoe. Mijn wereld zou niet langer krimpen. Dat was natuurlijk wat ze bedoelde. Hoe kon ik iets zeggen om haar te ontmoedigen of neerslachtig te maken? We moeten allebei gelukkig zijn, dacht ik. Dat móéten we.

Toen we de taart hadden gegeten, verklaarde ze dat het tijd was om naar de zitkamer te gaan en mijn verrassing te bekijken. Wat het ook was, het was in cadeaupapier verpakt en lag op de grond. De vorm ervan bracht me in de war.

'Toe dan, Noble,' zei mama. 'Maak open.'

Ik begon het behoedzaam uit te pakken.

'Scheur het papier er maar af,' zei ze, en ik deed het.

En staarde naar een kettingzaag.

'Je bent oud genoeg om daar nu mee overweg te kunnen, en we hadden een nieuwe nodig, maar een die klein genoeg was om door jou te kunnen worden gehanteerd,' zei mama. 'je zult brandhout voor ons kunnen zagen, het hout uit het bos halen. Natuurlijk zul je heel, heel voorzichtig moeten zijn. Er is een gebruiksaanwijzing bij. Je moet de aanwijzingen en handleiding precies volgen. Nou? Ik denk dat je te diep onder de indruk bent om iets te zeggen. Ik weet hoe je van elektrische dingen houdt, hoe graag je op de grasmaaier rijdt en hoeveel je van je elektrische trein hield.'

Ik bleef ernaar staren.

Ik wilde denken zoals Noble zou doen. Ik wilde zo enthousiast zijn als hij zou zijn, maar ik kon het niet. Ik kon alleen maar een glimlach opbrengen en naar de gebruiksaanwijzing kijken.

'Mijn mannetje,' zei ze en gaf me een zoen op mijn voorhoofd.

'Ik ga afwassen. Lees de gebruiksaanwijzing,' zei ze, en weg was ze.

Ik had een gevoel of ik binnenstebuiten gekeerd werd. Ik wilde geen kettingzagen. Ik wilde sieraden en nieuwe kleren. Ik wilde een radio voor mijn kamer. Ik wilde alles weten over de muziek waarover ze hadden gepraat in Elliots auto. Ik wilde een televisie-

278

toestel. Ik wilde mijn eigen telefoon, maar belangrijker nog, ik wilde vrienden en vriendinnen om mee te praten. Ik wilde een verjaardagskaart waarop stond: 'Ik heb je ingeschreven op de openbare school. Van harte gelukgewenst.'

Maar niets van dat alles zou ik krijgen. Nog lang niet, misschien nu wel nooit.

Ik staarde naar het raam omdat ik daarin mijn spiegelbeeld kon zien.

Wie was ik? vroeg ik me af.

Nu er gebeurd was wat er gebeurd was, wie kon ik nu zijn?

Misschien ben ik niemand.

Misschien ben ik een van mama's geesten, en besta ik niet. Misschien was ík degene die van de kei was gevallen en was gestorven in de beek.

Mama kwam terug en nam plaats achter de piano. Ze riep me om naast haar te komen zitten en als een vermoeide geest stond ik op en liep naar haar toe. Ik had het gevoel dat ik zweefde.

Haar vingers dansten op de toetsen. De melodie klonk door de kamer. Mama knikte naar de ramen.

'Ze zijn allemaal bijeengekomen om te luisteren,' zei ze.

Ik keek maar zag niets. Ze was er zo zeker van. Waren ze er, en waren ze blij dat ik hun geheim bewaard had?

Ik vroeg me af hoe lang ik dat nog zou kunnen.

16. 'Wie heeft me geduwd?'

Ik begon al te beven zodra ik de volgende ochtend wakker werd. Nog nooit had de wekker op het kastje naast mijn bed zo luid getikt. Ik wilde dat ik omhoog kon reiken en de zon beletten zich door de lucht te bewegen. Als ik de tijd kon stilzetten, hoefde ik niet het besluit te nemen dat ik niet kon vermijden. Gelukkig was mama zo enthousiast over alles wat ze wilde gaan doen, dat ze niet merkte hoe verstrooid en zwijgzaam ik was aan het ontbijt. Ze ging maar door over alles wat ze die dag van plan was, en toen deed ze me verbaasd staan door me aan te bieden met haar mee te gaan.

'Vooral om naar nieuwe auto's te kijken. Ik weet hoeveel belangstelling je daarvoor hebt, Noble.'

Paniek begon als een pingpongbal in mijn maag rond te springen. Als ik met haar meeging zou ik Elliot niet kunnen ontmoeten, en hij zou ongetwijfeld zijn dreigement uitvoeren. Ik had nog geen idee wat ik zou doen als ik hem zag. Ik pijnigde mijn hersens af om op een idee te komen, een manier om aan hem te ontsnappen en hem toch te beletten mama en mij schade toe te brengen. Ik dacht erover hem geld aan te bieden. Ik wist niet hoeveel ik zou moeten bieden, maar besloot te beginnen met duizend dollar, wat in mijn ogen een vermogen was. Ik zou wel een manier vinden om hem geregeld wat toe te stoppen tot ik dat bedrag bereikt had. Dat zou hem toch wel lange tijd tevredenstellen en hem rustig houden, dacht ik. Hij had toch geld nodig voor zijn auto? Het was de moeite waard om het te proberen.

'O,' zei ik tegen mama. 'Ik had gehoopt mijn kettingzaag voor het eerst te proberen.'

Ze bleef staan en glimlachte naar me.

'Natuurlijk wil je dat,' zei ze. 'Wat dom van me om je iets te geven waar je zo enthousiast over bent en dan te vragen dat uit te stellen om te gaan winkelen. Ik ben erg blij dat je dat belangrijker vindt, Noble. We kunnen een andere keer naar een auto gaan kijken. Ik moet meneer Bogart spreken en nog een paar andere dingen doen die je zouden vervelen. Je zou alleen maar zo gauw mogelijk terug naar huis willen. Ga jij maar doen waar je zin in hebt.' Ik haalde wat opgeluchter adem.

Ze vertrok pas na de lunch, en toen ik haar weg zag rijden, keek ik haar bevend na. Nog nooit had ik zoveel geheimen voor haar gehad. Telkens als ze me riep of naar me toekwam, verwachtte ik dat ze zou onthullen dat ze het wist, dat het haar verteld was. Ik hield zo vaak mijn adem in, dat ik er zeker van was dat ik meestal met een rood gezicht rondliep.

Haar auto verdween in de bocht van de oprijlaan, en ik was alleen. De klok tikte door. Mijn confrontatie met Elliot was al over een paar uur. Denk, denk, denk, hield ik me voor. Je moet hier snel een eind aan maken. Hulpeloos en ten einde raad besloot ik naar het kleine kerkhof te gaan en om advies te vragen, te bidden om een teken, te bidden dat papa zou komen om me te helpen.

Een gedeeltelijk bewolkte lucht maakte de granieten grafstenen nog donkerder. Ik bleef staan bij de plaats waar ik wist dat het lichaam van mijn broertje lag. Zweefde zijn geest ergens rond, wachtend om te zien wat ik zou doen, hoe ik ons aller lot zou beïnvloeden? Ik vond die verantwoordelijkheid verschrikkelijk. Als mama wist hoe wij beiden, wij allemaal, wankelden aan de rand van een groot donker gat waarin we konden vallen en verdwijnen, zou ze in paniek raken.

'Help me, papa,' smeekte ik. 'Zeg me wat ik moet doen. Alsjeblieft, alsjeblieft.'

Ik boog mijn hoofd en wachtte en hoopte. Toen deed ik een stap naar voren zoals ik mama zo vaak had zien doen en raakte de handen aan op de grafsteen van baby Jordan. Ik hield mijn ogen gesloten en concentreerde me met alle kracht die ik bezat. Het leek me dat de handen bewogen. Ik opende mijn ogen en keek ernaar. De warme bries werd steeds krachtiger. Hij dwarrelde om me heen en toen meende ik papa's stem te horen in de wind die door de bomen en boven het huis waaide.

'Heb geduld,' zei hij. 'Heb vertrouwen. Alles komt in orde. Vertel dit nooit aan je moeder. Volg de stem van je hart. Beloof het. Beloof het me.'

'Ja, papa,' fluisterde ik. 'Ik beloof het.'

De wind die zo plotseling was opgestoken, ging even plotseling weer liggen. De takken van de bomen die hadden bewogen waren weer roerloos. Het leek zelfs of de hele wereld zijn adem inhield, en niet ik alleen. Ik raakte de grafsteen nog een keer aan en verliet het kleine kerkhof.

Natuurlijk was ik niet van plan om de nieuwe kettingzaag te gebruiken, maar ik had de gebruiksaanwijzing gelezen en volgde de aanwijzingen om hem aan te zetten, zodat mama zou zien dat ik hem uitgeprobeerd had. Ik was er eigenlijk een beetje bang voor. Hij was zwaarder dan ik dacht. Ik sloot mijn ogen, en toen ik hem op een omgevallen dood stuk hout legde, stuiterde hij en vloog bijna uit mijn handen.

Toen zag ik hoe laat het was. Ik moest naar Elliot. Ik legde de kettingzaag weg en ging op weg naar wat eens mijn mooie speciale plekje was. Het was allemaal mijn schuld. Ik kon het onmogelijk ontkennen. Ik had me door iets kwaads in bezit laten nemen en nu leed ik onder de gevolgen.

Terwijl ik door het bos liep, repeteerde ik wat ik zou zeggen, hoe ik mijn aanbod zou doen. In de zak van mijn spijkerbroek had ik twee knisperende biljetten van vijftig dollar, die papa me lang geleden had gegeven. Het waren splinternieuwe biljetten. En ik had ook nog een amulet. Het was een rode koraal, die mama me verleden jaar had gegeven. Die zou ik hem ook aanbieden. Ik dacht dat Elliot vast wel onder de indruk zou zijn.

Toen ik uit de groep bomen tevoorschijn kwam en naar mijn plekje onder de pijnboom staarde, dacht ik eerst dat hij er nog niet was. Even overwoog ik de mogelijkheid dat hij al had besloten mij en mama aan de kaak te stellen en het hem niet langer interesseerde me terug te zien. Hij had van me genomen wat hij wilde. Hij zou achteraf toch de grote held zijn op school, en zelfs al kende ik hem niet goed, ik besefte hoe belangrijk dat voor hem was. Het was moeilijk voor me, want ik had gemengde emoties in dat opzicht. Ik wilde hem niet meer zien, maar ik wilde niet dat hij me zou verraden. Wat hij met me had gedaan, liet me achter met het gevoel dat ik verkracht was, maar toch ook dat het een verboden deur had geopend waardoor ik een glimp had opgevangen van een andere wereld.

Plotseling zag ik iets bewegen aan de voet van de pijnboom, en toen zag ik Elliots rode haar. Hij veranderde van houding en boog zich ver genoeg naar voren om me te kunnen zien. Hij lachte, en ik zag een rookspiraaltje omhoogkringelen en wegzweven in de wind.

'Precies op tijd,' zei hij. 'Goed van je. Ik had je geen minuut extra gegeven. Ik wil niet dat je me ooit laat wachten.'

Ik liep naar voren en zag dat hij op een donkergroene deken lag.

'Waarom blijf je daar staan? Kom hier,' beval hij.

Langzaam liep ik naar hem toe. Hij nam een trekje van zijn sigaret. Ik zag en rook nu dat het marihuana was. Hij streek met zijn hand over de deken.

'Waarom zouden we het ons niet gemakkelijk maken, hè? zei hij.

Ik bleef op hem neer staren.

'Heb je al je vrienden over mij verteld?' vroeg ik onmiddellijk.

'Als ik dat had gedaan, zou ik dan hier zijn?' antwoordde hij. 'Bovendien, als ik dat had gedaan zouden jij en je moeder het nu wel weten, dat verzeker ik je. Ik houd me altijd aan mijn afspraken. Jij hebt mij iets beloofd, en ik heb jou iets beloofd.'

'Ik heb niets beloofd.'

'O, jawel,' zei hij lachend en rokend. 'Dat heb je wél, of je het leuk vindt of niet.'

'Elliot, ik kan je geld geven,' flapte ik eruit.

'Geld? Hoeveel geld?'

'Ik kan je duizend dollar geven als je zweert dat je me met rust zult laten en niemand iets over me zult vertellen. Kijk,' zei ik, en haalde de twee biljetten van vijftig dollar uit mijn zak om aan hem te laten zien. 'Ik heb nu al iets bij me.'

Hij nam weer een trekje van zijn sigaret en staarde me aan. Toen begon hij te lachen.

'Ik wist niet dat je ook aan geld kon komen. Geweldig. Natuurlijk neem ik je geld aan, maar dat betekent niet dat ik verder niets van je wil.'

'Wat bedoel je? Als ik beloof je zoveel geld te geven, is dat geen afspraak?'

Hij schudde zijn hoofd en bekeek mijn twee nieuwe biljetten iets aandachtiger.

'Het is niet genoeg,' zei hij.

'Ik kan meer krijgen, maar niet meteen. Ik zal je duizend dollar geven,' ging ik snel verder. 'Maar ik moet het je in gedeelten geven, naarmate ik het in handen kan krijgen.'

'O, dat kun je wel,' zei hij. 'Geef me die twee vijftigjes.' Hij stak zijn hand uit. 'Toe, geef hier.'

'Maar wat beloof je dan?'

'Zeg ik niet,' antwoordde hij. Ik aarzelde. 'Nou, wil je dat ik het zeg?'

Ik gaf hem het geld. Hij vouwde de biljetten op en stak ze in de zak van zijn broek.

'Perfect,' zei hij.

'Ik heb nóg iets voor je als je belooft me met rust te laten,' zei ik, en betastte de amulet in mijn zak. Ik wilde hem liever niet weggeven, want mama had hem voor me gekocht. Maar ik dacht dat ze het wel zou goedkeuren als ze wist waarom ik het deed.

'Wat dan?'

'Dit,' zei ik en liet hem de roodkoralen amulet zien. Zijn gezicht vertrok.

'Wat is dat?'

'Een spiritueel geschenk. Het is rode koraal en het heeft macht. Als je het altijd draagt, maakt het je moedig, verbetert je geheugen, kalmeert je emoties, geeft je gemoedsrust en voorkomt spanningen die je een hartkwaal kunnen bezorgen.' Ik herhaalde wat mama me verteld had. 'Het is heel, heel waardevol, Elliot.'

Hij bleef sceptisch kijken.

'Geloof je daarin?'

'Ik weet dat het waar is.'

Hij haalde zijn schouders op en stak zijn hand ernaar uit.

'Misschien geef ik het aan Harmony,' zei hij. 'Ik zal haar vertellen dat het een heleboel gekost heeft. Maar ik heb liever geld, begrijp dat goed.'

'Ja. Ik zal proberen binnenkort meer te krijgen,' beloofde ik en wilde weglopen.

'Hé, waar denk je dat je naartoe gaat?'

'Ik moet naar huis,' zei ik.

'Nog niet,' zei hij. 'Kom hier. Nu meteen!'

'Kun je me niet met rust laten?' smeekte ik. Wat bedoelde papa toen hij tegen me fluisterde in de wind? Hoe kon ik onder dergelijke omstandigheden geduld hebben? Had ik me zijn stem verbeeld?

'Nee, ik kan je niet met rust laten, en dat wil je ook niet,' zei Elliot lachend. Hij leunde tegen zijn opgerolde jasje dat hij als hoofdkussen gebruikte en inhaleerde de rook van zijn joint. 'Oké,' zei hij. 'Trek je kleren uit.'

'Wat?'

'Je hebt me gehoord. Doe het.'

Ik schudde vertwijfeld mijn hoofd.

'Doe het. Nú. Begin nou niet preuts te doen of zoiets en keer me niet je rug toe. Ik weet wat je verborgen houdt. Vooruit, begin. Ik heb niet de hele dag de tijd.'

Ik sloot mijn ogen en beet zo hard op mijn lip dat ik bloed proefde.

'Als je een braaf meisje-jongen bent, krijg je later een joint van me,' beloofde hij.

'Ik wil geen joint.'

'Wat jij wilt en niet wilt, is niet belangrijk. Begin,' zei hij. 'En nu, anders ga ik naar de lokale krant en radio. Misschien betalen ze me zelfs wel voor mijn verhaal.' Hij lachte. 'Vast wel. Ik wed dat ik er heel wat meer mee kan verdienen dan die duizend dollar van jou, die ik misschien nooit te zien krijg.' Hij keek serieus. 'Misschien moet ik het er maar bij laten en weggaan. Wil je dat soms?'

Ik had het gevoel dat ik door de grond ging, dat de aarde zich had geopend en ik langzaam omlaag zonk. Ik wenste dat het zo was. Dat ik voorgoed kon verdwijnen.

'Nee,' zei ik.

'Oké. Vraag dan of ik blijf. Zeg: Blijf alsjeblieft, Elliot. Toe dan. Vraag het.'

Hij duwde zich omhoog op zijn handen, dreigde weg te gaan en te doen wat hij had gezegd, naar de krant en de radio te gaan.

'Blijf alsjeblieft, Elliot,' zei ik haastig.

'Goed. Begin met dat hemd. En dan wil ik zien dat je dat ding losmaakt en uittrekt en die tieten weer toont. Vooruit. Begin!'

Ik dacht erover om gewoon weg te hollen, maar wat zou ik daarmee bereiken? Blijkbaar had hij het niemand verteld. Hij had gelijk. Als hij dat had gedaan, hadden we het nu al geweten. Voorlopig, redeneerde ik, zorgde ik er in ieder geval voor dat we veilig waren, en was dat niet wat mama wilde? Dat we veilig zouden zijn?

Mijn vingers frutselden met de knoopjes van mijn hemd. Elliot staarde omhoog naar me, met een wellustig lachje en glinsterende ogen. Hij nam een trekje en maakt de joint toen uit in de vochtige aarde, terwijl ik het hemd uittrok en het korset begon los te maken. Zijn lach ging over in een oprecht verbaasde en gefascineerde blik.

'Ik kan er niet over uit,' zei hij lachend. 'En ik maar denken dat je gewoon een ruwe plattelandsjongen was. Oké, nu je spijkerbroek,' zei hij. 'Schiet een beetje op. Je doet er te lang over.'

Het leek me of ik weer gestopt was met ademhalen Ik had zelfs het gevoel dat ik me buiten mijn lichaam bevond, naast de pijnboom stond, en de hele scène observeerde als een geïnteresseerde toeschouwer. Ik moest knielen om mijn schoenen uit te trekken en uit mijn jeans te stappen.

'Ik snap werkelijk niet dat je echt jongensondergoed draagt,' zei hij. 'Het ziet er zo stom uit. Trek het gauw uit,' commandeerde hij, gebarend met zijn hand.

Ik deed het en probeerde mijn hoofd af te wenden, maar hij snauwde weer tegen me.

'Kijk naar voren,' zei hij. 'Houd je armen langs je lichaam. Blijf daar staan.' Hij legde zijn handen achter zijn hoofd, ging op zijn rug liggen en staarde naar me. 'Weet je, zelfs al ben je een beetje aan de mollige kant, toch heb je een mooier lijf dan Harmony. Je hebt een strakkere kont en je tieten hangen niet zoals die van Harmony. Wat een verspilling dat jij je kleedt en gedraagt als een jongen.'

'Waarom laat je me niet met rust?' smeekte ik. 'Doe het. Nu.'

'Je bent een grapjas,' zei hij. Hij begon zijn broek uit te trekken. 'Kom hier,' zei hij en reikte omhoog naar mijn hand. Het was of ik mijn vingers naar een kaarsvlam uitstak. Ik bewoog me heel langzaam en toen hij mijn hand pakte en me naar zich toe trok, had ik het gevoel dat ik in het vuur was gevallen.

'Het zal vandaag beter voor je zijn,' fluisterde hij, terwijl zijn handen over mijn borsten gleden, langs mijn lichaam, rond en over mijn benen. Hij trok me dichter naar zich toe en draaide me toen op mijn rug. Hij duwde zich omhoog, over me heen, en keek op me neer.

'Dit alles,' zei hij, 'en nog geld op de koop toe. Wat een bofferd ben ik.'

Hij was weer in me, draaiend en kronkelend om gemakkelijk tussen mijn benen te komen. Ik hield mijn ogen gesloten en probeerde te denken dat ik ergens anders was, maar mijn lichaam wilde niet meewerken. Het scheen naar hem toe te willen in plaats van bij hem vandaan. Het duurde deze keer langer voor hij sidderend en luid kreunend in me klaarkwam. Toen het voorbij was bleef hij hijgend op me liggen.

'Zie je wel,' fluisterde hij en draaide zich eindelijk om en ging naast me liggen op de deken. 'Ik zei je toch dat het nu beter zou zijn.'

Ik draaide me van hem af. Wat me plotseling interesseerde was de stilte. Het leek of wat we gedaan hadden de vogels het zwijgen had opgelegd. Niets bewoog zich. Zelfs de wind had een pauze ingelast, de hele wereld was stil. Ik hoorde dat hij rechtop ging zitten en met iets frutselde. Toen rook ik weer de marihuana. Hij gaf me een por en ik draaide me naar hem om.

'Hier,' zei hij.

Ik weigerde.

'Pak aan en rook,' beval hij en hield de joint voor mijn gezicht. 'Maak me niet kwaad,' waarschuwde hij.

Ik pakte de sigaret aan en rookte met korte snelle trekjes. Hij stond erop dat ik het op de juiste manier zou doen en herhaalde de instructies. Toen stak hij er zelf een op. Ik wilde naar mijn kleren gaan, maar hij hield me tegen.

'Ontspan je,' zei hij. 'We zijn pas begonnen. Rook je joint op. Geniet van de dag. Wanneer heb je meer geld voor me?'

'Ik weet het niet. Volgende week misschien.'

'Oké. Laten we één betaling per week afspreken.'

'Ik weet niet hoeveel ik voor je kan krijgen als ik elke week moet betalen.'

'Ik wil geen vijf dollar. Zorg ervoor dat het minstens vijftig is,' zei hij. 'Ja, vijftig is oké. Vijftig per week.'

Ik had geen idee hoe ik dat bij elkaar moest krijgen, maar ik zei niets.

'Ik wil dat je me meer over jezelf vertelt.'

'Hè?'

'Hoe leef je? Ben je altijd een jongen, zelfs als je binnen bent en niemand je kan zien? Draag je thuis een jurk?'

'Nee.'

'Blijf roken. Verspil het goedje niet. Het was duur en het is goed.'

Ik deed wat hij zei. Hij staarde me hoofdschuddend aan.

'Ik snap het niet. Ik snap er nog steeds niks van. Niet dat ik me beklaag,' voegde hij er lachend aan toe. 'Waarom kun je eigenlijk niet gewoon zijn wat je bent?'

Ik gaf geen antwoord. De joint maakte me duizelig. Ik voelde zijn vingers op mijn borsten en zijn lippen in mijn hals.

'Nou? Waarom?'

'Mijn moeder wil het,' zei ik. Ik had het gevoel dat ik praatte in mijn slaap.

'Ze is gek. Je moeder is echt gek. Misschien moet ik het de mensen vertellen. Misschien moet ik je uit dat huis weghalen. Misschien zou je zelfs bij ons kunnen wonen,' zei hij lachend. 'Stel je dat eens voor.'

Ik begon te huilen. Dikke, hete tranen rolden over mijn wangen.

'Stil maar,' hoorde ik hem zeggen. 'Ik maak maar gekheid. Als jij bij een krankzinnige vrouw wil wonen, ga je gang. Ik zal niks zeggen. We hebben iets goeds samen. Maak je niet ongerust. Ontspan je,' zei hij, en ging weer boven op me liggen.

Deze keer had ik echt het gevoel dat ik zweefde. Mijn lichaam voelde zo soepel onder hem. Hij draaide en kneedde me tot hij gemakkelijk in me paste. Alle tegenstand was uit me verdwenen. Ik dacht aan mijn lappenpoppen en verbeeldde me dat ik er een geworden was. Van huilen ging ik over op lachen, en hij begon ook te lachen. Toen het voorbij was, was hij zelfs nog meer tevreden over me en hij bleef me complimentjes maken.

'We zullen een goeie tijd samen hebben,' zei hij. 'Ik zal alles wat je hebt gemist goedmaken. Dat beloof ik je. Maar ik wil je niet Noble blijven noemen. Dat geeft me een raar gevoel, alsof ik het met een jongetje doe of zo. Hoe moet ik je noemen? Nou? Zeg eens.'

Ik keek hem aan.

'Celeste,' zei ik, en op hetzelfde moment dat ik het zei had ik het gevoel dat dit nog erger was dan wat Judas had gedaan. Maar hij begreep het niet.

'Nee,' zei hij. 'Dat vind ik geen leuke naam. Ik noem je Jane.

Dan kun je mij Tarzan noemen.' Hij liet een gebrul horen en sloeg op zijn borst.

Ik vond hem erg grappig. Hij stond op en paradeerde naakt rond over onze deken, deed net of hij een aap was. Hij stak weer een joint op. Langzaam begon ik in de werkelijkheid terug te komen. Ik voelde me omlaag vallen als een ballon waaruit de lucht ont- snapt is, en het was of ik op en neer hupste op de deken. Mijn maag rommelde. Terwijl hij rookte en brulde en lachte om zijn eigen stomme opmerkingen, slaagde ik erin me aan te kleden.

Eindelijk drong het tot hem door en hij zei: 'Ja, ik moet er ook vandoor.'

Hij begon zich aan te kleden, maar stopte om de paar ogenblik- ken om te lachen en te brullen. Ik had nog nooit iemand gezien die dronken was, maar ik stelde me voor dat het niet veel anders zou zijn dan dit. Nog steeds rokend, was hij eindelijk aangekleed, en toen pakte hij mijn hand.

'Kom, breng me naar huis.'

'Nee,' zei ik. 'Ik moet naar huis voordat mijn moeder terugkomt van haar boodschappen.'

'Je hebt tijd genoeg. Ik wil meer weten,' hield hij vol. 'Loop.' Hij trok zo hard, dat ik struikelde en bijna viel. Dat veroorzaakte een nieuwe lachbui van hem.

'En je deken?' vroeg ik, me omdraaiend.

'Laat maar. Die gebruiken we morgen en morgen en morgen,' antwoordde hij, weer lachend om zijn eigen grap.

We baanden ons struikelend een weg door het struikgewas en toen het bos in, tot we aan de rand van de beek waren. Hij trok me mee en hield mijn hand vast alsof hij een blinde was die me naast zich nodig had. Hij scheen moeite te hebben recht te blijven lopen. Hij stootte zelfs met zijn schouder tegen een boom. Ik bleef hem zeggen dat hij naar huis moest, maar hij lachte alleen maar en nam een schuiver naar voren tot we bij het water waren. Aan deze kant van de beek was een rij grote keien die een weg vormden naar de overkant. De waterstand was hoog en er stond een snelle stroming. De keien glansden als brokken ijs toen de zon door een paar wol- ken heenbrak.

'Mijn kortere weg,' zei Elliot, zwaaiend naar de keien. Hij bleef met een stom lachje naar me kijken. 'Ik heb een idee. Wat zou je

ervan zeggen als je morgen eens naar mij toekwam. Ik krijg genoeg van dit bos. Mijn zus is morgen niet thuis. Ze heeft een nieuw
vriendje en ze gaat elke middag naar zijn huis. Mijn vader werkt
deze week overdag, dus hebben we het huis voor onszelf. Ik vind
het wel een leuke gedachte om jou in mijn bed te hebben, en ik wed
dat jij het ook leuk vindt. Kom op dezelfde tijd naar de achterdeur.'

Hij gebaarde naar de lucht tussen ons in alsof daarmee alles gezegd was. Toen staarde hij even besluiteloos naar de beek. Hij hield
nog steeds mijn hand vast.

'Ik moet naar huis,' zei ik zacht.

'Hé? O. Ja.' Hij scheen moeite te hebben met focussen. 'Je hebt
me niet veel meer verteld over jezelf en je moeder. Ik wil morgen
alles horen, begrepen? Begrepen?' vroeg hij met stemverheffing.

'Ja, ja, ik heb het begrepen,' zei ik.

'Oké.' Hij knikte en keek naar de overkant van de beek. 'Oké.'

Hij liet me los en begon over te steken, bleef toen even staan en
keek achterom.

'Je blijft je niet eeuwig voor een jongen uitgeven, weet je,' zei hij.

Het klonk als een voorspelling, en zijn gezicht was anders dan
gewoonlijk, zelfs zijn stem klonk anders toen hij sprak. Ik vroeg
me af of er een geest via hem tegen me sprak.

Hij zocht weer zijn weg over de keien. Ik bleef even naar hem
staan kijken. Eén keer gleed hij uit, en zijn rechtervoet werd nat.

'Verdomme,' schreeuwde hij, en begon toen te lachen. Ik voelde me nog steeds onzeker, maar liever dan een lachbui te krijgen,
wilde ik huilen. Ik drong mijn tranen terug en slikte en slikte.

Juist toen ik weg wilde lopen van de beek, hoorde ik hem gillen
en draaide me om. Ik zag hem achterovervallen. Hij begon weer te
lachen en zwaaide.

'Wie heeft me geduwd?' riep hij en lachte weer.

Hij spetterde om zich heen en reikte naar de kei waar hij af was
getuimeld, maar draaide rond in het kolkende water van de beek.
Het water was nog ijskoud, ondanks het feit dat het al voorjaar
werd. Het meeste kwam van smeltend water en ijs uit de bergen,
dacht ik.

'Hé,' hoorde ik hem schreeuwen, alsof hij tegen het water kon
spreken en het uitfoeterde omdat het hem dwarszat. 'Ik geloof dat
ik een vis voel in mijn schoen,' riep hij en lachte weer.

Hij werd verder weggevoerd van de keienbrug, en al waren zijn pogingen om het te voorkomen vergeefs, toch scheen hij niet in paniek te raken. Ik deed een paar passen terug naar het water.

'Hé. Kijk eens. Er zit een haai achter me aan,' schreeuwde hij en toen verdween zijn hoofd onder water.

Hij kwam weer boven en sloeg al ronddraaiend met zijn armen om zich heen. Ik zag dat hij enig houvast kreeg, maar toen hij probeerde te staan, viel hij achterover. Hij lachte weer, al werd hij deze keer met meer kracht weggevoerd. Ik rende naar de oever van de beek en zag hem met zijn armen zwaaien en worstelen om zich vast te houden aan een kei, een tak, of wat dan ook, tot hij weer kopjeonder ging en in de bocht van de beek bovenkwam. Hij zwaaide naar me en schreeuwde: 'Bel de Kustwacht!' Zijn lach stierf weg toen hij verdween.

Het was stil, op het gorgelende geluid van het water na dat langsstroomde over de keien.

'Elliot!' riep ik. 'Gaat het een beetje?'

Ik staarde naar de bocht waar hij uit het gezicht verdwenen was en wachtte. Ik riep weer. Mijn stem werd opgeslokt door het lawaai van de beek. Maar een grote kraai vloog weg van een hoge boomtak en flapperde wild met zijn vleugels. Toen hij kraste, klonk het in mijn oren als gelach.

Hij moet er aan de overkant zijn uitgeklommen, dacht ik. Waarschijnlijk lag hij daar om alles te lachen, vooral om mij. Ik moet naar huis, besefte ik. Mama is misschien al terug. Ik liep haastig weg, vermeed zo goed mogelijk struiken en takken. Toen ik uit het bos op de weide kwam, kon ik zien dat mama nog niet terug was. Ik zuchtte van opluchting en liep door naar huis.

Zodra ik daar kwam ging ik naar mijn kamer en kleedde me uit. Ik nam een hete en daarna een koude douche, en dat scheen te helpen om mijn gedachten te verhelderen. Toen ik me weer had aangekleed en naar beneden ging, was mama terug. Ze leek erg blij. Haar hele gezicht straalde.

'Noble,' riep ze, toen ze me zag. 'Ik heb geweldig nieuws. Meneer Bogart heeft klanten voor ons gevonden die alles willen kopen wat we kunnen produceren. We zullen onze tuin uitbreiden. O, ik weet dat we het geld niet zo hard nodig hebben, maar het zal leuk zijn iets waardevols te doen, vind je niet? Hij had het zelfs over een eigen merk. Hij suggereerde Sarahs Kruidenwonderen. Jij zou het later kunnen erven. Weer een erfenis voor je.'

Ze zweeg even.

'Je ziet eruit of je je opgefrist hebt. Wat heb je gedaan?'

'Ik heb mijn zaag geprobeerd. Ik moet er nog aan wennen.'

'Natuurlijk. Ik ben blij dat je verantwoordelijk genoeg bent om je dat te realiseren. Ik ben naar de supermarkt geweest en heb een paar magere varkenskarbonades gekocht. Ik zal ze vullen en dan maken we er een klein feestje van,' besloot ze en liep naar de keuken.

Ik ging buiten op de veranda zitten en staarde naar het bos. Wat had ik gedaan? Hoeveel dieper was ik gezonken? vroeg ik me af. Een deel van me was verraderlijk. Zelfs al dwong Elliot me zijn zin te doen, toch moest ik toegeven dat ik opgewonden was geraakt en er ook wel wat van had genoten. Ik wilde me tegen mezelf harden.

Ik dacht dat mama wel zou zeggen dat het weer de Celeste in me was, maar dit alles deed me alleen maar twijfelen aan mijn eigen identiteit. Wie was ik nú? Wie zou ik worden? Je blijft je niet eeuwig voor een jongen uitgeven, had Elliot gezegd, maar als ik dat niet deed, zou mama Noble weer moeten begraven in een echt graf met een grafsteen.

In gedachten zag ik haar voor me terwijl ze bezig was hem op te graven. Het was walgelijk en mijn maag draaide om. Ik zou moeten helpen. Ik zou Celestes kleren moeten uittrekken en Nobles in ontbinding verkerende lichaam in zijn eigen kleren moeten hullen. Ik rilde en stond op alsof ik achtervolgd werd. Snel liep ik de veranda af en ging naar de schuur om me bezig te houden met het schoonmaken van de kettingzaag.

Later riep mama me aan tafel, en ik moest me dwingen eetlust voor te wenden. Ze had ook een appeltaart gebakken, en zoals gewoonlijk sneed ze een grote punt voor me af en kwakte er een homp vet vanille-ijs op. Ze liet me nog steeds te veel eten.

'Ik ben niet echt naar binnen gegaan bij een autodealer, Noble, maar ik kwam er langs en zag een rode sedan die je prachtig zou vinden. Het was een van die flitsende auto's met glanzende wielen. Ik zag jou al elk weekend de auto wassen. Herinner je je nog dat jij en papa dat deden?'

'Ja.'

292

'We gaan weer een heerlijke tijd tegemoet, Noble, een heerlijke tijd.'

Na het eten ging ze naar de eetkamer en speelde een paar van haar lievelingsliedjes, liedjes waarvan haar moeder had gehouden en die zelfs door haar grootmoeder waren geapprecieerd.

'Ze stonden rond de piano te zingen,' vertelde ze. 'Ons huis was zo gezellig, zo vol liefde. Grootvader Jordan beweerde altijd dat hij het alleen maar een hoop lawaai vond, maar als ik stiekem naar hem keek, zag ik de blijde glimlach op zijn gezicht en de manier waarop hij naar mijn grootmoeder keek. Zij was een mooie vrouw met een engelachtige glimlach.

'Die glimlach heeft ze natuurlijk nog steeds. Dat is het wonderbaarlijke van het spirituele bestaan, Noble. Je bent bevroren in je gelukkigste, mooiste en knapste tijd. Op een goede dag zul je weten wat ik bedoel. Op een goede dag,' zei ze terwijl haar stem verstierf met de muziek.

Zouden wij zo gelukkig kunnen zijn? vroeg ik me af. Zou alles toch nog ten goede kunnen keren? Zou ik gezegend worden en de krachten krijgen, alle krachten, ook al had ik gedaan wat ik had gedaan?

Ondanks de gebeurtenissen van die dag ging ik in een optimistische stemming slapen. Mama was zo sterk, dacht ik. Zij kon het aanzien van de tijd veranderen. Bij haar zou ik veilig zijn. Ik rolde me op onder de dekens en droomde van de tijd waarin ze piano zou spelen en ik al onze familiegeesten die rond de piano stonden te zingen kon zien en horen. Papa zou zijn arm om mijn schouders leggen en me een zoen op mijn wang geven, en ik zou het voelen, het echt weer voelen.

'Zie je,' zou hij zeggen, 'je moeder is een heel bijzondere vrouw.'

Zodra we de volgende dag klaar waren met ons ontbijt, ging mama samen met mij naar de tuin. Urenlang werkten we naast elkaar, spitten en plantten haar kruiden. Tijdens het werk vertelde ze meer over haar vroegere leven en verhalen die ik nog nooit gehoord had.

'Weet je, ik heb heel lang een zusje of broertje willen hebben,' zei ze. 'Ik voelde me eenzaam en het was altijd moeilijk om vrienden bij ons thuis te vragen. Mijn moeder probeerde meer kinderen te krijgen. Ze deed alles wat grootmoeder Jordan zei dat ze moest doen, maar niets hielp. Na een tijdje kwamen ze tot de conclusie dat, omdat mijn moeder alleen mij had kunnen krijgen, ik heel bijzonder moest zijn.

'Mijn moeder werd mijn beste vriendin,' zei ze glimlachend. 'Net zoals ik jouw beste vriendin ben en altijd zal zijn, Noble. Dat is toch goed?'

'Ja,' zei ik, 'maar jij ging naar de openbare school. Heb je nooit een goede vriend of vriendin gehad?'

'Nee,' zei ze snel en wendde zich van me af. Toen aarzelde ze en keek me weer aan. 'Er is eens iemand geweest, een meisje in groep negen, Sandra Cooke, maar zij raakte bevriend met heel slechte kinderen, en ik wist dat ik in moeilijkheden zou komen als ik haar vriendin bleef. Ik vertelde haar moeder over haar gedrag, en daarna heeft ze me altijd gehaat.'

'Wat deed ze?'

'Ze was, zoals dat heette, promiscue. Jij weet niet wat dat betekent, omdat je niet genoeg leest, Noble, maar laten we zeggen dat ze te lichtzinnig omging met haar lichaam, en dingen deed met jongens die ze niet had moeten doen.'

Natuurlijk wist ik wat het betekende, maar ik zei niets.

'Het leek haar niet te kunnen schelen met wie ze het deed. Je lichaam kan je soms verraden,' vervolgde ze. 'De mensen denken dat genot altijd iets goeds is, maar dat is het niet. Soms is het slechts de manier van kwade geesten om de deur naar je ziel te openen. Als ze eenmaal binnen zijn, kunnen ze je laten verrotten als een appel.

'Maar,' zei ze, terwijl ze met haar vingers door mijn korte haren streek, 'daar hoef jij je geen zorgen over te maken. Het zal jou nooit overkomen.'

Ze keek omhoog naar de lucht.

'We moeten vlugger opschieten. Het schijnt vandaag hard te gaan regenen. En morgen waarschijnlijk ook.'

We werkten door tot het begon te regenen, en toen gingen we naar binnen en ging ik bij het raam zitten lezen en keek naar buiten, waar de wind een gordijn van druppels over de bomen en de weide joeg. Papa had een hekel aan langdurige regenbuien, maar mama zei tegen hem dat ze de wereld reinigden en dat hij dankbaar hoorde te zijn. Natuurlijk antwoordde hij met: 'Het maakt het werk van de bouwvakkers moeilijker, en dat is slecht voor onze winstcijfers.'

294

'Je kunt je beter zorgen maken over de winstcijfers van je ziel,' was mama's reactie, en dan trok hij aan zijn oor en glimlachte naar mij. 'Met een mysticus valt niet te argumenteren,' zei hij soms. Mama vond het vreselijk om zo genoemd te worden.

'Er is geen sprake van mystiek. Er is niets mysterieus aan mij. Wat ik mysterieus vind is dat zoveel mensen blind zijn voor de spirituele waarheden in ons leven,' zei ze.

Ten slotte gaf papa het op en ging weg, lachend omdat het zinloos was met haar te redetwisten. Er klonk toen een ander soort muziek in ons huis, er scheen een ander soort licht.

Zou dat allemaal terugkomen, zoals mama beloofde?

Ik keek naar de regen tot ik er moe van werd en ging slapen. De volgende dag, zoals mama had voorspeld, regende het tot laat in de middag. Het was al bijna donker toen het eindelijk droog werd. Ik zat in de zitkamer en werkte aan een paar schriftelijke schoolopgaven. Plotseling gleed er een lichtstraal over de muur en ik keek verbaasd op. Ik hoorde een deur dichtslaan en toen nog een. Een paar ogenblikken later werd er gebeld, en mama kwam uit de keuken. Ze keek nieuwsgierig naar mij en veegde haar handen af aan haar schort.

'Wie kan dat zijn?' mompelde ze en liep naar de deur. Ik stond in de deuropening van de zitkamer en keek toe.

Een politieman en meneer Fletcher stonden voor de deur. De politieman had een regenjas aan, maar meneer Fletcher droeg een sportjasje en een nette broek en zag eruit of hij van een of ander sociaal gebeuren kwam.

'Ja?' vroeg mama. Ze keek naar meneer Fletcher.

'We willen graag weten of uw zoon mijn zoon onlangs nog gezien heeft,' zei hij.

'Hoe bedoelt u?' Mama zette haar handen op haar heupen.

'Meneer Fletchers zoon Elliot wordt al een paar dagen vermist, mevrouw Atwell,' zei de politieman. 'Zijn auto en al zijn spullen zijn thuis, maar hij is er niet, en niemand heeft hem gezien. Hij is niet op school geweest, en het enige wat we nog konden doen was met uw zoon praten.'

'Waarom zou Noble iets over hem weten?' vroeg ze.

De politieman keek naar meneer Fletcher.

'Mijn dochter suggereerde het.'

'Waarom zou ze dat doen?'

'Ze zei dat hij hem kortgeleden heeft gezien,' antwoordde hij, en mama draaide zich langzaam naar mij om.

'Is dat waar, Noble?'

'Nee,' zei ik snel, misschien te snel.

'Ik maak me ernstig ongerust, jongen,' zei Fletcher. 'Hij heeft een paar rare dingen uitgehaald, maar nog nooit zoiets als dit. Hij is niet toevallig hier, hè?'

'Natuurlijk niet,' snauwde mama.'Gelooft u heus dat ik zoiets zou toestaan?'

'Ik wilde alleen maar –'

'We onderzoeken elke mogelijkheid, mevrouw Atwell,' zei de politieman. 'U kunt vast wel begrijpen wat meneer Fletcher doormaakt. U hebt zelf immers een kind verloren.'

Mama's bovenlichaam ging zo snel en met zo'n ruk naar achteren, dat het leek of ze elk moment kon omvallen.

'Natuurlijk begrijp ik dat. Ik vertel u alleen dat we niets over hem weten.' Ze keek naar meneer Fletcher. 'Ik heb u gewaarschuwd dat hij zich heel slecht gedroeg. Dit verbaast me niets. Helemaal niets.' ·

Hij knikte en sloeg zijn ogen neer.

'Ik weet het,' zei hij zacht en verslagen.

'Tja, we kunnen u niet helpen,' zei ze. 'Ik vind het heel erg voor u.'

'Weet je zeker dat je Elliot niet gezien hebt?' vroeg de politieman weer aan mij.

Ik schudde mijn hoofd.

'Nee, al een tijd niet,' zei ik. Mijn hart bonsde wild. Mama keek zelfs niet naar me.

'Oké. Dank u. Als u zich iets herinnert, wilt u dan het politiebureau bellen?' vroeg de agent, waarop ze weer weggingen.

Mama deed onmiddellijk de deur dicht. Even bleef ze ernaar staan kijken. Toen draaide ze zich met een ruk naar me om met samengeknepen, achterdochtige ogen. 'Weet je waar hij is?'

Ik wist het niet, dus kon ik ontkennend mijn hoofd schudden.

Ze leek niet overtuigd, maar ze haalde makkelijker adem en ging toen zonder een woord te zeggen terug naar de keuken.

Ik bleef als verdoofd staan.

Ik hoorde mama rammelen met potten en pannen, alsof ze naar iets op zoek was. Als ze zo'n lawaai maakte, wist ik dat ze van streek was.

Het geluid leek te weergalmen in mijn borst.

Aan tafel bleef mama maar doorgaan over kinderen die tegenwoordig zo'n zware last betekenen voor hun ouders.

'Als je gezegend bent met een verantwoordelijk, gehoorzaam en lief kind, ben je een heel gelukkig mens, maar het is een feit dat ze oogsten wat ze zaaien. Daarom kon ik meneer Fletcher niet zoveel medeleven betuigen als die agent graag had gezien. Ik weet dat het hard overkomt, maar als we dat niet doen, zal alles alleen maar erger worden.

'Daarom,' voegde ze eraan toe, 'voel ik me zo gelukkig dat ik een kind heb als jij.'

Ze stond op en liep naar me toe om me een zoen op mijn voorhoofd te geven en me stevig tegen zich aan te drukken. Ik vroeg me onwillekeurig af of ze kon voelen dat ik beefde. Het beven dat me had bevangen toen de agent en meneer Fletcher naar onze deur liepen, zette zich binnen in me voort.

Het volgde me toen ik ging slapen en veranderde elke schaduw in mijn kamer in een duistere bedreiging.

Het opsporingsteam kwam de volgende dag laat in de ochtend. Het wekte afschuwelijke herinneringen op bij mama en mijzelf. We konden de stemmen horen van de mannen die naar elkaar riepen in het bos. Vanaf onze veranda zagen we de auto's die parkeerden op de snelweg. Er verscheen ook een brandweerwagen.

Ongeveer een uur nadat ze begonnen waren met zoeken hoorden we een pistoolschot als een signaal voor de anderen. Het werd gevolgd door het geluid van een ambulance die over onze weg scheurde.

Mama liep naar buiten naar de oprijlaan, om daar met een paar mensen te spreken.

Toen kwam ze snel terug.

'Wat is er gebeurd?' vroeg ik.

'Ze hebben hem gevonden.'

'Waar?' vroeg ik bijna fluisterend.

'Hij is ongeveer anderhalve kilometer stroomafwaarts meegesleurd in de beek.'

17. Het geschenk

Voor ze Elliot hadden gevonden, hadden ze zijn deken zien liggen onder de pijnboom. We wisten niet alles meteen, maar ze hadden ook de restanten gevonden van zijn marihuanasigaretten. Maar wat ze in zijn broekzak hadden gevonden bracht de politie weer terug naar ons huis. Ze kwamen pas vroeg in de avond. Ik was boven in mijn kamer toen ik de deurbel hoorde. Mijn hart begon te bonzen. Al die sirenes en de herrie van veel meer verkeer en mensen op onze weg en rond onze boerderij dan normaal, maakten me angstig.

Toen we hadden gehoord dat Elliot blijkbaar was verdronken en verder stroomafwaarts aan land was gespoeld, was ik zo snel mogelijk weggegaan om alleen te zijn. Ik wist zeker dat mama aan één blik op mijn gezicht voldoende zou hebben om te weten dat ik tegen haar had gelogen en dingen voor haar verborgen had gehouden. Ik was banger voor haar teleurstelling in mij dan voor haar woede.

Terwijl ik zat na te denken over het afschuwelijke van alles wat er gebeurd was, hield ik me voor dat ook al had ik gezien dat Elliot meegevoerd werd door het water van de beek en om de bocht verdween, ik alle reden had om aan te nemen dat er niets aan de hand was. Uit de jaren waarin we weinig sneeuw en voorjaarsregen hadden, wist ik dat er zoveel keien en heuveltjes op de bodem lagen, dat de beek op veel plaatsen heel ondiep was. Ik had alle reden gehad om te concluderen dat hij uiteindelijk houvast zou vinden en veilig naar de kant zou kunnen komen. Hij schreeuwde niet echt om hulp. Ik had geen idee dat hij niet goed kon zwemmen, en in het begin, toen hij een natte voet kreeg, en zelfs nadat hij erin was gevallen, lachte hij erom en hing hij de pias uit.

Maar wat me de hele dag nadat ik het nieuws had gehoord fascineerde en zelfs een beetje beangstigde was de mogelijkheid dat papa's geest dit had bedoeld toen ik gemeend had hem in de wind te horen fluisteren dat ik geduld moest hebben. Ik herinnerde me hoe Elliot in het water was gevallen. Hij had geroepen: 'Wie heeft me geduwd?' Had hij werkelijk gevoeld dat een of andere kracht hem van de kei duwde of waren die gil en die verbazing slechts grappenmakerij?

Kon het echt waar zijn dat onze spirituele beschermers dit hadden gedaan? Was het in dat geval dan uiteindelijk niet mijn schuld? Als ik die dag niet had gedaan wat ik had gedaan en me naakt aan de wereld en aan Elliot had getoond, zou dit allemaal niet gebeurd zijn. En om het nog gecompliceerder te maken, had ik niets aan mama verteld. Ik had het allemaal geheimgehouden en het zijn gang laten gaan. Wat zou er nu met ons gebeuren?

Ik hoorde dat mama me riep vanuit de hal. Langzaam stond ik op van mijn bed, waar ik had zitten peinzen, ging mijn kamer uit en liep de trap af. Ik voelde me als een veroordeelde die naar de galg loopt. Mama stond naar me te kijken met haar armen zo stevig over haar borsten geslagen dat ze voorgoed daar vastgeklonken leken. De agent en een man in een donkergrijs sportjasje en das stonden achter haar op mij te wachten. De man had een scherp gesneden gezicht met wenkbrauwen die als de rand van een klif over zijn ogen hingen. Zijn onderlip zakte zover omlaag dat de meeste van zijn ondertanden te zien waren.

Toen ik dichterbij kwam zag ik de felle gloed als kaarsvlammetjes in mama's ogen. Haar getuite lippen drukten haar wangen en jukbeenderen omhoog. Een paar losse lokken vielen over haar slaap naar haar rechtermondhoek.

'Agent Harold en rechercheur Young willen je een paar vragen stellen, Noble. Ik wil dat je ze eerlijk beantwoordt,' zei mama. Ze sprak elk woord uit met glasheldere en scherpe klinkers en medeklinkers; de manier waarop ze sprak, dat wist ik, als ze haar uiterste best deed om haar laaiende woede te bedwingen.

Ik knikte en draaide me naar hen om. Rechercheur Young kwam naar voren.

'Herken je dit?' vroeg hij en opende zijn vuist om de roodkoralen amulet te laten zien.

Onwillekeurig keek ik snel van de amulet naar mama. Ze staarde me aan, haar gezicht een gesloten boek voor ieder ander, maar voor mij sprak het boekdelen. Ik zag haar woede en teleurstelling. Ze wist natuurlijk dat het de amulet was die ze mij had gegeven. Haar ogen flikkerden. Woede gaf voedsel aan het vuur.

'Ja,' zei ik, zo benepen dat ik zelf niet zeker wist of ik iets gezegd had.

'Elliots vader en zijn zuster vertelden ons dat hij dit niet had toen ze hem het laatst hadden gezien; ze hadden het zelfs nooit gezien. Ze hebben geen idee waar hij het vandaan had of zelfs wat het is. Maar zijn zuster dacht dat jij het misschien zou weten.'

'Waarom dacht ze dat?' vroeg mama die zich met een ruk omdraaide naar de rechercheur.

Rechercheur Young keek haar even aan, blijkbaar overwegend hoe hij moest antwoorden.

'Haar broer had haar dingen verteld over uw zoon en over u, en dat bracht haar op het idee. Ik geloof dat hij had beschreven wat uw zoon nu draagt,' zei hij, duidend op mijn amulet. Hij keek weer naar mij. 'Wat is het, en hoe komt het dat Elliot Fletcher dat voorwerp in zijn bezit had op het moment van zijn dood?'

'Het is een amulet,' zei ik. 'Rood koraal.'

'Een amulet?' mompelde agent Harold. 'Wat is dat precies?'

Ik keek naar mama.

'Een amulet is een talisman, een gelukshanger,' legde mama in mijn plaats uit. 'Rood koraal wordt geacht bepaalde gunstige eigenschappen te hebben voor de drager.'

'Dus deze was van jou?' vroeg rechercheur Young, die hem nog steeds vasthield alsof hij hem wilde tonen aan een jury in een rechtszaal.

'Ja,' antwoordde ik.

'En jij hebt hem aan Elliot Fletcher gegeven?'

Ik knikte.

'Wanneer precies?' vroeg hij.

Weer keek ik eerst naar mama.

'Wanneer?' herhaalde ze de vraag van rechercheur Young.

'Een paar dagen geleden,' zei ik.

Mama liet haar ingehouden adem ontsnappen als iemand die net verschrikkelijk nieuws heeft gekregen.

'Toen ik hier eerder was, zei je tegen mij en Elliots vader dat je hem een tijd niet gezien had,' zei agent Harold, die bijna op me afvloog. 'En nu zeg je dat je hem dit ding een paar dagen geleden hebt gegeven. Waarom heb je tegen ons gelogen?'

Ik voelde paniek door mijn benen trekken, ze leken bijna bevroren, ik kon ze niet bewegen. Waarom gebeurde dit met me? Als de geesten me beschermden, waarom lieten ze dit dan toe? Wat werd ik verondersteld te zeggen, te doen?

Ik keek niet naar mama. Ik richtte mijn ogen schuldbewust op de grond en haalde mijn schouders op.

'Elliot liet me beloven het niet te zeggen,' antwoordde ik en herinnerde me dat mama me eens verteld had dat leugens soms als puisten uit iemands geest voortsproten.

Ik weet niet wat iemand tot een goede leugenaar maakt, als er al zoiets bestaat, maar ik denk dat het iets te maken heeft met zijn of haar vermogen om te creëren, te acteren, misschien zelfs in zijn of haar eigen leugen te geloven, dacht ik.

'Waarom?' ging rechercheur Young door.

'Hij rookte iets slechts, en hij zei dat zijn vader zijn auto zou afnemen als hij erachter kwam,' zei ik op heel overtuigende toon. Ik nam bovendien aan dat het geen echte leugen was.

'O? Waarom wilde je zijn vader niet vertellen dat je hem had gezien?' vroeg agent Harold verontwaardigd. 'Je zag hoe bezorgd hij was.'

Ik beet op mijn lip en staarde strak naar de vloer. Ik kon geen enkel excuus bedenken dat me in een goed daglicht zou plaatsen of zelfs maar zinvol zou zijn.

'Was het omdat jij ook iets slechts gerookt had?' vroeg rechercheur Young.

Ik keek snel op. Mama's ogen waren niet veranderd, hadden niet bewogen. Ze waren strak op mij gericht; ik had het gevoel dat ze een gat boorden door mijn voorhoofd.

'Noble?' zei ze. 'Geef antwoord.'

Ik knikte. De theorie van de rechercheur bood een onverwachte ontsnapping, een manier om me eruit te redden.

'Ja.'

Agent Harold en rechercheur Young gingen er prat op dat ze gelijk hadden gehad wat mij betrof. Ik kon het duidelijk zien aan de blik die ze uitwisselden. Ze hadden het er waarschijnlijk over gehad voordat ze bij ons voor de deur stonden.

'Maar ik dacht niet dat er iets ergs met hem was gebeurd,' voegde ik er snel aan toe.

'Vertel ons wat er is gebeurd toen je hem het laatst gezien hebt,' zei rechercheur Young.

'We rookten dat goedje in het bos, en toen ging hij naar huis en ik ging naar huis.'

Ze staarden me aan, vier ogen die mijn gezicht onderzochten als schijnwerpers een gevangenismuur, zoekend of ze iets afwijkends konden vinden. Ik hield mijn adem in. Uit mijn ooghoek kon ik een zwakke beweging zien van mama's lippen. Het was onmogelijk tegen haar te liegen, al kon ik het nog zo goed tegen anderen.

'Jullie hadden geen ruzie of zo?' vroeg rechercheur Young.

'Wat wilt u suggereren? Dat Noble hem verdronken heeft?' snauwde mama.

'Nee.'

'Waarom vraagt u dat dan?'

'Dat is ons werk. We proberen zoveel mogelijk informatie te krijgen om te weten wat er gebeurd is, mevrouw Atwell. Dit is een verschrikkelijk familiedrama.'

'Ik geloof dat wij wel iets weten over verschrikkelijke familiedrama's,' zei mama op zo'n scherpe toon, dat hij reageerde alsof ze hem een klap in zijn gezicht had gegeven.

'Het spijt me. We doen slechts ons werk.'

'Nou, doe het dan gauw en laat ons met rust,' zei ze.

Hij draaide zich weer naar mij om.

'Dus je wist niet dat Elliot problemen had toen je hem die dag verliet.'

'Nee,' zei ik, en knikte naar de amulet die hij in zijn hand hield. 'Ik dacht dat hij beschermd was.'

Misschien was dat de verkeerde opmerking, misschien de juiste. Ik wist het niet, maar beide politiemensen sperden hun ogen open.

'Hoe bedoel je, beschermd?' vroeg agent Harold.

'Rode koraal is een krachtige halfedelsteen. Hij kan de drager moedig maken en heeft een heel sterke kalmerende uitwerking, vermindert spanningen. Hij heeft geneeskracht,' legde mama uit. 'Noble bedoelde het goed toen hij de jongen die amulet gaf, maar de jongen had er niet op moeten vertrouwen dat hij hem in alle mogelijke opzichten zou beschermen.

'In feite,' ging mama verder, 'is het probleem van rode koraal dat het de drager te zelfverzekerd, te overmoedig maakt. U kent het gezegde: Bezint eer gij begint,' voegde ze er op haar schooljuffentoontje aan toe.

De twee politiemannen staarden haar sprakeloos aan. Ten slotte richtte agent Harold zich tot mij.

'Het was heel verkeerd van je om ons laatst niet te vertellen dat je Elliot Fletcher kortgeleden nog had gezien. We zouden ons veel eerder op het bos hebben geconcentreerd, en zelfs al hadden we niets kunnen doen om hem te helpen, dan zouden zijn vader en zijn zuster tenminste niet zo lang in onzekerheid hebben verkeerd.'

'Het verzwijgen van informatie voor de politie is strafbaar, weet je,' zei rechercheur Young.

Ik zei niets en mama ook niet.

Ze leken niet op hun gemak.

'Hier,' zei rechercheur Young, en overhandigde me de amulet. 'Meneer Fletcher wil hem niet hebben.'

'Wij willen hem ook niet hebben,' zei mama, die tussen mij en de rechercheur in kwam staan. 'Zeg tegen meneer Fletcher dat hij hem samen met zijn zoon moet begraven. Er zijn manieren om ons ook in het hiernamaals te beschermen, en dat kan nog belangrijker zijn.'

Agent Harold meesmuilde. Toen draaide hij zich hoofdschuddend om.

'Oké,' zei rechercheur Young. Hij stak de amulet weer in zijn zak. 'Als uw zoon zich nog iets mocht herinneren dat ons kan helpen om te begrijpen wat er gebeurd is –'

'Waarom is het zo moeilijk te begrijpen?' schreeuwde mama bijna. 'We hebben gehoord dat de jongen verdronken is in de beek. U zei dat hij iets verkeerds gerookt had, en u hebt gehoord dat Noble dat heeft bevestigd. Ik ben ervan overtuigd dat het marihuana was, en dat kan je waarneming beïnvloeden, nietwaar? Ik ben vroeger docente geweest aan een openbare school. We hebben de kinderen altijd bijgebracht waarom het gebruik van drugs zo slecht voor ze was.'

'Ja,' gaf rechercheur Young toe. 'De marihuana kan iets te maken hebben gehad met het gebeurde.'

'Het is een tragedie. Het is vreselijk, maar ouders moeten hun kinderen tegenwoordig nog beter onder controle houden dan vroe-

303

ger,' preekte mama. 'Ik heb het al eerder gezegd, en ik zeg het nu weer. Ik heb medelijden met meneer Fletcher. Ik weet wat hij doormaakt. Niemand weet dat beter dan ik, maar per slot zal hij moeten leven met zijn eigen tekortkomingen. Dat moeten we allemaal,' besloot ze. 'En als u hier klaar bent –'

Ze hield de deur voor hen open.

'Dank u,' mompelde rechercheur Young.

Agent Harold keek slechts met een kwaad gezicht naar mij en volgde hem naar buiten.

Toen mama de deur dichtdeed, had ik het gevoel dat ze het deksel dichtklapte van mijn doodkist. Langzaam, tergend langzaam, draaide ze zich naar me om. Ik zocht naar woorden, probeerde de juiste manier te vinden om te zeggen dat het me speet.

'Probeer maar niets uit te leggen,' zei ze. 'Ik weet precies wat er gebeurd is.'

Wist ze dat? Precies?

'Kwade geesten hebben ons bestookt sinds je vader is overleden. Ze hebben op alle mogelijke manieren geprobeerd ons schild te doorboren. Ze hebben mij een keer ziek gemaakt en me hoofdpijn bezorgd. Ze zijn zelfs het lijf van een hond binnengedrongen. Het verbaast me niets dat ze zich op jou hebben geconcentreerd, Noble, en hebben getracht je in het verderf te storten met gebruikmaking van die jongeman. Ik had beter op moeten letten toen ik hoorde van je eerste contact met die mensen en je me vertelde over de slechte dingen die ze deden. Het is niet allemaal jouw schuld. Ik had te veel vertrouwen en was te afhankelijk van degenen die over ons waken.

'Maar gelukkig blijven ze dat doen. Ik sta niet verbaasd over wat er gebeurd is. Natuurlijk ben ik teleurgesteld in je, en we moeten nu aan het werk om je te zuiveren, maar ik ben dankbaar dat we nog veilig zijn, dat er nog over ons gewaakt wordt en we gezegend zijn.'

Ze zweeg, kneep in haar slapen met haar rechterduim en -wijsvinger en haalde diep adem. Ik hield de mijne verwachtingsvol in. Eindelijk keek ze naar me op en knikte alsof haar zojuist precies verteld was wat ze moest doen.

'Ga naar boven en kleed je uit,' zei ze.

'Uitkleden?'

'Ja. Ik kom zo.' Ze liep naar de keuken en de bijkeuken.

Even was ik te bang om me te verroeren. Wat ging ze doen? Ik liep langzaam de trap op en toen snel naar mijn kamer, waar ik me begon uit te kleden. Ik voelde me zo verdoofd dat ik mama niet de trap op hoorde komen en naar mijn kamer gaan. Plotseling holde ze langs me heen naar de badkamer, waar ik haar de kraan van het bad hoorde opendraaien.

'Waar blijf je zo lang?' riep ze in de deuropening van de badkamer. 'Schiet op en kom in je blootje hierheen. We hebben geen tijd te verliezen.'

Ze liep de badkamer weer in. Ik kleedde me verder uit. Toen ik naakt was, liep ik langzaam naar haar toe. Het was al een tijd geleden sinds mama naar me had gekeken en mijn lichaam had zien ontluiken, maar toen ze nu naar me keek, was het met een vluchtige blik, alsof ze geen enkel verschil zag met die eerste dag toen ze me de kleren van mijn broertje had aangetrokken.

Ze stond naast het bad en keek naar het water dat erin stroomde. Ik zag dat ze een pot met zwart poeder in haar hand had.

'Wat is dat?' vroeg ik.

'Dat komt uit de geheime kast van mijn grootmoeder,' zei ze. 'Haar eigen recept. Stap in het bad.' Afwachtend deed ze een stap achteruit.

Ik liep naar het bad, legde langzaam mijn been erover en zette mijn voet neer. Zodra ik het water aanraakte, sprong ik terug. Het was gloeiend heet.

'Het is te heet!' riep ik.

'Het móét heel heet zijn. Stap erin,' zei ze zonder enige emotie. Haar stem klonk alsof ze zelf onder betovering stond.

'Dat kan ik niet. Het is veel te heet.'

'Stap erin,' zei ze weer.

Ik schudde mijn hoofd en ging achteruit.

'Stap erin, Noble. Stap erin.'

'Maak het wat koeler.'

'Oké,' zei ze plotseling, en ze draaide de koude kraan aan. 'Probeer het nu nog eens,' zei ze. Voorzichtig testte ik het water met mijn voet. Het was nog heel heet, maar draaglijk.

'Ga er helemaal in,' zei ze, en ik ging langzaam zitten en verdroeg het hete water.

Toen strooide ze het zwarte poeder in het water, dat snel donkerblauw kleurde.

'Het stinkt vreselijk,' zei ik.

'Het is geen badzout, nee. Blijf er nou maar in,' zei ze en liet me alleen.

'Hoe lang?' riep ik.

'Tot ik terugkom.

'Wat is de uitwerking?' schreeuwde ik haar na, maar ze hoorde me niet, of als ze het deed, dan wilde ze geen antwoord geven.

Ik moest mijn hoofd omdraaien omdat de stank walgelijk was. Ik dacht dat ik zou moeten overgeven. Ik leunde over de rand van het bad en bleef wachten en wachten. Ik dacht al dat ze me vergeten was toen ze eindelijk verscheen. Ik keek op en zag dat ze een grote ketel droeg. Voor ik kon protesteren liep ze haastig naar het bad en schonk de inhoud eruit: kokendheet water. Ik schreeuwde en probeerde eruit te komen, maar ze duwde me bij mijn schouders omlaag en hield me in het water. Ik huilde en gilde en smeekte. Eindelijk liet ze me eruit. Mijn huid zag zo rood alsof ik een dag lang naakt in de hete zon had gelegen. Het deed ook pijn, vooral waar het kokende water mijn lichaam had geraakt.

Ik pakte een handdoek en begon me af te drogen, maar dat was te pijnlijk.

'Ga liggen,' zei ze. 'Ik zal je een verzachtende zalf geven.'

Ik vertrouwde haar niet. Toen ze deze keer terugkwam, had ze een pot met een van haar kruidensmeersels bij zich. Ik kromp ineen toen ze begon het op mijn huid te smeren, in de verwachting van nog meer pijn. Maar het deed geen pijn, het bracht verlichting.

'Hopelijk hebben we wat er nog over was van het kwaad uit je aardse lichaam verdreven. Ga nu slapen, Noble,' zei ze. 'En bid. We moeten bidden dat je volledig gezuiverd bent, dat alles wat je verontreinigd heeft is uitgedreven.'

Ze ging weg en deed mijn deur dicht. Ik hoorde het vertrouwde geluid van de sleutel in het slot.

Ik zou weer moeten vasten, dacht ik, en als een veroordeelde deed ik mijn ogen dicht en luisterde naar de onheilsklokken. Maar ze verbaasde me door me thee, toast en jam te brengen. Ze bracht me de volgende ochtend geen ontbijt, maar wel warme pap voor het avondeten en wat fruit. Ze smeerde me weer in met de zalf en zei dat ik moest rusten. Later op de avond brandde ze wierook en waakte bij me. Telkens als ik probeerde iets te zeggen of rechtop te gaan zitten, schudde ze haar hoofd en zei: 'Nog niet. Het is nog geen tijd.'

Ik mocht alleen maar naar de badkamer. Na twee dagen deed ze mijn deur open en zei dat ik me moest aankleden en op het kerkhof op haar wachten. Dankbaar dat ik eindelijk mijn kamer uit mocht, haastte ik me om te doen wat ze zei. Het duurde een hele tijd voor ze op het kerkhof verscheen, en toen ze kwam, zag ik dat ze haar rouwkleren droeg en volledig in het zwart was, van haar schoenen tot haar sluier.

Daar, bij de oude grafstenen, hield ze mijn hand vast en zong haar hymnen. Daarna zei ze een gebed en smeekte de geesten me niet bij haar weg te nemen. Ze liet ook mij smeken en pleiten, de woorden herhalen die ze me voorzei. Toen het voorbij was, gingen we terug naar huis. Mama trok haar daagse kleren weer aan en gedroeg zich toen of er niets uitzonderlijks was gebeurd. Ze deed het huishouden en de lijst van dingen die ze wilde dat ik in en rond het huis zou doen. Er werd geen woord meer gezegd over Elliot Fletcher of de politiemannen die ons hadden bezocht.

In de komende dagen betrapte ik haar er nu en dan op dat ze naar me keek, of beter gezegd, om me heen keek, en knikte. Ze zag iemand, een of andere geest, dacht ik, en ik hield mijn adem in en wachtte op een soort vonnis of uitspraak, maar ze zei niets. Ik was blij dat ze tenminste tevreden keek.

Eindelijk, op een avond een week later, nadat we hadden gegeten, vouwde ze haar handen op de tafel en boog zich naar voren om tegen me te praten. Aan de uitdrukking op haar gezicht en de toon van haar stem merkte ik dat ze weer als de lerares optrad.

'Er zullen andere momenten, andere uitdagingen komen zoals die we nu hebben gehad,' begon ze. 'Het is heel belangrijk dat je het me onmiddellijk vertelt als er iets in die richting gebeurt. Nooit, nooit meer moet je iets voor me geheimhouden, Noble. Wij zijn alles wat we hebben en wat we ooit zullen hebben.'

Ze glimlachte.

'Eens was je binnen in me, fysiek een deel van me. Toen werd je geboren en was je buiten me, maar wat ons verbond werd nooit ontbonden. Begrijp je? Begrijp je nu hoe belangrijk het is me te vertrouwen en eerlijk tegen me te zijn, hoe dat ons bij elkaar houdt? Begrijp je het?'

307

'Ja,' zei ik.

'Goed. Want ik heb een heel mooie verrassing voor je vanavond. Eerst zal ik afwassen en opruimen. Ga jij maar geduldig wachten in de zitkamer,' zei ze en liep de eetkamer uit.

Ik ging zitten in de schommelstoel van mama's overgrootvader. Ik dacht er niet bij na. Ik deed het gewoon, maar toen ze bij me kwam, kon ik aan haar glimlach zien dat ze het veelbetekenend leek te vinden.

'Het verbaast me niet je daar te zien zitten,' zei ze. 'We worden vaak naar onze voorouders toegetrokken door meubelstukken in ons huis. Denk daaraan. Denk eraan hoe belangrijk het is alles te koesteren wat ons met hen verbindt.'

Ze hield een kandelaar en een onaangestoken kaars in haar hand.

'Ik weet dat het je altijd van streek bracht dat Celeste op zo jonge leeftijd zo snel de oversteek kon maken, terwijl jij nog bij de muur stond te wachten zonder enig teken van toegang. Zoals we nu weten, was dat omdat ze andere plannen voor haar hadden, plannen die we toen niet begrepen. Nu hebben ze eindelijk plannen voor jou.'

Ik verroerde geen spier terwijl ik luisterde. Wat bedoelde ze? Wat voor soort plannen? Wat ging ze doen?

'Kom mee,' zei ze glimlachend. 'Kom.' Ze stak de kaars aan, draaide zich om en liep naar de deur, waar ze bleef wachten.

Ik deed heel erg mijn best om niet bang te zijn, maar de herinnering aan mijn kokende bad was nog levendig. Ik kreeg kippenvel. Ze zag het aan mijn gezicht en lachte.

'Er wacht je niets ergs, lieve Noble, alleen maar goede dingen. Kijk niet zo bang. Kom mee.'

Ik realiseerde me dat alle lampen in huis uit waren. In het donker, slechts bijgelicht door de gloed van de kaars, volgde ik haar naar de trap. De schaduwen op de wanden gleden met ons mee. Langzaam liepen we naar boven. Ze hield haar hand om het vlammetje van de kaars om te zorgen dat het bleef branden. We liepen verder naar de torenkamer. Ze opende de deur en ging als eerste naar binnen, draaide zich om en wenkte me haar te volgen.

Toen ik binnenkwam, zag ik dat er een matras op de grond was gelegd. Eromheen stonden alle foto's die we hadden van de familieleden, en daarvoor stonden andere kaarsen, die nog niet brandden. Naast de matras stonden een zwarte bokaal, een erfstuk dat we nooit gebruikten. Eerder had hij op een plank in de kast in de eetkamer gestaan.

'Weet je waar je vanavond naartoe gaat?' vroeg ze.

Ik schudde hoofd.

'Vanavond ga je door de deur waarover we hebben gesproken, en al zal het van nog zo korte duur zijn, je zult samen met hen rondwandelen en je zult hen eindelijk horen spreken. Het is een geschenk dat ze besloten hebben je te geven.'

Ze keek om zich heen in de donkere kamer, hield de kaars omhoog zodat de gloed ervan op de muren viel, op de ramen en op de grond. Ze liep langzaam in een kringetje rond, zodat de kaars elk deel van de kamer belichtte, alsof ze het hele vertrek steriliseerde met de gele gloed. Toen bleef ze staan en draaide zich weer naar me om.

'Ik was jonger dan jij toen mijn moeder me het geschenk gaf, maar alles was precies zoals het bedoeld was. Later, net zoals het voor jou zal zijn, had ik niemands hulp meer nodig om de oversteek te maken. Soms moeten we dit doen, vertelde mijn moeder me. Het is niet iets om je voor te schamen. Denk eraan zoals je zou denken aan een helpende hand die naar je reikt, je leidt, je aan boord trekt van een prachtig schip om je mee te nemen op een wonderbaarlijke reis. Je bent er klaar voor. Ik weet dat je er al zo lang naar verlangd hebt, en ik weet dat je vaak jaloers was op Celeste die geen hulp nodig had.

'Maar dat is nu allemaal voorbij. Vanavond komt er een eind aan.'

Ze zette voorzichtig de kandelaar neer en pakte toen de bokaal op. Ik zag dat ze er iets inschonk. Toen draaide ze zich naar me om en overhandigde me de bokaal.

'Eerst moet je dit opdrinken, en dan wil ik dat je zachtjes op het magische tapijt gaat liggen, want dat zal het worden.'

Aarzelend stak ik mijn hand uit en nam de bokaal aan. Ze spoorde me aan met haar ogen en haar glimlach. Ik kon mijn aarzeling niet voorkomen en evenmin het trillen van mijn hand.

'Vertrouwen, weet je nog? Er moet vertrouwen tussen ons zijn. Drink, schat. Drink het in één teug leeg. Geen kleine slokjes. Toe dan.'

Een somber deel van me vroeg zich af of dit het einde zou zijn. Zou ze me voor de ochtend gloorde naast Noble in de grond leggen? Zou ik ook een geest worden, en was dat de manier waarop ze ons eeuwig bijeen zou houden? De manier waarop ik de oversteek zou maken?

Maar zelfs al was dat waar, zou ik dan niet gelukkig zijn? Per slot zou ik straks een volmaakte wereld betreden, een wereld waarin ik me niet langer voor mezelf hoefde te verbergen, me niet hoefde te vermommen, iemand te zijn die ik niet was. Zou dat niet het ultieme geschenk zijn, en had ik dat niet eindelijk verdiend?

Misschien had wat er tussen Elliot en mij gebeurd was haar ervan overtuigd dat ik gevaar liep die andere wereld nooit te bereiken. Misschien was het haar verteld en was dat de reden waarom ik vannacht hierheen was gebracht, om net als mijn Julia in het stuk waar ik zo van hield, een drank te slikken die de belofte inhield van oneindig geluk. Er waren zoveel krachten die sterker waren dan ik, dan mijn bekrompen geest, mijn kleine angsten, mijn nietige wezen. Wie was ik om me tegen een van hen te verzetten?

Ik pakte de bokaal en bracht hem aan mijn lippen.

Als dit werkelijk het einde was van één leven en het begin van een ander, waar moest ik dan afscheid van nemen? Wat zou ik missen? Mijn klussen, mijn Spartaanse kamer, mijn hengel en nieuwe kettingzaag? Was er iets wat ik achterliet dat tranen in mijn ogen zou brengen?

Of was het echt het begin, en waren er juist heel veel dingen die ik weer zou begroeten? Mijn poppen, mijn mooie kleren, mijn sieraden, mijn theeservies, Alles wat op me lag te wachten?

Ik heb niets om afscheid van te nemen, dacht ik, alleen maar veel om welkom te heten.

Ik hield de bokaal schuin en liet de koele, vreemd smakende vloeistof over mijn tong en door mijn keel glijden, slikte snel tot alles verdwenen was.

Mama knikte en pakte de bokaal voorzichtig van me aan.

'Ga liggen,' zei ze.

Ik gehoorzaamde, en behoedzaam stak ze alle kaarsen aan die voor de foto's stonden. Toen stond ze op met haar eigen kaars en kandelaar in de hand en glimlachte naar me.

'Je hebt geluk, Noble,' zei ze. 'Tot ziens,' beloofde ze en verliet de torenkamer, deed de deur zachtjes achter zich dicht. Ik hoorde de sleutel in het slot omdraaien, en toen hoorde ik haar voetstappen wegsterven.

De kaarsen flakkerden om me heen en wierpen dansende schaduwen op de muren. Het duurde niet lang voor alles in mijn hoofd ronddraaide, en toen was het niet langer alleen mijn hoofd. Mijn hele lichaam draaide rond. Ik sloot mijn ogen en legde mijn handen op de grond om mezelf in bedwang te houden. Allerlei kleuren en lichtflitsen streken over mijn gesloten oogleden. Ik dacht dat ik schreeuwde, maar ik wist het niet zeker. Wat ik wel zeker wist was dat ik mama beneden op de piano hoorde spelen.

Plotseling stopte het draaien, en toen zag ik iets uit mijn ooghoek. Er kringelde een spiraaltje rook omhoog. Kwam het van de kaars voor de foto van tante Helen Roe of van de foto zelf? Ik keek naar rechts omdat een ander straaltje rook omhoogsteeg voor de foto van grootvader Jordan, en toen een van oudtante Louise, en een van neef Simon, en nog een voor de foto van grootmoeder Gussie.

Alle rookwolkjes bleven voor mijn ogen omhooggaan en zich vermengen, en toen veranderden de schaduwen die dansten op de muren in de geesten die mama beloofd had. Ze cirkelden om me heen. Ik kon ze horen lachen. Ze bewogen zich steeds sneller, hun gelach klonk luider, en toen zwegen ze en keerden terug naar hun foto's.

Het was doodstil. Toen hoorde ik mama's pianomuziek weer, en overgrootvader Jordan zat in zijn schommelstoel naar me te kijken. Hij knikte.

'Je bent een goed kind,' zei hij. 'Ik ben erg trots op je. Erg trots.'

Ik hoorde gegiechel en zag drie kleine meisjes naast me knielen. Toen ik mijn hand uitstak om ze aan te raken, verdwenen ze als uiteengespatte zeepbellen, maar zodra ze verdwenen waren, hoorde ik iemand zijn keel schrapen en toen ik me omdraaide zag ik oom Peter, de broer van overgrootmoeder Jordan, naar me staan kijken, het gouden zakhorloge dat hij op zijn foto droeg in zijn hand. Hij tuurde er met samengeknepen ogen naar en knipte het open.

'Het is bijna tijd,' zei hij.

Toen was hij verdwenen.

De schaduwen bleven op de muren dansen.

'Papa!' riep ik. 'Papa.'

De muziek leek luider te worden.

Ik voelde vingers in mijn rechterhand en ik keek op. Papa stond voor me, even jong als toen ik vijf was.

'Je bent een lieve meid,' zei hij. 'We houden allemaal van je en we zullen ervoor zorgen dat jou nooit meer iets slechts overkomt. Ik beloof het je.'

'Waar is Noble? vroeg ik. Hij knikte naar links.

Daar stond Noble naar me te grijnzen.

'Je hebt het recht niet om mij te zijn,' zei hij. 'Je kan niet vissen, en wat moet je met die nieuwe kettingzaag? Die kun je nauwelijks vasthouden. Zonde, hoor. Je hebt ook geen mierenhoop om voor te zorgen.

'En wanneer heb je voor het laatst in mijn fort gespeeld? Je laat het wegrotten in het bos.'

'Wat heb ik je gevraagd, Noble?' vroeg papa. 'Wat heb ik je ge-vraagd om te doen?'

'Om aardig te zijn,' antwoordde Noble.

'En ben je aardig?'

'Nee.' Hij schudde zijn hoofd naar me. 'Je kunt hier maar beter niet komen,' zei hij. 'Je moet hier dag en nacht aardig zijn.'

Ik hoorde papa lachen, en toen begonnen ze allemaal te lachen, mijn ooms, mijn grootouders, mijn nichten en neven. Het gelach werd luider dan de pianomuziek.

'Ik wil mijn elektrische trein!' gilde Noble.

Ik hoorde een plofje en toen was hij verdwenen.

Papa bleef staan en hield mijn hand vast.

'Ga niet weg, papa,' smeekte ik. 'Alsjeblieft.'

'Dat zal ik nooit doen,' zei hij. Hij ging naast me zitten.

Samen keken we naar de muur en zagen de foto's als een film aan ons voorbijgaan, alle foto's van mij en Noble en onze geluk-kige tijd samen, onze wandelingen, het zwemmen, vissen. En ook de foto's van onze uitstapjes, onze ritjes, de keren dat we naar pret-parken gingen, onze verjaardagen, de ene foto na de andere, snel-ler en sneller tot ze in elkaar begonnen over te vloeien.

'Papa,' zei ik zenuwachtig en angstig.

'Ik ben hier,' fluisterde hij.

De foto's waren algauw niet meer te onderscheiden lichtballen, die zo fel werden dat ik er niet recht naar kon kijken. Ik moest mijn ogen sluiten.

'Papa...'

'Ik ben hier,' klonk zijn stem in de verte, en toen werd alles zwart om me heen.

Ik werd wakker door het omdraaien van een sleutel in het slot en ik hoorde de deur opengaan. Het zonlicht stroomde zo helder door het raam naar binnen, dat ik wist dat het laat in de ochtend moest zijn, of misschien zelfs vroeg in de middag.

Alle kaarsen waren opgebrand.

Mama kwam binnen en keek naar me.

'Goedemorgen,' zei ze. 'Je kunt me alles vertellen als je je hebt gewassen en gekleed voor het ontbijt, oké?'

Ik ging kreunend rechtop zitten. Mijn hele lichaam was stijf en het bloed klopte in mijn slapen.

'Straks voel je je beter,' zei mama, die me overeind hielp. 'Als je wat in je maag hebt, gaat het weer goed. En raad eens? Het is een prachtige dag. Je moet eens zien hoe onze kruiden groeien.'

Ik volgde haar naar buiten. Het felle licht was moeilijk te verdragen. Ik moest mijn hand voor mijn ogen houden om ze te beschermen tegen al dat licht.

'Je hebt een ouderwetse kater,' zei mama lachend. 'Maak je maar niet ongerust. Ik heb alle middeltjes ervoor, en middeltjes die echt helpen. Je bent in een mum van tijd weer op de been.'

We bleven voor de deur van mijn kamer staan.

'Ga gauw douchen. Ik wacht beneden op je.' Ze lachte naar me. 'Je ziet er net zo uit als ik toen. Het voornaamste wat je je nu moet herinneren, Noble, is dat je nu echt de oversteek hebt gemaakt. Je zult ze nu altijd kunnen zien en horen. Het is het geschenk dat je voor eeuwig aan me bindt.'

Ze gaf me een zoen op mijn voorhoofd. Toen liet ze me alleen en liep de trap af.

In mijn kamer kleedde ik me uit om te gaan douchen. Maar eerst liep ik naar mijn raam en keek omlaag. Iets had me ernaartoe getrokken.

Langzaam lopend en met elkaar pratend liepen beneden mijn drie nichtjes die vele jaren geleden gestorven waren, voordat ik geboren was: de zusjes Mildred, Louise en Darla. Ze leken precies op de foto's die aan de muur van de gang beneden hingen; ze droegen dezelfde katoenen jurken, hadden dezelfde haarstijl. Ze bleven

even staan alsof ze iets gehoord hadden, en toen keken ze alledrie naar me op.

En glimlachten.

Ik keek ze na tot ze in het bos waren en oplosten in de schaduwen.

Ik deed echt niet heel erg mijn best ze te zien om mama een plezier te doen, en het was beslist geen droom.

Waren ze er per slot niet allemaal ook voor mij?

En zouden ze dat niet altijd en eeuwig zijn?

18. Celeste

Zal ik zeggen dat er nu geen dag meer voorbijging zonder dat ik een spirituele aanwezigheid zag of voelde? Het zou geen leugen zijn. Eindelijk was ik net als mama met haar krachtige spirituele visie. We deelden de wereld als twee zusters die hemel en aarde hadden geërfd, blij voor elkaar.

's Avonds, als ons dagelijkse werk gedaan was en we heerlijk hadden gegeten, speelde ze piano en zat ik naast haar te lezen of soms alleen maar met gesloten ogen te luisteren. Op zulke fantastische avonden waren we vaak niet alleen. Veel leden van onze spirituele familie zaten op de banken en stoelen of stonden gewoon glimlachend om ons heen. Kinderen, mijn talloze nichtjes en neefjes, zaten op de grond en gedroegen zich rustig en netjes. Allemaal keken ze nu en dan even naar mij en lachten en wachtten tot ik terug zou lachen.

Hoewel ik het nog steeds niet aan mama vertelde, zag ik Noble ook steeds vaker. Hij volgde me als ik buiten op het land was, bekritiseerde mijn werk, vertelde me dat hij het beter kon. In het begin maakte hij me zenuwachtig, maar toen, voornamelijk dankzij papa, paste ik me aan en nam zijn commentaren niet al te serieus. Toch leek het of hij me achtervolgde, want toen hij zich meer op zijn gemak begon te voelen in mijn aanwezigheid, werden zijn klachten persoonlijker en frequenter. Hij was als een mug die in mijn oren zoemde. Hoe vaak ik ook naar hem sloeg, hij liet zich niet verdrijven.

Op een avond werd ik wakker en zag hem gehurkt naast mijn bed zitten. Hij keek naar me op en ik zag dat hij had gehuild.

'Waarom huil je?' vroeg ik. 'Ik dacht dat er geen droefheid bestond in jullie wereld.'

'Misschien alleen voor mij,' mompelde hij.

'Ik doe mijn best, Noble. Ik doe alles wat jij zou doen net zo goed als jij. Ik ben toch zelfs begonnen je fort weer op te bouwen?'

'Daarom huil ik niet,' zei hij, alsof ik een naïeve sufferd was.

'Waarom dan? Waarom ben je zo bedroefd?'

Hij keek alsof hij het niet wilde vertellen of bang was om het te vertellen. Zijn ogen gingen de kamer door alsof hij zich ervan wilde overtuigen dat we alleen waren. Ik zag niemand anders.

'Ik vind het vreselijk om jouw jurk te moeten dragen,' zei hij ten slotte. 'En jouw amulet. Ik hou van mijn worm.'

Ik kon hem alleen maar aanstaren. Ik wist niet wat ik moest zeggen of doen. Zoiets kon ik natuurlijk nooit aan mama vertellen.

'Je draagt nu toch geen jurk,' merkte ik op.

Hij grijnsde spottend.

'Je weet er geen bal van. Ik moet zo gekleed zijn als ik jou zie, maar anders loop ik altijd rond in die jurk, en dat vind ik vreselijk. Onze nichtjes lachen me achter mijn rug uit.'

'Daar zegt papa nooit iets over.'

'Hij probeert alleen maar het mama naar de zin te maken.'

'Ik kan er niks aan doen, Noble.'

'Dat kun je wél. Jij kunt jezelf zijn. Zodra jij dat bent, zal ik ophouden.'

Zijn verzoek benam me de adem.

'Dat kan ik niet maken,' zei ik luid fluisterend.

Het begon me te duizelen. Lichtgevende witte rook kringelde om me heen. Was ik echt wakker of was het een droom?

'Dat kun je wél!' hield hij vol.

'Dat kan ik níét! Mama zou... zou erg van streek zijn, en bovendien was haar verteld wat zij moest doen en wat ik moest doen,' protesteerde ik. 'Zij kan er niet tegenin gaan, en ik ook niet.'

'Dat zúl je,' zei hij. Zijn ogen waren samengeknepen en kwaad, zoals ze konden zijn toen hij nog jonger was en ik iets deed dat hem ergerde. 'Dat zúl je,' dreigde hij.

Hij spatte uiteen als een zeepbel.

Spoedig daarna begon ik 's ochtends over te geven. Ik was zo misselijk dat ik moeite had om me aan te kleden en naar beneden te gaan. Ik wist zeker dat het op de een of andere manier door Noble bewerkstelligd werd, om het me betaald te zetten, en ik vertrouwde erop dat hij dat niet zou kunnen volhouden. Papa zou het hem beletten. Ik was nog steeds bang mama iets over hem te vertellen, want ze zou zich heel ongelukkig voelen als ze wist wat Noble me verteld had, vooral wat hij graag wilde.

En toen drong het op een dag tot me door, juist toen de misselijkheid 's morgens begon te verminderen, dat mijn menstruatie was gestopt. Het was wel vaker voorgekomen dat die een paar maanden ophield en dan weer begon, maar dit was anders. Het ging vergezeld van een nieuwe gevoeligheid van mijn tepels en een verandering van de kleur. Ook betrapte ik me erop dat ik vaker in slaap sukkelde. Ik bleef verwachten dat mama me ernaar zou vragen, maar ze scheen het niet te merken, en ik dacht dat het allemaal gewoon voorbij zou gaan.

Op een ochtend, toen ik mezelf bekeek, viel het me op hoeveel groter mijn borsten waren geworden en dat mijn buik een beetje gezwollen was. Ik keek naar de hoek van de kamer en zag dat Noble stond te grijnzen.

'Je zult niet veel langer voor mij kunnen doorgaan,' zei hij met een plagend lachje.

'Ga weg!' gilde ik. 'Ga weg!'

'Wat is er, Noble?'

Ik begon mezelf zo snel mogelijk in te snoeren.

'Is er iets mis?' vroeg ze in de deuropening.

'Nee,' zei ik. 'Ik word alleen maar geplaagd. Net als vroeger,' voegde ik eraan toe.

'Geplaagd door wie, Noble? Wie zou jou plagen?' vroeg ze met een verward lachje.

Ik wendde me snel van haar af.

'Ik bedoelde niet echt geplaagd. Ik bedoelde geërgerd. Ik erger me over mezelf.'

'Waarom?'

'Ik doe minder dan ik zou willen, en het is al ver in de herfst.'

'O. Nou ja, dat komt wel. Heb geduld. Ik ben niet ontevreden over je werk,' zei ze.

Ze gaf me een zoen op mijn voorhoofd en wang, en ging weg.

Ik keek haar na en vroeg me af wat ik moest doen.

Dagen, weken, gingen voorbij terwijl ik het geheim in mijn hart hield gesloten. Soms voelde mijn hart meer aan als een gebalde vuist die vocht om gesloten te blijven. Ik had ook een brandend gevoel in mijn borst. Ik hield soms op met werken, buiten adem, hijgend naar koele lucht. Er waren zelfs momenten dat ik flink moest blijven slikken om te voorkomen dat er woorden door mijn keel omhoog zouden komen, op mijn tong en door mijn opeengeklemde lippen naar buiten.

'Hoe kan ik hier een eind aan maken?' riep ik uit. Soms hield ik midden in mijn werk op en als ik zeker wist dat mama me niet kon horen, schreeuwde ik het uit en wachtte op antwoord. Maar er gebeurde iets vreemds.

Papa kwam niet.

En ook niemand van mijn spirituele familie. Alleen Noble kon ik zien en horen, en meestal was het om zich te verkneukelen en mij te irriteren. En altijd kwam hij weer met zijn klacht.

'Ik vind het vreselijk om jouw jurk te moeten dragen, en ik wil mijn amulet terug.'

Sommige avonden nam ik als 't ware een sprong uit mijn droom en ging met een schok rechtop zitten, met een bezweet lichaam en bonzend hart. Hij baande zich een weg in al mijn dromen, kroop langzaam als een worm door mijn brein. Ik zag overal zijn gezicht. Eén keer zag ik een lynx uit het bos komen en de weide oversteken. Toen hij bleef staan en zich naar me toedraaide, had het dier het lachende hoofd van Noble.

Er viel niet aan te ontkomen. Zelfs de wind begon zijn klacht te herhalen.

'Ik vind het vreselijk om jouw jurk te moeten dragen en ik wil mijn amulet terug.'

De boomtakken en hun handen waren als veelvoudige handen van dirigenten van symfonieorkesten die bewogen op het ritme van die zin. Ik bleef met mijn handen stijf tegen mijn oren gedrukt staan wachten tot de wind ging liggen en er eind kwam aan het zangerige koor.

Eén keer betrapte mama me erop dat ik dat deed en vroeg me naar de reden ervan.

Ik vertelde haar dat ik oorsuizingen had, en ze gaf me iets tegen een oorinfectie. Als ze nu 's avonds pianospeelde, deed ik net of ik druk bezig was met iets anders dan lezen. De laatste keren dat ik me in haar aanwezigheid ontspande, zag ik niemand anders dan Noble, en het enige wat hij deed was aan mijn voeten hurken en naar me omhoogstaren met dat valse glimlachje om zijn lippen. Het lag op het puntje van mijn tong hem uit te foeteren, maar ik beheerste me bijtijds en stond op om een glas water te gaan halen.

Hij kwam me overal achterna, hulde zich soms in schaduw en gleed dan langs de muur voor hij verdween.

Er ging weer een maand voorbij zonder dat er iets veranderde. Mijn eetlust varieerde van bijna niets tot stiekeme tussendoortjes. Maar hoe dikker ik werd, hoe meer mama zich verheugde. De vrouw in me verdronk in de extra kilo's. Zelfs de postbode die me nu en dan zag, schudde vol afkeer zijn hoofd.

Een gevolg van Nobles achtervolging was dat ik meer mijn best deed om de dingen te doen waarvan hij vond dat ze voor hem waren weggelegd. Ik leerde de kettingzaag te hanteren en zaagde hopen houtblokken. Ik spleet ze en stapelde ze op om te drogen. Ik kreeg steeds meer eelt op mijn handen, maar ik klaagde niet. Mama had goede kruiden om de pijn te bedwingen, en ik nam nu elke avond een kruidenbad, wat me hielp om in te slapen.

Gelukkig kwam ze nooit bij me binnen, en zag ze niet hoe mijn middel en borsten uitdijden. Ze zag de zwangerschapsstrepen niet of mijn gezwollen enkels. Het werd steeds moeilijker om het korset om me heen te snoeren, maar het bracht me op het idee om een van de korsetten van mijn grootmoeder te gebruiken om mijn dikke buik te camoufleren. Een andere voorzorgsmaatregel was dat ik nergens meer naartoe ging met haar. Maandenlang al zag niemand van buiten de boerderij me, behalve de postbode en een enkele leverancier. Ik ging ook niet meer naar de school. Aan dat alles was een eind gekomen.

'Je bent nu trouwens op een leeftijd dat je niet meer naar school hoeft,' zei mama toen ik een vage zinspeling maakte op het feit dat we niet waren komen opdagen voor onze periodieke test. 'Wat hebben die bemoeials te maken met ons leven? Niets toch.'

Nee, dacht ik. Vooral nu niet.

Ik had me altijd afgevraagd hoe mama zo tevreden kon zijn met haar eenzame leven. Miste ze het gezelschap van mannen niet, van andere vrouwen van haar leeftijd? Wilde ze nooit uitgaan, zien wat er voor nieuws was op het gebied van de mode?

Nu meende ik haar beter te begrijpen. Ik werd niet meer zo vaak wakker met het verlangen de boerderij te verlaten. Het interesseerde me niet om kinderen van mijn leeftijd te ontmoeten. Ik hoefde er maar aan te denken wat er gebeurd was toen ik ze had leren kennen. Ik dacht er zelfs niet meer zo vaak aan hoe het zou zijn om naar de openbare school te gaan.

Maar ik wist dat ik weinig tijd meer had. Ondanks alles wat ik had gedaan en nog steeds deed, zou mama zich nu gauw realiseren wat ik me realiseerde maar weigerde te erkennen. Alleen Noble verkneukelde zich erover, en hij bleef maar zeggen: 'Ik wil jouw jurk niet dragen. Ik wil mijn amulet terug.'

'Dat gaat niet,' schreeuwde ik tegen hem. 'Waarom hou je niet op?'

Hij staarde me alleen maar aan.

Overal staarde hij me aan en wachtte, en de weken gingen voorbij en ik werd steeds dikker.

Op een avond werd ik in doodsangst wakker. Ik had gedroomd dat mama 's morgens naar me keek en in tranen van woede en verdriet uitbarstte, zo erg, dat het haar hart brak en ze stierf. Ik zou alleen achterblijven en na wat er gebeurd was, zou geen enkele spirituele voorouder me troosten of ooit nog bij me willen zijn. Waar gaan mensen naartoe als ze niet naar die warme, gelukkige spirituele wereld gaan? Welk donker gat wachtte me?

'Ik wil die jurk niet meer dragen,' herhaalde Noble in de donkerste hoeken van mijn kamer. 'En ik wil mijn amulet terug.' Hij stond rechts van me, links van me, achter me, voor me. Ik sloeg mijn handen voor mijn oren, maar hij fluisterde tussen mijn vingers door, als door de kieren van een deur.

Ik gooide mijn deken van me af en slechts gekleed in mijn uitgerekte pyjamabroek en -jasje vluchtte ik de kamer uit.

Als een lint dat aan de achterkant van een auto is gebonden, volgde hij me.

Ik holde het huis uit, de verandatrap af en de tuin door, zonder me te bekommeren om de kleine steentjes en het grind onder mijn blote voeten. Huilend liep ik naar de schuur; de tranen stroomden over mijn wangen.

De lucht was zwaarbewolkt. Ik voelde de eerste regendruppels, maar daardoor liet ik me niet weerhouden. Ik vond de schop en rende door de tuin naar het kleine kerkhof. Ik was zelf verbaasd dat ik me zo goed en gemakkelijk bewoog door de inktzwarte duisternis.

Toen ik de grafstenen aanraakte, zag ik Noble staan wachten.

'Als ik je die jurk uittrek en je je amulet teruggeef, komt hier dan een eind aan? Stopt het groeien in mijn buik dan?' vroeg ik hem.

'Ja,' zei hij.

Ik stak de schop in de met gras begroeide aarde waar ik wist dat hij in mijn jurk begraven lag. De grond was zacht genoeg, maar het was zwaar werk. Ik was zo ingespannen en vastberaden bezig met graven, dat ik niets anders kon zien. Ik zag niet dat het licht in het huis aanging.

Ik hoorde de voordeur niet open- en dichtgaan. Ik zag de licht-straal niet die over de grond gleed. Ik hoorde mama niet dichterbij komen. Ik groef, en toen voelde ik dat mijn arm werd beetgepakt.

Het verbaasde me zo, dat ik me met een ruk omdraaide.

Ze stond met een verbijsterd gezicht, vertrokken mond en wijd opengesperde ogen naar me te kijken. Haar stem klonk hees en fluisterend.

'Wat doe je daar?'

'Hij wil de jurk niet dragen, en hij wil zijn amulet terug,' zei ik en keek naar de plaats waar Noble had gestaan, maar hij was ver-dwenen, opgelost in de duisternis.

Ze schudde haar hoofd en richtte toen het licht van haar zaklan-taarn op mij. In één oogopslag zag ze alles: mijn grotere boezem, mijn gezwollen buik. Ik hield mijn adem in. Mijn hart leek stil te staan. Ik voelde me volkomen verdoofd. Ze stak haar hand uit en rukte de schop uit mijn hand.

'Wat heb je gedaan?' gilde ze. Ze liet de lantaarn vallen en hief met beide handen de schop op om hem op mij te laten neerkomen.

Ik liet me op mijn knieën vallen en aan haar voeten, in het licht van de lantaarn, zag ik haar verstarde lichaam, haar schuin gehe-ven hoofd, haar scheefgetrokken mond. Ze luisterde, en toen knik-te ze.

Toen ze weer naar me keek, was haar grimas veranderd in een glimlach. Ze legde de schop voorzichtig neer en stak haar hand naar me uit.

'Kom,' zei ze. 'Ga mee terug naar huis. Het is goed. Het is goed.'

Ik stond langzaam op en pakte aarzelend haar hand. Ze zag hoe bang ik was en sloeg haar arm om me heen.

'Alles komt in orde,' fluisterde ze.

Het begon nog harder te regenen, maar geen van beiden sloegen we er acht op. Zonder nog iets te zeggen bracht ze me terug, haar arm om mijn schouder geslagen, zodat ze me dicht tegen zich aan kon houden. We gingen naar binnen en ze bracht me naar boven naar mijn kamer. Ze liet me op het bed zitten en ging toen naar de badkamer om een bak warm water te halen. Ze waste mijn voeten, maakte alle schaafwonden en striemen schoon. Toen hielp ze me mijn natte pyjama uit te trekken en droogde me af.

Toen dat gebeurd was, zei ze dat ik moest gaan liggen. Ze legde haar hand op mijn buik en bleef met gesloten ogen staan.

'Er is iets wonderbaarlijks gebeurd,' zei ze.

'Wat voor wonderbaarlijks, mama?' vroeg ik. Hoe kon ze het als iets anders zien dan een ramp?

Ze keek op een heel vreemde manier op me neer. Ik had het gevoel dat ze niet náár me, maar door me heen keek. Eigenlijk was het of ze me helemaal niet zag.

'Mama?'

'Het gaat goed met je,' zei ze. 'Alles komt goed. Ze hebben het me verteld. Het zal een wonder zijn.'

'Wat voor wonder, mama?'

'Geen vragen meer. Ga rusten en doe wat je gezegd wordt,' antwoordde ze.

Toen ze weg was, zag ik Noble met een voldane grijns in de hoek van de kamer staan. Waarom grijnsde hij zo zelfvoldaan?

'Wat is het? Wat is het wonder?' vroeg ik.

Hij lachte slechts.

Ik was zo in de war dat het me duizelde. Ik voelde me misselijk. Ik deed mijn ogen dicht en probeerde te mediteren, maar ik hoorde dat hij naar mijn bed kwam en zijn lippen vlak bij mijn oor bracht.

'Ik heb het je toch gezegd,' zei hij. 'Je kunt jezelf zijn.'

Hij was verdwenen toen ik mijn ogen opende en me omdraaide. Er was niets dan duisternis. Ik zonk weg in een diepe slaap.

De volgende ochtend begon er veel te veranderen. Mama verbood me nog zwaar werk te doen. Ik mocht de kettingzaag niet meer gebruiken, en ik mocht geen hout hakken of splijten. Zelfs mijn werk in de tuin werd beperkt. Geen graven en bukken meer. Geen wieden meer. Ze veranderde mijn dieet en gaf me kruidenpillen waarvan ze zei dat ze belangrijk voor me waren, maar ze had een glazige, afstandelijke blik in haar ogen, die me het gevoel gaf dat ze niet tegen mij sprak. Ze sprak tegen de baby die in me groeide.

Soms werd ze 's nachts wakker en kwam ze naar mijn bed omdat ze zei dat ze de baby had horen huilen. De eerste keer dat ze dat deed was ik zo verward, dat ik haar vroeg: Welke baby?

Ze schudde slechts haar hoofd en zei dat ze iets warms voor me te drinken zou maken, wat feitelijk de manier was om de baby te laten drinken. Soms zat ze 's nachts een oud volksliedje te zingen of te neuriën dat de baby moest kalmeren. Ze zei dat het hielp om de baby te laten slapen.

Dat alles gaf me het gevoel dat ik niet belangrijker was dan een kruiwagen. Ik had algauw door dat ik in mama's ogen de baby naar de tafel of naar bed bracht. Ik haalde het kind uit de hete zon als ik me bewoog of hield het warm en veilig als ik me toedekte. Er was geen 'ik' meer. Ik verdween langzamerhand en de baby kwam tevoorschijn.

En Noble verkneukelde zich.

Hij was er altijd, in een schaduw, in een hoek, of hij liep een eindje achter me, vooral als mama had gesproken tegen de baby in me.

'Als de baby geboren is,' zei hij, 'ga jij volledig verdwijnen.

'En dan hoef ik geen jurk meer te dragen en krijg ik mijn amulet terug.'

Ook al kreeg ik steeds minder te doen, toch vond ik mijn leven er niet gemakkelijker op worden. Bijna van de ene dag op de andere, misschien omdat ik het niet langer kon of hoefde te verbergen, werd ik steeds dikker. Ik waggelde als ik liep, had de grootste moeite om op te staan uit een stoel, hees me langzaam de trap op en kreunde van de pijn in mijn onderrug. Ik zag dat Noble erom moest lachen. Soms weergalmde zijn lach door het huis en werd aangevuld door een koor van verkillend gelach uit het duister. Ik voelde de kilte overal. Het werd kouder in huis.

Deze winter was nog strenger dan de vorige. Het was zo koud, dat de tranen op mijn wangen bevroren zodra ze aan mijn oogleden ontsnapt waren. Ik had vaak de indruk dat de wereld zou kunnen barsten als een brok ijs.

Mama dacht dat het gevaarlijk voor me was, of liever gezegd voor de baby, om te veel buiten te zijn. Week in week uit was de temperatuur onder nul. Ik ging zelden de deur uit en bracht uren door in mijn kamer, lezend, slapend, of starend uit het raam.

De kou eiste van alles zijn tol. Mama had problemen met onze auto. Toen ze een keer was weggegaan om boodschappen te doen, kwam ze pas na acht uur 's avonds terug, omdat er een slangetje of zoiets kapot was gegaan en ze urenlang op hulp en een sleepwagen had moeten wachten en toen op de monteur om de boel te repareren.

We hadden problemen met onze oliestook. De buizen bevroren bijna, en er lag zo'n dikke laag sneeuw door de ene sneeuwstorm na de andere, dat mama eindelijk door de knieën ging en iemand aannam om onze oprijlaan sneeuwvrij te maken, twee, soms drie keer per week. Ik herinnerde me dat papa dat vroeger deed met zijn truck en Noble en ik met hem meereden, of dat we toestemming kregen om met de kleine tractor de sneeuw weg te schuiven. Na papa's dood hadden Noble en ik het samen gedaan.

Tegen het einde van die strenge wintermaanden kregen we ijsstormen en braken er voortdurend takken af van de bomen. Het maanlicht danste op de beijsde schors, wat 's avonds een schitterend schouwspel opleverde, maar mama noemde het 'de glimlach van de koude Dood, vrolijk genietend van zijn triomf over de tere en kwetsbare levende wezens die verrast werden door de verraderlijkheid van de Natuur'.

Ik deed 's morgens nu weinig moeite meer om op te staan. Mama bracht me het 'baby-ontbijt' en ik bleef tot bijna twaalf uur in bed. Ik begon er een hekel aan te krijgen om naar beneden te gaan, want dat betekende dat ik in beweging zou moeten komen. Mama waarschuwde me dat ik niet te lui mocht worden.

'Het zal alles moeilijker maken voor de baby,' zei ze. Nooit zei ze dat het voor mij moeilijker zou worden. Alles draaide om de baby.

Ze scheen niet te merken dat al die tijd dat ik in huis moest blijven, mijn haar steeds langer groeide, en nu bijna tot op mijn schouders viel. Als ik wist dat het veilig was omdat ze beneden bezig was, ging ik naar haar kamer en bekeek mezelf in de spiegel van haar toilettafel. Ik bedacht hoe mijn haar nog langer zou worden en hoe ik het zou kunnen knippen en stylen. Maar elke dag verwachtte ik dat ze het zou beseffen en met de schaar op me af zou komen.

Ik probeerde het schoppen van de baby geheim te houden. Eerlijk gezegd, maakte het me een beetje bang. Maar op een middag toen ik op de bank in slaap was gevallen en het schoppen van de baby me met een schok wakker maakte, gaf ik een gil. Ze legde haar breiwerk neer (ze maakte een mutsje en wantjes voor de baby), liep naar me toe en legde haar hand op mijn buik. Ze wachtte even en toen begon haar gezicht te stralen, zoals ik het in jaren niet meer van haar gezien had.

'Het is bijna zover,' zei ze. 'Bijna.'

Ik dacht zelden of nooit aan de komende bevalling. Het leek wel of ik geloofde dat ik voor eeuwig zo zou blijven. De foetus in me zou me nooit verlaten. Ik probeerde zoveel mogelijk te weten te komen uit de boeken die we thuis hadden, maar het bleef een mysterie voor me.

De eerste keer dat ik een wee voelde, gilde ik zo hard en schril dat ik er zelf bang van werd. Mama kwam aangehold. Ik zat aan de keukentafel thee te drinken. Het kopje viel uit mijn vingers en brak. Ik dacht dat ze daarover tekeer zou gaan, maar het scheen haar niet te deren, of zelfs maar tot haar door te dringen, zodra ze besefte wat er aan de hand was.

Ze liet me lopen, zelfs toen de pijn weer terugkwam. Ze bracht me de trap op naar mijn kamer, waar ze me liet liggen. Maar de weeën stopten na een paar minuten, en het leven ging weer zijn gewone gang. Ik aarzel om te zeggen dat het *normaal* werd. Het was zo anders dan mijn vroegere leven, zelfs na Nobles tragische dood.

De volgende keer dat de weeën kwamen, gingen ze vergezeld van iets wat me nog veel meer angst aanjoeg: een stroom water die langs mijn benen liep. Ik stond in de gang en kon geen centimeter vooruit of achteruit. Mama was buiten, maar toen ze binnenkwam zag ze onmiddellijk wat er aan de hand was.

Eerst wilde ze me de trap op helpen, maar de pijn was nu zo hevig, dat ik mijn voeten niet voldoende kon optillen om de trap te beklimmen. Dus draaide ze me in de richting van bank, en zei toen glimlachend: 'Dit is verbluffend. Ik herinnerde me net dat mijn overgrootmoeder Elsie op deze zelfde bank het leven gaf aan mijn grootvader. Er was zelfs geen tijd om de dokter te waarschuwen, en geen tijd om haar naar een ziekenhuis te brengen. Voel je haar?' vroeg ze me met diezelfde afstandelijke blik in haar ogen. Het was griezelig. Het was of ze naar een gezicht achter mijn gezicht keek, en ik alleen maar een masker was.

'Het komt in orde,' zei ze, en ging handdoeken en warm water en een van haar kruidenbrouwsels halen. Ik hoorde haar mompelen dat het iets was dat haar grootmoeder had gecreëerd. Ik slikte twee eetlepels ervan, maar veel hielp het niet. De pijn werd alleen maar erger.

Ik weet niet hoe lang ik lag te gillen. Ik weet dat mijn geschreeuw schor begon te klinken en mijn stem hees werd. Soms zakte ik weg en was ik me niet langer bewust van mijn omgeving. Toen ik op een gegeven moment weer bij bewustzijn kwam, zag ik dat de zitkamer vol was met leden van onze spirituele familie. Allemaal zaten of stonden ze rustig en zachtjes te praten en naar mij te kijken. Achter een van mijn ooms, vlak bij de deur, stond Noble, met een angstig gezicht, dacht ik.

Mijn weeën duurden voort. Mama veegde mijn gezicht af met een warme natte doek, maar deed verder heel weinig. En toen, vlak nadat het donker begon te worden en de duisternis ons insloot alsof een reus een zwart laken over huis en ramen had gedrapeerd, zag ik de familieleden dichterbij komen.

'Persen,' schreeuwde mama. 'Persen, persen, persen.'

Ik deed het, en weer schreeuwde zij en weer schreeuwde ik. De kamer kleurde rood. Ik keek naar alles en iedereen als door een rode sluier. Zelfs mama's gezicht was vuurrood. Ik hoorde een gejuich en een kreet van vreugde en toen het huilen van een baby.

Mama sneed snel de navelstreng door en knoopte hem dicht. Noble, die steeds dichterbij was gekomen, stond erbij met ogen die hij zover opengesperd had dat het leek of ze elk moment konden exploderen. Mama hield de baby op zodat iedereen het kind kon zien. Ik zag dat het rood haar had. Elliots rode haar.

'Het is een meisje!' verklaarde ze.

En toen draaide ze zich om en droeg de in een deken gewikkelde baby weg in haar armen. Ik hoorde dat ze de trap opliep. De hele spirituele familie in de kamer volgde haar. Zelfs Noble vertrok, en ik was alleen.

Ik viel in slaap, of raakte buiten bewustzijn, en toen ik wakker werd, zag ik dat het al licht begon te worden. Mijn hele lichaam deed pijn. Zelfs op plaatsen waar ik niet wist dat het pijn kon doen. Mama kwam binnen met een blad en zette dat op het kleine tafeltje dat ze naast de bank had geplaatst.

'Je moet eten,' zei ze. 'Je moet gezond en sterk zijn.'

'Waar is de baby? Hoe gaat het met de baby?' vroeg ik.

Ze gaf geen antwoord. Ze liet me alleen en ging de trap op. Ik dronk het sap en at de havermoutpap en de toast. Net toen ik klaar was kwam ze terug met iets heel vreemds.

'Wat is dat, mama?' vroeg ik, toen ze een stoel naast het bed schoof.

'Maak je blouse los,' zei ze in plaats van antwoord te geven. 'Gauw.'

Ik deed wat ze vroeg, en ze boog zich naar voren en trok de blouse open, zodat mijn borsten volledig bloot waren. Toen bracht ze het ding aan mijn rechterborst en sloot het om mijn tepel.

'Ga liggen en ontspan je,' zei ze.

Ze begon te pompen en ik zag dat mijn melk de flessen vulde die eraan bevestigd waren. Op een gegeven moment riep ik uit dat het pijnlijk was, en ze deed het rustiger en langzamer. Toen ze klaar was stond ze op, draaide zich om en wilde weer weggaan.

'Waar is de baby?' vroeg ik.

'Rust jij nu maar uit,' zei ze.

Ze bleef urenlang weg. Ik stond op en liep door de kamer en toen ik haar de trap af hoorde komen, liep ik erheen en keek omhoog.

'Ga terug naar de bank!' beval ze. 'Ik heb je gezegd dat je moet rusten.'

'Maar ik wilde de baby zien.'

'Niet nu,' en ze duwde me hardhandig weg van de trap.

Ze liet me in de zitkamer blijven voor de lunch en zelfs voor het avondeten. Ik wilde naar mijn kamer gaan, maar ze zei dat ik nog geen trappen mocht lopen. In de weken daarop kwam ze geregeld met de pomp en vulde de flessen met mijn melk.

Op een avond stond ik op en liep stilletjes naar de trap. Ik wilde andere kleren aantrekken, een bad nemen en me opknappen. Ik zag dat de deur van haar slaapkamer dicht was. Ik luisterde en liep toen mijn kamer in, nam een douche en trok een schone pyjama aan. Ik zag geen reden waarom ik nu niet in mijn eigen bed zou kunnen slapen, en dat deed ik dus.

De volgende ochtend kwam ze met een woedend gezicht mijn kamer binnenstormen.

'Ik heb je gezegd dat je beneden moet blijven,' schreeuwde ze tegen me. Ik was nog maar nauwelijks wakker.

Ik wreef de slaap uit mijn ogen en kwam op mijn ellebogen overeind. Ze stond over me heen gebogen en keek zo kwaad en zo vreemd, dat ik bang werd.

'Ik moest me wassen en ik wilde in mijn eigen bed slapen, mama,' zei ik.

'Ik wil je niet hier boven hebben. Kleed je aan en ga weer naar beneden.'

Ik hoorde de baby huilen.

'Mag ik eerst de baby zien?'

'Nee,' zei ze. 'Ga naar beneden!' gilde ze. Toen liep ze de kamer uit.

Toen ik een schoon shirt, ondergoed en broek had aangetrokken, ging ik de kamer uit en bleef in de gang staan. De deur van haar kamer was weer gesloten. Ik wachtte even, ging toen naar beneden en maakte wat eieren en toast klaar. Ik had honger. Mama kwam naar de keuken en liet me weer een van haar pillen slikken.

'Waarom mag ik de baby niet zien, mama?' vroeg ik, maar ze gaf geen antwoord.

Later die middag deed ze iets heel vreemds. Ze reed het oude televisietoestel naar de zitkamer en sloot het aan. Ik keek verbaasd toe. Plotseling was het niet erg meer als ik televisiekeek. Ze maakte zich niet langer bezorgd over de schade die het kon toebrengen aan mijn studie of wat dan ook.

'Amuseer je,' zei ze. Het klonk als een bevel. Toen liet ze me weer alleen. Dagenlang belette ze me om naar boven te gaan. Ze bracht kleren voor me naar beneden naar de zitkamer. Ze stond erop dat ik daar at. En op gezette tijden kwam ze met de pomp.

Ze bracht weinig of geen tijd met me door en sprak nauwelijks met me als ze er was. Ik wilde natuurlijk verschrikkelijk graag de baby zien, en het feit dat dat niet gebeurde, veroorzaakte een pijnlijke leegte in me, maar ik besefte dat er meer aan de hand was.

Sinds de geboorte van de baby had ik Noble niet meer gezien en evenmin een ander spiritueel familielid. Als ik de televisie uitzette was het zo stil als het graf in huis, op het geluid na van mama die ik boven in haar kamer hoorde of van het gehuil van de baby, dat door de muren gedempt werd. Elke hoek van het huis, elke schaduw was leeg. Ik was nog nooit zo alleen geweest nu mama me negeerde, behalve als ze mijn melk wilde kolven of als ze me iets te eten bracht. Ik verlangde er zo wanhopig naar de baby te zien groeien dat ik aan niets anders meer kon denken.

Urenlang wachtte ik op het stemgeluid van de baby, en als ik mama's voetstappen op de trap hoorde stond ik gretig op en hoopte vurig dat ze de baby beneden zou brengen zodat ik haar kon zien. Helaas gebeurde het nooit.

Maar toen mama op een dag weg moest om een paar dingen te kopen die ze nodig had, ging ik naar boven en liep haastig naar haar kamer. Ik hoorde de baby. Ze huilde niet, maar ik kon babygeluidjes horen. Ik draaide aan de deurknop, maar de deur was op slot. Het was frustrerend en de tranen sprongen in mijn ogen. Ik probeerde door het sleutelgat tegen de baby te praten en probeerde zelfs een glimp van haar op te vangen, maar dat lukte niet op deze manier.

Toen ik mama's auto hoorde, ging ik snel weer naar beneden. Ik bood aan de boodschappen voor haar naar binnen te dragen, maar ze zei dat ik terug moest naar de zitkamer. Ze wilde mijn hulp niet.

'Maar ik word gek daarbinnen, mama. Ik moet iets te doen hebben. Waarom mag ik de baby niet zien? Waarom mag ik je niet helpen?'

Ze gaf geen antwoord. Ze ruimde haar boodschappen op en ging toen naar boven. Ik keerde terug naar de zitkamer, waar ik mokkend en wezenloos naar de televisie staarde. Ook al was het een nieuwe ervaring voor me, toch moest ik steeds weer denken aan de baby en wat mama boven met haar deed. Ik zag dat het ook van haar zijn tol eiste. Elke dag ging ze er magerder en vermoeider uitzien.

En al die tijd geen visioen, geen stem, niets. Ik begon me weer af te vragen of ik ooit wel eens iets spiritueels had gezien of gehoord. Het was allemaal een hallucinatie geweest, iets wat mama wellicht had veroorzaakt met haar geheime dranken. Noble sprak alleen tegen me in mijn gedachten. Het was alleen mijn geweten of mijn angst. Ik was niets bijzonders. Ik had geen speciale krachten geërfd. Misschien was dat eindelijk tot mama doorgedrongen en deed ze daarom nu zo onverschillig tegen me.

Eindelijk, ruim tweeënhalve week na de geboorte van de baby, kwam mama beneden, maakte mijn eten klaar, bracht het me, en ging toen zelf eten. Ik at en luisterde ingespannen, omdat ik nu het huilen van de baby soms beter kon horen.

En ja hoor, ze begon te huilen en toen nog harder te huilen. Ik verwachtte dat mama haastig de gang in zou lopen en naar boven gaan.

Ik stond op en liep voorzichtig de eetkamer binnen. Ze zat aan de tafel met haar hoofd op haar armen te slapen. Zo behoedzaam mogelijk liep ik op mijn tenen naar haar toe, stak heel omzichtig mijn hand in de zak van haar schort en haalde de sleutel van haar kamer eruit. Ze verroerde zich niet. Ik zag dat ze regelmatig en rustig bleef ademen. Ze sliep heel vast. Of misschien was ze wel bewusteloos geraakt, zoals die keer in het kantoor van de notaris. Ik kon niet anders dan gebruikmaken van de gelegenheid.

Ik bewoog me zo snel en zo stil mogelijk door de gang en de trap op. Boven aan de trap bleef ik even staan, om zeker te weten dat ze niet wakker was geworden. Beneden was alles stil, maar de baby begon nog harder te huilen achter de gesloten deur van mama's kamer. Ik draaide de sleutel om in het slot en ging naar binnen.

Mama had een wieg naast haar bed gezet. Het bed was niet opgemaakt en haar kamer was rommeliger dan ik hem ooit gezien had. Er heerste zelfs een complete wanorde: kleren lagen overal verspreid, luiers lagen opgestapeld op de toilettafel, een paar schalen met eten van vorige dagen stonden op tafels, en er lagen zelfs een paar vuile borden op de grond.

Ik liep snel naar de wieg en keek naar de baby. Even dacht ik dat er iets mis was met haar, maar toen drong het tot me door wat het was.

Haar haar was in mijn kleur geverfd. Het was niet langer rood. Ik kwam snel over de schok heen en tilde haar op in mijn armen. Het was duidelijk dat ze honger had. Ik keek om me heen om te zien of mama soms een fles had achtergelaten, en toen dacht ik: wat stom.

Ik opende mijn blouse en bracht haar mondje naar mijn tepel. Ze begon te drinken en keek naar me met ogen waarin ik vreugde en voldoening meende te zien. Ik lachte zacht, ging in de stoel naast de wieg zitten en keek toe terwijl ze dronk.

Kort daarna voelde ik een donkere schaduw over ons heen vallen. Toen ik opkeek zag ik mama op de drempel staan. Ze keek zo kwaad, dat ik dacht dat ze me aan zou vliegen, maar ze bewoog zich niet.

Ze bleef slechts staan kijken en wachten tot de voeding voorbij was.

Toen liep ze kalm de kamer door en nam de baby voorzichtig uit mijn armen en hield haar in haar eigen armen. Haar gezicht straalde van geluk.

Ik beefde inwendig, maar ze merkte het niet. Ze keek zelfs niet naar me. Ze wiegde de baby in haar armen tot haar oogjes dichtvielen en bedekte het lijfje met het kleine roze dekentje.

Ik stond op en keek over haar schouder.

Eindelijk draaide ze zich om en keek naar me.

'Je moet terug naar je eigen kamer,' zei ze, 'en wachten tot je nodig bent.'

'Maar, mama... het haar van de baby. Waarom heb je dat in een andere kleur geverfd?'

Ze schudde haar hoofd alsof ze een onbegrijpelijk gebrabbel had gehoord en keek me glimlachend aan.

'Ik heb haar haar niet geverfd, malle.'

'Maar... het was roder. Het was –'

'Natuurlijk was het dat niet,' zei ze op scherpe toon en draaide me om in de richting van de deur.

Ze duwde me praktisch de gang op en begon de deur dicht te doen.

'Mama, waarom houd je me bij haar vandaan?' snikte ik. Mijn ogen waren nat van de tranen.

Ze hield de deur halfgesloten en staarde me een moment lang aan.

'Het is nog niet de tijd voor je om bij haar te zijn.'

'Maar er is zoveel te doen. Moeten we niet... ik bedoel, ze heeft geen naam.'

Mama glimlachte.

'Natuurlijk heeft ze een naam, Noble,' zei ze.

Ze wilde de deur weer dichtdoen. Ik stak mijn hand uit en ze keek me aan.

'Hoe heet ze dan?' vroeg ik.
'Haar naam is Celeste,' antwoordde ze.
En sloot de deur.

Epiloog
Welkom thuis

Niet lang nadat mama stopte met kolven en de baby mama's spe-ciale babyvoedsel kreeg – de flesvoeding die ze gebruikt had voor Noble en mij – kon ik het korset strak genoeg om me heen snoe-ren om mijn rondingen en boezem weer te verbergen. Ik viel niet snel af, uiteindelijk niet meer dan een paar pond. Mijn gezicht was nog rond en mollig. Ik was er niet blij mee, maar ik kon zien dat het mama beviel. Ze zei zelfs tegen me dat ik naar haar kamer moest gaan en mijn haar afknippen.

Ik zat bijna een uur in haar spiegel naar mezelf te staren, dromend dat mijn haar los over mijn schouders viel, zoals bij sommige vrou-wen over wie ik had gelezen en die ik op de televisie had gezien. Eindelijk riep ze naar me omdat ze iets gedaan wilde hebben, dus zette ik de schaar in mijn lange lokken, knipte mijn haar af tot het weer heel kort was en de fantasie verdwenen was. Ze wilde dat ik haar zou helpen met baby Celeste, en ik was bang dat als ik niet pre-cies deed wat ze wilde, ze me niet bij de baby toe zou laten.

Na verloop van tijd stond ze me toe Celeste vast te houden of haar te voeden en te verschonen.

'Het is geen schande voor een grote broer om te helpen,' zei ze.

Het gaf niet wat ze zei zolang ik het maar kon doen. Die uren waren het geluk van mijn leven. Ik was al blij als ik gewoon in de kamer kon zijn en de baby zien slapen.

Zodra het rode haar van de baby terug begon te komen, verfde mama het en kreeg het weer mijn kleur. Meestal deed ze het 's avonds, als ik sliep. Niemand anders zou het trouwens geweten hebben. Alleen de postbode en een enkele monteur kwamen op de boerderij, en mama lette heel goed op wanneer ze Celeste mee naar buiten nam. Niemand ter wereld behalve wij wist dat ze geboren was.

'Als de tijd rijp is, zullen we haar bestaan bekendmaken,' zei mama en voegde eraan toe: 'Als zij het me vertellen.'

Alles wat we in ons leven deden vloeide nu voort uit die beroemde vier woorden: *het is me verteld.* Nieuwe ideeën, veranderingen, wat dan ook, alles kwam voort uit het gefluister dat neerregende uit wolken die alleen mama kon zien. Ik had al die tijd niets meer gezien of gehoord van de spirituele wereld, het zat allemaal in mijn hoofd als een droom van jaren en jaren geleden, en ik begon steeds meer te vermoeden dat het niet meer dan hallucinaties waren.

Samen in onze geheime wereld zagen mama en ik baby Celeste sterker en alerter worden. Toen ze begon te kruipen en alles begon beet te pakken, gaf mama me steeds meer met haar te doen, tot ik het grootste deel van de dag op haar paste. Het was een paar keer op het nippertje, toen de man die elke maand de elektriciteitsmeter kwam opnemen haar bijna zag, en een keer toen er iets bezorgd werd en de chauffeur haar beslist had horen huilen.

Naar niemand kwam naar haar informeren. Ik dacht weleens aan de Fletchers die nog steeds naast ons woonden, en hoe verbaasd meneer Fletcher zou zijn als hij ooit zou horen dat hij grootvader was. Zou hij kwaad of blij zijn?

Baby Celeste was een mooie baby. Hoe zou iemand niet blij kunnen zijn met haar? Ze had de blauwgroene ogen die mama verwacht had dat ze zou hebben en die natuurlijk hielpen bevestigen wat haar verteld was. Ik kon zien dat baby Celeste ook niet alleen maar alert was. Ze was intelligent en heel nieuwsgierig naar alles wat ze zag en hoorde. Toen ze ging staan en viel, maar steeds weer opstond, tot ze met elf maanden haar eerste stap kon zetten, was mama ervan overtuigd dat ze een gezegend kind was.

Dit is niet iemand die we eeuwig geheim kunnen houden, dacht ik, maar mama maakte zich nergens bezorgd over. Ze had zoveel vertrouwen in haar stemmen.

Waar waren ze? vroeg ik me steeds weer af. Waarom hadden ze mij in de steek gelaten? Waren ze ooit bij me geweest? Of was het alleen maar wat ik vreesde: iets waar ik zo hevig naar verlangde, dat het werkelijkheid voor me was geworden?

Ik deed mijn werk. Ik zat 's avonds met baby Celeste op mijn schoot en we luisterden naar mama's pianospel. Ik las wanneer ik maar kon en wachtte.

Waar wachtte ik op?

Het volgende voorjaar begon ik mijn wandelingen in het bos te hervatten, maar heel lang vermeed ik wat mijn speciale plekje was geweest. Eindelijk raapte ik al mijn moed bijeen en zocht het weer op, maar nu ik het terugzag leek het onschuldig, net als de rest van het bos. Er waren veel plaatsen waar de pijnbomen de grond overschaduwden en waar de grond bedekt was met een tapijt van gevallen naalden, en waar het even geurig en fris rook als hier, vond ik.

En ik dacht: In feite komen al onze speciale plekjes uit ons innerlijk voort. Iets binnen in ons maakt ze speciaal, en als dat verandert, veranderen die plekjes ook. Een verrassend gevonden schoonheid is het indrukwekkendst door wat er in ons hart omgaat als we het aanschouwen, of het nu een onverwachte waterval is, een hert of een mooie vogel. Als we het eenmaal gezien hebben en het opnieuw zien, is het nog steeds mooi, maar anders, zo anders als een prachtig opgezet dier anders is dan het dier zelf of een schilderij van een mooi landschap anders is dan het landschap zelf. Iets ervan wordt voor altijd vastgelegd, maar het zal nooit meer zijn wat het was in het begin, die allereerste keer.

Ik wilde mama zo graag vertellen dat al dat bewustzijn tot me was doorgedrongen zonder dat het me verteld was, maar toen dacht ik: Misschien is dat waar de geesten werkelijk vertoeven, binnen in onszelf. Misschien had ze gelijk, en misschien, als we ons dat realiseren, ons eraan overgeven, erin geloven, zullen ze verschijnen.

Had ik ooit echt geloofd, of was ik net als Noble sceptisch? Soms kan het verlangen groter zijn dan het object zelf. Je maakt er iets van dat meer is dan wat het is, en dan doet het pijn als je geconfronteerd wordt met de werkelijkheid. Was het minder pijnlijk om nooit te fantaseren, nooit te geloven, en nooit teleurgesteld te worden? Of was dat een leeg leven, een leven met schaduwen die nooit gedaantes werden, wolken die nooit interessante vormen aannamen, winden die slechts winden waren en geen stemmen meevoerden?

Hoe zou baby Celestes wereld eruitzien, wat zouden haar keuzen, haar visioenen zijn?

Laat in de middag, op het moment dat het daglicht nog een laatste ogenblik gevangen blijft onder het gordijn van de nacht, dat speciale moment dat we schemering noemen, stond mama me op een dag toe baby Celeste mee naar buiten te nemen voor een kort wandelingetje. Deze keer ging mama niet met ons mee zoals ze anders altijd deed.

Even deed me dat aarzelen. Wat was haar verteld? Waarom ging ze niet mee naar buiten?

We verlieten het huis. Baby Celeste klampte zich vast aan mijn hand en bekeek alles met stralende ogen. Ik had geen speciaal doel gekozen voor onze wandeling, maar om de een of andere reden sloegen we rechtsaf en liepen langzaam naar het kleine kerkhof. Zodra ze het zag, werd ze nieuwsgierig. Toen ik haar handje losliet, ging ze er naar binnen en liep regelrecht naar de grafstenen. Ze bleef staan, keek ernaar en legde toen langzaam haar handjes op de in steen gehouwen handjes van baby Jordan.

Ik keek gefascineerd toe.

Ze draaide zich naar me om, hield haar handjes op de steen gedrukt en glimlachte. Had zij ze voelen bewegen?

Ik hield mijn adem in.

En toen voelde ik iets, een warme aanraking op de achterkant van mijn hals. Ik draaide me om naar de naderende schaduwen die uit het bos naar ons toekwamen en met elke stap die ze deden de sterren in de lucht tevoorschijn brachten.

Voorop liep papa.

En toen Noble.

Gevolgd door al onze spirituele voorouders.

Ze kwamen om ons weer tot een familie te smeden.

Ze kwamen om me welkom thuis te heten.